漫娱图书
SINCE BOOKS

那一瞬间，

他看到了春日暖风的形状，

也看到了沁人心脾的花香。

青花烬

FALLING INTO STARS

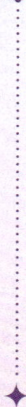

坠入星野

/完结篇/

青花燃 ◎著

FALLING INTO STARS

长江出版社 CHANGJIANG PRESS　漫娱图书

那一瞬间，他看到了春日暖风的形状，也闻到了沁人心脾的花香。

Falling into stars ✦

目录
Catalogue

第一章

CHAPTER 1

去找你的奇迹

Falling into stars

❖ 01 ❖

"那条巷道里，究竟发生了什么？"闻泽的声音毫无波澜，如果不是音色过于动人的话，它听起来甚至更像一个冷漠的电子音。

云悠悠听到自己脑海里传来"轰"一声炸响。怎么会……殿下怎么会直接就问起那件事情？

"杀死七名歹徒的人是他，假的林思明。"闻泽用完全没有疑问的语气说。

云悠悠觉得车舱里的空气有点不够用，她感觉到自己的瞳仁在微微震颤，闻泽俊美的脸在视野中时近时远。他漫不经心地抬起左手，扬起前三根手指，自眉侧开始，斜着画了半道弧："是这样吗？"闻泽的表情和平时一样温和，黑眸深邃平静，看不出任何情绪。

血液在云悠悠的头脑和心脏中同时爆开，眼前一阵发黑，她仿佛回到了阴暗潮湿的巷道，哥哥从天而降，在她的面前摆出一模一样的手势。她不明白，殿下为什么忽然就什么都知道了。这……这还让她怎么狡辩？！

"真是这样啊。"闻泽轻轻一叹，身躯往舷窗一靠，垂眸掩去了神色，"说吧，他为什么帮你杀人，他现在藏在哪里？"

云悠悠不知道该怎么办。如果是她自己的事情，那就没什么好瞒殿下的，可是这件事涉及哥哥……哥哥隐藏真实身份在绿林生活了那么多年，而且杀人的姿势那么标准……

"不肯说吗？"他轻轻一哂，"云悠悠，这就是你所谓的信任？你真是令我失望。"

云悠悠觉得自己不能大义灭亲，于是只能坚定地抿住了嘴唇。她可怜兮兮地想：就算殿下用刑，也不能招……不知道刑讯逼供到底有多痛……但无论多痛都得忍住，绝对不可以出卖哥哥。

这副模样落在闻泽眼里，差点儿把他气笑了："把自己当烈士呢？"他挑着眉，唇角勾起讽笑。

云悠悠赶紧摇头："没有，就是个不肯投降的顽固分子。"

闻泽：……

他俯身凑向她，抬手捏住了她的下巴。"你不怕我。"他叹息，"是谁给你的自信？云悠悠，你到底知不知道我是一个什么样的人。"他释放出冰冷的气势，挺拔的身躯投下沉重的阴影，像山一样罩住她。

云悠悠的右手被铐在车舱顶上，样子多多少少有些狼狈，不过听到他的话之后，她非常及时且真诚地给出了回应："殿下代表着正义，正在审判我这个嫌疑人。您做的一切都是光明而且正确的，是我在负隅顽抗。您就算对我进行刑讯逼供，那也是应该的，并不会损害您在我心目中的形象。"

闻泽："真当我不会动你？"

他捏着她的下巴把人拉向自己，云悠悠的右手卡在了身后，别扭地挂在半空，有一点不舒服，同时，他把一只大手摁在她的肩头。本能的危机感攫住了她，她知道他能轻易卸掉她的关节，让她非常非常疼痛，也许那条悬在车顶的手臂，还会旋一个 360 度的圈……

她的后脖颈一阵发寒，心里害怕，眼睛紧闭，嘴上却非常顺溜地说："动手吧殿下！我准备好了！"

从闻泽的角度看去，她的眼睛挤成了两条弯曲且颤抖的线。压在她肩上的大手微微收紧，闻泽凑近了她，嗓音贴着她的耳郭沉沉响起，似乎压抑着情绪，一字一顿地问："他为什么要冒着风险替你报仇，你和他进行了什么交易？"

肩上传来的力道更重了一些，云悠悠仿佛听到自己可怜的肩胛骨发出恐惧的呻吟。她这才意识到殿下误会了巷道里面发生的事情。

她睁开眼睛，才发现两人此刻的姿势非常暧昧，甚至要超过他们在健身房的时候。殿下一只手撑在她身后的舷窗边，另一只手捏着她的肩，半边身体交错，镣铐在头顶发出轻微的金属碰撞声，气息缠在一起，皮肤渗出薄汗，像是带了磁力，吸引着彼此靠近。

而那只握着她肩膀的手，随时可能给她带来巨大的痛楚，本能的恐惧令她的每一寸肌肤都变得敏感至极，超越了原本的感官，清晰地接收到闻泽身上散发的温度和独特香味。

云悠悠的脑袋微微眩晕，眼前闪耀起一团巨大的光芒，她倒吸一口凉气，陡然意识到这不是什么脑海中的烟花，而是……一枚射向星空车的高强度能源弹！左前方那台机甲叛变了！同一个方向上，一支舰队急速穿越大气层，俯冲而来，带着轰隆作响的炽红燃烧气浪。

她的心脏瞬间悬到了喉咙口，停止了跳动，同时听到耳畔传来清脆的"喀"声，手臂猛然一松。是……是肩膀被卸掉了吗？这个时候，殿下竟然还跟她自相残杀。想象中的疼痛并没有传来，她感觉到一双大手把她的身体团在了一起，搂进怀里，然后压着她伏卧在座椅上！

"轰——"

猛烈的震荡把星空车抛了出去，更加刺眼的光芒爆开，让云悠悠暂时失去了视觉。她感觉到他用身体将她牢牢固定，一只大手护着她的脑袋，另一只大手着她的后背。她的脑袋，只有他巴掌那么大。她的两条胳膊都好好的，被他用手臂环在身前，手掌贴着他坚硬的胸膛，感受到了震荡和心跳。

他替她承担了爆炸的冲击力，胸腔闷闷地震了下，心跳却没有变快很多，

依旧沉稳有力，就像偶尔身体相贴时她感受到的那样。遇袭的一瞬间，他没有本能地进行自我防御，而是替她解掉了镣铐，把她护在怀里。

"殿下……"她的声音被淹没在爆炸的轰鸣中，心脏也坠回了胸腔，开始疯狂跳动。她呆呆地感受着这个将她护得密不透风的人，这样被他拥在怀里，她一点也不害怕，不孤单。

星空车像一枚炮弹，燃着蓝焰冲向地面。云悠悠的脑海里划过了一个念头——行刺这么容易的话，殿下是怎么活到现在的？念头刚一动，她就感觉到星空车停止了坠落，开始平整地滑翔，轻易溜出了舰队袭来的战场。

同一时间，闻泽的通信器中传出侍卫长杨诚的声音："殿下，钓出鱼了，是三殿下。"

"嗯。"闻泽嗓音微哑，平平静静地回复，"两个小时之内解决干净。"

"遵令！"

❖ 02 ❖

关闭通信器之后，闻泽咳嗽了几声，缓缓撑起身体，察看云悠悠的情况。她毫发无损，小小软软的身体被禁锢在他和座椅之间，正眨着眼睛看他。

"殿下……您受伤了！"云悠悠看见他的唇角破了个口子，凝出一小团鲜红的血渍，这让他冷白俊美的脸庞多了一丝凄艳。

闻泽轻轻咳了下，抬手，重新捏住她的下巴："不说是吗？"他的声音温温柔柔，续上了刚才的"拷问"。

云悠悠：……

她看见他的唇角流出更多的血："殿下您受伤了！"她的声音更大，眼睛里涌满了泪水。

"啧。"他抬手擦了下唇角，两道好看的眉毛拧了起来，"这是战舰级别的车，能受什么伤——不要岔开话题。"

"殿下，"她抿了抿唇，低低地说，"我已经知道您不会伤害我了。您就是纸老虎，再怎么威胁我也没有用。"

"呵……"

她抬起眼睛看他："殿下，我愿意告诉您巷道事件的真相，但是您能不能先答应我一个请求？"

"不能。"闻泽冷漠无情地说。

云悠悠："……您很重，这样压着我，我说话很困难。"

闻泽勾住她的背，把她带了起来，很顺手地囚在怀里。她发现，经历了刚才的刺杀之后，他们之间的气氛发生了很明显的变化。两个人都懒洋洋的，就像一起躺在屋顶晒太阳——虽然他们从来也没有一起晒过太阳。

她慢吞吞地收回了手，垂着脑袋想了想，然后告诉他："殿下，那天夜里，我全程都在凶案现场。"

闻泽下意识地皱了皱眉，这是他没想到的。

云悠悠深深吸了一口气，强忍着心底泛起来的黑暗和恐惧，第一次开口向别人阐述那件事。她的思绪凌乱，想到哪里说到哪里："蓝樱桃蒸糕里面有幽暗深海……

"我躺在那里，地面很潮很冷。小威找他们要船票，他们笑他太蠢，把他掼在了地上，小威的脑袋磕到石头，但是并未昏迷。

"他们说，我像冷木头，没意思，要先……对小威下手。他们就在我边上，小威很后悔，但是已经来不及了，他无法反抗，那是七个人……"

她听到自己的牙齿发出清脆的碰击声，声音空洞，像是从胸口直接飘出来的一样。

"小威的血流得满地都是，我的手很黏，还冷……我知道不会有奇迹……小威死了就会轮到我……是哥哥救了我，他……"

一只温热的大手捂住了她的嘴巴，她颤抖的身躯被闻泽紧紧嵌进了怀里。带着薄茧的大手抚过她的脸颊，环到她的脑后，将她无意识流泪的脸压在他的胸膛上。

她感觉到，他的心跳频率发生了变化，遭遇刺杀时有条不紊的心跳，竟在此刻错乱。他轻轻抚着她的脑袋和背部，叹息："所以，他成了你生命中的奇迹对吗？"

被闻泽拥在怀里，云悠悠的情绪渐渐平复了下来。她记得刚出事的那段时间，自己的状况非常糟糕，害怕天黑，不敢躺下……她只能抱着枕头缩在墙角，困到不行时短暂地睡过去一会儿，一旦倒下就会立刻惊醒。

那个时候，哥哥就像照顾一只小病猫一样，带着她一点点走出心理障碍。当然，最初他是把她当成囚徒的，他用细细的锁链将她的脚踝扣在床脚。不过她丝毫不觉得反感，因为是哥哥救了她，并且给了她太多太多的安全感。他喂她喝药，很有效地开导她，帮助她战胜了那个冰冷恐惧的巨大阴影，让她重新恢复平静。

她一直认为自己已经彻底痊愈，不过哥哥并不认同。他总是说她还没有真正被治愈，他说她的奇迹在将来，不在当下。

"嗯。"云悠悠发出微弱的低咛，回答闻泽的问题，"哥哥的确是我生命中的奇迹。"

她感觉到他把下巴抵在了她的发顶，他的呼吸沉而缓，没有要说话的意思。

"殿下，哥哥身上也许藏着什么秘密，但请您相信，他并不是什么穷凶极恶的杀手，他只是见义勇为。"她犹豫了一会儿，继续说道，"虽然我没有任何证据，但是我相信那个死于 1328 年的林思明一定不是哥哥杀的。"

"是他给了林思明致死药物，"闻泽淡声说，"这是生物科学的领域，而且他还能解幽暗深海。"

云悠悠张了张口，不知该怎么说，不管怎么样，她都相信哥哥绝对不会为了一己之私杀死无辜的人。她的身体仍在发冷，就像一枚被磁铁吸住的小铁针，无意识地依偎着闻泽，蹭他的体温。

闻泽温柔地抚着她的头发和背部，他彻底明白了，原来她有创伤后遗症。真是个胆大包天的小家伙，仗着心理疾病不发作时无法被检测出来，她成功混进了星河花园，来到他的身边。从一开始，她就是把他当成治病的药，当成"哥哥"的替身，以及管吃管住还供她机甲训练的金主。

蓝樱桃蒸糕……原来那一次，她并不是因为他即将订婚的事情难过，只是误食了绝不能碰的食物。

一切，都是他一厢情愿，自作多情。

也许是因为刚经历过一场刺杀，此刻得知了真相，闻泽的心中竟然没有太大的波动。"带我找到他。"他听到了自己温柔带笑的声音，"他是有用的人才，只要不是罪大恶极，我都会把他当作左膀右臂。"

云悠悠微讶，抬头看向闻泽，她记得很清楚，韩詹尼也说过同样的话，可是这两个人的眼神和表情全然不同。他们都是政客，像她这样的人，根本不可能看穿他们真正的心思。但是她知道，谁能相信，谁不能。

"殿下，我相信您。"她认真地看着他，"但这不是我一个人的事情，我必须先问过哥哥的意思。"不知从什么时候开始，她和闻泽都心照不宣地认定，哥哥一定还活着。

"好。"闻泽微笑点头，"需要什么帮助，只管开口。"

云悠悠咬住唇，差点儿不争气地掉了眼泪："殿下，您真是一位好人。"

虽然太子殿下没有多少时间浏览星网上的无用信息，但他也知道"好人卡"绝不是什么好东西。他低头看了看怀中这个比他更加老古董的家伙，默默原谅了她的冒犯。

车内的通信装置闪了闪，驾驶员发来了警告——

"殿下，前方出现机甲，身份未明。"云悠悠认出这是白侠中将的声音。

"哪里方便就在哪里停下。"闻泽温和地笑道，"三弟不远万里赶来见我，做哥哥的怎能不下车。"

听到"哥哥"两个字从闻泽口中不疾不徐地吐出来，云悠悠不禁心头一悸，下意识地转头看他。从他的脸上，看不出半点异色，他只是轻轻把她从怀里推开，示意她留在车上等待。

她从舷窗望出去，只见前方的小丘陵上静静伫立着一台金色机甲，隔着大老远，都能感觉到毫不掩饰的杀机。

她紧张地伸手攥住闻泽的袖口。她记得，在星空车被能源炮击中之后，侍卫长曾向闻泽汇报过，说动手的是三殿下。如果前方开机甲的是三皇子，那闻泽下车岂不是死路一条？这架星空车好歹还能扛住能源炮的攻击，下了车，他的血肉之躯要怎么抵抗机甲的杀戮？

闻泽安抚地拍拍她的肩，手指微微收紧，俯身，俊脸微侧，似乎下意识地想要吻一吻她的嘴唇。贴近的刹那，他忽然向反方向用力，把她推得更远一些。

"放心。"

星空车悄无声息地停在了荒芜的平原上。闻泽推门下去，动作没有丝毫犹豫。

"殿下……"

他没有回头。

驾驶舱打开，白发老人慢闻泽一步下了车，走到云悠悠的舷窗外，冲她露出一个友好的微笑，然后很悠闲地点燃了一根长长的雪茄。

云悠悠跳下车，双脚踩在了黏液和泥泞中，抬头一看，闻泽已经走出了几十米。在这片只有棕黄和深灰交织的荒芜旷野上，他的身影显得更加挺拔颀长。他一步一步走向前方的丘陵，就像走向一个不容撼动的冷硬世界，拖出长长的影子。

"中将，殿下他……"

白侠中将很努力地挤出一个安抚的笑容，抬起手，示意云悠悠少安毋躁。

"别担心，"他说，"如果殿下败了，我们两个必定也会被灭口。"

云悠悠竟然诡异地觉得被安慰到了。

"难道……这就是传说中古老的骑士精神吗？"云悠悠转动着脑筋，问道，"皇族遵守这样的礼仪？三殿下会离开机甲，与太子殿下公平决斗吗？"

白侠中将哼笑："老三要是能有这样的勇气和智慧，就不会被人推出来做马前卒了。"

"轰——"

金色的机甲从小丘陵顶端跃下，荒野震荡，嗡鸣不止，天地色变。只有那道身穿黑色军服的人影全然不受影响，一步一步，不疾不徐地迎向金灿灿的人间杀器。

"人和机甲，怎么打？"云悠悠睁大了眼睛，"这有丝毫可比性吗？"她可不会忘记那天在第五军区外面，戴队长他们被一架赤色机甲打成了什么样子。

老者悠然吐出一个烟圈，双手合成喇叭状，用洪亮的声音喊道："殿下总能创造奇迹。"

云悠悠怔怔地看着眼前这位头发花白的老人，心中不禁有点怀疑他是不是听到了个人舱里的谈话。

金色机甲的驾驶者显然也没有料到闻泽会离开星空车，以一人之力独自面对他，因此操控着机甲站在原地没有动，细微的肢体语言透露出担忧和警惕。云悠悠知道，他一定正在用真实视野偷偷扫描四面八方，以防附近设下了什么埋伏。

"你很棒。"白侠中将忽然没头没尾地笑着说，"勇敢，善良，有智慧。"

云悠悠脖子一僵，见鬼一样慢吞吞地转动眼珠，用余光偷看这位中将。这种时候，莫名其妙说这种话……很像是要杀人灭口啊！莫非她还要走在殿下的前面？

"不敢当。"她谨慎地回答，"您应该能看出来，我对太子殿下的境况束手无策，根本不可能影响战局，我觉得可以暂时留着我。"

阅人无数的审查长被她的诡异思路弄得有点大脑短路，沉默片刻，老者忧郁地吐出三个烟圈，哑着烟嗓说："白英是我第三个女儿。离经叛道，不愿意老实联姻，被一个穷小子给拐跑了！虽然我不会再认她，不过怎么也算是一点我的血脉。"

云悠悠愣了好一会儿："啊？！"

"嗯哼。"老人眨了下右眼，"你的勇气和智慧，救了我女儿一命。"

云悠悠立刻被夸红了脸，她轻轻揪住制服裤边，不好意思地说："啊，还有那个小宝宝。"

老者立刻沉下脸："呵，我可没说要认！"

云悠悠耸耸肩，露出苦中作乐的笑容。从白侠中将对她的态度转变就能看出，他还是很在意女儿的——在绝境中听到这样一件事，多多少少总能让人感到温暖和安慰。

✦ 03 ✦

闻泽走到距离机甲不到三百米的地方停下了，这是一个极度危险的距离，只要那台机甲扬起机械臂，随便进行一次攻击，就可以把他轰成碎屑。

云悠悠虽然猜测殿下是不是藏着什么后手，但还是难免紧张。她的指甲深深掐进了掌心，想往上冲，却发现双腿软得提不起一丝力气。这种时候，除了等待之外别无他法。

金色机甲动了！

"呜——嗡——"机械臂上，挡板开启，露出了黑洞洞的炮口。

闻泽也动了。他优雅地抽出一把能源枪，拎在手中。

"砰！"第一处亮起火星的机甲炮口被击中。

"轰——"爆炸气浪与反冲力把金色机甲推了一个趔趄，轰隆隆地倒退了两步。

"砰，砰，砰。"闻泽一边射击，一边继续不疾不徐地向前走，从离开星空车开始，他始终保持一样的步幅。

"砰，砰，砰。"他进，机甲退。他等的，正是对方攻击时露出的破绽，每一处亮起能源光芒的炮口，都被闻泽准确无误地击中。

机甲上爆开一团团火光，合金巨兽后退的步子越来越大，越来越乱。

闻泽垂下能源枪，停顿片刻之后，他对着它的能量核心开始了无缝点射。

一下一下，像冷酷至极的猎手，咬住了猎物毫无反抗之力的咽喉。

"住手——住手——"站立不稳的机甲彻底慌乱，发出了惊恐的机械音，"闻泽你不能杀我！你杀了我，父皇绝对不会放过你，父皇最疼的人就是我了！"

云悠悠离得太远，不知道闻泽说了什么，只看到他继续点射，能源核心的外壳彻底破碎。

机甲惊叫："你就不想知道林德家覆灭的那个秘密吗！父皇告诉我秘密就在绿林，我正是为了这个而来，不是故意针对你的，只是一时鬼迷心窍才过来对付你！你饶了我，饶了我好不好？我会找父皇要更多线索！大哥！"死亡威胁让他的声音完全变了调。

"啧，啧，"白侠中将缓缓摇头，"年纪大了就不该要孩子，基因果然不行了。"他既鄙视了这位三殿下，也暗戳戳内涵了自家的小女儿白英。

"我错了！哥！闻泽哥——"野心比年纪大得多的三殿下发出了绝望的哀号，"哥哥我错了！"

闻泽晃了晃手中的能源枪，转身，终究还是给这名血亲留下了一条生路。

就在这时，那台处处冒烟的机甲颤巍巍地举起了能源炮，对准了闻泽的背影。

"殿下！"云悠悠感觉自己的魂魄被惊出了身体，咻一下飞向闻泽，无望地挡在他的身后。

"啧。"闻泽没回头，半侧着身随手甩出一枪。

"砰——轰！"能量核心被命中，机甲轰然倒塌，爆成了他的背景板。

闻泽看见云悠悠飞奔过来，淡漠的神色稍微破冰，他挑了挑眉梢，望向她。不就是奇迹吗，他可不会输给西蒙那个家伙。

云悠悠轻轻喘着气，双眼定定望向闻泽："殿……殿下！"

"嗯。"

"请问，那天晚上在第五军团外面消灭红色机甲救了我的人，是不是您？！"她紧紧揪住裤边，眼睛里闪烁着明亮的星星，"是您救了我对不对？"

闻泽正想无所谓地点点头，忽然想起自己当天说了一句蠢话——

"我来找你，满意了吗？明天药醒了之后，自己回来见我。"

闻泽眼角微抽，漠然越过她的身侧："不是我。"

云悠悠眨了眨眼睛，跟着他走向星空车，怔怔地说："对哦。那天是您确定太子妃人选的日子，又怎么可能出现在郊区呢？"

闻泽脚步微顿，他敏锐地在她的眼睛里捕捉到一抹很淡的失落，心头刚一动，立刻被他摁下——无论从哪个方面来看，他的尊严都绝不容许他告诉她实情。

"嗯。"他迈开大步，把云悠悠远远甩到了后面。

❖ 04 ❖

星空车飞越大气层的时候，侍卫长杨诚发来了报告，和太子殿下挨得很近的云悠悠被动听到了这桩皇室阋墙案件的内情——

三皇子闻泰出行之前曾在紫莺宫与皇帝陛下见面，私谈时间超过一个半小时。闻泰带到绿林的是他自己的亲卫军，原定任务目标是寻找一处地下实验室。不料今日忽然收到情报，得知闻泽只带着五台机甲秘密潜到地表——这样的机会千载难逢，于是他决定铤而走险，截杀闻泽。

等到虫潮回涌，一切证据将被彻底抹除。事后，三皇子正好可以临危受命，接任作战指挥官一职，借这场漂亮的战事翻身上位。只可惜这一切都在闻泽意料之中。

"头脑发热？"闻泽微眯着眼睛，表情有些怅然，"十七岁。十七岁的时候，我也会为了好友，在紫莺宫大声同父亲吵架啊。"

云悠悠完全能够理解闻泽此刻的心情，弟弟想要杀了他获取利益，结果却被反杀。即便平时没有太多的感情，只是统治与臣服的关系，但心里终究还是会有些空落落的。有过相似经历的她，非常了解这一点，于是她伸出套着镣铐的手，覆住闻泽那只放在膝盖上的大手，轻轻地摇一摇，把自己的温度送给他。

他的指节微微动了下，他垂眸瞥她，语气十分古怪："引诱我？"

"殿下，这不是引诱，而是普通的安慰。"她无辜地叹息了一声，晃了晃手上的镣铐，"而且，也是想要提醒您替我解了这个……"

闻泽勾起唇角，随手把另一边镣铐扣在了他自己的手腕上。

云悠悠：……

"你那个假哥哥是什么样的人？"他懒洋洋地说，"我需要了解自己未来的下属。"

"啊！"提起这个，云悠悠忍不住挺直了自己的脊背，"哥哥是一位非常有风度的君子，一位天才科学家，一位淡泊名利的智者！"

闻泽：……他为什么要给自己找这样的不痛快？

"这些足够让你忽略他的外貌吗？"他淡声问。

说起这个，云悠悠立刻像一只被戳破的气球，整个人软绵绵地瘪了下去。

"殿下……"她忧郁地说，"我眼中的哥哥，和别人眼中的他，似乎不太一样。"

"催眠？"闻泽若有所思，"回到舰上，我让人尝试替你解除。"

云悠悠把眼睛睁得更大了一些："催眠？原来是催眠。"

他扯了扯唇角："呵，亲吻的时候不会觉得奇怪吗？"

云悠悠抬眼看过去，只见闻泽一脸漫不经心，仿佛根本不在意答案。她抿抿唇，轻轻摇头："我和哥哥没有做过那么亲密的事情。"

闻泽动了动眉梢，若无其事地"哦"了一声，然后转开头，望向舷窗外面。半晌，他很随意地说了一句："太子妃人选尚未定下——没一个我看得上。"

云悠悠愕然望着他骄傲的背影："哦……"她收回视线，望向另一侧舷窗，心脏在胸腔里面轻轻地跳了一下。

星空车离开大气层，掠向近地轨道。

第一轮"火炬行动"已经结束，一道道虫群旋风回落地表，像潮水一样飞快地铺开。这段路上，处处都残留着战斗的痕迹。未散尽的硝烟、破碎的虫肢、变成了太空垃圾的战舰和机甲残片……看着这些，云悠悠不禁想起了一支支被虫群吞没的"火炬"，也想起了遍布绿林大学的斑斑血迹，以及那些被虫族囫囵吞下然后因为无法消化而吐成一堆的人类尸首。

"殿下，"云悠悠忍不住问了闻泽一个问题，"我听说每一场战争都会让第五军团做送死的炮灰，真是这样吗？"

闻泽回眸，语声淡淡："为他们抱不平？总有人要死，谁的命不是命。以最小的牺牲换取最大的价值，就是战争的意义。"

"那绿林呢？"她直视着他的眼睛，"为什么帝国要放弃绿林？不是早就侦测到虫群向着绿林涌来吗，为什么不阻止它们？就因为它没有值得守护的价值对吗……您为什么也见死不救？"

说完她立刻就后悔了，绿林的惨状让她心底积了些郁气，此刻找到一个出口，下意识就向着闻泽释放出来。这是迁怒，很不讲道理。

"抱歉殿下，我……"

"怨我。"闻泽轻轻笑了下，眸光轻飘飘移开。

接下来的路途，他再也没和她说话。

抵达主舰，闻泽替云悠悠解掉了镣铐，让白侠中将带着她去见战舰上的心理医疗专家。

"吵架了？"这位老者的眼睛毒得要命。

云悠悠摇头："没有吵架，只是我说错了话，让殿下不开心。"

白侠扬了扬一对长长的白色眉毛："唔，在青年一辈中，殿下必定是心胸广阔第一人，能让殿下不开心的事可不多见啊。"

"是绿林的事。"她懊恼地垂下头，"殿下是一位好人，怎么可能见死不救呢？我竟然冲他发了脾气。"

"啊……是这件事。"白侠中将轻轻嘶了一声，"那难怪殿下心情不愉。"

云悠悠站定，转过身，眼巴巴地看着他。

"殿下曾在通往绿林的小行星带设下重兵。"白侠中将眯起了眼睛，将视线转向舰桥旁边的舷窗，望向无尽深空，"那是来自三个不同星域的虫群在迁移，想要用'火炬'聚拢它们可不容易啊。可是，如果不将它们聚拢的话，没有任何力量能够挡得住这样的吞噬大潮。"

老人的语气沧桑幽邃，平静缓慢的语调仿佛将云悠悠带到了现场——深空之中，铺天盖地的虫群密密麻麻地涌来，在这样的规模和数量面前，就连行星也显得渺小。

"机甲不足以做'火炬'，"白侠中将娓娓道来，"只有用战舰。你可以想象那需要多么高超的驾驶技术，能够胜任这个不可能完成的任务的人，唯有我们殿下。"

云悠悠的心脏高高悬了起来："然后呢？"话刚出口，她悬起的心脏立刻就坠了下去——很显然，殿下失败了啊。

"殿下亲自驾驶战舰做'火炬'，这件事自然是绝密。"白侠中将的眸光变得犀利，"然而还是泄密了，并且，有人用权限越过中控，向殿下驾驶的战舰发射了一枚黑弹。"

云悠悠倒吸了一口凉气，头皮和脊背阵阵发麻。她早已从覃飞沿那里知悉黑弹是一种多么恐怖的武器，它的辐射残留之处，数百年内连细菌都生不出来。

有人用黑弹袭击了殿下，在他以身犯险、吸引星系大迁徙的虫群之时！

被信任的人背叛，被拥有最高权限的人袭击……原来在那场战争中沦陷的不仅是绿林，还有闻泽·撒伦。

云悠悠的视线迅速变得模糊。那是绿林沦陷前一两个月的事情，那个时候，她在做什么呢？浑浑噩噩地等待末日降临？她怎么能对一位英雄说出那样的话？

"别难过，都过去了，姑娘。"老人安慰道。

"殿下能够平安无事……真是太好了……"她哽咽着说。

"那是一个奇迹。"白侠中将长长地叹息。

云悠悠转过头，望向闻泽刚才离开的方向，合金舱壁散发着冷冷的淡光，那里早就没有了他挺拔的身影。

"殿下……"

"不必太过担忧。"老人了然地笑起来，"也许殿下回过神来，会感到高兴也说不定。"

云悠悠："怎么可能呢？"

"噢，这可说不准。"白侠中将露出神秘的微笑。

殿下是一位意志力极其强大的人物，等到他缓过神，从不幸过往中抽离，就会意识到他的心上人是在冲他撒娇。心爱的姑娘朝自己无理取闹、撒娇，是每一个男人都会感到暗爽的事情——当然这一切的前提是，心爱。

◆ 05 ◆

云悠悠见到了随舰出征的心理医师。这是一位梳着大背头的短发女医师，她年近四十，穿着男式西服，长相棱角分明。见到云悠悠，她轻佻地勾了下唇角："嗯，病人，你完全符合我的审美，我会为你提供超乎你想象的服务。"

云悠悠立刻感到有些手足无措，下意识地侧头偷瞄了一眼白侠中将。中将露出了头疼的表情："白荣，收起你的臭毛病。"

帅气的白医师耸肩，拖声拖气："遵令——审查长大人。"

"现在是监察总长。"白侠中将严肃地纠正。

"嗯嗯嗯。"白医师上前挽住中将的手，把他推向门外，"术业有专攻，您就别妨碍我工作了，监察总长爸爸。"

云悠悠看明白了，这位白荣医师也是白侠中将的女儿。

赶走父亲之后，白荣的举止更加儿郎当，她坐在书桌上，居高临下地瞥着云悠悠，眼神攻击性十足："有什么偏好吗？指挥棒？牵着线的球球？还是我的手？放心，每一样都是最有效的催眠工具，区别只在你的癖好。"

云悠悠：……

她忽然有种奇怪的感觉——这位白荣医师是真的在戏弄她。

她抿了抿唇，想起了哥哥的星空怀表："有怀表吗？"

"当然！"白荣医师邪魅一笑，"我可以满足你的任何需求。"

云悠悠告诫自己不要脸红，但是脸颊却在飞快变烫。很快，一枚沉甸甸的表身坠到了她的面前。"嗯，放松，放心把自己交给我。"白荣医师笑道，"我会带你回到心理问题出现的地方，你可以看清当时每一处细节，每一张脸。"

云悠悠深吸了一口气，身体紧张得微微颤抖："能否给我一支情感阻断剂？"

"噢，我得请示一下。"白荣医师一边拨通信一边走向隔间，很快，她微笑着走回来，"放心，殿下会让人把阻断剂送到这里。"

"嗯嗯！谢谢！"

"那我们开始咯。"

五分钟之后，云悠悠惊奇地发现，自己保持着清醒的意识，回到了那条黑暗阴潮的巷道，她看见了哥哥的背影——

他踩着一具尸体，很随性地扬起左手前三根手指，斜着画了半道弧："一起上。"

云悠悠惊惧地环视着周围的一切。这是一种非常奇异的体验，她竟然可以用"上帝视角"回望曾经发生过的事情。这太不科学了！

不过，当她的视线落到躺在巷道角落的人影上时，心神立刻像是跌进漩涡一般被拽了下去，彻底落进过往场景中。她躺在地上，冰寒彻骨的感觉从灵魂最深处渗出来，沁透了每一个细胞。她看见小威就躺在距离自己一米不到的地方，他的眼睛睁得很大，还没有彻底断气，身体一下一下抽搐，散发出恶臭的血腥味。

在这一片污糟的旁边，身穿白衬衫和黑色学士裤的男人，正在与一群持械凶徒战斗，那些器械上还沾着 11 岁男孩的血。严寒让她的思绪异常清醒，她精准无误地接收了眼前的全部信息，温度、声音、气味……一切。歹徒一个接一个倒下，躺在地上，身体像濒死的鱼类一样打挺抽动，她看

清了他们每一个人的脸。

一尾一尾增多的"鱼"群中，最为痛苦难耐的莫过于小威。他早已经没救了，可是他的身躯正处于生命力最顽强的年纪，明明只悬着最后一口气，却怎么也死不掉，只能绝望地沉沦在炼狱之中。他用眼神恳求她，求她帮他解脱，可惜她一根手指也动弹不了——始作俑者正是他。小威很后悔，发自内心地后悔。人啊，只有伤害到了自己，才会真正感觉悔不当初。

云悠悠觉得自己不是在发病，而是彻底变成了疾病本身，她很恐惧，呼吸变得异常急促。

就在此时，战斗结束了，有人俯身抱起了她。

刚刚经历了一场凶险的一对多搏杀，哥哥的体温变得非常高，手臂肌肉隐隐残留着一点兴奋的颤抖。他称她为"目击者"，在如今的云悠悠看来，他的语气怎么也不能称为"友好"。只不过她已经知道了结果，她知道他不会伤害她。

哥哥……只要她抬起眼睛，就能看到哥哥的脸，他真实的脸。

就在这一刻，忽然像有一道闪电劈进了她的脑海，她非常清楚地意识到，自己此刻最大的愿望其实并不是看一看这位救星，而是……杀人。惊觉这个念头的时候，她的身体和灵魂忽地失重，开始沉沉向下坠落，坠入真正的永远得不到救赎的地狱。

她的身体开始疯狂颤抖，从地狱中伸出来的黑暗手臂拉住了她，将她往下拽。她知道，这一跌落，便是真正的失控，真正的深渊，原来她的病，不仅是幽暗深海带来的伤害。她颤抖着，感觉到梦里梦外的身躯都病了，病入膏肓。

就在这时，一只温热的大手忽然拉住了她。修长的、指节分明的、带着薄茧的手指一根一根扣入她的指缝，以一种不容抗拒的强势姿态扣住她，禁止她坠落。地狱中探出来的手臂像是被阳光烫伤，飞快地缩回了阴暗潮湿的地底。

她的心绪渐渐变得安宁祥和，也记起了此行的目的，怔怔抬起眼睛，望向抱着她走出巷道的哥哥——

她看见的，是十七八岁的闻泽的脸。

"怎么会！"

"叮——"

催眠结束，云悠悠就像溺水者探出水面，蓦地挣扎着坐了起来，一双有力的大手揽住了她，把她扣进怀里。

"殿下……"她不用抬头去看，也能知道这个熟悉的怀抱属于谁。她回来了，从暗无天日的过往，回到了当下。

"嗯。"闻泽的声音平淡地从头顶传来，"情感阻断剂摔坏了，于是我亲自前来。"

她的嗓子里溢出轻轻的呜咽："殿下……"

"咳，咳咳！"白荣医师敲桌提醒，"不觉得这里有人很多余吗？"她不满地盯着皇太子殿下。

闻泽和云悠悠一起望向这位医师，眼神无辜，云悠悠不好意思地说："没有那回事，白医师请您自信一点，您并不多余。"

白医师生无可恋："再不进行引导问话，这次催眠将失去效果——二次催眠的话，潜意识也许会自行修整记忆，无法保持准确性。"

闻泽松开云悠悠，安抚地拍拍她的背："放心把一切告诉白医生。"

"嗯嗯。"在医师的指引下，云悠悠将事件经过复述了一遍。每一次她的脊背微微颤动时，都会有一只温热的大手落在后心，不动声色地给予安抚。

白医师的问题逐渐深入："所以，在一切结束的时候，那个小男孩仍然存活？"

"是，是的。"云悠悠的声音抖得厉害。

白医师安抚地摇了摇头："按照你的描述，那样的情况下，已经没有任何医疗手段能够帮助到他——他只是在等死而已。你并没有抛弃他，而且，你身中幽暗深海，也没有能力帮到他。"

她把脑袋垂得更低："我……我知道。"

"不需要自责。"白医师很有魅力的嗓音回荡在耳畔，"现在告诉我，你看清那张脸了吗？救你的人，他长着什么样的脸。"

云悠悠点了点低垂的头。

医师和闻泽对视一眼："能不能向我描述一下它？"

"是殿下的脸。"云悠悠下意识地抬头看闻泽，"闻泽殿下的脸，十七八岁的样子。不仅是那一天，在接下来的三年中，哥哥一直都是那样的脸，没有任何变化。我确定。"

诊疗室里安静得落针可闻，半晌，白医师耸了耸肩："噢，殿下，我觉得这已经不属于催眠范畴了。"

"所以？"闻泽淡声问。

医师非常严肃地说："这是整形领域的里程碑事件。"

云悠悠、闻泽：……

最终，这位心理和催眠领域的专家得出的结论就是，无论什么样的催眠术，都不可能替换掉一个人记忆中某人所有的脸。

答案只能是"奇迹"。

✦ 06 ✦

神不守舍的云悠悠被闻泽带回了他的私人房间。他很随性让她坐在自己身上，松松拥着她，坐在书桌后面处理公务——第一次"火炬行动"之后，殿下已经快要被各方发来的文件淹没。

"弄丢了你的阻断剂，给你人道关怀而已。"他很平静地说，"不需要有任何压力。"

"嗯。"她低低地应一声，把头倚在他宽阔的肩膀上。她有一件事很想向他坦白，可是看他在专注地做事，就一直说不出口。

大约过了二十分钟，闻泽手上的事情告一段落，他随意地垂头看了她一下，低低问："有事瞒着医师？"

她不自觉地缩了一下肩膀，抬头对上他的视线。

闻泽淡笑："没什么大不了。还记得几个小时之前我做了什么？"

她怔怔看着他，心脏在胸腔中越跳越快，殿下他，什么都知道了。

几个小时之前，他亲手杀掉了行刺他的三殿下。"没什么大不了"，别人说出这句话也许没有什么分量，闻泽却不一样。

她轻轻地点了点头，认真地看着他的眼睛："嗯。"

"说吧，没事的。"他说。

他给了她温度和力量，让她情不自禁地开口："我看着小威一点一点被他们弄坏，心里就像装着一头暴虐的野兽，想要冲破桎梏，把眼前的一切撕成碎片。哥哥救起我时，小威还没有死，我用眼神央求哥哥，请他帮我……送走了他。"

哥哥的手法非常利落，不到一秒，一切就结束了。

她缓了一下，继续说道："我的病，如果没有得到缓解的话，会让我丧失意识，像野兽一样攻击周围的人。我是个……危险分子，殿下，其实对于我来说，用阻断剂治病，缩短自己的生命……是最正确的做法。"

手臂忽地一紧，她垂下眼睛去看，发现闻泽很嫌弃地用两根手指捏住她的细胳膊。

"危险分子？云悠悠，你未免过于高估自己。"他轻轻一哂。

云悠悠叹气："殿下，在您没有防备的情况下，我的确有能力伤害到您——我曾让哥哥受了不少小伤。"

"呵，"闻泽笑，"我一只手就能打败他。"

云悠悠原谅了殿下偶尔的孩子气："好……所以，您现在知道问题有多么严重了！可以给我阻断剂吗？"

"不是可以用我来代替吗？"闻泽挑了挑眉，脸上露出一点和他平日气质大相径庭的轻佻，"实在不行，我可以帮你。"

"殿下！"云悠悠忧郁地叹气，"您不必勉强自己来迁就我，我知道，您的心中其实根本没有那些低俗趣味，您的理想和抱负，我辈望尘莫及。"

闻泽：……

是什么给了她错觉？难道是他技术不过硬吗？

"绿林的事，我已经知道了。"她用柔软的目光定定看着他的脸，"很抱歉，殿下，我误解了您，您是真正的英雄！"

不，于一个男人而言，最需要肯定的能力已经被她无情抹杀。

一份调查报告发送到闻泽的手上，云悠悠很自觉地垂下眼睛，轻轻侧倚着他，不去窥探他的军事情报。

"你的事。"闻泽抬手拍了拍她的肩，"关于那个男孩。如果你没兴趣的话，我可以勉为其难帮你看一看，然后告诉你结论。"

云悠悠微微一怔："殿下调查了小威？"

"嗯。"

她想直起身来看，却发现自己的脑袋很沉，而闻泽坚硬结实的身躯就像一块巨大的磁铁，把她牢牢吸在他的身上。她蹭了两下没能爬起来，惹来闻泽一声嫌弃的轻喷，一只大手覆住她的后脖颈和小肩膀，把她拎起来，向前一摁，让她半伏在书桌上。他松松地从后方环住她，两只手肘撑在她的身侧，将她禁锢在他与书桌之间。

"别怕。"他的嗓音略微低沉了一些，"发病了有我。"

温热的气息拂过她的耳畔，等等，治病其实并不需要做那样的事情啊！她只要待在他的身边，感受到他的温度，病情就会好转。

是什么给了殿下那样的错觉？难道是她对他的依赖过于明显了吗？

云悠悠感觉五雷轰顶——她在正直的殿下面前，简直就是毫无形象可言了。她魂不守舍地将视线投向面前的光屏，目光渐渐凝滞。

这是一份从群聊记录里面精选截取的相关信息。

图片上方是调查官简明扼要的备注——小威，原名张家宝，四岁被父母遗弃之后，一直跟随云悠悠生活，九岁那年结识了一名做慈善义工的绿林大学女学生，图中的聊天记录是那名大学生义工在朋友群中的吐槽，吐槽内容疑似与云悠悠有关。

这件事云悠悠有印象。那阵子小威忽然闹着要买光脑,她还没说不同意,他就自己脑补了一大堆她不让他接触外面的世界、严格控制他迫害他把他当奴隶的心路历程,然后义正词严地控诉她,把她都气乐了。后来她才知道,小威买光脑是为了和一个大学生聊天,那是个慈善义工,免费为无法上学的孩子提供基础教育。

云悠悠对此没有任何意见,因为她自己也喜欢到绿林大学的广场外面听他们的公开课。只不过买光脑的时候闹得不太愉快,于是她禁止小威在她面前摆弄光脑,也不准他多提那件事情。

难道小威的"背叛"和那个义工有关?

云悠悠定了定神,看向长长的聊天记录,一个叫作"今天要更努力才行"的 ID 存在感特别强。

今天要更努力才行:我真是受不了了,为什么他被压迫成那个样子,还是没有反抗的勇气呢?是,她确实是救过他一命,可是她已经奴役了他整整五年,他怎么就不明白,一个人活在世界上,人格尊严才是最重要的东西呢?

后面附上了两张图片,是"今天要更努力才行"和"小威"的聊天记录。云悠悠按捺着不适扫过一眼,大概内容就是小威唯唯诺诺地向这位慈善义工解释,说云悠悠其实对他挺好的。慈善义工非常愤怒,她认为小威是受害者,被压迫习惯了,失去了生而为人最宝贵的反抗精神和勇气。

群里面有很多人在劝这个"更努力",让她不用在意一个萍水相逢的小孩,反正她都已经快要离开绿林了。"今天要更努力才行"这样回复大家——

嗯!去了首都星之后,我一定更加努力,以身作则,成为最好的榜样,让小威知道真正的光明和自尊应该是什么样子!

看到这里,云悠悠下意识地感觉到一阵熟悉的反胃。

再往下看,接下来一两年中,小威不断地服食"更努力"为他画下的大饼,渐渐有了自己的梦想,想要追逐光明,成为和"更努力"一样优秀的人才。

"更努力"很满意小威的心态转变，时不时就在朋友群里面炫耀一下自己帮助一个小男孩重获新生的丰功伟绩。

她是这样教他的——

今天也要更努力才行：小威，真正的爱是伟大而无私的奉献，如果我有弟弟，我一定愿意倾尽全力帮助他离开绿林，实现自己的梦想！一个真正爱你的姐姐，怎么可能像她那样凡事都只想着她自己？

小威：您真好，我好想好想成为您的弟弟啊！我明白了，大人她根本不爱我，她太自私了，她爱的只有她自己。请您相信我，再给我一点时间，我一定能够摆脱她的控制，到首都星去找您，奔赴我的梦想和光明！

今天也要更努力才行：你怎么还叫她"大人"！我教你的自尊自爱自重呢？这是她控制你奴役你的手段之一，懂吗？反抗暴政，要激烈，要勇敢，要坚定！

接下来，这位慈善义工写了长长的小论文，在朋友群中大力抨击了"大人"这个称呼。

云悠悠的目光停留在最后的聊天日期上。

"哦……"她平静地低语，"然后小威就把我卖给了那伙人，换船票。"

原来，是有了"梦想"啊。不知道最终梦想破碎的时候，他开不开心呢？

✦ 07 ✦

云悠悠呆呆地看着面前光屏上的两个头像，思绪仿佛又坠落到了那个血色暗夜，重温了小威当时悔恨交加的眼神。如果那伙人没有出尔反尔呢？拿着船票奔赴梦想的小威，还会后悔吗？不会的，他会给自己找到一万个理由，一万个云悠悠对不起他的理由。

她的身体很冷，上下牙齿轻轻碰撞。身躯一紧，她被人用很大的力气环在了怀里，滚烫的温度不断传递给她，填满她胸腔中的空洞。她感觉到熟悉的气息从身后贴近，落在她的耳朵旁边。

"两个都是又蠢又坏。"闻泽淡声点评。

云悠悠怔怔转头，嘴唇正好擦过了闻泽冷白的侧脸，他动作微顿，将她往怀里拢了拢，然后抬手关掉了光屏。

"殿下……"她问，"您就不怀疑，我真的欺负他，奴役他吗？"

"是又如何。"闻泽薄唇轻轻扯开，冷笑，"倚仗旁人生存者，自当服从旁人制定的规则。"

他捉住她的肩膀，让她在他怀里转了个身，面对着他。她在他那双向来清冷平静的黑眸中看见了温柔的涟漪。他垂下脸，轻轻啄下了她的额头，薄唇贴着她，声线平缓，带着安抚人心的力量："大人，不是那两个蠢货以为的意思，对吧。"他的声音很好听，很温存。

云悠悠蒙了片刻，然后蓦地睁大了眼睛，难以置信地抬头看他。就连哥哥都不知道她为什么让小威叫她"大人"，哥哥曾好笑地揉着她的头发，说她很酷，像个小魔王。

连哥哥都不知道，殿下他……真的知道吗？

这一瞬间，她有些心悸，也有些害怕。这是一种非常奇怪的恐惧感，就像恐惧自己将被烈焰熔化，然后自身也化成烈焰。

他叹息一声，摁住她的脑袋，让她整个窝在自己的胸前。"大人不需要别人照顾，自己还能照顾别人。"他紧了紧手臂，"我们悠悠不想做小孩。"

她的身体猛地一震。他知道，他真的知道！她想要忍住不哭，可是却在他声音落下的瞬间失控，喉咙里溢出哭声，眼泪化成了滂沱大雨。她哭得几乎喘不过气，双手无意识地攥住他的衣服，一声一声发出完全没有形象可言的哭泣。

他没再说话，只是轻轻拍着她的背部，任她把他的制服彻底弄湿。

她哭得昏昏沉沉，抽噎着告诉他："我以为……成为大人就可以……回到爸爸妈妈的身边。殿下，我是不是很没用，他们抛弃我……我还想着他们……"

他轻声笑了笑："对血亲彻底绝望，需要一个过程。"

云悠悠忽然就想起了他被黑弹攻击的事情："殿下……"

她飞快地把眼泪抹在最顺手的地方，然后抬起脸看着他。他的脸上看不出任何伤痛，却让她心里更加难过。她很想亲吻他的脸颊，嘴唇刚刚凑上去，忽然被他偏头衔住。

"唔……"

他的薄唇几次意欲发狠，试图攻城略地，但最终却被他克制了下来，只是咬着她的下唇，溢出漫不经心的、慵懒喑哑的嗓音："别哭了，吃药。"

揪在他制服上的双手被他捕获，大手握紧她的小手，将她的手指一根一根扣住，浅而又浅的亲吻，却让她感觉心脏都贴到了他的身上。在彻底失控之前，闻泽及时停了下来。

"知道那个慈善义工是谁吗？"他轻飘飘地开口，嗓音性感得让人头皮发麻。

"是林瑶。"云悠悠没有任何犹豫，"风格鲜明，独一无二。这个世界上，再没有一个人能比她更加讨厌。"

闻泽低低地笑了起来。

"殿下，"云悠悠抬起眼睛看他，"您不是答应过一位逝者照看林瑶吗，她谋杀未遂，会被赦免吗？"

他摁住她的脑袋，微笑："我可以让他自行照看。"

"哦……"她模仿星网上的名句，"原谅她是逝者的事情，您的任务是送她去见那位逝者。"

闻泽笑而不语。

让他怀疑"哥哥"是西蒙的原因很多，比如生物科学领域的成就、那个独特的手势、笔迹的风格……但最终彻底确定老友的身份，却是因为一个很明显的承诺。西蒙是一个非常顽固守旧的家伙，他近乎变态地遵守一些很古老的原则，其中最重要的就是守信。

真正的林思明因为自己的私心害死了父母，也毁掉了他自己。那样一个自卑的视爱情为一切的人，不会有勇气继续活下去，而西蒙，正好需要这样一个身份。于是他们做了交易，林思明将自己的一切权限交给西蒙，让西蒙代替他活下去，替他完成最后的心愿——照顾林瑶，竭尽所能地满足她。

从早间的营养餐、对于学生来说比较贵重的小饰品、认真整理的笔记……到一篇篇论文，一份份成果。

从林思明到"林思明"。

绿林沦陷时，这位消失多年生死不明的好友，终于联络了闻泽一次，用一个只有他们两个人知道的方式——

请他帮忙照看林瑶。

闻泽低头看了看窝在怀中的家伙。他觉得如果把实情告诉她，自己有点胜之不武。而且，知道是"哥哥"托他照看林瑶，她应该不会开心，再加上西蒙暗地里在准备的那些事情……算了，他替他们扛。

哥哥嘛，年纪大的未必就是哥，最强大的才是。

想到终有一日，西蒙在她面前垂下头叫自己"闻泽哥"的场面，他不禁唇角微勾，心情极度愉悦。

✦ 08 ✦

"殿下，"云悠悠定定盯住闻泽，再次确认，"林瑶一定会受到法律的制裁，对吗？"

看着她那乌黑水润的双眼，以及花瓣一般柔嫩娇艳的唇，闻泽很想扔掉原则，带她去亲手制裁那个恶人。只是……他在她的心目中，似乎不是那样的形象——真是可惜了他的手套。

"嗯。"他很淡定地回答。

她的眼睛里再一次涌上热泪："殿下，您真好。"

闻泽倒是更情愿她骂他"坏"，他抚着她的头发，轻声问道："你最初期待的奇迹，是父母到矿道里面找你？"这个女孩实在是单纯得让他觉得有些不忍心欺负。

云悠悠身体一震，一时不知道应该负隅顽抗，还是老老实实地承认。

这副模样落在闻泽眼中，惹得他放声笑了出来。低低的笑声回荡在舱室，这位素日温文尔雅风度翩翩的皇太子，露出了最放肆开怀的一面。

"小傻子。"他抬起手，狠狠揉乱了她的头发。

云悠悠怔怔地看着他，忽然鬼使神差地蹦出一句："殿下，我觉得哥哥最欣赏的'好友'，应当是您这样的人。"

话一出口，她立刻后悔了——在最尊贵的皇太子殿下面前说这样的话，委实过于冒犯。

不过最有风度的殿下并没有责怪她，反倒颇有兴味地挑起了眉尾："哦？怎么说？"

她赧然低头："哥哥说，他最好的朋友是一位机甲领域的天才，为人正直，拥有强大的意志和能力，未来成就不可限量，无论哥哥身在何方，都会永远为那位朋友骄傲。我觉得，只有您这样的人，配得上如此赞誉。"

何止机甲领域，太子殿下很不满地想。

他捉住她的肩膀，把她拎了起来，漫不经心地说："给你改装一辆车，你可以开着它进入矿道，去找你的'奇迹'。"

不等她说话，他已经迈开大步走到舱门旁边，侧头："嗯？怎么不动。"

云悠悠赶紧回神，飞快地追上去。

云悠悠没有想到，闻泽竟然要把他那架堪比战舰的星空车改造成矿车。他戴着巨大的护目镜，身穿防护服，戴上厚重的大手套，亲自在车间里面和组装机器人一起动手操作。

她被他关了防辐射的透明窗后面，看着他拎着各种奇奇怪怪的大扳手和合金钳，利落地爬上爬下，咣咣当当搞得热火朝天。极致专注的神情让他冷白俊美的面庞更加迷人，云悠悠看着他，不禁忘记了时间。等到闻泽摘下手套从车间走出来时，云悠悠蓦然惊觉，已经过去了整整一夜。

"殿下，"她惶恐地揪住裤边，"您为了我的事情，耽误了公务。"

闻泽与她擦肩而过："现在不是工作时间。"

云悠悠："耽误了您的睡眠。"

"深空没有昼夜，什么时候睡都一样。"闻泽懒洋洋地把护目镜拨高，卡住汗湿的略有一点凌乱的碎发，懒洋洋冲她扬了扬下巴，"走吧，盯着也不会变快。"

她透过防辐射窗望向车间，只见智能机器人正在认真地忙碌着，执行那些它们可以完成的任务。

"殿下……"

"每个男人小时候都有拆装飞船的梦想。"通宵一夜之后，闻泽懒得维持那副完美虚伪的样子，勾住她的肩，把一部分重量压在她瘦弱的身体上，偏头靠近她，"偶尔放纵，有利于身心健康。"

"哦……"她偷偷瞄他一眼，发现额发被护目镜卡到头顶之后，殿下看起来更加英俊性感了。

他盯着她，忽然笑开："怎么样，想不想陪我一起？"

云悠悠笑着看他，她的脸蛋红成了滴血的朝阳。

第二章

CHAPTER 2

最漫长的三分钟

Falling into stars

❖ 01 ❖

回到闻泽的私人舱后，他让云悠悠先行沐浴，然后躺到他宽敞的双人大床上。

他带上黑色的丝质睡袍，走进浴房。水流拍打在坚硬身躯上的声音隐隐约约传出来，让她辗转难安，水声停下的时候，她的心脏也随之停跳了一拍，她只能轻轻揪着被子，抿住唇，紧张兮兮地看着闻泽来到她的身边。

他松松地穿着睡袍，衣襟半敞，只系着一条束带。流畅的胸膛线条掩进一片黑色丝绸的暗光之间，让人不自觉地想象蹭开这件衣裳将是何等风华。

她赶紧闭上了眼睛。

闻泽俯身，拿走光脑，叮嘱她一句"安心睡"，然后头也不回地走向书房——迟一秒，他怕当真耽误公务。

今日，专家组的完整报告已经呈送到他的案头，第一轮"火炬行动"之后母虫的大致方位已经可以粗略判定，还有闻泰透露出的"地下实验室"的消息也不容轻视。从专家组的综合报告可以看出，绿林的情形与其他沦陷星球并无不同。

虫族是奔着母虫而来的，而母虫，只会诞生在那些地磁消失的贫瘠星球——正是由于这个原因，帝国千百年来总是得过且过，放任虫族占领那些价值不高的星球——既然虫族只是跟在帝国屁股后面捡垃圾，又何必花费大力气和它们拼个你死我活呢？

闻泽打开了这份乏善可陈的报告。

"火炬行动"之后，通过监测地表虫群的回潮大势，可以大致判定母虫位于绿林首府方圆两千公里之内，接下来将针对这两千公里范围布置下一步行动，更精准地锁定它的方位。

解决完小山一般的公务之后，闻泽捏着眉心起身，思忖片刻，让随舰出行的厨师团队准备两份丰盛的单人餐，等待传唤。

年近三十，毕竟不比十几岁的时候，闻泽记得，那时候他和西蒙时常一起通宵打游戏，白天还要应付繁重的精英课程，挨到放学时，随便一句话又会激起新的少年意气，非得争出个高低——连续两三天不睡是常有的事，如今倒是会感觉疲累了。

不过在踏入卧房的那一瞬间，感受到空气中甜而淡的花果香味时，所有的疲惫立刻不翼而飞，挺拔的身躯就像一柄能够刺破苍穹的利剑。

他挑眉，视线投向那道软绵绵爬起来的身影，气氛好极了，与他预想中一模一样。他的手指轻轻叩击门边，心中盘算着让厨房隔多久再把餐品出炉……两小时？

"殿下……"云悠悠揉着眼睛爬下床，冲着闻泽露出傻乎乎的笑容，看着他添了几条血丝的眼睛，不禁忧心忡忡，"殿下，您该休息了。"

他皱眉，不悦地俯身凑向她："不是说好陪我一起？你敢欺君。"

云悠悠：……

二十分钟之后，她被他套上了防护服，架上巨大的护目镜，推进改装车间。云悠悠惊奇地发现，星空矿车已经彻底变成了地下矿车的形状。

闻泽把一支彩色喷枪交到她的手上："自己做外观。"然后拎起另一件奇形怪状的工具，跳上了车顶，护目镜下，那张神采奕奕的脸庞简直在发光。

她吃力地拎起手中的喷枪，心中忐忑不安地想：殿下说陪他一起原来指的是一起做这个啊！

她扬起脸看他，发现此刻的太子殿下笑得像少年。他一边检查这架改装过的星空矿车，一边向她介绍它的性能。她曾见识过它惊人的防御力，此刻听着他的详细介绍，心中不禁一阵阵惊叹——它已经超越她理解的"帝国科技"了。

只是……云悠悠意识到一个非常非常严重的问题——她，不会开车啊！

"殿下……"云悠悠实在不忍心打断闻泽专注的工作状态，但她不得不说，"我不会驾驶星空矿车。"

闻泽正在检查这辆"矿车"的车头，听到她的话，把一只脚踏到车顶上，胳膊肘闲闲搭着膝，歪过半边身体："不是能开矿车吗？"

云悠悠被他这副老练的技术工程师形象狠狠"帅"了一下，不好意思地仰着头冲他笑："矿车只会前进、后退和转弯。"

"啧。"他揉了下额角，"虫族可不只会前进、后退和转弯。"

云悠悠忧郁地抿住了唇，殿下说得很对，普通的矿车怎么可能深入那个被虫族占领的地方呢？

"我给你安排司机。"他把身子立了回去，拎起手中巨大的工具继续检查这架车。

她沉吟了一下，也想不出更好的办法了。那些矿道纵横交错，很多地段非常狭窄，如果想要开着机甲进去，规模可能不亚于愚公移山。想要回到矿道，没有比这架改装过的星空矿车更好的选择。她抿抿唇，老实地举起手中沉重的喷枪，选择自己最熟悉的土黄色，"吱吱吱"往车身上喷。陈旧老土的颜色淹掉了星空矿车高科技感和贵族感十足的银白色泽。

云悠悠脑子一抽："殿下，这种感觉就像在亵渎您本人。"

闻泽：……

半晌，男人慵懒无奈的声音从车身另一端飘过来："那你还要不要继续。"

云悠悠："要……"

"那就继续。"他的声音轻飘飘的，不带任何意味，但因为音色本身十分低磁，让它像电流一样蹿过了尾椎。

她感觉车间仿佛变窄了一些，空气有点不够用，暗自抿住唇，提起彩色喷枪围着星空矿车给它染色，有意无意地避着专注检查的殿下。

奇奇怪怪的气氛一直持续到她犯错——她不小心把颜色喷到了闻泽的身上，"嗤"，一道暗黄扫过他的腰部。

护目镜下，闻泽狭长的黑眸危险地眯了起来："亵渎我的车已经满足不了你了？"

云悠悠直觉不妙，讪笑着鞠躬后退，逃向星空矿车另一侧。他单手撑着车身，长腿一掠，落到她的前方，截住她的去路，彩色喷枪被他随手夺走，他捉住她的手腕，手肘一横，把她压在星空矿车上。隔着护目镜，他的神色显得晦暗不明。她被禁锢在星空矿车和他的身躯之间，没有一寸动弹的空隙，有什么东西懒散又危险地划过她的身侧，然后抵在腰间。她的心跳失控了几秒，下意识屏住呼吸，瞳仁不自觉地收缩。后脊发麻，仿佛有什么暗涌的蓬勃狂潮即将……

"嗤嗤嗤！"

土黄色的喷涂染料乍然在她的腰间盛放，彩色喷枪在他手中发挥出了更大的威力。

"嗤嗤嗤！"

她看见闻泽精致的唇角绽开了堪称恶劣的笑容："呵呵。"

"殿下！快住手！停下！"

抗议无效，他涂完一面，又把她翻过另一面，脸朝着车身，把背部涂了个遍。

"求饶无效。"他的声音带着阴恻恻的笑意。

事后，这位尊贵的大人物微皱着眉，一本正经地告诫她："没有下次。"

云悠悠心想，无所谓，反正也不用她来清洗。

离开改装车间，看着智能机器人艰难无比、吭哧吭哧地拖走两套带着颜色的沉重防护服，她忍不住抿了唇，"扑哧"笑出声。

✦ 02 ✦

出发的时间定在六个小时之后。

闻泽批准了第二轮针对绿林首府的作战计划，然后将一份地下浅层虫巢的分布地图交给云悠悠，让她对照着记忆中的矿道路线规划大致的行动路线。

她认认真真地看完虫巢分布，抬头想要问他一些具体问题时，却发现闻泽单手撑着额头，早已倚在巨大的靠椅上睡着了。他的手肘落在椅子扶手上，支撑着半个身体的重量。

为了帮她改装星空矿车，他已经两天两夜没睡。

云悠悠的心头涌起又酸又暖的情绪，她悄悄放下光脑，踮着脚从卧室抱来一床薄软的星空被，打算盖住他的身体，垫住他的手肘。

手指刚碰到他的手背，只见闻泽蓦地睁开了眼睛，眸中并没有睡梦将醒的混沌迷惑，一对黑眸冷得像冰，利得像剑，毫不掩饰的杀意沉沉罩住她，让她感觉正被深渊凝视。他反手攥住她的手腕，有一瞬间，她觉得他会毫不犹豫地拧断她的手，然后再拧断她的细脖子。

他的视线落到她的脸上，一顿，大手微微卸力，他不满地轻啧一声，将她拖进怀里，连人带被子拥成一团，下巴搁在她的发顶。随后他重新闭上了眼睛，一秒入睡。

云悠悠的后腰磕在了椅子扶手上，代替他的手肘承受了他身体的重量。她悄悄抬起眼睛，见他睡得极沉，像一尊完全不愿意动弹的完美雕塑。眉眼鼻唇无一处不精致，泛着些懒意，紧皱的眉头彻底松开。

她忽然就不忍心动弹了——就让他这样睡一会儿吧。

土黄色的"矿车"静静停在出舱口，车上并没有司机。

"殿下？"她吃惊地看着坐进驾驶位的闻泽。

他偏了偏头，两道漂亮黑长的眉毛微微蹙了起来："上车，等什么。"

"司机是您？"

"怎么。"他很随意地拉动操作盘，"怀疑我的技术？"

云悠悠老实上了车："不敢……可是您要指挥作战，而且地下矿道很危险。"

"这种程度的小战事杨诚可以应对。"他一边发动这架特殊的矿车，一边似笑非笑地瞥她，"谁让你不会开车。"

直觉告诉云悠悠，就算她会开车，殿下也一定能找到理由跟着她下矿洞。

"无须顾虑。"他懒声说道，"我答应过你，不会对他做什么。"

云悠悠被他道破了心事，不禁有些赧然，垂下头，双手轻轻揪住裤边，细声细气地"嗯"了一声。

舱门开启，土黄色的星空矿车平稳无比地滑入近地轨道。

外面的战争已经开始了。

这次行动出动了战舰方阵，凛凛舰队压向地表，剑指虫巢。战斗机甲就像从航母上升空的战机，密密麻麻地掠出去，从地表到深空，一团团能源火光接连爆开。

云悠悠的心神被彻底攫住。眼前的景象，就像是天火流星袭击了这颗星球，发生在地表和大气层的爆炸让整颗庞大的星球都在隐隐震颤。在这样的战争中，个人力量显得十分微弱。但是，正是滴水组成涓流，汇成大海。

"殿下，虫族的主力都藏在地下是吗？"她想起白侠中将说过，眼下盘踞在绿林的虫群来自三片不同的星域，当它们迁徙时，规模大得如同星云，就连行星也显得渺小。和这样的形容相比，地表的虫群显然有些不够看。

"嗯。"闻泽目视前方，平静地回答，"被母虫吸引而来，奔赴它。"

"为什么呢？"

"生物科学家正在寻找答案。"他微勾着唇角，开了个玩笑，"如果在他们找到答案之前我已经终结了虫族的话，我会送他们到荒芜星种田开荒。"

身下的星空矿车飞得更快了。

"珍惜眼前吧，"他懒懒说道，"母虫死后，想见我就没那么容易了。"

云悠悠心头轻轻一跳，偷眼看他，只见他正在专注地驾驶，似乎只是随口一说。她知道，杀掉母虫之后，地底的虫族就会浮出地表再次迁徙，这个时候，就是殿下对它们发起总攻的最佳时机。到那时，他会非常忙碌。当然，身为特战队员，那时的她也会很忙很忙，才不会想见殿下。

星空矿车很快就抵达大气层，它穿梭在漫天爆炸火光之中，就像一粒落进大海的尘埃，没有丝毫存在感。

遇到虫群，闻泽单手驾驶，另一只手很随意地发动能源炮歼灭它们，弹无虚发。看着虫子一只接一只坠落，云悠悠的眼神渐渐发直。

"殿下……"她欲言又止。

"什么。"他微挑着眉梢看向她，她害羞又纠结的表情令他心情大好。

"想说什么就说。"他轻哼一声。这种程度的战斗也值得大惊小怪吗？

"是！"云悠悠鼓起勇气，"两个人共同行动，军功是可以共享的，您如果懒得打卡的话，可不可以让我'滴'它们一下？您知道，我还欠着巨额债务。"

闻泽："……随意。"

于是云悠悠非常快乐地从光屏上扒拉出了打卡小程序。

"滴！滴滴！滴滴滴！"星空矿车里弥漫着快乐的空气。

蹭着闻泽"滴"了一路，云悠悠脸上的笑容越来越灿烂。

闻泽能够清晰地感觉到，此刻在她眼里，这些虫子比他这位皇太子更有价值。所以，这个傻子到底有没有意识到，只要搞定了身边的男人，她将坐拥帝国江山？

"这么开心？"他幽幽地问。

"还贷使我快乐！"

半空的战斗更加激烈，越来越多的战舰现身大气层，带起了一圈圈火烧云般的震爆和气浪，能源炮四面开花，一队队机甲相互配合，将飞向战舰的虫族一一歼灭。

天空不再灰蒙蒙的，而是泛着末日般的金红。

战场主要在半空，因为绿林地面肯定藏着不少幸存者，制定战略的时候军方将他们的生命安全也纳入了考虑范围。

星空矿车一掠而下。

在这漫天火光中，它的存在感实在是太微弱，身后甚至没有虫族追击。

云悠悠一边打卡，一边观察地表景象。几处虫族的大巢穴经历了一番轰炸后，地皮大面积被掀开，露出黝黑的深不见底的虫巢穴道。地下的虫群已被彻底惊动，从这些巢穴中源源不断地涌出来，乍一看，就像是地下的污水管道破裂，涌出大股大股的黑水。

放眼地平线，只见这样的虫巢数也数不尽。整体看来，眼前的场面又更像是一个水果从内部开始腐败，那些糜烂的污糟的组织从仍然保持光鲜的表皮下方渗出来。等到外皮坍塌，人们会发现内里除了这些黑虫子之外已经什么也不剩了。这么想着，云悠悠的头皮不禁一阵阵发麻发紧。

星空矿车从绿林大学上方一掠而过，落向矿山区。

在虫族进犯之前，那些矿山看起来就已经是一具具疮痍密布的尸体了。"绿林"曾经名副其实，星球陆地覆满绿色的森林，是一个虽然贫穷但生机盎然的地方。后来人们发现地下储藏着丰硕的星源矿脉，立刻开始了不加节制的开采——那段过往在历史书上被称为"淘金岁月"，暴富只在一夜之间，就连扛着机械铲刨地的散户也能赚得盆满钵满。

但在那之后，就不再有绿林了。

云悠悠曾经幻想过自己是一只小鸟，在茂密的绿色大森林里飞来飞去。而事实上，她却只能做一只地洞中的老鼠，小心翼翼地刨出一点点残渣，借此存活下去。

❖ 03 ❖

"那边。"她抬起手来，指了指一座孔洞密布的矿山。

星空矿车一掠而下，飞进半山腰最大的矿道。矿道区域有很多部分与虫巢重合，掠进矿道就像落入了虫穴——虫族也会偷懒，有现成的路径时，它们就会将其改造成自己的巢穴。此刻，虫群正从地底涌出来，土黄色的星空矿车逆着虫潮前行，挡住前路的虫子就像下雨一样哗哗坠落。

云悠悠打卡的心情从纯粹快乐渐渐变得胆战心惊，她谨慎地提醒他："殿下，记得留意能源条，千万别空能。"

闻泽侧头，似笑非笑地瞥了她一眼："介绍性能的时候，你就只顾着看我了？"

云悠悠：……

她像一个开小差被逮个正着的学生，不自觉地挺直了腰板，紧张狡辩："没有啊。"

他轻笑出声，操纵星空矿车避开一波几乎没有空隙的虫潮，然后再次给她科普："这架车的能量源与主舰能量源以量子态互通，一千公里之内可以实现无缝能源传输——想要打空一艘战舰的能源，这点场面远远不够。"

云悠悠震惊地眨了眨眼睛："哇喔。"

她默默换算了一下，然后好奇地问："所以它等于您那艘主战舰？"

闻泽笑了笑："约等。"

云悠悠：……

好家伙！她亵渎了好一个大家伙！

"这样的星空矿车很贵吗？"她赚钱买车的心思蠢蠢欲动。

"仅此一台。"

"您竟然舍得把它改装成这样！"云悠悠难以置信地盯着他。

"指路。"他抬手，把她的脑袋拨了回去。

掠过两条带着虫巢主室的甬道之后，云悠悠惊喜地发现前方的几条小矿道竟然没有被虫族占领："运气真好！"

"不是运气，"闻泽淡定地纠正，"虫族对环境是有要求的。"

可不是吗，前方矿道里，破烂的木垫道已处于半腐朽状态，废弃的铁支架爬满了锈蚀，角落里扔满了无法降解的营养液包装袋，还有一些非常可疑的陈年痕迹，用眼睛看着都觉得腥臊。

她惊奇地眨了眨眼睛："我以前竟然不觉得环境差。"

云悠悠喃喃说完，本以为殿下会嗤笑一两句，没想到他只是抬起手来，摁住她的脑袋轻轻揉了下，让她的心脏再次在胸腔里面荡了个秋千。

"左边。"她轻声指路。

真实视野中，记忆深处的矿道一节一节呈现在眼前。矿道很深很黑，一成不变的景象具有强烈的催眠效果。没有虫群吸引注意力之后，身旁驾驶星空矿车的闻泽变得存在感十足，车舱中，两个人的温度和气味交织在一起，空气里积蓄着躁动的火花。

云悠悠不安地揪着衣服，没话找话说："带我的那个人叫老加尔，是个眼睛里只认钱的红胡子老头。我的收入有一半要上交给他，每次超过 10 个星币他就眉开眼笑，不足 10 个星币他就暴跳如雷，把所有难听的脏话全部骂一遍。"

"嗯。"闻泽专心驾驶着星空矿车，淡淡应了句。

"后来我发现他只认钱，别的什么也不管，于是我学聪明了，攒到 10 星币以上才会找他交钱。在那之后他每次见我就乐呵呵，压根没注意已经多少天没见过我了。"她傻乎乎地笑起来，回忆着说，"老加尔很凶，但是谁能给他赚钱他就会护着谁，别的矿头子都不敢惹他，跟着他讨生活，只需要防备矿道下面的危机就行了。"

闻泽的右手离开操作盘，漫不经心地落下来，触到她放在膝盖上的左手。她小小地惊了下，正要转头看他，就见他把手移向两个人中间的手动闸，更换了一下操作模式。

唔……殿下只是不小心碰到我，不要大惊小怪，云悠悠在心里默念。

"在矿道下面遇到陌生人是很危险的事情。"她说，"我胆子小，听力好，每次感觉有危险都会远远躲开——别人看我又小又弱，也不会浪费太多时间来追我。有时候我就躲在他们旁边的小通道里面，听着看着他们做坏事——抢劫或者别的什么。还有的时候，实在吃不饱肚子的人，会特意守在必经的矿道里面，和过路的其他矿工做交易，用自己的身体换取营养液或者星币——男女老少都有，反正有需要的那些人也不挑。"

她的脸色非常平静。

"每个人的表情都是很麻木的样子，被抢劫、被伤害也无所谓，就像地底下的苔藓。"她皱了下鼻子，"怎么会是星星呢！"

话音没落，云悠悠忽然被闻泽揽进了怀里："殿下，我没事……"

他用身体固定住她，沉稳平静的声音在她耳畔响起："预备撞击。"

"啊？！"

"砰——"星空矿车直直向前冲，轰隆撞破了一堵不算太厚的矿壁，半打着旋，向下坠落。

云悠悠惊恐地睁大了眼睛，透过真实视野，她看到矿道旁边的巨大空洞已经被虫族占领，四壁糊满了琥珀状的紫红半凝固黏液，黏液间悬吊着密密麻麻的虫族。突然闯入的不速之客惊动了它们，"嗡"一下，整个空间飞满了乱撞的虫。

"嘭——"云悠悠的脑袋被闻泽揽得更紧，星空矿车斜插到虫巢底部，掀起一蓬巨大的泥尘！

"没事，别怕。"她听到他的声音低低贴着她的耳郭传来。

光屏在侧面闪烁，信号微弱，时断时续，云悠悠望向右边底部——空能！她还没来得及惊愕，就看见一只表情呆滞的虫子落到了星空矿车顶上，它迷茫地扬了扬前钳，勾下脑袋，把一对无机质的黑色复眼贴到了舷窗上。

云悠悠倒抽一口凉气，感觉自己的头皮就要炸了。

"单向窗，它看不见。"闻泽扶她坐正，点击光屏，一边轻轻咳嗽，一边输入一串长长的密钥。

云悠悠并没有感觉被安慰到了，因为无论是从感官还是距离来看，这只虫都快贴到她的脸了。她绷着腮，一动不动地盯住这只近在咫尺的虫，用气声质问闻泽："殿下，您不是说不会空能吗？"

"主系统出了状况，量子态连接不稳。"闻泽迅速查看了几份报告，"哦？星网暗影面积达到……31%，这一次'生长'很有效率。"语气倒是有几分夸赞，似乎完全不在意"暗影"拖累星网主系统进程，导致他遇险的这回事。

云悠悠不懂什么星网暗影，她现在只想知道如何从虫口逃生。闻泽转过头，见云悠悠和虫子大眼瞪小眼，整个人都处于炸毛状态，忍不住笑着把她拉近，重重啄了一下她的额头。

"系统重启，更换能量源只需要三分钟。"他安抚地揉了揉她的后脑，"没事。"

又一只虫子砸在了星空矿车上，车身猛烈摇晃。

云悠悠："好吧……这将是我生命中最为漫长的三分钟！"

"是吗？"闻泽顿了片刻，慢条斯理地凑近，"想让它变快，其实很简单——要吗？"他嗓音沉沉，像魔鬼在诱惑世人。

又一只虫子撞在了车门上，在云悠悠最心惊肉跳的时候，一只温热的大手揽住了她的后颈，闻泽偏头，薄唇带着炽热的气息，沉沉压下。

牙关被轻易挑开，她的心跳胜过了以往任何一个时刻。

一只腹部带有黑色条纹的巨虫移动着前钳，若有似无地刮擦过星空矿车表面，冰冷的复眼缓缓挪移，和周围的同类对上视线时，发出一阵阵奇异的"咕噜"声。

另一只巨虫展了展翼翅，"砰"一下跳到土黄色的矿车顶部，转动着脑袋把整架星空矿车观察一圈之后，扬起利钳，对着幽黑的舷窗切下去——

"砰！"

云悠悠的后背撞到了舷窗，她和巨虫的利爪之间，距离只有几毫米！头皮刚一麻，唇间立刻传来了更加炽烈的攻势。闻泽咬痛了她的唇，在她下意识张口低呼的时候，他顺势攻城略地，将她的呼吸彻底剥夺。

她的心脏跳得快要撞出胸腔，他的温度、气息和动作存在感太强，身影沉沉罩下，她被禁锢在最狭小的角落，被动仰着头，承受狂风暴雨般的亲吻。

虫族不断撞击车身。但闻泽强势地掌控了她的思绪，让她顾不上细细体会虫子们落向星空矿车的一次次试探攻击。她感觉到他的呼吸变得极沉，他的心脏也在猛烈地跳动，将她摁在舷窗的动作侵略感十足，手掌像烙铁一样烫。

"铮——"一道利钳切在了她身后的舷窗上。他的大手移过去，护住攻击袭来的地方。感受到她有些惊惧，他把脸庞微微侧开，辗转吻到唇角，再落向耳后。

他咬着她细细的血管，声音低沉暗哑，带着坏意："别乱动，也别发出太大的声音——当心被发现。"

虽然这样说着，他却利落果断做了一个非常容易引起她惊呼的动作。这一刻，闻泽带给她的惊悸，远远胜过了一窗之隔的虫族。虫族只会撕碎她的身体，而他，仿佛能把她的灵魂也彻底吞噬。

毕竟是战舰级别的防御，身后的舷窗并没有被击破。

"铛——"又一只前钳击中舷窗，云悠悠受惊睁开眼睛，恰好看见他移过俊美的面庞，鼻尖擦过她的鼻尖，半眯的黑眸暗沉得惊心动魄。无须触碰，空气里已经装满了爆裂的火花。他的眼神十分危险，薄唇却挑着温和的笑容，露出少许冷白牙尖，静待愿者上钩。

她看到自己的睫毛轻轻地颤了颤，就像蝴蝶微弱扇动的翅膀，正要闭上眼睛，身侧的光屏忽然亮起了科技感十足的蓝白光芒，系统恢复的提示音平滑稳健。

闻泽轻喷一声，在她唇角落下一个蜻蜓点水般的吻，然后坐直了身躯，操纵这台战舰级别的星空矿车飞掠而起。就在离地的同时，云悠悠感觉到一记异常猛烈的虫钳攻击蹭过舷窗，滑向车底。

"这就三分钟了？"她的大脑还没有重启完毕，晕乎乎地看着他。

闻泽用余光瞥了她一下，见她的神色迷茫又依恋，不禁眉梢微挑，心情大好。

　　她抿了抿被他吻得红润的唇，歪着脑袋，补充了一句："殿下，真的好快啊。"

　　闻泽：……

　　是不是有哪里不大对劲？不过此刻不是计较快慢的时候。刚才这处巨大巢室中的虫群被杀了个猝不及防，还没回过神，星空矿车就已经栽进泥层里，和矿坑里周围的遗弃物浑然相融，所以它们只是试探地围上去，好奇地拨弄它，并没有认真攻击。眼下却不一样了，入侵者公然从它们的巢穴底部飞起来，立刻激活了全部虫群。

　　"嗡——"无数翼翅交错震荡，密密麻麻的虫肢和虫腹出现在真实视野的每一处。星空矿车就像是海啸中的一叶扁舟，四面八方都是隆起的山一般的黑色浪头。

　　云悠悠的心脏再一次怦怦直跳，她不禁有点担心殿下的驾驶技术会不会不够过硬，但是不敢说，只能紧紧揪住自己的衣服，双眼睁大，盯着周围扑上来的虫群，心里默默地想："左前、右平掠、前进、前进……"

　　很快，她吃惊地发现这架星空矿车好像能听见她的心声，它非常完美地闪避了所有攻击，眨眼就飞掠到了虫巢中部。殿下驾驶星空矿车的技术，竟然和她开机甲差不多！

　　她偷偷用余光瞄了瞄闻泽，见他微微沉着唇角，神情认真专注——他在做事的时候总是很容易进入专注状态，哪怕是处理不太重要的公文。

　　这样的殿下性感得要命。

　　他的作风比她激进，有时候他会让星空矿车从虫子身上碾撞过去，同样是无伤避开虫群，她像柔和的水，他却更像狂烈的风暴。

　　这才是帝国军人应有的实力啊……云悠悠悄悄抿住唇，无声地谴责了一下覃氏第三军团往军中胡乱塞人的不负责任的行径。

✦ 04 ✦

　　覃飞沿突然打了个喷嚏。

因为他最近身体状况不佳，无法驾驶机甲上战场，所以老爷子把他召了回去，让他带领麾下最精英的团队去调查一件重案——第三军团本部的监狱里，竟然出事了。

"杀婴案"牵扯出了巴顿公司的重重黑幕，而在审讯过程中，调查官们渐渐就发现了不对劲的地方。莎丽曼·巴顿与她的弟弟巴顿男爵的口供明显对不上，有一种奇异的错位感。还有那台出现在第五军团外袭击军方的赤色机甲，更是越查越扑朔迷离——种种证据表明，它的确由巴顿公司购入、改装并秘密蓄养，但是姐弟二人都认为这件事是对方做的，自己毫不知情。

就在疑点开始明显指向某个线索的当天，巴顿姐弟双双吊死在了铁栅窗上。虽然监控已被破坏，但是很显然，杀死这对姐弟的凶手正是莎丽曼的丈夫、第三军团副帅、跟随覃上将多年的心腹袁文华，因为他在当天夜里成功越狱，有一个漏网的监控器拍到他曾前往巴顿姐弟的监室。如今袁文华已经逃得无影无踪，同时失踪的还有一位狱官，基本上可以认定是他协助袁文华越狱。

事情发生之后，覃上将本着废物利用的原则，把不能上战场的覃四少召回首都星，负责追捕袁文华，调查这起重案。

一串脚步声回荡在空旷的牢狱通道。领头的俊秀青年脸色微白，步履虚浮，活像个沉迷酒色的纨绔，他的身后跟随着一列人高马大、气质沉稳的精英近卫。精英们面无表情地看着小少爷把光脑摇来晃去，在这条略显阴森的通道里面四处找信号。只是小少爷摆弄了半天，星网运行速度还是慢得像蜗牛。

"不是吧！那些星盗又炸卫星了？"覃小少爷不满地举起光脑，试图让信号更佳，"我说你们号称精英团队，怎么就不能让网速快一点？信息不通畅影响办案效率知不知道！看什么看，都机灵点，做事啊！解决问题啊！"

隶属覃老爷子的精英近卫们默默抿住唇，随便小少爷迁怒发飙。大伙心里都门儿清——覃四少刚才试图向某人吹嘘自己正在负责大案要案并询问对方意见，结果消息转了半天圈圈没能发出去，收不到对方的回复，覃四少原本准备发表的"简要行动指导纲领"也泡了汤，当然只能原地跳脚咯。

"咔嚓！"正把光脑转来转去寻找信号的覃飞沿忽然误触拍照功能，高举在头顶的光脑闪过一道蓝白亮光。

精英们默默垂下头，很专业地收好了嫌弃的表情。覃小少爷也觉得有点丢人，悻悻收回光脑，假装若无其事地划拉了一下，想要删掉刚刚瞎拍的画面。就在视线漫不经心地落到光屏上时，他的表情先是一僵，旋即，腮帮子上猛然起了鸡皮疙瘩，发出惨绝人寰的怪叫："啊啊啊——"他吓得把光脑扔到了地上。

众精英对视一眼，心底升起了同样的疑问：覃老爷子特地派这么一个拖油瓶过来，真的不是故意在给袁文华放水吗？

"去，快去！"只见覃四少咕咚咽了口唾沫，手指先是指了指地上的光脑，又竖起来指了指牢房上方的通风口，"小爷，发……发现重大线索了！"

精英们：……

几秒钟之后，大家惊奇地发现小少爷不是在抽风，而是真的有点东西。因为光屏上显示的照片……很可怕！一道道黑色合金栅栏后面，赫然贴着一张扭曲恐怖的脸，皮肤煞白，眼球暴突，舌头歪歪从嘴角淌出来。

这么乍然看上一眼，简直比星空影院里面那些灵异恐怖片骇人一万倍。通风口里面，竟然藏着个死人，被四少拍个正着！尸体的身份很快得到确认，正是那位失踪的狱官，而通风口和下水道中，也发现了袁文华的逃亡痕迹。

这事可真是……覃小少爷刚一落脚，立竿见影就拿了个首功。众精英不得不佩服覃老爷子的高瞻远瞩——这就叫作牌落新人手，傻人有傻福啊！

追捕袁文华的行动开展得如火如荼，覃小少爷默默对着天空吐了个烟圈："就这？太简单了，没有挑战性。"

同一时间，星空矿车掠出破损的矿道壁，它并没有冲进矿道，而是平滑打个转身，正面朝向缺口处蜂拥出来的虫群。

"殿下？"

闻泽点了点标记在光屏上的"老加尔基地",手指一划,拉到他们此刻所在的位置,两地距离不算太远。

"对哦……"云悠悠点了点头,"不能把虫子带过去。"她的心口涌起了一股酸酸甜甜的热流,殿下这是在为哥哥的人身安全考虑。

星空矿车危险地伏在矿道,开始了无情杀戮。云悠悠再一次见识到了闻泽惊人的战斗能力——每一发能源弹都打在虫子的致命处,在他的特意引导下,虫族的尸体渐渐堵住了矿壁上的缺口。

当然,在失去无尽能源之后,星空矿车自带能源的消耗速度也令人心惊胆战。能量条很快就跌下一半,虫族尸身堆积如山,闪烁的红灯发出警告。

云悠悠担忧地转头看闻泽,只见明灭的红光映着他冷峻的脸,看起来无比坚定沉稳,没有迟疑,没有彷徨。虫族不断跌落,能量条不断缩减。就在她脑海中紧绷的那根丝线越来越细,即将断掉的那一霎,闻泽稳稳地摁住操纵杆,一旋、一推。星空矿车划过一道长弧,掠过虫群尸山,卡住它们视野的死角,悄无声息落进了幽暗的矿道。

这一瞬间,缺口处被击落的几只虫子正好撞成一堆,把巢穴中涌出来的虫群挡个正着,虫群一冲,垒在矿道口的尸堆像下雨一样往空阔的巢穴中坠落,吸引了虫群的注意力。

等到虫群回过神时,早已失去了目标。它们茫然转悠片刻,一只接一只返回巢穴,挂在了黏液密布的巢壁上。

危机解除,星空矿车滑向黑暗幽静的矿道。

闻泽半眯着眼睛,右边胳膊很随性地搭在一旁,大手不经意地覆住了云悠悠那只端端正正放在膝头的小手。他似乎没有发现他的手掌放错了地方,激烈的战斗之后,他的掌心温度很高,时不时无意识地动一动手指,薄茧轻轻蹭过她柔软的皮肤。越过一处废矿堆时,他很自然地把手往上拉了拉,似乎是拿她当操纵杆。

云悠悠呼吸微滞,脊背不自觉地挺直,偷偷用余光瞥他,见他神色沉稳而专注,似乎正在严肃地思考下一步行动计划,只好默默把头转向舷窗,轻轻咬住唇，坐姿越来越端正。

她并不知道，某人另外一侧唇角早已勾了起来，映在舷窗的半边俊脸坏得就像叼住了小鸡的狐狸。

星空矿车在幽暗的矿道中前行。熟悉的场景唤醒了许多久远的记忆，云悠悠忍不住告诉闻泽："殿下，我曾在左下方摧毁过三辆追击我的矿车！"

"哦？"

她得意地眯起眼睛："那天，我挖到了一块拳头大小的星源矿原石，在装车的时候被人探测到了，他们就来追杀我。我舍不得扔掉那么大一块矿石，但是带着它又无法摆脱他们的探测器，于是我把他们引到一个几十年前废弃的采矿台，让他们撞毁在搅拌铁叶里面。"

她趁机让自己的小手逃出他的掌心，在身前比画了几下。

"三扇大铁叶，边缘有这——么锋利！中间缝隙正好够矿车穿过去，我事先撞了扇叶一下，让它们转动起来，然后折回去引诱那三个追兵跟着我往前冲。我嗖一下过去了，他们砰砰砰掉了一地。"

"然后？"闻泽挑了挑眉。

她眨巴着眼睛："然后我通知了红胡子老加尔，他带着人和武器过来，收获了不少东西。那次我足足分了 158 星币，加上之前攒的钱，正好够买光脑。"

她晃了晃自己的二手光脑，笑得两靥生花："就是它！"上次帮她在星网上骂人时，闻泽已经深刻领教过它的卡顿，当时怎么就没想着送她一台新光脑呢。

"嗯。"他淡淡地应，"什么时候舍得换掉它，我送你新的。"

她动了动嘴唇，有些不自在地把手指绞在一起，犹豫着怎么开口拒绝。

他侧头微笑："当作一起冒险的纪念。"

"哦……"她的心里轻轻一松，旋即，想起了他刚才说过的话——等到母虫死后，想见他就不容易了。纪念吗？感觉就像快要分离，以后再也没

什么机会见面。心口空落落地沉了一下，回到原位时，不知道从哪里牵出来了一缕酸涩，从胸腔牵到了眼鼻，让她整个人都变得酸溜溜。

"我也会送您一份礼物当作纪念的。"她轻轻揪着衣服，镇定地告诉他。

"嗯。"

星空矿车从翘起半边的木台上穿过，滑过一道巨大的弯，距离目的地更近了。"轰隆隆——"前方传来了闷雷一般的震动。闻泽低头看了一眼能量条，不足 50%。

他的动作让云悠悠心头一跳，她紧张得压低了声音："有状况？"

"高阶成虫。"他的语速没有变快，声音依旧清冷平静。

云悠悠攥紧了双手，她知道，此刻自己应该主动提出建议，让殿下返回主舰，等到能源恢复之后再继续探险："殿……"

他淡声说："动静太大，很快会把后面巢穴中的虫族引来，就算此刻有活口，也撑不了几时。"

她轻轻倒吸了一口凉气。闻泽也没有再说话，他拉动操作杆，全速开往轰鸣声传来的地方。

✦ 05 ✦

"拾荒队"的基地都在地底。老加尔的地盘是一个大矿业集团留下来的地下基地，基本的生活设施还算齐全，有厚重的铁质电梯直通上下——刚来的时候，云悠悠总爱蹲在电梯口，期待奇迹发生，爸爸妈妈能回来接走她。

如果哥哥在这里的话，他一定会封掉电梯，就像绿林大学地下实验室里的那两个幸存者一样，藏在安全的密室里等她，赠给她"奇迹"。但此刻，矿道深处传来的声音听起来就像巨虫在拆大门。

云悠悠屏住了呼吸，手指攥得生疼。"殿下，"她的声音轻而坚定，"您在前面路口放下我，把能源枪留给我，然后您离开！"

车舱中的温度陡然下降，几秒钟之后，云悠悠听到了闻泽温和平静的声音："想留下来殉情？"

她转头看他，发现那张冰雕玉琢的脸上露出了温柔至极的微笑，笑容好看得令她心惊："殿……"

"不想死就闭嘴。"他顿了下，"想死也闭上。"

星空矿车掠过一个弯，眼前豁然开朗！

数条矿道汇聚在前方终点，山岩中隐隐露出深嵌其间的铁质壁垒，两扇高达十米的厚重黑色铁门紧紧闭合，中间交错着铁齿。一只腹部几乎全黑的巨虫拖着长长的黏液条，从电梯井道爬到铁门旁边，它扬起前钳，卡进黑色的厚重铁门，撬动那些巨大铁齿的同时，不断地用身体轰撞这两扇铁门，发出山崩一般的闷震。

"滋——铮——隆隆隆——"

闻泽轻啧一声，眉头缓缓蹙拢，修长的手指轻轻叩击操作仪，指尖若有似无地掠过发红的能源条。击杀这只成虫不是什么大问题，问题是空能。主舰系统修复时间未定，失去星空矿车，身陷地下面对未知……不是他的行事风格。

就在这时，只见黑色铁门上方悄然裂开一道长宽各二十厘米的炮口，一支轻型炮筒被架了出来，自上往下对准这只成虫的脖颈，发射！

"嘭——"火光四溅，浓郁的硝烟弥漫出骷髅头的形状。这一炮，几乎是贴着成虫的脖颈轰下去的。遗憾的是，这是一只恐怖的高阶成虫，矿业使用的火炮威力不足，无法彻底击穿它的硬质甲壳，只是在它的脖颈上制造了一道流淌出黏液的裂口。

高阶成虫被彻底激怒，只听"咔嚓"一声，两道利钳彻底卡进了铁门门缝，伴随着令人头皮发麻、牙齿发冷的刺耳摩擦声，两扇厚达数米的铁门竟被它生生撬动！

"有人！里面有人！一定是哥哥！"云悠悠的心脏几乎跳出了喉咙，她的声音带着兴奋的颤意。

"云悠悠，"闻泽冷静得近乎冷酷的声音在她身旁响起，"击杀这只成虫，星空矿车将空能。你确定要救吗？"他的话仿佛一盆冷水浇在了她滚烫的

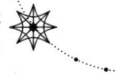

胸口。

她一顿一顿地转过眼睛，和闻泽对上了视线。他的脸色很平静，双眼直视她。闻泽已年近三十，站在如今的位置，每一日都在踩踏深渊边缘，每一夜都在抗衡海啸撞击，这么多年，早已练就了铁石心肠。哪怕确定旧日好友与自己就隔着一扇门，他也可以毫不犹豫地转身离去。但这一刻，他想听她说——他非常想知道，眼前的女孩在他的心里究竟有多大分量，如果她哀求他，有没有可能动摇他不变的意志。他看着她的眼睛，她的瞳仁一点一点收缩，像一朵漂亮的刺冰花；她的呼吸又重又虚弱，仿佛随时会闭过气去。

她直勾勾地盯着他，好一会儿，终于一字一句，吃力地开口："殿下，如果您无法丢下我，那就把我带走。"她不可以让他为她冒险，他的身上背负着帝国的明天，他是很多很多人的希望。她希望他幸福，她不会让他为难，她的事情，应该由她自己来扛。

闻泽盯了她一会儿，忽地笑开，声线轻懒："他说得很对，你真是个善良得无药可治的家伙。"话音未落，他拉动操作杆，星空矿车画出一道利落的弧，"砰"一下撞在高阶成虫的后脖颈上！被火炮轰开的伤口又炸裂了一些，流淌的黏液从细丝变成了小溪。

星空矿车迅速倒退，悬在矿道中央，想要击断它的脖子，至少需要十几次能源炮点射，星空矿车必定空能。

"殿下……"云悠悠呜咽出声。

他嫌弃地轻啧："别哭，现在没空喂你吃药。"

"又不是……又不是一哭就要吃药。"她抽噎了一声，脑海中忽然闪过灵光，"殿下！扇叶！扇叶！我们可以不用能源炮！"

"嗯？"他眸光微凝，缓缓挑了下眉，"可以一试。"

身长足有七八米的高阶成虫转过身，冷冷盯住星空矿车。刚才，它那双强度堪比激光剑的利钳已经顺利切进两扇厚重的黑铁大门中间，割断了一部分锯状的齿嵌。

隔着破裂的门缝，可以看见基地内部的景象。云悠悠看见了一晃而过的人影！这个人离开炮击口，从脚手架上爬下来，准备到门后拉动手阀，合上被虫族破开的大铁门。透过狭窄且不规则的铁齿缝隙，很难看清这个人的身形和样貌，只知道他身穿地下矿工专用的防护服，身手比较灵活。

云悠悠还没来得及细看，高阶成虫就已经扬起前钳，震动翅翼飞扑上来。闻泽镇定地用左手旋转操纵仪，右手倒拉操纵杆，让星空矿车斜斜倒飞，避开了第一记利爪凿击。他并没有急着将它引向云悠悠提过的废弃采矿台，而是轻慢不屑地挑衅它，以无所谓的姿态闪避它的攻击，带着它在黑铁大门前方的空阔场地兜圈子。

趁着闻泽上下飞掠，云悠悠不断用眼睛瞄那道正在闭合的铁门，想要借着适宜的角度看一看正在拉阀的人究竟是谁。相嵌的铁齿挡住了这个人绝大部分身形，只能看见一只手握住巨大的手动铁阀，将它往下扳。这只手戴着发黄的厚手套，看不见手指的形状和长短。

认不出来……哥哥有一双细细长长的，像钢琴师一样的手，指节修长，是那种略有一点柔软的手掌。她细细地回忆着，思路忽然一转——哥哥的手，和太子殿下的手完全不一样，殿下是强势的、坚硬的。

星空矿车再一次从虫族脑袋旁边掠过。这只高阶成虫彻底被激怒，冰冷的黑色复眼中浮起了清晰的暴戾躁狂，挥舞前钳的动作乱了很多，一心只想把这台该死的苍蝇般的矿车撕成碎片。

是时候了！

"轰——"被这只成虫强行掰开的铁门已然无法合拢，几处铁质锯齿发生了扭曲，在闭合时发出了令人牙酸的金属剐蹭声，交错着卡在了一起。

"呜嗡——"扭曲的门缝夹出了一声高频震荡嗡鸣，只见一道奇异的蓝紫色射线自上而下，穿透铁质大门，洒在了对面的电梯通道上。

高阶成虫被声音和射线吸引了注意力，暂时丢下了星空矿车，转动脑袋望向铁门。闻泽手一扬，非常果断地对着它毫无防备的后颈发射出一枚能源炮。光屏上红光大闪，发出低能源警报！能源炮击中成虫带伤的后颈，将那道伤口撕得更大，恶臭黏稠的液体溅出很远，洒得整个空地都是。

成虫迅猛转身，发着狂，甩着横飞的黏液疯扑过来！闻泽果断退回来时的矿道，星空矿车在前方飞掠，高阶成虫撞碎那些陈旧的废弃支架、铁撑、木栈道，轰隆隆在身后穷追不舍。

"殿下，"云悠悠带着一点期待，谨慎地问道，"刚才那个声音和光线……是哥哥与您配合，一起对付这只虫子吗？"很显然，那道射线能够吸引虫族的注意。

闻泽没说话，两道漂亮的黑眉蹙紧，冷白的皮肤在眉心隆起峻峭的弧度。

矿车飞掠。

"右边要塌方，"云悠悠忽然警觉叫停，"换一条路线，从左上方的环道绕过去。"

闻泽微微挑眉，还没来得及回应，就听到隆隆的闷震从那条矿道深处传来。"你很敏锐。"他饶有兴致地问，"从哪里看出来的？"他拥有过人的洞察力，却并未发现那条矿道和周围每一条有什么不同。

云悠悠有些赧然，无意识地揪了揪衣服："殿下，我也不知道，就是感觉。"

想了想，她又补充了一句："我胆子小，每次遇到塌方都要做很长时间噩梦，会一直在梦里回味那种感觉，久了就非常有经验——左转，左转就到了！"

闻泽喉结滚动，拨转操作盘掠进废弃的采矿平台时，很自然地腾出一只手，握了握她的手背，提醒她："坐稳。"他专注地驾驶，顺手把她的手抓了起来，让她握着操纵杆，他的大手则覆住她的手背，握着她的手。

"殿……"

"来不及说话交流。"他清清冷冷地告诉她，"有什么意见动一动手指，我可以感受到，然后自行判断。"

"哦！"她恍然点头。这里地势很复杂，纵横的铁架平台时有垮塌，支棱出嶙峋的钢筋铁骨，云悠悠提到的巨型锋利扇叶位于平台深处。她必须在电光石火之间向他预告前方的地形状况，以备应变——说话肯定是来不及的。只是……就只是这么握着她的手而已，他真的可以感应到她的心意吗？一丝非常微妙的悸动从相触的肌肤传到心脏，让她打起了全部精神。

"轰——"身后的高阶成虫横冲直撞，从矿道中闯了出来，带飞大半段朽断的木栈道。几条厚重木棱碰撞着跌下铁质平台旁边的深渊，云悠悠仿佛能够嗅到带着霉湿的木屑味。

她的手轻轻地摇动，示意闻泽钻过正前方垂落的巨大铁壁，然后拐向左边。矿车唰地掠出，她惊奇地发现，他全然复制了她心目中的完美路线。

贴着钢铁巨壁向前飞掠时，闻泽很平静地说："你的身体语言我很了解。"

云悠悠有点不确定自己是不是被调戏了，她偷偷瞥过去一眼，发现对方的神情严肃又专注。她急忙回神，将注意力全部投放在眼前交错的采矿平台上。

闻泽的手掌非常有力量，虽然直接握住操纵杆的人是她，但是她完全不用担心误操作，因为她的每一个动作都会落入他的掌控，然后由他将她的心念转换成机器语言，操控这架星空矿车行动。

这种感觉奇妙极了，让她有种莫名的激动和感动。她的心脏怦怦直跳，世界这么大，两个原本毫不相干的生命体，却通过操纵杆连接在一起。她让星空矿车在钢铁丛林中飞掠，感觉和她从前驾驶矿车并没有什么区别——除了不再孤单。

❖ 06 ❖

高阶成虫在后方乱撞，把废弃锈蚀的铁质架台撞得咣当乱响，这样大的动静肯定会把更多的虫子引来，不过没有关系，因为这里空间足够开阔，并且距离基地也足够远。

矿车被凶残的敌人追逐，让云悠悠仿佛回到了从前。对她来说，当年那三个眼冒绿光的男人和虫族并没有什么区别，也许他们还要更可怕一些。

谁都知道红胡子老加尔贪财又护短，抢劫了老加尔的手下，肯定得顺便杀人灭口。地下矿道是一处黑暗丛林，在这里生存的人，兽性往往大过了人性，面对一个必定要被杀死的女孩，这些人会肆无忌惮地用最残忍最恶毒的手段宣泄心中的兽性。

她还记得自己当时的心情，那个时候的她并不冷静——刚才给闻泽讲述那段经历的时候，小小的虚荣心让她美化了一下自己，在殿下面前塑造了一个淡定且游刃有余的形象。事实上她全程慌得不行，在她把老加尔带来收拾残局的时候，身体抖得根本说不出一句囫囵话。不过那些都过去了，她已经有过一次成功的经验，此刻完全可以保持镇定。

她的目光微微聚拢，冷静地凝视前方，再掠过一道弯，黑暗深处，三扇巨大的转叶隐隐露出峥嵘。即便它们潜伏在没有任何光源的地方，也能够让她感觉到锋利的扇叶边缘泛出的冰寒锐意。

云悠悠屏住了呼吸，剧烈分泌的神经激素让她感觉眼前的世界变得缓慢，她能够精准地捕捉到自己需要的每一丝信息，然后冷静地分析计算。

她忽然心有所感——此刻的太子殿下和她一样，也进入了绝对镇定专注的状态。两人之间有一种奇妙的心灵相通，微动的手指瞬间向他传递了扇叶的信息——转动速度、幅度、力度和角度。

她感觉到了他反馈给她的安抚：他自信、强大，此行万无一失。

星空矿车急速飞掠，左右闪晃，一次次让虫族的利钳紧擦着车身蹭过。巨型铁扇叶越来越近，越来越近……距离已不足十米！在这样的冲刺速度下，十米间距彻底消失只需要一瞬！

闻泽握着云悠悠的手，沉稳坚定地向后拉起操纵杆。"怦怦怦！"云悠悠的心脏剧烈跳动，手部动作却没有丝毫迟疑和抗拒，她已全然将性命交托给他。

"砰！"减速的星空矿车被高阶成虫击中了侧边尾翼！它打着半旋，摔坠向斜下方，垂下的能源炮口蓄力发射。

"轰——"蓝白光芒闪过，短暂地照亮了漆黑的深渊平台。能源炮带来的巨大冲击力掀动扇叶，令它扭曲、旋转。

"呜——嗡——"摇晃斜飞的星空矿车险之又险地贴擦着一片飞砸下来的巨型扇叶掠过！身后，虫族撕开了虫口，露出獠牙，迅猛地追上这架正在坠落的星空矿车，全力咬合！

虫头探过了扇叶……世界快极，又慢极。慢的是虫子缓缓转动的复眼，是那一寸寸探过扇叶的虫头；快的是黑暗之中，雪亮闪过的锋刃光芒。

砸下的巨型扇叶边缘，精准无误地卡进了虫颈裂口！那道被火炮轰中、星空矿车砸中、一记能源炮击中的伤痕裂口！

"咔嚓——"令人牙关酸麻的声音响彻深渊上下。

真实视野中，成虫漆黑的复眼里短暂地划过一抹茫然，旋即，它自身的冲击力和巨大的体重加剧了扇叶的转动，拖着它向下旋坠。虫身下意识地挣扎反抗，逆着扇叶的力道试图起飞。那一瞬间爆发的动能何其惊人！在巨扇与成虫的共同作用下，嵌进伤痕的扇叶边缘瞬间深陷！切割！

"咔——吱——"虫头离开了身躯，拖着浓稠的黏液，头与身，分别顺着扇叶两侧向深渊坠落……久久没有传回落地声。

星空矿车摇摇晃晃打了个旋，然后平稳地悬浮到渐渐停转的扇叶旁边，云悠悠望向光屏右下方闪烁的红色能源条——13%，大概勉强还够飞回近地轨道去。

她转头望向闻泽，只见他依旧是那副温和平静的样子，唇角挑着浅淡的微笑。两个人正中的操纵杆上，他的手覆着她的手背，没有来得及放开。手很烫，微妙的感觉在车舱中氤氲。惊心动魄的战斗之后，两个人本来应该拥抱庆贺，应该看着对方的眼睛放肆地笑出声音，甚至应该亲吻彼此的脸颊和嘴唇。

但此刻，做什么都不合适。

闻泽收回了手，声线平淡："该去接人了。"

"嗯！"

第三章

CHAPTER 3

爱，才是世间最美的奇迹

Falling into stars

星空矿车飞得很快。

云悠悠能感觉到闻泽非常坚定地要把她送到哥哥身边，不禁有些惭愧。说实在的，这些日子她和他走得那么近，偶尔难免也会胡思乱想，以为殿下对她有几分独占的意思，大概不会高兴她和哥哥重逢。事实上，殿下真的是一位光风霁月的君子，她为自己的小人之心感到抱歉。

"殿下……"她稀里糊涂地发出了轻声呢喃。

"嗯？"闻泽接得很快。

她及时察觉到自己的声音有些不对劲，赶紧悄悄清了清嗓子："刚才忘记打卡了，这么个大家伙应该很值钱吧！"

"要回去吗？"闻泽把手放在操纵杆上，淡声问。

"不了，"她转头，冲着他笑，笑得没了眼睛，"人比钱重要。"

"嗯。"大手一推，星空矿车掠成了流星。很快，这架看起来有一点狼狈的土黄色"矿车"停在了黑铁大门外。

"嘎——嘎——"门后的那个人锲而不舍地推动手阀，想让铁门闭合。但被高阶成虫破坏过的铁齿扭曲得厉害，怎么也无法咬合，发出一阵阵刺耳的噪音。

　　闻泽下车，绕到云悠悠这一边，非常绅士地替她打开车门，护着她下车，很顺手地将能源枪拎在身侧。

　　云悠悠走到大门前，深吸一口气，因为有过地下实验室失望的经历，她没有再贸然喊哥哥，而是非常礼貌地询问："请问里面有人吗？"

　　强行关门的"嘎"声停住，十几秒寂静之后，扭曲的铁锯齿中间探出了一个脑袋。没有头发和眉毛，最显著的特征是一蓬任何人看见都会疑惑"他该怎么吃饭"的红色大胡须，它们把下半张脸彻底盖住，并且让人不自觉地忽略掉他的眼睛和鼻子长什么模样。

　　红胡子老加尔！拾荒队的矿头子，买下云悠悠、教她生存技能然后剥削了她十一年的奴隶主。老加尔的脸"啪唧"一下贴上铁齿缝，上上下下地观察外面的情形，观望了一会儿，他翻起眼珠子瞪着云悠悠："虫呢？"

　　"死了。"云悠悠下意识地放轻了声音。虽然已经离开地下多年，但幼时的经历仍然历历在目，看见这个老头心里多少还是有点犯怵。

　　两秒钟之后，老加尔的脸消失在锯齿后面，又过了几秒钟，厚重的铁门"咣咣咣"打开，红胡子老头打量着云悠悠和她身后的"矿车"，啧啧称奇。

　　"不得了不得了，逃跑的小奴隶居然真的回来了——虫怎么死的？"他仰着胡须，眨了两下眼睛，忽然发出恍然大悟的声音，"喔！喔！喔——我知道了！你把虫子带到铁风扇那边弄死的是吧！"

　　云悠悠直觉不妙，眉头皱得死紧。只见这老头手舞足蹈，毫不留情地嘲笑她："啧啧啧，该不会和当初一样，一把鼻涕一把眼泪抖得跟筛糠似的趴在扇叶下面尿裤子吧！"

　　云悠悠：……

　　她的形象！身边的太子殿下仿佛变成了火辣辣的太阳，靠近他那一面的耳朵、脖颈和脸庞瞬间烫得直冒烟。

　　她无奈地小声抵抗："我当时只有七岁！"

　　一只大手捂住她的脑袋，轻轻揉了下。云悠悠丝毫也没有感觉到被安慰，

她丧气地盯着老加尔："您一个人在这里吗？没有别人吗？"她心中已经没抱什么希望了，毕竟刚才虫子动静那么大，如果有第二个人的话，怎么也该到门口帮忙才对。

"有啊！还有个丑八怪！"红胡子老加尔挑高了眉头，"你来得正巧，丑八怪也不知道是不是死里边了，你来了正好可以开门看看。"

云悠悠心头一跳——在别人眼中，哥哥不就是"丑八怪"吗，老加尔这话是什么意思？

"快跟我来！"老头子视线一转，后知后觉发现了云悠悠身边的闻泽。这里光线昏暗，门后的大车间只挂着一盏颤巍巍的能源灯，灯管已经发黑，只能投下幽幽微光，为一整个大仓库形状的黑铁车间提供照明。

老加尔没能认出帝国皇太子殿下，他捋着红胡须，猥琐地笑："哟，找了个小白脸儿啊，脸长得不错，身材也挺好。"

闻泽露出温和的微笑："多谢，我把车开进来。"

"嚯！"老头子咋舌，模仿着闻泽的语气，"'我把车开进来'！开个破矿车嘚瑟个什么劲儿！"

云悠悠忧郁地岔开话题："您刚才的话是什么意思？看见我来到这里，您就一点儿都不觉得奇怪吗？"

老加尔摆了摆手："丑八怪说了你会来。"

愣怔片刻之后，云悠悠的心脏失控地乱跳起来，她三步并两步追上了老加尔，连续深吸了几口气，紧紧揪住裤边，问："您说的丑八怪，是谁？"

"嘶，"老加尔捋了捋胡须，"叫什么来着，林什么思？粉红色疤脸那个！"

云悠悠的头晕得厉害："他，他在哪儿？"

"中控室。"说起这个，老加尔有点不爽，"也不知道捣鼓个什么玩意，突然嗡嗡乱叫，虫都给他引来了！"

云悠悠听得一头雾水，激动又忐忑地问出了自己最关心的问题："他好好的吗？"

"我哪知道！"老加尔吹胡子瞪眼，"关在里面三年就没出来过！我又打不开那道门！他说等你来开！"

云悠悠有些呼吸不畅，胸腔就像被一团乱毛线塞满了，连闻泽什么时候走到身边都不知道。她知道中控室在哪里，那里以前是老加尔的"办公室"，他总是在里面不停地抽烟，把那个小房间弄得乌烟瘴气。从前云悠悠每次上交星币，都是憋着气进，憋着气出。

哥哥在那个小房间里生活了三年？她下意识地把目光投向那个方向，几乎同一秒钟，只见几道穿透力极强的蓝白光芒从基地深处旋扫出来。

"呜——嗡——"高频震荡声响彻整个空间，显然可以穿透基地的铁墙。

"喏！就这个！就这个！"老加尔暴跳，"就今天忽然呜哇鬼叫，两下便把虫给引过来了！"

云悠悠望向闻泽，见他缓缓蹙起眉，轻轻扬了扬下巴，示意她继续往前走。她注意到他把能源枪拎在身侧，姿势与遭遇三皇子时如出一辙。

云悠悠环视四周，她发现，基地比她记忆里面小很多。在她的印象中，这里四面八方都是黑沉沉的铁质墙壁，高得看不见顶，裸露在墙壁边上的灰色管道也比现在粗得多，还有车间中间的那些矮铁栏，以前得翻过去，现在只要轻轻提起脚步就能跨越。从大门到中控室的距离也短了很多很多，她知道不是基地变小了，而是她长大了。再穿过两个车间，走过一道铁板桥，就可以抵达中控室。

云悠悠攥紧了双手，没话找话地问："他一次也没出来过吗？他带了足够的食物进去？"

"呵。"老加尔冷笑，"把我的储备营养液全搬进去了！还有银鱼罐头！就给我留了一缸破海带！"

云悠悠知道这个"海带"，地下实验室里面那两个人，正是靠着培养液里面的繁生海藻存活了下来，看来哥哥特意给老加尔也留了一样的食物。

她感觉更加不可思议——这一切，竟然都是哥哥安排好的吗？他为什么要这么做？不过这似乎证明哥哥游刃有余。

转过弯，面前就是通往中控室的铁板桥，云悠悠的心跳急遽加速。

"咳，咳，咳。"

她发现，老加尔从刚才开始就一直在不停地清嗓子，这不禁让她提起了警惕。

眼前的这一切，实在是……很不正常。

✦ 02 ✦

三个人交错的脚步声回荡在铁板桥上。

闻泽走在云悠悠的身后，他的脚步依旧不疾不徐，每一步都是同样的频率，让她感觉安心了不少。

走过铁板桥，老加尔站定在中控室门前，抬头看了看门头上方的监控器之后，他从铁墙边上拖过来一只暗红色的星空箱，杵到地上："丑八怪给你的！"

云悠悠疑惑地看看他，又看看面前的门，试探着叫了一声："哥哥……"

"没用！"老加尔神色古怪，"你先看，看完我给你讲一个故事，然后门才会开——这是丑八怪说的。"

闻泽抬起手，阻止云悠悠上前，他微眯着双眼，打开光脑中的某个程序扫了扫这只星空箱。确认不是爆炸物之后，他仍然把她挡在身后。

老加尔打开了星空箱，里面是一些很奇怪的东西，两个简易合金匣子、几份按了手印的文书，以及两件小女孩的衣服。

云悠悠的视线落在那两件衣服上，瞳孔陡然收缩，呼吸错乱。

这是……她小时候穿过的衣服！

清好了嗓子的老加尔很不爽地开口了："有一对夫妻呢，因为在化工车间工作，接触了太多有毒的粉尘，双双患上了治不了的肺病，医师估计他们活不过两个月。他们的女儿只有四岁，等到他们死后，这个没人监护的女孩就会被送进福利所——咱们绿林的福利所是什么样子应该不用我说了，运气好做童工，运气不好被摘器官。"

云悠悠吓得心脏怦怦直跳。

老加尔继续用别扭的表演腔说道："这对夫妻听说了红胡子加尔的美名，知道他拥有整个帝国最良好的信用，只要答应的事情就一定会办到。于是他们求加尔保护他们的女儿，教给她生存之道，帮助她在这个不幸的世间继续活下去，直到她长大成人。"

云悠悠嘴唇动了动，没能发出声音。

老加尔笑："当然，这是一件非常辛苦的活计，必定要价高昂。这对夫妻变卖了不值钱的房子，苦苦哀求，最后终于说服了古道热肠的加尔，也就是站在你面前的这位义士，接下了这个天大的麻烦。喏，所有的文书都在星空箱里面。"

云悠悠的身体晃了晃，一双大手握住她的肩膀，帮助她站稳。

老加尔继续说道："这个卖给我照顾的小奴隶在 15 岁的时候自己跑了，当然不能算我违约，没意见吧？"

云悠悠像木偶一样摇了摇头，她一时无法消化这个雷霆闪电般的消息，脑袋里忽而空白，忽而闪过一幅幅幼年时和父母相处的画面。她记得他们一家三口躺在不算大的床铺上，爸爸妈妈一左一右把她夹在中间，不时凑过来亲她的脸蛋。不知不觉，她的脸上爬满了泪水。

"咳，咳，"老加尔抽搐着眼角，按照三年前与丑八怪的约定，念出了最后一句台词，"不要难过，也不要失望，请相信，爱，才是世间最美的奇迹——"

话音落时，他身后那扇紧闭三年的门，忽然缓缓开启。

红胡子老加尔神色一凛，谨慎地站到了云悠悠和闻泽后面——封闭三年的密室，别的不说，味儿肯定大。

云悠悠的情绪无法平复，视线一片模糊。她努力睁大眼睛望进去——中控室只有十几平方米，门对面是一张巨大的老旧书桌，书桌上摆着一台有着厚重屏幕的老古董计算机，很挡视线，从门口望进去，完全看不见坐在书桌后面的人。这是老加尔刻意的布置，他很享受猫在监控后面观察别

人的隐秘快乐，而不喜欢被门外的人窥探。

房间里并没有飘出奇怪的味道，云悠悠提起绵软的腿，踉跄着一步步走向门口。她忽然记起了哥哥身上的气味，那是一股清清爽爽的灭菌剂的味道，源自生物科学实验室，清冷而学术，没有人间烟火气，不带世俗的低级欲望。这里似乎并没有哥哥的味道。

她踏进了中控室，门的左边是一个衣帽架，上面还挂着一顶老加尔的红色布毡帽；右边是一张破旧的灰布沙发，这是屋子里唯一能供人躺平睡觉的地方，但是它看起来完全没有使用痕迹。

云悠悠攥了攥衣角，继续走向室内，越过中线，就可以看到古董计算机后面的景象。当她的视线落向书桌时，忽然看见了一个熟悉的物品——台式日历形状的留言本。哥哥有事不能按时回家的时候，会在出门之前用这个本子给她留下信息。留言本左上角用白色的工具夹夹着一张旧照片。

云悠悠心跳错乱，抬起衣袖匆匆抹了一把眼睛，没去细看留言本和照片，而是三步并作两步绕到书桌旁边，蓦地望向书桌后面的大藤椅——

空无一人。

她失去了全部力气，绵软地向前倾，幸好在摔倒之前及时用手抓住了桌面。这个答案并不算十分意外，早在得知哥哥安排老加尔告诉她往日真相的时候，她隐隐就已经有了见不到哥哥的预感。

此刻，她的脑袋有一点眩晕，有一点迷茫，她无法深想任何事情，无论是关于父母，还是关于哥哥。

她缓缓把视线从藤椅上收回，落向留言本以及夹在它左上方的旧照片，只见两根冷白修长的手指捏住照片边缘，将它取下，拿到面前看。

"殿下……"云悠悠为难地咬住了嘴唇，她不记得自己什么时候和哥哥一起拍过照片。闻泽拿起它，让她感觉浑身都不自在。她望向闻泽，发现他的表情有些奇怪——黑眸微微眯着，目光有些缅怀，还有一点咬牙切齿。

她走到他的身边，视线投向他手中的照片。照片上，没有她。

她怔了一下，低低惊呼出声："哥哥！"

照片上是两位帅气逼人的男性青年，都是十七八岁的样子。右边那位身穿黑色的帝国军制服，英俊至极的眉眼残留着一丝若有似无的稚气，既有少年的不羁，又有青年的沉稳，唇角挑起懒散不耐的笑容，手臂松松搭着另一人的肩。他的脸……正是云悠悠记忆中哥哥的脸，也是和闻泽一模一样的脸。

闻泽偏头看她，意味不明地"嗯"了一声。

"他就是哥哥！"她伸出手指，轻轻触了触照片中那个人的制服袖子。没去碰"他"的脸和身体，动作小心翼翼，不愿有丝毫亵渎。她的心情和思绪早已乱成了一团巨大无解的毛线。在这样的时刻，找到"哥哥"存在的证据，让她感觉到了难言的安慰。

"哥哥是真实存在的，不是我发病的臆想。"她喃喃说道。

闻泽目光古怪地看着她，半晌，他淡声问："你确定是这个？不是另一个？"

听他这么一说，云悠悠后知后觉地想起，"哥哥"的左边还有另外一位帅气的青年。她把视线移过去，眼睛不禁微微一亮，这是一位非常漂亮的男青年，银发及肩，容颜斯文俊美，气质禁欲干净，略有一点雌雄难辨的美感，看着他，脑海里会不自觉地浮起"银发大美人"这五个字。他给她的感觉非常亲切，就像邻家哥哥，不过相貌是全然陌生的——这样的美男子，如果见过一定会记得。

云悠悠抬起手来揉了揉泪湿的眼睛，让视野变得更加清晰，仔细看过银发青年之后，她确认道："殿下，我不认识这个人，从未见过。"

闻泽走向门口，"砰"一声阖上中控室的门，把红胡子老加尔隔离在外，然后大步走回来，居高临下看着云悠悠。

"他叫西蒙·林德。"闻泽语气平淡，"我表兄，也是我最好的朋友。"

云悠悠怔怔地茫然开口："是吗……哥哥认识您的这位好友？"她有点晕，视线落向照片上和闻泽一模一样的黑发青年，然后又看了看他旁边那位银发的西蒙·林德。

闻泽看了她一眼，他的表情用"古怪"已经不足以形容，而是像在看一出最滑稽的荒诞剧，挑着眉问："他告诉你这个人是他？"他用指尖敲了敲照片上黑发青年英俊的脸。

简直难以置信。像西蒙那种自大狂妄、尾巴翘到天上的家伙，居然也能认识到自己长相不及皇太子表弟英俊，从而张冠李戴欺骗小姑娘感情吗？

云悠悠摇头："不是的，我第一次看到这张照片。"

"嗯？"

云悠悠也不知道该怎么解释，她从闻泽手中接过照片，放在面前细看。

"我见到的哥哥，一直就是这个样子。"她觉得有些羞耻，但还是勇敢地说了出来，"哥哥从来没有穿过制服，但是我……总能幻想出这个样子——就是照片上的样子。所以殿下穿着制服的时候，我觉得特别像哥哥。"

闻泽：……

不让他脱制服，就因为这个？算了，在某些问题上，他已经气不动了。没有关系，身为男人，要绅士，要大度，他一点儿都不会生气。

"云悠悠。"他面无表情地说，"照片上的人就是我，你连这都看不出来吗？"

他抬起手指，无情地戳了戳左边那位银发青年，半眯着眼睛，略有一点阴森地说："这张照片是我入职帝国军那天，西蒙拖着我拍的。同年，林德家族谋逆案爆发，他死在劫法场的路上。当然，也有人认为我瞒天过海，帮助西蒙逃走，把他藏在某个边远星。"

❖ 03 ❖

云悠悠呆呆地看着闻泽，那些长久积累在脑海里的线索和违和之处一点点汇聚起来，直觉告诉她，殿下说的应该正是事实。

半晌，她动了动嘴唇："那，是您帮他逃走的吗？"

闻泽笑开，用"准备把你灭口"的语气说："没错。"

"哥哥，他叫西蒙？"她低头看了看手中的照片，觉得已经完全无法信任自己的眼睛了。此刻看着这位非常亲切漂亮的银发青年，她渐渐在他身上感受到了和哥哥相似的温和气质。

一位身负血海深仇的青年，多年隐姓埋名，偷偷保留着好友的照片……她记得哥哥说起他最好的朋友时，眼睛里总会燃起两束明亮的光，那种发自内心的欣赏和愉悦能够感染云悠悠，让她也跟着激动起来。

哥哥说，他的天才好友为人正直，拥有强大的意志和能力，未来成就不可限量；哥哥说，无论自己身在何方，都会永远为那位朋友骄傲。张三扬根本配不上如此赞誉，所以哥哥的好友是……云悠悠的身体微微晃动，她怔怔地抬起眼睛，凝视面前这位强大的、光芒耀眼的储君殿下，不知不觉，泪水又一次模糊了她的视线。

可是为什么，哥哥在她的记忆中会是殿下的样子呢？

闻泽就像能读心一样，从她手中抽走照片，很平静地说："如果这就是催眠你的'关键道具'，那么应该可以用它替你解除催眠。"

她抿住唇，轻轻点了点头，心中疑团太多，她已经不知道该从哪里开始思考。

闻泽拿起书桌上的留言本："不看看他说了什么？"

云悠悠觉得自己的脑子已经变成了二手光脑，茫然地接收、处理着外界强行送达的庞大信息，整个人很机械。她深刻体会到了自己那台可怜光脑的感受，只能吸了一口气，挪动柔软瘦削的身躯，靠向闻泽。

他轻啧一声，很顺手地圈住她的肩膀，把她捉到面前，固定在他的身体与书桌之间："站稳了。"语气略带一点嫌弃。

"哦……"她接过闻泽随手捡起来的留言本。最顶端是两行加粗的大字，不再刻意模仿"林思明"的笔迹之后，哥哥的字迹更加俊雅飘逸，像一位很有风骨的古代文人。

【先不要碰桌面上的计算机】

【读完我留下的讯息再动它】

云悠悠下意识点了点头，正想翻页，余光看见闻泽斜过身体，颇有兴致地将手探向那台老古董计算机的触摸屏，漫不经心地勾着唇："偏碰。"

"殿下！"她飞快地捉住了他的手腕，控诉地盯着他，却在他的黑眸中捕捉到一抹促狭。

有时候，这位殿下真是幼稚得不可思议。

她用后背把他拱远了一些，然后翻过下一页。

【悠悠，想必你已经知道了我的真实身份，如果你不知道，那也不重要。】

【我和我的团队（也许官方称我们为团伙），正在地下实验室中研究一个事关人类生死存亡的重大课题。】

【当你回到绿林的时候，我不确定我们的研究是否已经成功，也不确定地下是否仍旧安全。请先做好心理准备，那就是我已经不在人世——我相信绿林沦陷之后你已经做过这方面的准备，现在只需要复习一遍。】

云悠悠深吸一口气，翻过下一页。

【当你做好最坏的准备时，打开书桌上的老式计算机。它与我在地下实验室中使用的光脑以量子态互通，打开它，你就能看到我，或者尸骨无存的我。】

【这段时间内，我会将从前未完成的那些小型研究成果陆续传到你眼前这台改造过的计算机中，如果哥哥已经不在了，你不必太过悲伤，拔走储存卡，把完成的成果带到专利处登记，你将拥有一辈子也花不完的星币，成为远近闻名的富豪。】

【对了，那些半成品和从前的幼稚论文，我曾打包发给别人，有些方向可能是全错的。我想任何一个智力正常的人类都不会把未完成的成果公布出去，这件事应该不会给你带来困扰。】

"啧，果然是西蒙的风格。"闻泽勾起唇角。

既然答应林思明照顾林瑶，那他就一定会做。只不过，林瑶要是干出什么"智力正常的人类"不会做的蠢事，自然也不算西蒙违约。

云悠悠深吸了一口气。她想起那位被闻泽反杀的三皇子殿下，曾经在求饶时大喊大叫着说出"林德家覆灭的秘密就在绿林"这样的话。后续调查结果显示，三皇子在当今陛下撒伦十七世的授意下，准备在绿林寻找一处地下实验室。

如今知道了哥哥的身份，云悠悠清晰地意识到，官方势力寻找的，很显然正是哥哥和他的藏身地。她的头有点晕，手上却很自然地翻动着手中的留言本，一页一页翻向最后，忽然又看见了一行字。

【真想知道，我们悠悠是不是已经找到了男朋友。】

云悠悠呼吸一滞，浑身血液"唰"的一下涌上了脑门。

一只大手从身后伸过来，拿走了留言本，太子殿下无良微笑："看到是我，西蒙一定十分惊喜。"

云悠悠觉得正直的殿下应该不是要表达她以为的那种意思。她缓了缓呼吸，让自己的心情稍微平静了一些，然后轻声告诉那个不在这里的人："我准备好见你了，哥哥。"

她迫不及待想要知道他的情况，紧张得伸向老古董计算机的手指都微微颤抖。就在指尖与屏幕刚好产生静电吸引的时候，只见这台被改造过的计算机中，忽然旋出数道耀眼的蓝白强光射线！下一瞬间，高频嗡鸣声近距离爆发。

云悠悠感觉到一双温热有力的大手捂住了她的耳朵，结实颀长的身躯从背后贴近，把她牢牢护在了怀里。闭上双眼的时候，她忽然想起老加尔提过这件事情——正是中控室里发生的异常状况引来了虫族！

高频射线爆发转瞬就结束了，云悠悠有好一会儿感觉不到自己的心跳。

"没事了。"头顶传来闻泽的声音。

她回头去看，见他微皱着眉，左边手掌捂了捂耳朵。

"殿下……"

他随手把她扒拉到身后，屈起食指指节，叩击计算机屏幕。

"笃。"老古董被激活。轻微的"滋滋"声之后，屏幕亮起刺眼的红光，像赤潮一样淹没了小小的中控室。屏幕正中浮着一行歪曲扭闪的字样——

【量子态连接失效，距离下一次自动修复：1789 秒】

倒计时秒数跳动：1788 秒……1787 秒……

量子态连接？自动修复？所以，刚才爆发的波动，是间隔 1800 秒一次的系统修复进程吗？云悠悠急急低头重新翻了翻留言本，一片红光中，雪白的纸张就像染满了鲜血。其中一行字是这样的——"当你做好最坏的准备时，打开书桌上的老式计算机。它与我在地下实验室中使用的光脑以量子态互通，打开它，你就能看到我，或者尸骨无存的我。"

刚才匆匆扫过一眼，没留意到这个非常重要的信息，现在看到故障状态的计算机，她的心脏不禁发出了一声悲鸣。

这……这……就在不久之前，殿下的星空矿车曾因空能失控，坠进了一处虫族大巢穴，原因正是星空矿车与主战舰之间的量子态能源互通中断。殿下说，那是星网暗影面积扩散到 31%，拖累了系统主进程所导致的，看来哥哥的两台计算机也遭遇了同样的麻烦！

她无比躁郁，指甲不知不觉掐进了书桌边缘，屏幕上闪烁的红光和倒计时，就像命运在对她进行无情嘲弄。

✦ 04 ✦

"砰砰砰——"门上传来了一阵巨响。老加尔一边砸门，一边用骂人的音量大喊："虫来了！虫又来了！你们还在里面干什么！"

监控器显示，矿道和电梯井中都有虫族被高频音波吸引过来，它们发现了那几处无法扣合的铁锯齿，正在试探着用前钳扳撬，隔着监视器仿佛都能听见铁齿被它们撬出刺耳的摩擦声。如果大门被破开，这个老旧的废弃基地就没什么能够挡得住虫子了。

"得走了。"闻泽沉声道，"带上储存卡。"

云悠悠心下一痛，牙齿狠狠咬破了嘴唇，哥哥……近在咫尺的哥哥……这一走，会不会永远失去哥哥的消息？可是再不走就来不及了！闻泽的星空矿车能源只剩 13%，逃出去都成问题，根本不可能与虫群开战。

闻泽伸手去拔计算机上的储存卡。

"等等！"云悠悠忽然惊呼，"储存卡！"

"嗯？"

她语速飞快："哥哥留下了另一张储存卡，就是实验楼下面找到的那一张！"

她回忆起了那个瘦女人说过的话："林思明说，这是一种模拟生物神经元的网络连通方式，将生物科学应用到计算机领域，可以让网络更加高效地运行。他说，如果哪一天星网运行发生迟滞危机的话，这种新型算法足以让一个人平地封神。"

这件事闻泽是知道的，在云悠悠被抓到战时监察处的时候，他曾拿走了那张储存卡和她的情感阻断剂。

"殿下，那张卡在您身上吗？"她紧张地揪住了裤边，牙齿再一次深深嵌进了下唇。

闻泽眸光动了动："在我这里。"

她激动得手指微颤，指着那台计算机："试一试！我们试一试吧！"如果成功的话，她就能知道哥哥的情况，而殿下的星空矿车也可以恢复到完美状态。

闻泽平静地注视着她，神色略沉。他想告诉她，自己那位好友满门惨遭屠戮，绝不可能像表面看起来那么简单；他想告诉她，送上门来的"特效药"往往意味着圈套和陷阱；他想告诉她，他身负的责任让他不可能轻信一个失联多年的人，随便使用来源不明的东西；他想告诉她，今天发生的事情疑点重重……但他一个理由也说不出口。

他可以想象自己说出这些话之后她会是什么样的反应——

她对西蒙深信不疑，如果他和西蒙之间发生分歧，她会站在西蒙那一边。但她也会尊重他的意见，跟着他离开，然后自己默默把一切闷在心里。

气氛出现了短暂的僵持和凝滞，就在这时，闻泽的通信器传来提示音，他收到了来自杨诚的消息——"殿下，孟兰洲已强行关闭了帝国90%的网络与通信，全力保证舰队系统稳定运行，十分钟之后主系统将重启完毕！"

云悠悠失落地垂下眼睛。

"我不信任他，让你很失望？"闻泽看着她，不疾不徐地问。

她微微缩了下肩膀，抿紧唇，摇头："殿下的安危最要紧！"她不可能指望别人和她一样无条件地信任哥哥，幼年的经历，让她从来也不知道什么是任性。

闻泽拔下了计算机上的储存卡，收进口袋，大步走向她，揽住她的肩膀带她往外走，出门时，顺手拎起了那只星空箱。

"小傻子。"男人低沉好听的声音带着令人心安的力量，传进她的耳朵，"我并非不信任他。"

她微微吃惊，睁大了眼睛偏头看着他。

"你觉得他把半成品给林瑶是不是故意的？"他忽然说了件看似毫不相干的事情。

云悠悠有些茫然，心情也仍然低落，只敷衍着扯了扯唇角："看起来是故意使坏呢。"

"嗯。"闻泽轻笑，"他就是那样一个坏家伙。"

此刻，他们已穿过铁架桥。老加尔跑到了前头，他一边倒退着小跑，一边疯狂挥动双手，示意这对腻歪小情人搞快一点！他都要急死了！监控器显示，已经有两只虫把钳子钻进大门里面，开始"嘎嘎"捣鼓了！

云悠悠忍不住回过头，望向闪烁着红光的中控室。

她离哥哥那么近……就差一点点……

"所以，"闻泽继续说道，"他留给林瑶，让她'封神'的，能是什么好东西？"

云悠悠身躯一震，如梦初醒："殿下所言极是！"

他懒声说："不着急，只要将这台计算机的量子态能量痕迹定为锚点，总能查到连接位置。"

"嗯嗯！"她兴奋点头。

见她彻底释怀，他揽紧了她的肩膀，带她飞速向星空矿车移动。

还能怎么办，身为男朋友，当然什么都得扛。

云悠悠的心绪安定下来之后，立刻察觉到此刻处境多么危险。悬在铁架桥另一面的九宫格监视屏幕显示，铁质大门已经被虫族强行撬开了宽达30厘米的缝隙，卡嵌在两扇大门之间的铁齿扭曲成了麻花，翅边、复眼、前钳尖端甚至尾翘都从夹缝中挤了进来，从内部望去，就像一大堆破碎错乱的残肢组成了蠕动的巨大尸体。

云悠悠看得头皮发麻，视线转向外部监视器，看到基地外面来了更多的虫，它们密密麻麻从矿道和电梯井涌出来，一只接一只堆叠在了铁门上。

监控无声，静默带来了更加强烈的恐惧。

三个人快速奔跑，穿过一处处车间和铁架桥，冲进铁门后方的空旷大车间。车间里回荡着让人酸掉牙齿的恐怖怪声，那是虫族把节肢伸进门缝中摩擦挤压，再混合上黏液发出的声音。一些虫肢被生生挤断，顺着门缝掉落进来，在地上的黏液中无意识地弹跳……里面甚至还有一只复眼。

剧烈运动让云悠悠两眼发黑，看见这样的场面，胸腔更是闷到反胃。闻泽用自身权限刷开车门，推着她坐进前舱。发现活人之后，夹在门缝里的虫群立刻爆发出猛烈的骚动，它们疯狂向着门内挤压，把厚重的铁门弄出可怕的闷震声，连带着整个大车间都在隐隐摇晃，万幸的是暂时没有出现会扒门的高阶成虫。

老加尔跳上后舱，绷着爬满鸡皮疙瘩的腮帮子，怪声怪气地嘶叫："真像维恩丧尸！"

闻泽动作依旧沉稳，上车的姿态与平时登车没有丝毫区别，落入操作位的瞬间切换能源系统。

"三分钟。"他偏过脸看看云悠悠，"很快。"

她虚弱地瘫在座椅上，一口一口小心翼翼地喘着气，努力冲他露出微笑："嗯嗯！"

"嘎——咔咔——咔！"铁门发出了不堪重负的呻吟，门后的手阀也发出了恐怖的摩擦声。

"不好！"老加尔怪叫。

虫群挤压的力量透过复杂的齿轮杠杆，拨动了手阀，只见大门左后方的铁质大手阀一格一格向后推靠。它就是扣锁住大门不让它向两旁滑开的关键阻碍，只要手阀一崩，铁门瞬间就会失守。身处杠杆短端的虫群，凭借自身庞大的力量生生撬动了长端的手阀。

"来不及……"老加尔嘴里下意识地冒出一串叽里咕噜的脏话，一对浅黄的眼珠子直勾勾瞪出眼眶。

云悠悠看了一眼光屏上的读条，距离系统加载完毕还需要两分多钟。

此刻虫群目标明确，不会像在巢穴中那样只是试探地拨弄这架星空矿车，而是会直接挥动利钳，拆掉它的硬壳，剥出里面鲜嫩的细肉来啃嚼。

"嘎咔！"无人操作的手阀再次向后卡过一格，门缝间的大铁齿向内收缩，崩盘只在一瞬间。陈年积尘从门顶簌簌掉落，更多的虫肢挤进门缝，像地狱里面伸出来的黑暗水草。

"噢……老天爷……"老加尔的额头和手臂同时迸出青筋，太阳穴鼓起老高，"我当初就知道，照顾小拖油瓶的活计绝对没好事……钱都收了……加尔可是整个帝国最有信誉的人，远远胜过那些虚伪恶臭的政客……"

云悠悠感觉到后背刮过凉风，回头一看，只见老加尔推开了后舱舱门，一只脚迈下星空矿车。

"老加尔！"

"臭小鬼，"红胡子摆了个抽雪茄的手势，"拿钱就要办事，这是规矩！"他扬了扬手臂，让脏得结板的红衬衫袖口往上缩了三寸，然后优雅地扔掉手中不存在的雪茄，嘭一下甩紧车门，迎着挤进门缝的虫群，大步奔跑过去。

"呀呼！"虎背熊腰的小老头冲到门后，把整个身体的重量都压到了手阀上。

"咔——咔咔！"扭曲的铁齿卡在了原位，红胡子老头抵住杠杆，努力维持平衡。门缝中挤出来的虫肢疯狂拍击他身前的铁门，从他头顶呼来呼去，四溅的黏液糊了他满头。他嗷嗷哇哇地尖声怪叫着，几次试图扔掉手阀跑路，但最终还是把双脚牢牢钉在那里。

云悠悠屏住呼吸，双手无意识地掐紧了掌心。从中控室跑到这里，她的身体已是强弩之末，两分多钟还不够她挪到老加尔那里去帮忙，只能眼睁睁地看着。

闻泽探出手臂，推开了后舱门，平静地说："会带他走。"

如果这个老人可以撑到星空矿车启动。

等待的时间总是格外漫长，这三分钟与上次的三分钟相比，长得超过了一个世纪。在发现门后的老加尔之后，虫群变得更加疯狂。随着它们不断的撞击，整个世界都在震荡，老加尔的身躯就像一块红色的小礁石，屹立在风暴之下。

云悠悠声音微哽："虽然您贪财、脾气坏、喜欢乱骂人、知道自己错了也从不道歉，但是您的品格实在令人敬佩。"在她的记忆中，这个老头和"好人"根本不沾一点边，不过在他冲向虫群的那一瞬间，她对他彻底改观。

她紧张得掐住了手掌，身体微微颤抖，流下冷汗。

"绿林的人也聊维恩丧尸吗？"闻泽帮助她转移注意力。

"嗯？什么？"她缓缓回神，想起刚才老加尔似乎的确提过这个，他说虫子挤在门缝的样子就像丧尸。

她摇了摇头："我没听说。不过维恩听起来很耳熟。"

"维恩生化，巴顿公司的前身，第五军团现在的驻地。"闻泽的语气很淡，让她有一种在听历史课的感觉。

云悠悠想起来了，那天晚上她和白英乘坐的那些老旧的运输车上，还留有脱漆的"维恩生化"字样。她只知道那是一个在二十多年前发生过严重生产事故的制药集团，出事之后，富豪维恩的小娇妻莎丽曼·巴顿改嫁给了覃上将的副手袁文华，维恩集团留下的遗产被她补贴给了自己的弟弟巴顿男爵，创办了那间涉嫌杀婴及人体实验的暗黑公司。

"真是……丧尸吗？"云悠悠小心地确认了一下这个只有电影里才会出现的名词。

闻泽下了一个比较谨慎的定义："一种让人丧失理智，举止与野兽无异并疯狂渴求脑髓的传染性疾病。当然，新闻不会这么报道。"

他屈起手指叩了下操作盘，淡笑："如果当年处理此事的执政官是我，那么外界不会有丧尸传闻，也不会流出任何视频。"

云悠悠面无表情地看着他："您还挺骄傲。"

闻泽轻笑。

✦ 05 ✦

"嗡——"光屏淌过稳固的蓝光，量子态连接成功！

云悠悠望向铁门后方，只见老加尔仍在吃力地抵着手阀杠杆与虫群角力，他憋着劲儿，不再乱吼乱叫。虫群像海啸，冲击着这块微微震动的小礁石。

闻泽发动星空矿车。

云悠悠不禁把心脏稍稍安放回原位，半开玩笑地对他说："如果您能成功说服老加尔，让他相信并没有什么维恩丧尸的话，我就相信您能够做好完美公关。"

闻泽轻笑，单手拉动操纵杆，另一只手激活武器系统，星空矿车化身流星，平滑流畅地掠向铁门。

"老加尔！"云悠悠放开了自己的小嗓子，"我们来接你啦！"

红胡子幅度很小地偏了偏脑袋。

"唰——"车身稳稳甩过半道弧线，敞开的后舱门正好落在老加尔身边，但他却没有动。

"快上……"云悠悠的声音卡在了胸腔。

她看见那蓬红色的胡须红得更加鲜艳，红衬衫变成了深红，老头视线涣散，抬起脸，很缓慢地扬了扬下巴，吐出微弱气音和四溅的小血花："告诉别人……加尔，是帝国最有信用的人物。"

云悠悠瞳仁震颤，望向他的身躯。只见铁质手阀深深嵌进了他的胸腔，穿透肺部，将后背的衬衫顶起了一个小小的三角。

他抬起一只手，轻轻挥了下："滚！"强撑的那口气终于吐了出去，老人头颅一低，带着那蓬大胡须，深深垂到胸口。

虫潮再一次撞击门缝，咔咔作响的手阀带着老加尔彻底失去力量的身躯，一格一格向后移动。

他死了。

"嘎吱——"更多的虫肢挤进两扇铁门中间，密密麻麻在前方攒动。

闻泽忽然推门下车。

云悠悠吃惊："殿下？"

"攻击模式与机甲大致相同。"话音犹在，他已离开星空矿车，绕到了老加尔身后，横臂揽住老人的尸身，将他从铁阀上面拖下来。

"嘎——"铁门被撞开了更大的口子。

云悠悠屏息凝神，操纵能源炮，对准正在洞开的大门。她的余光能够看见闻泽，他的动作非常利落，但是对待那具已经没有知觉的尸身，却有种说不出的温柔。她的眼眶里涌上泪水，不仅是因为悲伤，还有一种与人并肩作战、生死相托的情意。

第一批凝成团的虫子挤进来了！

云悠悠的心绪彻底沉静，她抿紧双唇，对准虫群入侵的节点开始点射！粉碎的虫肢像暴雨般落下，她冷静地调转能源炮，将扑向闻泽的漏网之虫一只一只击落。

老加尔的尸身离开手阀之后，阻碍彻底消失，两扇铁门在虫群的冲击之下轰隆滑开。云悠悠不敢呼吸，心跳也仿佛停滞。她死死盯住狂风暴雨下方的闻泽，将那些扑向他、砸向他的虫子全部轰碎。因为过度紧张，她的手指隐隐开始痉挛，冷汗流进眼睛里火辣辣地疼痛，她却不敢眨眼。

一只漏网之虫撞到了车顶上——"砰！"她的心脏立刻悬到了喉咙口！几乎同一时间，闻泽半搂半推地将老加尔送进了后舱。他长腿一跨，利落地掠进车舱，反手摔上了后舱门，然后翻过座椅，落入操作位。

那一瞬间，云悠悠有种错觉，归位的不是闻泽，而是她胸腔里面那颗心。

闻泽操纵星空矿车，斜斜飞离了虫潮扑下来的位置。云悠悠缓了几口气，怔怔回头，望向躺在后舱的老加尔，霸道矿主的面容十分安详。

"殿下，"她收回视线，轻声对闻泽说，"您太冒险了。"

"说过带他走。"闻泽语气平淡，"答应的事，我会做到。"

她看向他的侧脸，温和的表情之下，是静若深海的极致坚毅。在这个不合时宜的时刻，她忽然想要亲吻他的脸颊。

虫潮涌进基地的架势，就像洪峰冲破堤坝那一霎。滚滚浊流中，星空矿车仿佛变成了一根小小的杂草，在漩涡和浪峰之间艰难沉浮。

云悠悠的心情渐渐变得宁静和寂寞起来，她的视线拂过那只装着她父母东西的星空箱，拂过老加尔安详的面容。

"这就是我的命运吗？得到爱和守护，却永远失去了他们。"她微微地笑着，低下头，握住自己的手指。她从一种一无所有，变成了另一种一无所有。

闻泽专注地驾驶星空矿车，击落挡路的虫子，穿过一条条矿道，片刻之后，他轻声笑了下："命运可奈何不了我。和我在一起，只管放心。"

虽然云悠悠很清楚，殿下的意思只是说他很强大，可以护她平安，但他的嗓音和语气还是不可避免地让她的心脏小小地惊跳了一下。

有主战舰的能源支持，星空矿车很快就杀开一条血路，在纵横交错的矿道中甩掉了虫族，流星般掠出矿山，驶向近地轨道。

外面，军方与虫族的战役如火如荼。

星网危机给战舰和机甲们带来了一些麻烦，让将士们短暂地手忙脚乱。此刻问题暂时解决，舰队重新稳住阵形，对虫族发动全面反攻。

闻泽让星空矿车悬停在半空，俯瞰整个战局，时不时动一动手指，发出一道道指示。在一个地点停留了七八分钟之后，闻泽微微皱眉，手指叩了叩操作盘，隐隐有一点不耐烦："嗯？"

云悠悠感觉他好像在等人，念头刚一动，只见云层中忽然爆起了耀眼的光芒，一记威力惊人的量子炮冲着星空矿车直袭而来！

闻泽仿佛早有预料，压在操纵杆上的手掌一动，车身飞掠，避开了这道死亡光波。

云悠悠震惊地看着他，只见他的唇角勾起了一抹淡笑，啧道："果然。"

那一记威能十足的炮击落到地表，"轰"一下制造出一个巨大的碗状深坑。坑中最坚硬的岩层瞬间被汽化，接触面就像黑色的烤瓷，"滋滋"作响，继续向四面八方扩散。

云悠悠感觉不可思议："您的人缘这么差？"随便停在哪里都能被附近的人攻击吗？空气中的敌人含量未免也太超标了吧？

闻泽先是一怔，然后胸腔闷震，低低笑出了声，懒散不羁地说："嗯。孤家寡人一个，也就你敢陪我。"

云悠悠："……殿下。"

星空矿车划过一道土黄色的优雅的弧，径直掠向停泊在近地轨道的主战舰。

老加尔的尸首被送进了冷冻室。

闻泽在过道上收到了来自监察总长的报告——那艘对太子殿下发射量子炮的战舰已被及时控制，事发时身处战舰上的所有人员都已被送入监察处，接受最严格的讯问审查。

白侠中将亲笔写在最后的审查报告上的字迹略有些虚浮，看得出来这位经验丰富的审查长也对结果感到心虚和不满。

【参考结论：一起无预谋的意外事故。】

事情经过是这样的：一位战舰成员无意识地装载了量子炮弹，另一位战舰成员无原因地锁定了殿下所处的位置，最后一位战舰成员在没有与任何人沟通的情况下，直接在控制台按下了发射键。

认定这是一起意外事故的主要原因是：这三个直接操作者，都没有任何途径获知殿下当时的位置，也没有任何途径在事发时与其他两人沟通。

"手滑。"闻泽弯唇，指尖叩了叩光脑。

云悠悠瞳仁微微收缩，心头翻起了一个大浪。别人或许不知道，但身为当事人的她却非常清楚，当时殿下早有预料，就是故意停在那里等这一记"手滑"。她的后背有点发寒——什么手滑能滑成这样，还带配合的？而且，殿下为什么会知道？

"第六感。"他仿佛会读心术，抬手拍了拍她的肩膀，语重心长地说，"我还知道你也有危险，必须待在我的身边，寸步不离。"

云悠悠一时之间居然分不清他是开玩笑还是认真的。在她愣神时，闻泽及时收回了手，偏头示意她跟上。

"你现在的精神状态不适合接受催眠，不如先看看他留下的东西？"他很随意地说。

"嗯嗯！"云悠悠激动地点点头，然后十分谨慎地看了看左右。她可没忘记西蒙·林德是帝国要犯——殿下和她做这样的事，是冒着极大风险的。

两个人一前一后回到闻泽的书房。

他断掉星网连接，把储存卡置入无网络状态的光脑中，点击开启。云悠悠的心脏悬了起来，她屏住呼吸，生怕光屏上又跳出什么错误提示。

幸好这一次总算没有让她失望，光脑迅速读取了储存卡中的内容，速度快得让云悠悠产生了极强烈的购买殿下同款光脑的冲动。

存储卡中的内容以日期为目录。

第一个日期是 1336 年 4 月 12 日，距离绿林沦陷正好一个月。

云悠悠下意识地低头扫了一眼目录，看着一个一个不同的日期向后生长，她的呼吸不禁变得急促了许多，眼睛里涌上欣慰的热意。

哥哥一直都在，他好好活着，现在必定也安然无恙。

她轻轻揪住衣角，深吸一口气，向闻泽点点头。

他手指一动，点开了第一份记录。标题瞬间抓住了云悠悠的眼球——

磁场诊疗：是童话黑科技，还是"丧尸"病毒制造者？

云悠悠：……

所以哥哥所谓的"半成品"，是直接掐掉后半截标题吗？

✦ 06 ✦

覃飞沿跷着二郎腿坐在星空矿车顶上，一边把自己的最新"战绩"编辑成动态发送到星网主页，一边漫无目的地把手中的光脑转向各个方位。

自从不小心拍到藏在通风口的狱官尸体之后，这台光脑俨然成了他的辅助，一次又一次帮助他顺手拍到袁文华逃亡的蛛丝马迹。他率领精英组，一路顺藤摸瓜势如破竹，找到了一处林德政变时发生过激战的废弃地下避难所。袁文华已被堵在下面，正在负隅顽抗，很显然，他撑不了多久。

覃小少爷落指如飞，编辑动态——

【第一次尝试查案，还算不错的经历，美中不足的就是对手太菜，有点无聊。能不能给点力啊，袁文华副帅？】

捷报一条一条传到覃飞沿面前。

袁文华用尽了一切逃亡手段，却怎么也甩不掉身后牛皮糖般的追兵，到现在一步步被逼到穷途末路，精神终于崩溃了。他露出了越来越多的破绽，时不时破着嗓子发出野兽般的大叫："为何逼我至此？为何逼我至此！带队的是谁？我要他不得好死！"

猎物最后的悲鸣总是能让猎人心情大好。"啧啧，"覃四少懒懒抛开烟蒂，"敌人的唾骂，正是荣誉的徽章。这种事，难道不是早该习以为常吗？"

身边的两名精英默默转开了头。

"本少爷亲手逮捕他。"覃飞沿理了理衣襟，昂首阔步迎向囚笼中的困兽。

废弃的地下避难所里留下了不少战斗痕迹，袁文华没有背景，是从底层士兵一步一个脚印爬上来的，个人能力毋庸置疑。可惜遇上了开外挂的覃飞沿，每一丝痕迹都被精准捕捉，每一步行动都被预先阻截，犹如瓮中之鳖——也难怪他崩溃。

覃飞沿走到阳光和暗影的分界线，正好看到精英卫队押着袁文华从避难所深处出来。这位国字脸老将被扣上了生物枷和镣铐，左腿中了弹，僵硬地拖在地上，身上有血，脸被生物枷冻得发青，乍一看，就像电影里的行尸走肉。

看清覃飞沿的模样，袁文华蓦地睁大了眼睛："怎么是你……"

覃四少抬起手，傲慢地整理领扣，准备发表几句胜利宣言，譬如"就是我，意外不意外，惊喜不惊喜"这样。

没想到袁文华后半句是："……这个废物！"

怎么是你这个废物！

覃飞沿的节奏被打乱，又遭遇了人身攻击，一时竟忘记了自己刚说的"敌人的唾骂是荣誉"这档子事，只觉得当着众人的面被骂废物很掉面子："你！"

"嗤，"袁文华慢腾腾补了一刀，"是了，也就是你这废物带队，我才有机会多扑腾两天吧。要是换你大哥，呵呵，我都走不出十里地。"眼神和表情中的轻蔑非常到位，再配上那个"呵呵"，实在是嘲讽到了极点。

覃飞沿的小暴脾气当时就压不住了！他一个箭步蹿上前，攥住袁文华皱成一团的领口："手下败将，逞什么嘴皮威风！睁大你的眼睛看看，亲手逮住你的人是谁！"

他气得火气噌噌往上冒。凭什么啊！刚刚他还在骂"不得好死的指挥官"，这下又看不起谁啊？他凭什么双标，凭什么戴着有色眼镜看人啊！覃飞沿同学委屈死了。

欸？等等。看着袁文华这双充满嘲讽的眼睛，小少爷忽然后背一寒。从崩溃到蔑视，为什么可以无缝切换？这不对劲啊……

念头刚刚一动，就看见面前的老将扬起戴着镣铐的双手，陡然锁喉！如果换成健康状态的覃飞沿，这一下八成是可以躲开的，遗憾的是，此刻他身娇体弱，根本没办法和人动手。

生物枷瞬间向袁文华释放了速冻生物电，令他的血液彻底冰冷，但他的目的已然达成——用镣铐锁链圈住覃飞沿脖颈的同时，袁文华从自己手掌的厚茧层中抽出了一根泛着可疑绿光的细长针尖，用它对准了覃飞沿的颈部大动脉！

精英卫队一阵哗然，无数能源枪对准了袁文华的脑袋。

"比……比谁……快吗？"袁文华冻得微微嘶着气，精铁般的意志也难以阻止上下牙碰撞，"我一倒，毒……素就会扎进去，神仙也救……不了！怎么样，要不要听听……我的条件？"

覃飞沿同学又一次见识到了世道险恶，然而已经太迟。身为天之骄子，注定要成为世界主角的男人，覃飞沿可不想和对方这种五十出头还在中将位置上龟爬的平庸人士同归于尽。

"放下武器！"覃飞沿硬气地说，"有什么要求，你说！"

"很简单。"袁文华押着他跟跄往前，"一架……星空矿车，到了安全地方，就放你。"

一阵冰冷的气息呼过小少爷耳畔，冻得他瑟瑟发抖："可以。"反正，反正他还可以逮他一百次！覃飞沿恨恨地想，下一次，下一次他绝对不再亲身上阵！

二十分钟之后，憋屈的覃飞沿成为袁文华的司机，载着这名逃犯驶往无人区。令他深感意外的是，刚脱离地面射程，袁文华就收回了架在他脖子上的毒针，随手抛出窗外。

覃飞沿不禁纳闷，敌人这么疏忽大意的吗？

"小子，你听我说。"袁文华脸一沉，国字方脸上寒霜密布，全然不是被捕时的萎靡姿态，"有人要置我于死地。"

覃飞沿一边开车，一边露出虚伪的微笑："那不是因为您老人家杀人越狱再加拒捕吗？"

"呵。"袁文华冷哼，"杀人？我杀的是那个杀害我妻子和妻弟的凶手。他在对我动手的时候被我反杀，我用他的权限卡打开牢门，然后将他塞进通风管。呵，我不跑，不跑等死啊？"

覃飞沿礼貌地笑笑。

"知道你不信。"袁文华往座椅上一靠，犀利的眼神略微发虚，遥遥望向前方，"你信不信完全不重要。"

覃飞沿心下一个咯噔，听对方这意思，怕是要灭口？

袁文华吐出一口长气："怎么来的就是你呢，要是你大哥，说不定还能有点用。"

又来了，覃飞沿恨恨地咬了咬牙，但却丝毫不敢反驳。

"算了。"袁文华叹息，"我就这么告诉你吧，我确实默许了妻子和妻弟狐假虎威，借我的势倒腾那间公司，但我可以很负责任地告诉你，单靠着我的名字，他们做不到那个地步——至少有一个实力不在我之下的势力或人物为他们提供真正的帮助。"

覃飞沿不以为然，敷衍地"嗯"了两声。

袁文华自嘲地笑笑："那姐弟俩都以为是我在暗中为他们提供便利，直到机甲的事情对不上口供，才意识到自己多年来不知道靠着哪座大山！结果可好，刚发现不对，就被灭了口。"

覃飞沿觉得袁文华这是想要撇清关系，便顺着他的话说："就凭你和我爸爸的交情，他总不会冤枉你吧？要不然我直接把你带去他那儿，你们自己谈。"

"迟了。"袁文华用手捏了捏受伤的左腿，"嘶"一下皱起眉头，叹息，"小子，这件事远比你想象中复杂，如果我没有猜错的话，它可能涉及维恩生化出事的内幕，以及事故发生后负责调查那些研究项目的林德家。我怀疑是有人借着巴顿公司在搞当年的生化实验。"

"那你说什么迟了？"覃飞沿问。

袁文华低低地笑了起来："对方不会再给我开口的机会。我们已经在陷阱里面了，小子。"

"有我做你的人质，谁敢动手？"覃飞沿不信。

"看着吧。"袁文华吐出一口长气，靠向椅背，"记住了，谁最着急出手，谁的嫌疑最大。"

话音未落,军用星空矿车自带的侦测系统陡然闪起红光,发出了袭击警报!对空飞弹拖着长长的焰尾,从前方直射过来。

覃飞沿:……

谁都知道覃小少爷在袁文华手上,居然有人胆大包天对这架车下手吗?他无比狼狈地打了两个转弯,让飞弹贴着车身飞掠过去。

"不会吧!"覃飞沿不禁低呼,"真不管我的死活了?!"

"只要打着集体利益的幌子,牺牲个把人又算什么呢?"袁文华嘲弄地勾了勾唇,露出个难看得要命的狞笑。

覃飞沿感觉自己的脑子变成了一团糨糊:"什么乱七八糟的……"

前方出现了一架机甲,能源炮口闪烁着蓝白光芒,激光剑划过闪电般的长弧。以星空矿车目前的加速度,不可能躲得过机甲攻击。

"完了……"覃飞沿瞳仁微缩。就在此时,从身旁探过一只手,抓住操作盘向下猛旋!星空矿车侧着车身斜斜低飞,朝地面俯冲。袁文华的预判操作让他们成功躲过了两道能源炮击。

机甲仍在迅速逼近,星空矿车侧翻90度,横向飞掠,覃飞沿整个身体都压在了自己这一侧车门上,他觉得自己会连同车门一起掉出去摔得粉碎——当然,被激光剑或能源炮击中,后果也没有什么区别。

他看见袁文华单手解下身后的小背包,套向自己的双臂。

"嘿,小子,"国字脸老将龇牙笑了笑,居高临下冲着他说,"回头仔细看新闻,再好好想想我说的话——没指望你能做什么,至少心里有个底,知道哪里有雷不能蹚!虽然废物了一点,毕竟也是我看着长大的小鬼……"

说着话,袁文华扬起手,猛地推开了覃飞沿身后的车门,一脚把他踹下去。覃飞沿本能地抓向星空矿车的舱门,却见袁文华狠狠把操作盘摔向另一侧,星空矿车撇下坠落的小少爷,像一柄剑直插半空。在这电光石火的一霎,覃飞沿看到袁文华的颈纹之间深深地嵌着一条青紫的勒痕。

世界在覃飞沿眼前变慢,他的耳朵里灌满了风声,他看见飞掠向高空的星空矿车被一台机甲截住。那台机甲扬起了激光剑，从正中劈下！

"滋——轰！"

气浪没能掀到飞速坠落的覃飞沿，跌落近百米之后，他的双臂传来巨大的撕扯力道，一朵大花伞在头顶撑开，带着他摇摇晃晃飘向地面。

"说谁是废物呢！"狼狈落地的覃小少爷发出了来自身体最深处的咆哮，"死老头你等着！小爷分分钟给你查出真相——啊啊啊——"

✦ 07 ✦

"维恩生化出事之后，所有资料被林德家接管，其中引发那场'丧尸'事故的正是生物磁场相关研究，林德家认为维恩事故只是意外，组建专家团队继续进行生物磁场方面的研究……"云悠悠指着文档上的说明，逐字逐句地读，"1328 年，林德家族覆灭，相关负责人死亡，资料损毁。"

再往下，就是西蒙·林德在前人基础上继续进行的研究，篇幅巨大，没一行能看懂。云悠悠眨了眨眼睛，望向闻泽。

闻泽十分淡定地拨走了研究过程，温和地笑道："只需要知道结果。"

但是结果也非常晦涩，结论部分仍然充斥着密密麻麻的学术用语，看得人头晕目眩，云悠悠和闻泽足足花了一个多小时才读完这份难懂的天书。

云悠悠大致概括了一下："干扰人体磁场，会让人处于无磁场保护状态，直接接收到宇宙中无处不在的各种射线，有可能引发奇奇怪怪的病变。而这些病症可以通过生物之间的磁场直接传播，所以传染性非常强，免疫系统束手无策。'丧尸'只是其中一种表现形式，直接进行人体实验的话，不知道会制造出多少闻所未闻的病症。"

她看了看这份报告上面的时间印章。这是系统自带的功能，在文件资料上打下时间印章，就能够证明它在何时何地最初创建——这就是能够证明林瑶剽窃别人成果的铁证。

她攥了攥手指，望向闻泽，发现他已经用手指撑着额头，半倚在书桌上睡着了。他已经太久太久没有好好睡一觉，近三天时间里，只靠在椅子上睡了一个半小时。

云悠悠决定把他弄到床上去，她刚凑近，闻泽忽然睁开了眼睛。

"殿下，到卧室去睡一会儿吧，晚安！"她顺势给他鞠了个躬，然后准备退下。

闻泽皱眉："你要去哪里。"

云悠悠："我回自己的舱室啊。"

"我说过不安全。"闻泽起身，偏头示意她跟上，"不要带光脑，以防被窃听，来，我有重要的事情告诉你。"

云悠悠看着他走进卧室，上床，拍拍身边示意她过去，不禁陷入深深的怀疑，手指不自觉地揪住了裤边。她看向他，只见殿下微皱着眉头，看起来有一点疲倦和头疼，脸色也不好，皮肤苍白得厉害。如果是从前的情人身份，她现在应该非常自觉地走过去，替他按摩头部。

"站着干什么？过来。"他的语气漫不经心，嗓音带着一点熬夜后的沙哑。

想到殿下是因为她才熬的夜，云悠悠抿了抿唇，回身关上卧室的门，轻手轻脚走到他的身边："殿下……"

他随手拿起控制器，关掉了落地大舷窗。卧室中的光线立刻暗了下去，只剩一点淡淡的昏黄，她的心脏不听使唤地乱蹦了几下，手指一点点发僵。

他很顺手地解开制服外套，懒散倚在床头，瞥了她一眼："我要告诉你的事情是绝密，为了安全，最好在被子里面谈。"

云悠悠觉得自己此刻如果老实钻进他的被窝，那就不叫半推半就。虽然殿下是正人君子，但是他已经习惯了和她做这样那样的事情，就像吃饭喝水一样习惯……他不会觉得吃饭喝水有什么不对。

闻泽扔掉制服外套，解开内衫扣子。坚实的胸膛露出少许，锁骨漂亮得如同雕塑："等什么？外套不要上床，脏。"

他盯了她片刻，忽地挑眉笑了笑："以为我要做坏事？呵。"昏暗的光线下，他的面容更是雕像般的完美，嗓音低沉，带着坏意，让人很难不想歪。

"这么以为就对了。"他把嗓音压得更低，"这是迷惑敌人的战术。过来，

别想好事。"

云悠悠觉得自己如果不过去的话，就像是在"想好事"一样，只能忧郁地揪了揪衣服，破罐子破摔地走向他。他很不耐烦地啧了一声，探手过去，三两下扒掉她的制服外套，扔到地上，然后用两根手指拎着她的内衫袖口，把她抓过来，然后利落地拉起被子，把两个人一起罩了进去。

被子里面两人的气息交织在一起，云悠悠甚至能够清晰地感觉到，自己吐出了一团带着花果味道的气息，它义无反顾地扑向闻泽，进入他的胸腔。而他的气息则像是环在她身边的火焰，蠢蠢欲动，要将她熔化。

"想不想知道'手滑'的真相？"他的声音认真严肃，但因为嗓音天然带着磁性，所以说正事也撩人。

心脏轻轻漏跳了一下，她下意识地睁大了眼睛："您知道？"

"嘘……"压得更低的声线沉得像是要坠进心湖里面去，"我接下来说的，每一个字都是绝密，知道了吗？"

"嗯嗯！"她不禁屏住了呼吸，眼睛一眨不眨。

"星网意识在觉醒。"闻泽一字一顿，"或者说，诞生？"

云悠悠呆了好一会儿才反应过来，这不是灾难电影或者科幻电影中的故事吗？她的脑子变成了一团乱麻，好一会儿，她才怔怔地问："所以不能在有网络的地方谈这件事情对吗？"

他低低"嗯"了一声。

"为什么会这样？"她问。刚问完，就觉得自己的问题实在太傻，这就好像在问殿下，为什么会有人类一样。

他把身躯挪开了一些，半撑着额，侧躺在她身边："一种理论认为，只要相似的个体数量足够多，就会产生凌驾于每一个个体之上的集体意识，它诞生是为了让自身更好地生存。用这种理论可以在一定程度上解释蜂蚁的某类习性。

"虫群也一样。母虫可以同时操纵一定范围之内的所有虫族，可以同步得知每一只虫子身上发生的状况——现在使用的许多战术，原理就是预判母虫的预判。"

云悠悠第一次听到这方面的知识，不禁睁大了眼睛，满心都是好奇："嗯！殿下，我听着，您继续说！"

闻泽的声音和往日一样平淡，就像在念说明书："如果这个理论是真的，那么可以得出结论，人体内神经元也就是足够多的相似个体，因此产生了服务于自身的意识，即我们的个人意识，也可以称之为灵魂。

"同理，连接在星网上的每一台设备，也可能成为一个个'神经元'。这就意味着，星网具备诞生意识的可能性和基础条件。"

云悠悠倒吸了一口凉气。

闻泽笑了笑，带着体温和暗香的气流拂过她的脸颊："这些都是假说。"

"哦……"她觉得自己的心脏好像在矿道里面飙车，忽上忽下，忽紧忽松。

"只不过最近发生的事情，仿佛科幻电影照进了现实。"闻泽笑着挪了挪手掌，放在距离她的脑袋不远不近的地方，"沉迷网络的人群，'手滑'概率最高。随着星网暗海中无响应区域的增长，'手滑'变得更有效率和针对性，比如今日的协作刺杀。"

云悠悠的心脏停跳了一拍："所以殿下，星网是把您当作了敌人对吗？"她的脑袋里不禁浮现一句吐槽：原来殿下不仅是人缘差啊！连光脑们都看他不顺眼！

虽然房间里光线很暗，但闻泽一看她的眼睛，就知道她在想什么，不由得失笑："对于异族来说，我是最可怕的威胁。"

云悠悠怔怔点了点头。是的，帝国数百年来都在回避与虫族交战——反正虫族看上的都是绿林矿星那样的地方，扔给它们就是了。帝国只需要不断开发未知星域，殖民宜居星球，就可以拥有源源不断的资源和财富，谁还管那些被抛弃在身后的地方呢？除了自己身边这个人。

如果星网真的觉醒了，它会从历史中认识到，谁是那个不会向它妥协的人。

忽然从另一个角度见证了他的伟大，云悠悠心头涌起的情绪异常复杂，说不清是怜惜还是敬仰："殿下……"

闻泽懒懒挑眉："不用过于害怕，也许这一切只是烟幕弹，没那么科幻。"

她下意识摇了摇头："我不怕，只是心疼您。"话一出口，她恨不得咬掉自己的舌头。

"哦？"他的笑意陡然深刻，染上沉沉哑意的嗓音，令人心头惊跳，"那可不是嘴上说说。"

云悠悠手足无措，僵硬地"嗯"了一声，然后轻声建议："您该好好休息了。"

他轻啧："我三天没怎么睡。"

"嗯嗯！"她连忙点头，心下微微松了一口气，"您太辛苦了！"

"身体和精神过于疲倦的情况下，是无法得到良好休息的。"闻泽用科普的语气告诉她，"需要适当纾解。既然心疼，那就帮我。"

殿下的态度过于严肃和学术，让云悠悠仿佛回到了星河花园的健身房，自己只是一个平平无奇的健身项目。

她的嗓音微微颤抖，忐忑不已："殿下，我……"

"嗯？"他凑近了一些，独属于他的强大气息缭绕在她面前。

她听到自己的心跳声响彻耳际，呼吸变得急促，身体不自觉地微微战栗："殿……殿下想让我怎么做？"这样的气氛让她感觉过于危险，倒不如说开了点破了，她反倒可以正正经经地考虑是老实接受还是讨价还价。光线昏暗，她看不清他的眸色，只知道他的视线落在她的脸上时，带着灼人的温度。

闻泽垂下头来，鼻尖几乎碰到了她的鼻尖。只要再偏一偏头，就能衔住她的唇，把这只无力抵抗的猎物彻底叼进嘴里。

她下意识地闭紧了眼睛，肩膀收缩起来。

他轻笑一声，好听得让人心尖酥麻，随即，哑着嗓子懒洋洋地说："唱首歌给我听。"

云悠悠愕然睁开眼睛："啊？"

"嗯？"他把俊脸挪开少许，似笑非笑瞥着她，"怎么，你似乎有些失望？"

"没有没有。"她赶紧摇了摇头，一时顾不上细想"唱歌"这件事情有多么羞耻。

他微笑着，反手掀开被子，搭在枕后的那只手很自然地垂落，放在她另一侧肩膀上，指尖轻轻叩击："唱。"

一连串惊心动魄之后，她已经察觉不到他的动作是不是越界了，只顾着僵硬尴尬地回想自己脑海中可怜的几首旋律。闻泽并不催促，他愉悦地微勾着唇，丝毫不觉得自己用奸诈的谈判手段来套路小姑娘有什么不对。

她的脸蛋渐渐变得通红，终于，蚊子嘤嘤般的声音从她的唇瓣间轻轻溢出来，是一首很老的民谣，叫《星星》。她的嗓音轻柔动听，只不过有些五音不全，跑调跑得厉害。

闻泽很有风度地没有笑，而是合着节拍，一下一下轻轻拍她的肩。

一曲终，云悠悠成功把自己哄睡着了。迷迷糊糊之间，感觉到眼前多了几团温暖的人影，爸爸、妈妈、老加尔，他们身上发着光，脸上带着笑容，扬起手臂冲她轻轻地挥。

星星——传说人在离开世间之后，会回到星星上面去。

一只大手替她擦掉了眼角渗出的泪水，将她揽进温暖坚实的怀抱。几分钟之后，被子动了动，他抓过她一条绵软的胳膊，环住他劲瘦的腰。

太子殿下勉强满意，可以入睡了。

荒野。

覃飞沿好不容易才把自己从密密麻麻的网绳和花伞布中间解救出来，身娇体弱的他拄着大腿喘了好半天，然后掏出光脑，打算看看是哪个家伙不顾他的死活攻击星空矿车。

信息安全部门将星网资源优先提供给前线战场，首都星网速慢如龟爬——这已经是得到二级优先权的网速了。界面缓缓加载，半分钟之后，

覃飞沿看到了关于袁文华事件的通报。

他一瘸一拐往前走，漫不经心地一行行浏览，忽然，目光凝住——

通报上是这样说的，在疑犯袁文华劫持了覃飞沿之后，军方侦测到首都郊区地下有一枚黑弹发生异动，远程引爆信号直指袁文华身上的背包——疑犯袁文华显然已经丧心病狂，意图对首都发射黑弹！为了数千万民众的安全，紫莺宫下达最高指令，不惜一切代价，击毙袁文华！

"胡说！"覃飞沿怔怔回头，看了看网绳和花布之间的那个小伞包。哪里有什么引爆器？！污蔑！这是彻头彻尾的污蔑！

覃飞沿脑海中忽然回荡起袁文华的声音："只要打着集体利益的幌子，牺牲个把人又算什么呢？"

吸了吸气之后，覃飞沿颤抖着指尖，调出星网好友，飞快地打字，把刚才发生的事情原原本本用长文本发给了云悠悠那颗胖星星。不知道为什么，他本能地觉得，那只胖星星虽然脑子不太正常，但是她一定会和他一起，站在正义的战线上。网络很卡，转了半天圈圈才显示发送成功。覃飞沿攥着光脑，扶着腰，一步一步挪向主干道。

"叮！"十来分钟之后，他收到了来自胖星星的回复。

UU：以持有"大规模杀伤性武器"和"致命病菌"为理由，大肆灭绝殖民星球的土著，正是帝国一贯的事业。

覃飞沿小少爷差点平地摔跤，他倒抽一口凉气，瞪圆了眼睛："老天……这女人，这女人是什么反……战民间小斗士啊！"

惊恐的覃小少爷觉得自己所处的世界真的太危险了，周围全是披着羊皮的狮子和狼，原本以为的小白兔，居然也是个披着兔子皮的邪恶狂魔……

就在这时，空气发出了嗡鸣震荡，那台用激光剑劈爆了星空矿车的机甲，轰然落在了他的面前！

第四章
CHAPTER 4
"星星"
Falling into stars

主战舰书房里，云悠悠呆滞地看着闻泽，刚才收到了覃飞沿的长信息，她觉得事态严重，立刻把它拿给殿下看，然后他替她回复了覃飞沿。

【以持有"大规模杀伤性武器"和"致命病菌"为理由，大肆灭绝殖民星球的土著，正是帝国一贯事业。】

这句话细细想来着实恐怖，更可怕的是，它是帝国皇太子一字一字亲手敲出来的。

他随手把光脑抛回她的怀里，微歪着头对她笑："那不是我的事业。"

"嗯嗯！"她坚定地点头，"您是一位正义的领袖！"

闻泽揉了揉额角，这个老土又呆萌的家伙，经常一句话把他噎得不知道该怎么接。

她问："殿下，当今帝国非常非常依赖星源矿。如果不抢夺星源矿的话，我们又该如何发展呢？"她毕竟是一位十年老矿工，深知星源矿的重要性。

"发动侵略战争，将矿星掠夺一空，这是低成本高收益的事情。"闻泽精致的唇角勾起浅淡的冷笑，"有此坦途，自然无人去探索荆棘之路。"

"荆棘之路……"云悠悠眨巴着眼睛，"您指的是研究那些不损害大自然的可再生资源吗？"她很了解过度开采的结果，美丽的星球变成死寂的坟场，一块块凹陷的矿洞就是永远无法复原的伤疤。

云悠悠注视着他，真是难以置信，她一个来自地底矿道的底层人士，竟然能与帝国太子坐在一起谈论这样的问题。

"嗯。"闻泽道，"抛却道德底线换取高额回报，得一时之利，却终将走向自我毁灭，这不是物种存续之道。"

云悠悠震撼地看着他。没有一个既得利益者会去考虑这些事情。殿下他，真的和那些唯利是图的政客完全不一样！

"您非常伟大！我相信，您一定可以给这个世界带来奇迹！"她的眼睛里闪烁起明亮的光芒。

"少给我戴高帽。"闻泽叩了叩桌面，故意沉下脸，却摁不住心头泛起的愉悦。

她冲着他傻乎乎地笑："这是真心话，不是拍您马屁。"

闻泽正想说些什么，光脑上忽然收到了一条信息。帝国科学院的科学家们联名为林瑶担保，要求将她送回首都星，由帝国最高法庭公开审理，还她清白。皇帝陛下亲自关注了这件事情。

闻泽微微蹙眉："林瑶有可能脱罪。昨日，我赦免了那三名无意识袭击我的战舰成员，此事将成为参考例证——倘若无法找到林瑶的杀人动机，那么，法庭很可能同意院士们的保释申请，直到'手滑事故'有最终定论。"

云悠悠攥住了拳头："有她亲口承认剽窃'林思明'成果的视频还不够吗？"

"仅有口供不足以定罪。"闻泽的语气平静得骇人，"遣返途中让飞船失事如何？"

她怔怔张开了口，愕然看着他，难以相信，正直无私的太子殿下竟然也会说这种公然违宪的话。她知道他是在照顾她的心情——如果林瑶逍遥法外，她会非常非常痛苦。

其实现在她手上已经有了实质证据，哥哥那张储存卡中的成果留有时间印章，完全可以成为法庭认可的铁证，足以证明林瑶有杀害"林思明"的强烈动机。

"殿下，我可以带上储存卡出庭作证。"

闻泽语气强硬："不行。"

她沉默片刻，很认真地凝视他的眼睛："殿下，哥哥假冒林思明的事情，还有我和哥哥的关系，是不可能瞒得过去的。"今日在他怀中醒来时，她曾仔细考虑过这件事情。

他平淡地说："我护得住你。"

她的心头涌起酸酸甜甜的热流，心想：可是我不想拖累您，殿下，您为我做的已经太多了。牵扯到林德家族的事情，一定会给您带来不必要的麻烦。

她低下头，说道："您知道我非常讨厌林瑶。我不愿意她再受到任何赞誉，不愿意让公众以为她真的无辜，不愿意那些科学家们被蒙在鼓里。我要揭穿她的真面目！"

"我说了，可以让飞船出事。"闻泽起身，一步一步走到她的面前。

她飞快地摇摇头："人们总会同情包容逝者。如果她死了，迟来的唾弃将变得毫无意义。这一次，就是让她身败名裂的最好时机，殿下，您知道我与她有不共戴天之仇，小威的事、哥哥的事……"

他忽地笑了笑："不想拖累我？"

云悠悠瞬间像被点了哑穴，半晌，她艰难开口："不是的……"

"云悠悠，"闻泽叹息，"我是把你当正经女朋友的。"

她惊愕地看着他，唇瓣无意识地分开。

"女朋友就该有女朋友应得的待遇，你的事情我会负责到底。"他抬起手，握住她小小的肩头，"放心把一切交给我。"

她听到自己的心跳在不断加速。

"殿下……"她发出了飘忽茫然的声音，"我，哥哥……"

"我会和西蒙解决这件事情。"他挑起她的下巴，望进她的眼底，"你喜欢的是我的样子，和我在一起非常愉悦，也认可我的事业，不是吗？"他俯身凑近了些，亲耳听到她的心脏为他而跳动。

云悠悠的大脑一片空白，只听到他低沉的嗓音贴住她的耳郭，温存诱哄："留下来，陪我一生一世。"

"殿下……"云悠悠艰难地找回自己的声音，"我们的关系，不是那样。您无须为我做到如此地步。"

捏在她下巴上的手指轻轻摩挲片刻，闻泽平淡地开口："我有没有告诉过你，你是能医我的药。"女孩讶然看着他，他放开手指，很自然地揽住她的肩膀，把她带到了舷窗边上，抬手指向无尽深空。

"就是在那个方向，有人向我发射了一枚黑弹。"他的声音非常冷静，冷静得近乎冷血，"撒伦家的人，做得很漂亮，抓不出是谁。"

云悠悠屏住了呼吸，等待他继续说。

"虽然死里逃生，却还是受到了辐射影响。"他抬起手指，毫无怜悯地戳了戳自己的头部，"头疼，压不住暴戾情绪。三年前某一天，皇后召我去见她。"

他停顿了片刻，云悠悠发现他的喉结一直在滚动。半晌，他轻轻一哂："她戴了一条矿物项链，是用能够显著提升辐射影响的矿物宝石制成。"

她的心脏在胸腔中狠狠下坠。

"我怀疑过任何人。"他垂下眼睫，"唯独没有她。"

他的黑眸一片清冷，没有半点泪意。她的眼眶却悄悄湿润了，眼前这个人，身上究竟背负着什么啊。

"我没有表现出任何异常。回到星河花园，想用一用虚拟舱，却发现……"他睨了她一眼，似笑非笑，"有人霸占了我的地盘。在她的帮助下，我的病症得到了有效缓解。"

她的心脏漏跳了一拍。

"需要我详细说吗？"他的唇角勾起一抹坏笑。

她的脑袋垂得更低，小幅度摇了摇，耳朵尖红得滴血。原来那天殿下到虚拟舱，是这个原因。那是他们的第一次，在此之前，他甚至没有多看过她这个"契约情人"一眼。在那之后，他偶尔就会召她到健身房，陪他一起健身。她从来没看出过他身体不适，这个男人有完美坚硬的外壳，所有的情绪都掩藏在温和冷淡的外表之下。

"殿下……"她探出手，轻轻牵住他，"您也是能治我的药。"

他低笑着，反手扣紧她的手指："那就这样一辈子吧。"

她用手指轻轻摩挲他手背的皮肤，他的皮肤冷白光滑，比她的坚硬很多，触着他让她感觉无比心安，但她最终还是摇了摇头。

"殿下，我得回去。"她的声音轻而坚定，"我需要时间冷静地想一想，这件事也必须亲自向哥哥交代。而且，我无法接受林瑶脱罪，清清白白回到公众视野——哪怕只有几天。请您相信我，我一定会竭尽所能活下来，回到这里。"

闻泽沉沉喘了一口气，半晌，轻飘飘地说："你知道刑讯逼供是什么样子吗？相信我，落到那些人手上，你会后悔莫及，只求速死。"

她把嘴唇抿得微微发白，过了好一会儿，努力挤出笑脸："殿下，我会争取不被活捉。"

"别找死。我走不开，无法陪你回去。"他冷冷地说。

她能感觉到他的情绪非常糟糕。"殿下，我身为证人，他们不可能公然让我出事。我只要事先制定好撤退计划，出庭之后及时逃出他们的视野就行了——有您接应我啊。"她轻轻软软地安抚他。

"远水不救近火。"

"殿下，我无法心安理得留在这里。"她凝视着他，温柔却坚定，"除了林瑶的事情之外，覃飞沿的状况我也有些担心，我已经把他当作朋友了。"

他垂眸看她，这个绵软软的女孩，平时乖顺得不得了，但是遇到她坚持的事情时，却比任何人都要执拗。

"如果我不许呢。"他的唇畔露出微笑。

她慢吞吞地垂下眼睛："胳膊拧不过大腿。也许您会收获一具听话的行尸走肉。"

闻泽直接气笑了。

半晌，他挑眉微笑："好，去吧。如果查到西蒙的状况，别指望我会告诉你。"

云悠悠："……殿下。"

他指着书房的门："去找白侠，他会替你安排行程。"

云悠悠能感觉到，自己把他气狠了，殿下每次特别生气，都会让她赶紧滚。她悄悄观察他，发现他的眼睛里出现血丝，额角露出跳动的青筋。除了这两处之外，根本看不出一丝异常，唇角挑着礼节到位的笑容，仪态完美，风度翩翩。

"殿下……"她小心地问，"您是不是头疼？"

"没有。"他答得很快。

"哦。"她垂着头走出两步，微微侧过脸，"要不要吃个药？"

"不要。"

"哦。"

她点点头，鞠了个简易版的躬，然后走向门口。手指触到门锁时，身后忽然掀来一阵风，她的手腕被捏住，无法抗拒的力道带着她旋了个身，后背被狠狠摁在了合金舱门上。

高大的男人俯下了身，偏头，猛地咬住她的唇，没有任何章法和技巧，只是在无声地发泄心头的怒意。

那些隐忍克制的、深藏不发的情绪，尽数付诸一吻。

云悠悠被动地承受着这个毫无体验感的亲吻，脑袋磕在了舱门上，她的唇间溢出低低的呜嘤。闻泽一边冷笑，一边抬起一只大手罩住了她的后脑勺。当然，他的唇齿依旧丝毫也不绅士，不温柔。她可怜的嘴唇不知道破了几处,他并不怜惜那些伤口,反倒故意侵蚀它们,就像一头贪恋血肉的野兽。

这样的闻泽,让她心惊又心悸。

在他忍不住要躬身抱起她的时候,她探出双臂,环住了他的背,把脸颊贴向他的胸口:"殿下,您别生气,一定要保重身体。"

他沉沉一喘:"少来这套。"

她抬起眼睛看他,踮起脚,轻轻亲吻他的脸颊,唇上有血,印在他冷白的侧脸上。

"殿下,再会。"

他面无表情,直到她离开书房都没有给出任何回应。

❖ 02 ❖

一百多个小时之后,飞船抵达了首都星。

云悠悠跟随监察处的军官们离开飞船。走下舷桥的时候,她看到飞船旁边立着一台质地异常精良的白色小机甲,机甲下方站着一位熟悉的长官——白侠中将。

"长官,您也来了!"

老人神秘地冲她招招手:"喏,这是殿下为你准备的机甲,性能几乎能够媲美他那台'深渊'。殿下说,你要是被打死了,也就不用回去见他了。"

云悠悠:……

虽然这句留言逻辑不通,却成功弄湿了她的眼眶。

"它有代号吗?"云悠悠用手指轻轻触碰这台机甲,悉心感受它的温度——她对它一见钟情了!纯白的机身,高科技感和柔和的弧线结合得非常完美,看上去轻盈灵动,又蕴足了难以忽视的力量感。

"殿下刚给它命名,叫星星。"白侠中将微笑,"你将成为星星的主人。"他没有告诉云悠悠,这台与殿下的"深渊"配对的机甲,原本是为未来太子妃准备的座驾。殿下就这么送给她了,这个人情别人可不敢代领。

"星星的主人……"云悠悠忽然想起上次在别墅门口，殿下侧过半张脸，皱着眉头跟她说——"你不是苔藓，也不是星星。"

哥哥夸她是最美丽的小星星，殿下就让机甲叫星星，让她做星星的主人。

这人真是……有时候真的非常非常幼稚啊。

白侠中将让一名机甲师向云悠悠仔细介绍了"星星"的功能。它的性能非常强大，胜过顶级的3S型机甲，它有五倍动力源，保证持久续航能力。它还有一个非常特殊的能力，那就是可以接受远程召唤，定位主人，开启自动巡航模式赶到她身边。

年轻的机甲师帮助云悠悠绑定了这台机甲，羡慕得轻轻嘶气："殿下可真是太宠您了！果然顶级豪门就是不一样啊！和现实相比，电影里面的送车送房简直限制了人类想象力！"

云悠悠脸颊发烫，双手不知道该往哪里摆。

白侠中将抽着雪茄，露出慈祥的老虎微笑："殿下很认真。"

云悠悠的心跳乱了节拍，她把脑袋垂得更低，双手无意识地揪着裤边，恨不得像鸵鸟一样把头钻到地底下去。她也很清楚，自己和殿下的关系已经变质了，不再是单纯的甲方和乙方。殿下这样的男人实在是过于迷人，她对他根本没有半点抵抗力。如果继续留在他的身边，她和他一定会发生那些明知故犯的事情——不是以工作的态度，而是动心动情的沦陷。

她并不打算逃避这段感情，可是在放任它开始之前，她必须先给哥哥一个交代，哪怕是简简单单一句"哥哥，我喜欢上别人了"。

在她羞报地垂下脑袋时，一列监察军官押着林瑶走下飞船，路过她的身边。

停机坪的另一边，紫莺宫派出的审查官匆匆赶来交接。见到林瑶之后，为首的审查长立刻露出亲切的笑容，大步迎到她面前。

"抱歉啊林博士，在正式庭审之前，还不能替您解除生物枷。"年纪在四十左右的审查长善意满满，"不过请您放宽心，每一位替您担保的人士都是德高望重的知名科学家，法庭会郑重考虑他们的意见，绝不会让您蒙冤。"

林瑶似乎也没料到首都星的态度竟是如此友善，脸上的灰败褪去了一些，眸光闪烁，迟疑地看向这队审查官。

另一名年轻审查官笑道："女神，我是您的粉丝，我们都坚信您是无辜的！请务必坚强一些，我们会是您永远的后盾！到了外面您就会看到，满街都是为您请命的公民，请相信，正义之士的眼睛都是雪亮的！"

林瑶期期艾艾地开口："真的吗……可是，大家都看到我按下了那个按钮，怎么也是过失犯错吧……"

"您放心，"年轻的审查官性格活泼，大大咧咧地安慰她，"太子殿下赦免了三个误触发射键的军人，有此先例，法庭绝不可能直接给您判罪！您可是著名科学家，根本没理由伤害那些莫名其妙的人嘛！放心吧，舆论一定会保护您！"

林瑶红了眼眶："都是我不好，让大家替我担忧了。"

"请您暂且忍耐些吧！不要把那些不知礼数不懂程序的家伙放在心上！"审查官的神情堪称谄媚。

一行人渐渐远去。

云悠悠站在原地看着他们的背影，手指不自觉地掐住掌心，掐出几个小小的月牙印。幸好回来了，她绝对不会让林瑶脱罪，绝不会让她再一次光鲜亮丽地站在公众面前，享受不属于她的荣耀。

云悠悠收回视线，抿了抿唇。储存卡会将怀疑的视线引向西蒙·林德，她必须谨慎处理，不能牵连殿下——这也是为什么不能让殿下派别人带着储存卡到首都星作证的原因。

明日上午9点开庭，庭审之后，她的处境会非常危险。

云悠悠琢磨着自己的计划，跟随监察官们坐上星空车，前往最高法庭为公诉人和证人准备的休息场所。这一路上，到处都能看到帝国公民设置在道路旁边的光电投影，偶尔还能遇到游行的队伍。

支持林瑶的人和云悠悠想象中一样多。有无脑信任林瑶的粉丝，也有

唯利益论者，他们认为像林瑶这样有用的人才，就算误杀个把士兵或绿林幸存者也没什么大不了，况且，人不是没死吗？有必要揪着人家林瑶不放吗？

云悠悠事前早有心理准备，看到这些，倒也还能勉强保持心平气和——若不是预料到了这样的情况，她冒险跑来首都星干什么。监察官们可就气坏了，他们都看过事发时的影像资料，也旁观了林瑶漏洞百出的审讯过程，早已看穿了她的虚伪面目。

刚才那些紫莺宫的审查官明着偏向林瑶，一个个白眼嗖嗖扔过来，言辞之间指桑骂槐，就差指着鼻子唾骂监察官们是瞎办事的豺狼酷吏。受完这等气，又看见这些被蒙蔽的民众都无脑向着林瑶……无知！愚昧！

星空车中的气压越来越低，大伙默契地不再看窗外，只有云悠悠依旧趴在舷窗上。虽然她看见那些为林瑶说话的投影心里也会非常反感，但她知道，自己必须趁这个机会更多地了解一下民众的心态，以便应对。

很快，她发现除了支持林瑶的投影字样之外，首都星还有很多帝国公民在抗议星网管制，时不时能看到一些过激发言，大意是说绿林战争危害了正常生活，只成就了皇太子一个人的霸业，劳民伤财，毫无意义。甚至有些更加隐晦的阴谋论，直指殿下借战争之名敛财夺权，罔顾民众利益。

很显然，这些声音的背后一定有闻泽政敌们的影子。

云悠悠的心情沉重了许多。

✦ 03 ✦

来到驻地之后，云悠悠取出光脑联络覃飞沿。

一个小时之后，她在宽敞的停机坪外见到了萎靡不振的覃四少。她利用机甲的真实视野和电磁监测仪把周围仔细检查了一遍，确认没有监听设备，然后离开机甲，招呼病弱小少爷并排坐在机甲的左边机械足上。

覃飞沿的状况看起来实在不妙，他神情恍惚，唇角挂着一丝看破世俗的微笑。

"黑，真黑！"覃飞沿垂下头，歪着身子点了一根烟，吐出长长的寂寞烟圈，"斗不过，毁灭吧！没意思，脏透了！"

云悠悠很了解他的说话风格，得先让他发泄一通心中的情绪，然后才可以正常对话，于是她配合地点头："嗯嗯！"

"你嗯什么啊嗯！"覃飞沿下意识地瞪起眼睛，刚想发飙，忽然记起"UU"发给他的那句话——

【以持有"大规模杀伤性武器"和"致命病菌"为理由，大肆灭绝殖民星球的土著，正是帝国一贯事业。】

覃飞沿眼角抽了抽，抿住唇，把双眉皱到了额头中央，愁苦地望着远处出神，好半天才闷闷憋出一句："上面没一个好人！"

云悠悠接得十分迅速："太子殿下除外。"

"哼，"覃飞沿歪起一边嘴，"你以为闻泽·撒伦是什么好人，还不是个伪君子！当年我气不过他抛弃林瑶，上门找他麻烦，你知道怎么着，他当面对我假模假样的客气，背地里却下黑手踹断了我两条肋骨！"

云悠悠认真琢磨了一会儿，然后很无辜地眨着眼睛告诉他："如果你在殿下面前也像表演赛那天一样讨人厌的话，我举双手支持殿下踹你。"

覃飞沿翻了个巨大的白眼，长长地"喊"一声："这就护上他了？怎么，他还能娶你咋地？少做些梦吧傻丫头！别说太子了，就本少爷我，也绝无可能娶一个平民，懂？"

云悠悠："是你想太多了，我没有想过要嫁给殿下。"

覃飞沿摆出一个非常讨人嫌的嘲讽表情："哼！吃不着葡萄说葡萄酸！在我面前还装，装什么装，整个帝国，有哪个女的不想做太子妃？不就是做不成，死鸭子嘴硬什么！"

云悠悠突然有点后悔帮他配解药，她垮了垮眼角，正要说话，忽然听到光脑上传来了视频通信的提示音。是闻泽，她的心跳微微错乱了一拍，殿下不生她的气了吗？

她抿住唇，点击接受。

老旧光脑反应比较迟钝，闻泽那张天人般的俊脸慢吞吞地出现在光屏上，她还没来得及缩小它，就看到殿下沉着脸，慢条斯理地对她说——

"云悠悠，机甲作聘礼够吗？不够我再添。"

"我的天！什么鬼！"云悠悠还没来得及开口，身后就传来了覃飞沿杀猪一样的怪叫。

"殿下……"云悠悠无比头疼。

闻泽眼皮微动，淡淡瞥了一眼覃飞沿呆蠢的大脸，太子殿下恢复了往日那副虚伪温和的表情，向覃飞沿颔首示意。

覃飞沿表情错乱，憋了半天，憋出一句："您，早上好！"

"好。"闻泽移走视线，目光沉沉落入云悠悠眼底，无比淡定地吩咐，"我刚才说的事情，你认真考虑一下。"

云悠悠点了点头，艰难地找回自己的声音："殿下还有什么事吗？"她的耳朵难以控制地开始发烫，并且越来越烫。

视频通信连接不是很稳定，闻泽的脸有一点轻微摇晃，像个系统模拟出来的完美假人。

"你发来的资料我已做过批复。"他说，"你看一看，有什么想法告诉我。"

"嗯嗯！"她用恭送甲方的力道迅猛点头，作势要关掉视频，投身正当事业。

对面的声音放低了一些，懒懒的，十分不满："唇上的伤怎么还没好。"

云悠悠的脸已经烫得快要烧起来了。

"殿下我挂了！"她手忙脚乱地关闭窗口，连续两下戳在了闻泽脸上，终于在他勾唇的幅度明显变大之前，及时关掉了视频。

转过头，看见覃飞沿已经坐回了机甲的脚爪上，托着腮看天，脸上是一副四大皆空的表情。

云悠悠清了清嗓子："说说你的情况。"

覃飞沿大约也需要一点别的事情来分散一下关于聘礼的冲击，他直勾勾地望向她，说起了那天的情况——

驾驶机甲一剑劈爆了袁文华的人，是第五军团的统帅凯瑟琳中将。她暂时留在首都星统筹后勤，等待绿林战役全面爆发再挥军投入战场。那一日接到最高指令，她立刻赶到现场歼灭袁文华，然后找到了覃飞沿。

当凯瑟琳得知袁文华身上根本就没有什么所谓的黑弹发射器之后，当场就炸毛暴走了。怒火冲击之下，凯瑟琳告诉了覃飞沿当年的真相，林德家是被冤枉的。当初给林德家定罪的手法，与如今下令击毙袁文华的借口简直如出一辙——谋逆、持有恐怖的生化武器。

其实真正的原因是，林德家族专注生物科学研究，凭借高科技成果积累了惊人的财富，却没有刻意发展私家兵力，以致变成了被恶狼觊觎的肥美羔羊，惨遭分食殆尽。

提起往事，凯瑟琳的情绪异常激动，说了很多非常大不敬的话，目标直指当今皇帝陛下以及他身边的走狗们。覃飞沿刚经历了同样的事情，不禁同病相怜、义愤填膺，几天过去都没能回过神。

"黑！真黑！"他猛拍大腿。

云悠悠的胸口也涌起了悲痛和酸涩："嗯！林德家一定是被冤枉的！"从哥哥的身上，她完全可以看到那个科研世家的风貌。他们醉心研究，根本不在乎外物，怎么可能去谋逆？做皇帝难道不是最耽误研究的事情吗？

云悠悠忽然想起另一件事情——凯瑟琳中将是林德公爵的情人，传说公爵的继承人西蒙·林德，正是凯瑟琳的孩子。

所以她是哥哥的母亲吗？难怪此事让她那么激动。

"中将她还好吗？你有没有安慰她？"云悠悠问。

覃小少爷再一次暴跳如雷："喂！我差一点跟着袁文华一起被她一剑劈死了，你还要我安慰她？我能想起来去安慰她？你当我圣父啊！"

半晌，他长长地"啊"了一声，揪紧自己的头发："袁老头白死了！想替他洗刷冤屈，那我得去造反！"

"你不恨中将吗？"云悠悠问。

"呵。"覃飞沿很有纨绔相地撇了撇唇角，"军人是什么，是兵器。刀杀了人，你会恨刀吗？反正不是她也是别人。"

云悠悠垂下脑袋："嗯。这件事没别的头绪了吗？"

覃飞沿皱着眉头想了一会儿："倒是有一点点不寻常。袁老头莫名其妙提我大哥，提了好几次。"

"难道他怀疑你大哥？"云悠悠谨慎地问。

小少爷再一次炸毛："我大哥一个战斗狂人，从早到晚都在部队里找人打架，哪有空管什么公司！"

云悠悠默默点了点头。

覃飞沿眯了眯眼睛，笑容变得狡黠："你接触过我大哥。"

"嗯？"云悠悠迷茫看着他。

"呵呵。"覃飞沿得意地笑了，"你以为我会给你两次虐我的机会吗，第二次和你打的人，是我大哥，懂了没？被你虐的人是他！不是本少爷！"

云悠悠："……哦。"当时那个特别傻的"高手"，的确完全没有半点阴谋家的样子。

"说不定袁文华把什么线索留在你大哥那里了。"云悠悠认真地点点头。

"明天我把大哥带过来，围观林瑶受审之后，我们三个一起琢磨琢磨。"覃飞沿拍拍腿起身。

"别。"云悠悠揪住衣角，"庭审之后我可能会成为下一个袁文华，靠近我有危险，还是发消息联系吧。"

覃飞沿长长"哈"了一嗓子："看不起谁呢！袁文华那事儿只是小爷没防备！你等着，明儿我叫上我大哥，开一支精英特战队过来！我看谁有本事往你头上栽赃！"

不等云悠悠反对，略显娇弱的覃四少甩着胳膊，摇摇晃晃地走远了。

✦ 04 ✦

这一夜辗转难眠。

　　监察官们通知云悠悠准备出庭时，发现她的眼睛下面挂着两个巨大的黑眼圈。

　　"不用太紧张。"白侠中将露出完全无法令人心安的恐怖笑容，"正义必胜。"

　　云悠悠重重点头："嗯！"

　　主审此案的有一正两副三名高阶法官，另外通过数据分析挑选了最有可能做出客观判断的十三名成员组成审议团，法官们会在一定程度上听取审议团的意见。

　　总之，帝国的审判制度是在历史长河中逐渐形成的一个相对来说比较客观公正的制度，极少发生明显的误判。

　　旁听席上坐满了人，除了科学院的院士们之外，前排还坐着以邓姓闺密为首的闺密团，以及好几个正在心疼地注视着林瑶背影的年轻男士。覃飞沿很自觉地和他们坐在一起。

　　位置偏正中的一对中年夫妻应该就是林瑶的父母。疑似林母的女士面相高傲刻薄，一双高高在上的眼睛里写着"望女成凤"四个大字；疑似林父的男士脸色愤慨，一副要揪出陷害女儿的坏人并将其千刀万剐的表情。

　　云悠悠的视线随意地向后扫去，人群中，一名身穿白裙的女子忽然攫住了她的目光。这是一位非常干净清澈的美丽女人，看到她，仿佛看见了一支开在池塘中的白色莲花，有一点孤芳自赏，丝毫也不融于俗世。

　　云悠悠不禁有些遗憾，这样的佳人，也和林瑶为伍吗？

　　她摇摇头，走上自己的证人席位。坐在她旁边的是韩詹尼，今日将在法庭上发表自己的证言，为林瑶提供正面或负面的帮助。

　　9点，准时开庭。

　　走完一系列程序之后，跟随在白侠中将身后的一位戴眼镜的检察官代表公诉人发言，指控林瑶在绿林犯下蓄意谋杀罪，并出示了视频证据以及证人们的发言。

证据确凿，林瑶没有狡辩。

她的辩护人是一位戴着白色圆帽、年纪在四十岁左右的资深律师。

律师起身，出示了近期各种意外事件的报告，以及太子殿下赦免三位战舰成员的参考例证。旋即，这位律师话锋一转，声情并茂地讲述了林瑶过往做出的各项贡献，以及清白良好的个人信誉，以表明他的当事人根本没有任何杀人动机。

当律师念起一份份为林瑶背书的证言时，故作坚强了许久的林瑶不禁感动地轻泣起来，柔弱的身姿更显得楚楚可怜，惹人怜惜。

云悠悠冷眼看着，这些"表演"都在她意料之中，接下来，才是决胜的关键。

很快，庭审到了嫌疑人自辩的环节。

"那天……"林瑶的声音微微哽咽，委屈中带着坚强，"我们到实验楼去拯救幸存者，遭遇了虫群，整个地底全都是虫，当时我以为我再也没有机会活着回来了。就……很遗憾不能再陪伴爸爸妈妈，以及那么多关心我的人……还有那些未完成的研究，我希望没了我，大家也不要放弃它们，将它们进行下去……抱……抱歉……"

林瑶抽噎着，暂时说不出话来。在座的科学家们都深深共情了她这番话，对于一个醉心研究的人来说，死亡来临时最放心不下的一定是手上正在进行的项目。就连那位曾被林瑶放鸽子耽误科研进度、气得躺过好几次医疗舱的老教授也掏出手帕来擦眼角。法庭上弥漫着同情与理解的气氛。

林瑶抹掉眼泪，继续陈述："回到战舰之后，又发生了另一件很糟糕的事情，覃飞沿帮我修理休眠舱时出了意外。虽然大家都安慰我，说小飞误触危险按键与我无关，但他毕竟是为了帮我，如果我不提休眠舱有问题，他也就不会出事了……这件事让我非常内疚，精神一直十分恍惚，一整夜无法入睡。

"后来，听到舰上广播说大家在制定营救幸存者的计划，我就迷迷糊糊赶了过去，当时脑子很乱，就想着能不能帮上什么忙……我并不知道自己什么时候发射了诱虫剂，整件事就像做梦一样。

"请大家相信，我并没有为自己开脱的意思，我知道，都怪我自己心志不够坚定，才会在发生了一连串事情之后变得浑浑噩噩，犯下大错。我愿意接受任何惩罚，但请相信，我不想伤害任何人，从来也没有想过！"

云悠悠冷静地观察庭审成员的表情：法官们身经百战，见多了善于为自己狡辩开脱的罪犯，并不会因为林瑶的这番声泪俱下的表演而轻信，他们要的是证据；而审议团成员就明显把林瑶的辩解听了进去——这些年她声名鹊起，各行各业的帝国公民都天然对她抱有好感。

接下来，韩詹尼作为证人认可了林瑶的说辞。

轮到云悠悠发言了，她身为受害者，同时也是证人，所以拥有比较高的发言权限。她很激动，也很紧张，清了清自己的小嗓门，起身，认真鞠躬。

"我要出示的这份证据，是覃飞沿出事的时候他的光脑录制到的视频。"垂在桌面下方的双手紧紧攥在一起，云悠悠竭力让自己的声音听起来平静镇定，"在这段视频中，韩詹尼质问林瑶，她的成果是否来自一位名叫林思明的天才学士，林瑶承认了这一点。"

得到法官许可之后，云悠悠用法庭上的高清投影光屏展示了这段内容。审议团和旁听席上掀起了一阵喧哗。林瑶学术造假？这是什么惊天大新闻！

林瑶脸色惨白，惊恐地望向韩詹尼，几乎站立不稳，韩詹尼用眼神示意她少安毋躁。

"请等一等。"物证官用检测仪察看视频，然后提出异议，"这段视频经过剪辑和恢复，无法确认源记录。"

"哦——"旁听席传出恍然大悟的吁声。

"肃静。"法官威严的声音从高处传来，"法庭不认可经过加工剪辑的证据。"

口供本来就不能单独成证，更何况这段视频还经过了软件处理，在移花接木的拼接之后，呈现的信息与事实极有可能南辕北辙，所以它是不可能被认可的。

云悠悠抿住唇，看了看林瑶和韩詹尼。

林瑶放松了肩膀，舒出一口长气。韩詹尼依旧是那副波澜不惊的样子，见到云悠悠望过来，他轻轻耸了耸肩，用肢体语言表示爱莫能助。当然，这一切本就在他的预料之中。

"明白。"云悠悠躬身行礼，"我出示这份证据，并非想要指控林瑶剽窃，而是想要说明一个显而易见的事实——林瑶和韩詹尼都知道林思明这个人的存在，并在前往地下实验室之后谈论了他。"

眼镜片的光芒微微一闪，韩詹尼沉默点头。

听到法官不认可这份视频，林瑶早已冷静下来，想好了应对之策。"林思明是我以前的同窗好友，他把我留在绿林的实验数据打包传到我这里。"林瑶用的是最初应对韩詹尼的说辞，"我曾拜托韩博士帮我整理过文件数据，提到过林思明。那天我和韩博士的精神状态都非常糟糕，随便聊了一些漫无目的的话题，不知道为什么在剪辑之后变成了这样。"

审议席上，十三名成员轻轻点头，并将不满的视线投向云悠悠，一名审议员举手："法官大人，我申请禁止出示不合规范的'证据'，以免干扰判断。"

"同意申请。"法官望向公诉人代表，"请严格审查物证。"

看到所有人都偏向自己，林瑶露出了更加委屈的神情，一双含泪的眼睛哀伤地遥望云悠悠："我知道，因为太子殿下的事情你怨恨我，但请你不要妨碍司法公正。"

人们再一次恍然大悟。这是公开庭审，在星网上同步直播——因为网络不畅，大约有十几秒延迟。十几秒之后，星网上的网民们也恍然大悟了。原来这个制造假证据的无耻小人就是云悠悠，真是太欠骂了！可惜星网聊天不属于二级网络优先许可的范围，无数唾骂云悠悠的消息原地转圈，一条也发不出去。

法庭上看不到外面的无声大潮。

云悠悠环视一圈，然后慢吞吞地调出另一份文件，交给监察官先行审查。

【韩詹尼 VS 林瑶.avi】

戴眼镜的监察官起身行礼："法官大人，这是一份未经改动的原始影像资料。只不过……咳，需要限制十八岁以下星网 ID 观看。"话音刚落，庭上的气氛立刻变得奇奇怪怪。

云悠悠一本正经地介绍了一下："这是我用光脑拍的，绝对没有经过任何修改。它记录了韩詹尼和林瑶一边做不正经的事情，一边商量到绿林地下实验室拿到成果，帮助林瑶成为科研界'至高神'的全过程。"

火辣辣的带喘视频让整个法庭陷入一种尴尬的气氛。法官们倒是很习惯看到这些证据，只是其他人难免坐立不安。最难受的莫过于欣赏林瑶的那几位年轻男士，他们目瞪口呆，视线在林瑶和韩詹尼之间来回横跳。

林瑶彻底僵成了一尊木雕。

韩詹尼低头，推了推眼镜，适时地流露出一丝尴尬。云悠悠一直留意着他，她发现韩詹尼似乎并不是太意外。她记得，那天是韩詹尼直接让段少校通知她过去报到的——韩詹尼在明知云悠悠即将到来的情况下，竟然不关门？联系前前后后发生的事情，云悠悠的脑海中忽然闪过了一道灵光！

韩詹尼是故意让自己拍到的！他教唆林瑶对付自己，假如林瑶成功，那么光脑中偷拍到的这段秘密就足以成为林瑶的杀人动机。

此刻重新回顾一遍这段影音资料，云悠悠清晰地意识到，韩詹尼把他自己塑造成了一个无条件满足林瑶要求的痴情傻瓜，除了出轨之外，抓不到他任何错处。林瑶的名声可就毁得彻底了，人们会发现，她一边和已婚男人在一起，一边还做梦想当太子妃。

云悠悠发散思维：所以韩詹尼的目的是……一次性解决掉两个觊觎太子殿下的女人，以及拿到林瑶的光脑权限？

感觉好像破案了。

"啪！"林瑶身子一软，跌坐在囚栏内的座椅上。

"啊，这个。"韩詹尼推了推眼镜，起身发言，"很抱歉，是我私德有亏，饮多了酒，在情不自禁之下，犯了全天下男人都会犯的错误。对此，我感到十分抱歉。"

他的发言换来了旁听席上一片嘘声。

韩詹尼话锋一转："但是，这份证据与本案无关，还请法官大人不要将其列为呈堂证供，也请诸位不要在这个地方浪费时间，还是专注案件吧。"

他说这句话的时候，双眼一直盯着瘫软的林瑶，用目光鞭策她，让她站起来，不要因为一处失误搞到全盘皆输。

林瑶挨过最初的打击之后，慢慢也缓过了神。这件事已经无可挽回，现在最重要的是在韩詹尼的帮助下洗清自己的故意杀人罪！大不了就是不当太子妃了，以后再也不想那件事了，有什么大不了的？喜欢自己的人那么多，随便挑一个条件最好的嫁了，他受宠若惊都来不及，怎么可能不原谅自己？

或者……就要韩詹尼吧！他长相好，家世好，能力强，对自己一片痴心，还有什么好挑剔的呢。他那个没什么存在感的妻子根本构不成威胁，只要自己答应他，他立马就会离婚来娶自己。到时候两个人名正言顺，婚前的事情也就不是什么污点了。

主意一定，林瑶抓着囚栏，柔弱无助地起身，未语泪先流："我，我和韩博士，的确在一起了。我们是真心相爱的。"

一听这话，旁听席上彻底哗然，连韩詹尼的脸都僵了一下，眼镜后面的桃花眼中清清楚楚地浮起一句话——这蠢货在搞什么？

撒谎成瘾的林瑶很快就调整好了心态，她立直了脊背，转向韩詹尼，对他深情表白："韩，你不是一直想要昭告全世界吗？我同意了。其实我根本不想做太子妃，殿下严肃古板，我和他一点都不合适，只是一直找不到机会对你说，让你误会着我，其实我早就爱上你了，就像你爱我那样！"

这样一来，她就完全没有杀害云悠悠的动机，林瑶觉得自己真是聪明绝顶。

韩詹尼：……

✦ 05 ✦

林瑶这一番发言激起了千层浪花，在庭上众人深受震撼之后，延迟了十几秒的冲击波蔓延到星网，让关注着庭审实况的网友们感觉就像喝到了假的营养液，一个个晕头转向。

"科研女神当小三当得这么理直气壮？韩詹尼的夫人尚未过世啊！"

"还有还有，她要留着清白身子嫁给太子殿下？这算哪门子清白？垃圾堆里最后一寸净土吗？"

"殿下官宣的那位隐形太子妃一定不会是她吧？求求了千万别是啊！要不然岂不是整个帝国都将变得又脏又绿？"

……

云悠悠的关注点和别人都不一样。她完全不认同林瑶对殿下的评价，她觉得殿下一点都不严肃古板——肤浅的林瑶根本看不懂殿下伟大的理想和抱负，也没有机会见识殿下勾魂夺魄的那一面。

她抿了抿唇，及时把自己的思绪从奇怪的地方拉了回来，清了清自己的小嗓门，带领法庭上的大家走回正道："从这段影像中我们可以得知，林瑶前往绿林的目的，是从地下实验室里拿到很厉害的成果，受万人景仰。"

法官与审议团虽未发表意见，但隐隐已感到认同。

林瑶慌乱了片刻之后，及时调整心态，用楚楚可怜的态度面对审议团和法官们："绿林大学是我的母校，是我踏上科研之路的摇篮，我在那里留下了许许多多最美好的回忆，以及最初开始研究生物科学时的激情。'至高神'只是开玩笑的说法，我真正要寻找的，是我当年的初心，以及热情昂扬的青春时代留下的灵光和脑洞。我想，私底下开开玩笑吹吹牛，应该不犯法吧。"

看过刚才的视频，林瑶及时找到了漏洞，这段视频里要命的只有她和韩詹尼的私情，其他的事情并不致命。提及绿林的事情时，韩詹尼只是说了这样一段模糊的话——"我会带你回到你想找的那个实验室，拿到那个前无古人后无来者、能够助你成为科研界至高神的成果，然后竭尽全力帮助清清白白的你成为太子妃……"

除此之外，就是不堪入耳的声音，以及一些痴狂的表白，这些她都可以强行解释。虽然她的名声已经摇摇欲坠，但是身为专业的庭审人员，法官们并不会把她的私德有亏与谋杀罪行画上等号。

"停止讨论与本案无关的内容。"法官一锤定音。

云悠悠捏了捏手指，总结了一下自己手上的证据："首先我们可以确定，林瑶前往绿林的目的是找到地下实验室，从那里拿到某样疑似研究成果的东西；其次，林瑶与韩詹尼都认可林思明在科研方面的能力。"

云悠悠鞠了个躬，起身，郑重地把储存卡交给监察官们审查。

"这个，就是林思明留在地下实验室中的储存卡。"云悠悠的表情认真严肃，毫无说谎的痕迹，"它由林思明亲手交给了地下室中的幸存者，在我救出幸存者之后，她把储存卡转交给我。当我看到储存卡中的内容之后，立刻就明白了林瑶实施谋杀行为的真正动机——我相信在座的每一位在看过储存卡之后，都会得出与我完全相同的结论。"

审议团成员交换着视线，旁听席中也出现了极低的交头接耳的声音，不信者居多。

韩詹尼终于从林瑶的爱情轰炸中醒过神，他的表情不再像平日一样无懈可击，而是微微显出了一丝疲态。他轻声笑了笑："云小姐措辞最好注意一些，倘若别人是清白的，你刚才这番话会让你惹上诽谤官司。据我所知，那张储存卡里的内容似乎与网络相关？哪怕它真的很珍贵，也无法和杀人动机画上等号。"他必须替林瑶抗辩到底，毕竟他得稳住林瑶，不叫她反水咬他一口。

云悠悠神秘地笑了笑："韩博士还是先琢磨一下怎样洗清自己同谋的嫌疑吧。"视线落在韩詹尼脸上时，云悠悠忽然心有所感，目光晃过他，落向旁听席。她一眼就看见那个清纯美丽得如同白莲花一样的女人，正怔怔地望着韩詹尼，她一动也不动，连眼睛都不眨，如果不是偶尔滚落一两颗泪珠的话，她看起来就像是被放置在那里的一具精致人偶。

"韩博士。"云悠悠眼角微抽，嘴皮不动地向韩詹尼传音，"请问你认识坐在那边哭泣的白裙女士吗？"

听到"白裙"二字，韩詹尼似乎想到了什么，脸色肉眼可见地变了。他白皙的腮边浮起了一层鸡皮，金丝眼镜后方，双眼蓦地睁得白多黑少，脖颈上也很快迸出了青筋，仿佛用上了全部意志力，才克制住自己没有转头去看，一粒冷汗顺着他细长的鬓角缓缓爬下。

看见这德性，云悠悠立刻就明白了，韩詹尼没想到会被夫人抓包。

不过他很快就镇定了下来，微侧着脸，像云悠悠一样嘴唇不动地说话："哦，我的夫人是一位平民，婚后养在家里，难得出来见见世面。倘若云小姐嫁给了太子殿下，那么，我夫人的今日，便是云小姐你的明天。"

"你故作镇静的样子真难看。"云悠悠想了想，继续说道，"比你和林瑶做脏事更难看。"说罢，她连余光也不再赏给这个脏人。

监察官查阅过储存卡，然后将其转交给了法官。很快，第一个骇人听闻的标题就出现在了投影光屏上——磁场诊疗：是童话黑科技，还是"丧尸"病毒制造者？

全场震撼！

三位法官第一次露出了动容之色，主动要求物证官确认了这份证据的初始创建时间，以及有无篡改痕迹。

旁听席上正好坐着一群业界最有名望的专家，都不需要专门再请人前来鉴定文档中的内容。光屏一页一页往后翻，除了这个失败的项目之外，其余一页页成果，都沉甸甸地坠在了众人心头。专家们一个接一个戴上了眼镜，不经法官同意就擅自离席，摸到光屏下面取出光脑疯狂运算验证。

"没有问题，逻辑非常清晰，验证方式全部符合标准！"

"难怪林瑶到了这里就停滞不前！"一名中年学者敲光板，"这个步骤需要 RP3A 分解机进行验证，她根本不会操作仪器，也不敢交给别人验证！"

"明知道磁场诊疗有重大缺陷，她还把它投放到星网上？为了噱头，就连最基本的原则也扔掉了吗？"

"简直就是科研界的耻辱！"

云悠悠微笑，她用了点移花接木的小伎俩，把哥哥留在基地里面的储存卡说成了地下实验室中得到的那一张。这样一来，林瑶杀人的动机就异常清晰明确了。那些语焉不详的对话，正好变成了压死林瑶的最后一根稻草——别人听到的只是冰山一角，事实上，她从一开始就知道地下实验室里藏着什么东西！她要拿的，本来就是这些完整的成果！

还能有别的解释吗？根本没有！

除了摁死林瑶的罪名之外，云悠悠的张冠李戴还有另一个目的，那就是将所有和哥哥相关的事情全部推到殿下抵达绿林之前，这样一来，就算哥哥是西蒙·林德这件事情彻底暴露，有心人也无法将它强行和殿下联系在一起——韩詹尼和林瑶的嫌疑就比殿下大得多了，谁能说得清楚他们是什么时候和化身"林思明"的西蒙·林德接触上的呢？

只要云悠悠不出卖殿下，在这件事情上他就是安全清白的。

所以，回到首都星出庭的人，只能是她，必须是她。

林瑶这下彻底错乱了，她恐惧茫然……破碎声在耳畔不断响起，她的名声、她的前程、她的好婚姻……

随着一个个标题展现，林瑶清晰地看到了自己尚未掌握的那座巨大的宝藏。为了这座宝藏，她宁愿去求韩詹尼，和他做了很多很多恶心的事情，以致今日身败名裂……现在这座宝藏终于出现在她的眼前，可是它已经不属于她了！

她的呼吸不禁变得急促，双手无意识地抓向光屏："不，它们是我的！它们是我的！谁也别想从我手中把它夺走！这些都是我的成果！都是我的！你们不要看！不许看！"

专家们齐刷刷地对她投以鄙视的目光。

学术造假，是整个圈子最为深恶痛绝的恶劣行径！科研是一件多么烦琐枯燥、艰难又漫长的事情啊，谁不是凭借一腔信念和热爱，在蹒跚前行？做出成果，将它署上自己的名字，那是每一位科研人员最幸福的时刻！只要稍微想象一下自己的成果被林瑶这样的硕鼠蠹虫窃取，老专家们骨质疏松的拳头就一个接一个地硬了。

"除名！必须除名！"联名为林瑶请愿的科学家们一秒钟倒戈，他们愤怒地挥舞着手中的光脑，从储存卡中拉出一条条实证，把林瑶剽窃的全过程剖析得淋漓尽致。

"啊啊啊——"林瑶终于彻底崩溃了，"是林思明给我的！这些都是林思明给我的！因为他爱我，所以把成果都送给我！你们就是嫉妒我！你们都嫉妒我！他给我有什么不行！有什么不行！"

那位一手带着林瑶拿到学位的老专家颤颤巍巍地走出来："所以你承认把别人的成果据为己有？林瑶啊，你是我带过的所有学生中最有天赋的那一个，也是……最差的一个！"

说完，老人带着唾弃的表情提前离席。

云悠悠见林瑶已经有些神志不清，赶紧及时问出最关键的问题："你以为你杀了林思明，就能把他的成果据为己有吗！"

林瑶面目狰狞，眼睛里充斥着绝望的血丝，她缓缓转过眼珠，盯住云悠悠："我想杀的可不止林思明，还有你这个贱人！我好不容易带着成果回来，摇身一变成为贵族，你却勾走了闻泽殿下！要不是我洁身自好，一定要把身子留到新婚之夜的话，哪还轮得到你？"

所有人都惊呆了，原来还有这样的"洁身自好"法。

"哦。"云悠悠微笑，"感谢你向大家证明了殿下的清白。"

林瑶：……

因为情绪过于激动，举止过于疯狂，生物枷开始向她大量释放生物电，这位当庭供认了全部罪行的嫌犯终于在无数道鄙视的目光中昏了过去。

✦ 06 ✦

法官与审议团商量之后，决定向闻泽殿下报备此案，毕竟有他赦免三名战舰成员的先例在，需要听一听他的意见。

略有延迟的通信连接到遥远的舰队，闻泽英俊至极的面孔出现在光屏上。他身处距离绿林战场很近的地方，身后舷窗里映出大蓬大蓬的火光，看起来爆炸似乎就发生在他身边。

他在光屏的正中央，看不到边缘角落的云悠悠，这让她得以肆无忌惮地睁大眼睛，欣赏殿下的盛世美颜。

法官沉着一张马脸，将庭审过程简单地汇报给了太子殿下，然后静待他的意见。

云悠悠不禁有一点紧张，毕竟，当年殿下接受故人委托，真心实意地照顾过林瑶。会不会多多少少留有那么些……旧情呢？

片刻，闻泽微笑道："身为皇室中人，必须以身作则，绝不敢妨碍司法公正——如果我女朋友云悠悠犯了事，那就让她在监狱里待我凯旋。其余人等，与我无关。"

云悠悠：……

短暂静默之后，旁听席上爆发出沸腾的起哄声——这是殿下第一次亲口承认自己的"女朋友"！

一片沸腾声中，唯有坐在第一排的覃飞沿双眼放空，面容沧桑，仿佛早已看破一切。

直到太子殿下俊美无双的容颜消失在光屏上，包括法官在内的全体人员都还有些神情恍惚，云悠悠的脸颊和耳朵更是烫得快要冒白烟。她低下头，打开和闻泽的对话框，艰难地输入文字——"殿下，我们……"

还没敲完一句话，聊天框里跳出了闻泽的信息。

闻泽：以防有人给你罗织罪名。

"哦……"云悠悠恍然点头。殿下这样做，等于给了她一张护身符，敌人无法随便给她扣个什么罪名羁押她，只能转入幕后操作。

UU：嗯嗯，明白！

她正要收起光脑，只见帝国徽章头像再一次懒洋洋地跳动。

闻泽：所以你答应了。答应就不得反悔，否则是欺君，女朋友。

云悠悠瞳孔微缩，仿佛看见一只狐狸在微笑。她手忙脚乱地把光脑收进衣兜，手指紧紧攥住袋口，就像害怕它跑出来一样。她的心脏也跳得非常快，胸口不停地冒出小气泡，就像快要沸腾的水。

法院当庭作出了判决。

林瑶犯罪事实清楚，态度恶劣毫无悔过之心，并且得不到受害者及其家属谅解，法庭决定从重处置，判处有期徒刑十八年。

审判锤落下，林瑶谋杀未遂案尘埃落定。

很显然，这场风波将在延迟严重的星网上持续发酵，科研女神从前有多么光鲜亮丽，今后便有多么人人喊打。

众人正要起身离席时，一名神情严肃的紫莺宫审查官叫住了云悠悠："云小姐，据我们调查结果显示，真正的林思明死于 1328 年冬，之后取代他的身份在绿林生活的，是一名具有严重危险性的逃犯——你和这名逃犯相处时，难道就没有发现任何异常？我有理由怀疑你包庇逃犯，请随我回去协助调查。"

云悠悠心头一凛，来了！

她清了清自己的小嗓门："长官，您这么说可就不对了。1328 年，我只有 10 岁，而我是 17 岁认识林思明的，怎么可能知道他在 7 年之前是什么样子呢？照您这么说，林思明从前的导师、同学，也都没有发现他有任何异常啊，您应该找他们协助调查才对。"

审查官："……这是程序。没有问题就会让你走。"

云悠悠摆出了狐假虎威的表情："如果您一定要带我走，恐怕需要先问一问太子殿下的意思。毕竟，我可没有犯事呀！"

一听这话，刚被带出囚栏的林瑶立刻瞪圆了眼睛。

审查官感到一阵无力："不要以为你是殿下的女朋友就能有特权。"

"什么女朋友！她凭什么自称太子的女朋友！"被押到半路的林瑶忍不住发出了尖叫。

押送林瑶的庭警很贴心地提示："太子殿下当着全帝国的面亲口盖章，云悠悠就是殿下的女朋友。就在你昏迷的时候，错过了世纪告白，哇，超浪漫的！"

林瑶过于激动，再一次触发了红色生物枷，翻着白眼晕了过去。

"喂！还没完事吗？磨蹭什么呀！"覃四少大摇大摆地走了过来，"云悠悠，快点快点，我大哥还等着教训你！"审查官被这纨绔毫不留情地拱到了一边。

"哎——哎——"审查官试图招呼身后的随从，"你们拦……"

白侠中将适时上前："小秦呀，这个案件呢，还有一些交接手续需要办一办，啊？"

✦ 07 ✦

覃飞沿带着云悠悠离开法庭。

两人刚出来就看见停机坪上杵着两排机甲，众星拱月般围着一架军用星空车，一名眉眼之间写满暴躁的男青年坐在星空车顶，正在猛力抽烟。

"我大哥，覃飞恒。"

暴躁大哥跳下车顶，居高临下盯了云悠悠几眼，很有高冷气质地说："哦，你就是那个两次击败我弟弟的机甲兵？呵，有机会我可以和你切磋切磋。"大哥还不知道覃四少早就出卖了他。

云悠悠尴尬而不失礼貌地微笑："嗯嗯！"

"上车说吧！"暴躁大哥挥挥手，"袁叔那事儿，我还真想起一点不对劲的事情。"

登车时，覃飞沿顺便问了一句："哎，你不打算跟着白侠老头他们一起走？"

云悠悠抿着唇摇了摇头："我肯定已经被盯上了，航线上最适合劫人，会连累他们。我得暗度陈仓才行。"

"那你就不怕连累我？"覃飞沿挑眉瞪眼睛。

云悠悠答得飞快："您家大业大，又仗义！"吹捧反正不要钱。

"行了行了啊！"覃大哥拧过半截身体，"还说不说正事了！"

云悠悠立刻正襟危坐："嗯嗯！"

覃大哥启动星空车，"轰"的一声冲了出去。在震天的破风声中，暴躁青年压低了眉眼，认真地说道："袁叔只去过一次巴顿公司，他说那里跟林德家牵扯太多，邪乎，就再也不去了。"

云悠悠、覃飞沿：……

这是悬疑灵异不分家了？

二十余台机甲拱卫着星空车，耀武扬威地开往第四军团的据点，虽然不算什么超强战力，但是想要动他们的话，需要的兵力可就小不了——在首都附近发生这种规模的战斗，谁也讨不到好果子吃。

车外声势浩大，车舱中一片寂静，云悠悠和覃飞沿同时瞪着眼睛，盯住只露出半截身体的覃大哥——他这模样看着倒是挺灵异的。

"咳！"暴躁老哥覃飞恒满脸不爽，"看什么啊看看看！这是袁叔的原话，原话！覃飞沿，不是你叫我想想袁叔都说过什么奇怪的话吗，别在我面前摆你这张死人脸！袁叔他就是那么说的！"

覃飞恒是覃平上将的第一个孩子，自幼就跟着叔伯们混在一起，学了满嘴脏话，也练了一身军中的本领，其中，袁文华把他操练得最狠，算是他的半个师父。袁文华出事，覃飞恒表面上没多大反应，其实私底下已经通宵打爆无数个铁砂袋了。

"那位袁文华中将具体是怎么说的？有没有什么细节？"云悠悠认真地问。

暴躁大哥皱着眉头回忆了一会儿，摇头："就是聊起他媳妇那间公司时，他说永远不会再去第二次，阴冷玄乎。"

"巴顿公司的前身是维恩集团。"云悠悠回忆着资料上的记录，"维恩集团闹了'丧尸'之后被查封，所有资料移交给了林德家，莎丽曼·巴顿拿到的遗产已经被筛选过一遍，经了林德家的手……也许是这样，总之那里留下了一些林德家的痕迹，只不过袁中将比较大老粗，只是潜意识感觉到不对劲。"

她抿着唇想了想，郑重其事地看着覃氏兄弟："我觉得有必要亲自到巴顿遗址感受一下有多邪乎。"

暴躁大哥的腮帮子上以肉眼可见的速度浮起了一层鸡皮："咳，咳咳！巴顿公司都已经被查封了，早翻了个底朝天，怕是什么也留不下来了，没必要没必要。"

覃飞沿拍腿大笑："我大哥他最怕鬼！我觉得袁老头八成是故意吓唬他！"

"谁怕了，去就去，半夜去！谁不敢去谁是狗！"覃大哥脸红脖子粗。

云悠悠：……

考察行动就这样从白天变到了半夜，出发之前，云悠悠在第三军团的驻地吃到了人生第一顿带火腿和煎蛋的白米饭。

她小心翼翼地把叉子绕过那块散发出浓浓鲜香味道的粉红厚肉片，完全舍不得碰那块金黄焦香、正中还藏着溏心的煎蛋，只挑起饭粒来，小口小口地吃。

最美味的食物，要留到最后！

她热泪盈眶地品尝着那些沾到了火腿和煎蛋味道的米饭，心里"呜呜嗷嗷"地感慨万千："好吃——

"呜呜呜我不敢想象一口咬在香香的火腿和煎蛋上面会发生什么事情！味蕾一定会爆炸的吧！

"啊啊啊好幸福！"

米饭一点点缩减，终于，她掏光了塑胶餐盒里面的最后一粒米！

"火腿煎蛋，我来了！"云悠悠目光灼灼地伸出叉子——

说时迟那时快，斜地里探出一把大勺，"扑哧"一下扎穿了她的火腿和煎蛋，在她愕然的注视下，撬起来、横移，一口叼进嘴里大嚼。

"啧啧啧！"覃飞沿嘴里发出含糊的声音，"吃惯了山珍海味，瞧不上我们的垃圾食品！浪费！"

云悠悠盯着他的牙缝，只见金灿灿的溏心蛋黄流出来，染在那块流出鲜美肉汁的火腿上……囫囵一下，没了。

她明白了一个绝对真理——最美味的食物留到最后再吃的前提是，没人抢食。

三人走出食堂，准备驾驶机甲前往巴顿遗址。

"嘶——"覃四少摸了摸后脖颈，"这怎么还没出发呢，就觉得后背阴森森，像是有背后灵盯上了我？"

走在他身后的"背后灵"幽幽睨了他一眼。

如果那里真有鬼怪，她一定毫不犹豫地一脚把他踹给它！

见到云悠悠的机甲"星星"，覃氏兄弟的反应一模一样："这样的机甲也能用？虽然材质不错，但是瞧瞧这小胳膊小腿，怕不是个削弱版！"

云悠悠算是彻底看明白了，就覃家这智力水平，根本不是干坏事的料。

"得嘞，本来想着出发前切磋一场热热身，看这样子也不用欺负你了！"覃大哥很气派地说。

"嗯嗯！"

除了机甲之外，覃家哥俩还带上了能源枪，预备潜入公司遗址的时候用。巴顿公司距离第五军区不远，毕竟它的前身是维恩生化，而第五军团如今用的正是维恩生化的旧址。在他们的带领下，云悠悠小心地绕过了第五军团的外部防御圈，成功抵达了那间被查封的巴顿公司。

开机甲来的目的，一个是为了赶路方便，另一个就是从侧面暴力破墙。

十分钟之后，三个人离开机甲，手持能源枪，头顶照明灯，通过破开的电梯间成功潜入大楼。

不得不说，无人的废弃大楼很有丧尸电影即视感，一阵阴风刮来，不知道从哪里卷出的白纸片，打个旋，呼地停到了覃大哥脚下。暴躁大哥当场一蹦三尺高，拎起手中的能源枪把它轰成了渣渣。

云悠悠、覃飞沿：……

"说……说不定带病毒的，知不知道！"覃大哥强行找了个借口，"学着点！反应要快！别忽视任何一个最小的威胁！"

"嗤！"覃飞沿忍不住想要大开嘲讽，"我说……"

"闭嘴！好好跟着你大哥学！不要一瓶不满半瓶晃荡！"云悠悠忍了小半天，终于找到机会斥责这个抢食者。

"小云同志觉悟很高！"覃大哥老怀甚慰。

覃飞沿：……

废弃的楼里还留着很多东西，横倒的桌子、摔坏的显示屏、散发出奇怪味道的收容箱……原本能够照亮整个房间的探照灯，渐渐也像是被周围的黑暗吸掉了能量一样，只能照见前方的一小块地方。

再往前走，云悠悠心里也开始有点发毛。这里……毕竟是做过很多人体实验，死过很多人的地方。

"做实验也在这里吗？"云悠悠的声音在空旷漆黑的走廊中响起，一圈圈回荡。

"在地下！走！"覃大哥吞了口唾沫。

进入地下空间之后，云悠悠惊呆了，虽然看过巴顿公司的清剿报告，但那和亲眼所见仍是两回事。这里看起来就像……马戏团圈禁动物的地方，一个铁笼子接着一个铁笼子，密密麻麻地延伸到灯光照不到的地方。笼子里面残留着没有冲刷干净的血迹，空气里面的味道无比怪异，腥臭混合着药味。

"有些实验药剂毒性很大，让人痛苦得拿头撞栅栏。"覃大哥心有余悸地说。他们来清剿这里的时候，大约半数铁笼里面还关着活人。在这里，人是不被当成人来对待的。

"有发现疑似丧尸的受害者吗？"云悠悠问。

"没有。"覃大哥想了想，"但是挖掘出的尸首，有很多被爆了头。"

云悠悠默默点点头，忍着后脖颈泛起的寒意，一步一步继续向前走。脚步声回荡在铁笼之间，时不时会反馈回一阵令人牙酸的金属碰撞声，感觉就像……黑暗深处藏着什么东西，手中拎着铁链，随时准备扑上来绞死这几个入侵者。

顺着一条过道走到头，云悠悠没有感应到任何奇怪的东西，不过常年在地下矿道穿梭，她拥有一种奇异的直觉——感应附近所有的活路。

"地下通道入口在哪？"她问。

"没了啊。"覃大哥瞪眼，"这里就是最底层。"

"不对，还有。"云悠悠十分笃定，抬手对着地面虚虚画了一条线，"这里有横截面 10 平方米左右的通道。"

她推断出大致的通道入口位置之后，覃大哥强行轰破了半面墙，一条黑黢黢的通道出现在三人面前。

"宽高都是 3 米，横截面只有 9 平方米。"覃四少吹毛求疵。

云悠悠：……

"看一看，有情况立刻撤退。"覃大哥谨慎地将平鸡皮疙瘩。

"嗯嗯！"

通道里面没有修缮的痕迹，看起来就是连接两个地方的粗制地道，霉变的味道熏得人一阵阵倒仰，时不时能在地上和墙壁上发现凝固的血迹和少量衣物碎片。

三个人把脚步放到最轻，云悠悠小心地调整着呼吸，不让自己喘得太急。大约走了二十分钟，眼前突兀地出现了通道尽头！一台老式简易电梯静静停靠在墙边，上面只有一个按钮，通往一个地方。

"你们两个留在这里。"发现对手是人不是鬼之后，暴躁大哥恢复到满血状态。

"我也去吧。"云悠悠觉得找路自己比较在行。

覃四少梗起了脖子:"瞧不起谁呢!走走走一起走!少废话,来一个我杀一个!"

三人组踏上了电梯,点击按钮。

"呜——嗡——"

云悠悠吃力地端起能源枪,被这台微微摇晃的老式电梯带向未知之地,心脏跳得非常快。

"咣——咣——轰!"

电梯门缓缓打开,三把能源枪对准门口,随时预备扫射。

外面安安静静,能源灯投下人造日光,照亮了一个开阔巨大的地下仓库。

"……嗯?"三个人对视一眼,踏出电梯,左右一看,齐齐屏住呼吸,汗毛直立!

只见两旁陈列着赤红的机甲,与当初攻击过云悠悠的机甲属于同一系列,左右两排密密麻麻,三个人就像站在天穹下的小蚂蚁,正被无数巨人俯视!

云悠悠刚吸了一口凉气,就见一台机甲慢慢低下头来……

第五章

CHAPTER 5

七分钟，明白！

Falling into stars

地下秘密仓库。

两排赤红机甲如巨人一般俯视着下方的三只蚂蚁。

"跑啊！"覃飞沿放声鬼吼，直接倒跳进电梯，把老旧的铁质电梯板踩出"咣"的一声巨响；云悠悠用力挤出一丝微笑，冲着垂下头来的赤红机甲挥了挥手，礼貌地打了个招呼；覃大哥像老鹰捉小鸡一样拎住云悠悠的细胳膊，把她提溜进电梯。

覃飞沿猛拍向下键，瞬间迟滞之后，这间地下秘密仓库里面红光泛滥，警报声"呜呜"荡开！电梯门合上的一霎，云悠悠感觉到自己的头发一根根竖立起来——这是能源炮发动攻击时特有的静电凝聚现象。

"不好！"覃氏兄弟一左一右摁住她的肩膀，压着她趴倒在电梯内。云悠悠虽然有所防备，但也架不住两个糙汉的蛮力，"扑通"一声，膝盖和手肘都磕出了脆响，瞬间眼泪汪汪。

下一秒，三人头顶就传来"轰"的一声巨响，还没来得及下潜的半截电梯被削成了秃顶，扭曲的断铁被烧熔，发着红光的铁汁顺着四壁往下流淌。

"跳！"听到机甲的合金机械巨足"咣当咣当"走来，覃氏兄弟一左一

右拎起云悠悠，带着她从电梯的截断口飞跃出去，落向那条粗糙的泥质地道。

心脏"呼"一下高高悬起，她下意识地闭紧眼睛——闭了一瞬，觉得不能闭眼等死，立刻强行睁眼，瞪着扑面而来的通道地面。近 4 米高度带来了短暂的失重感，还好两个训练有素的特战士兵很默契地用胳膊架住了她，替她分担了缓冲力道。

"砰！"落地时，承担了绝大部分冲击力的覃大哥身上发出骨骼挤压的声音。

三人还没站稳，又一枚能源弹落进了电梯通道！"轰——"泥土横飞，浓烈的泥尘味道冲入鼻腔，呛得云悠悠满嘴都是泥腥味。

"咳，咳！"云悠悠很努力地憋着气，但她的身体实在是非常不争气，双腿沉得就像灌了铅，越着急越迈不动步。

"什么情况！"覃大哥呸了口泥块，忍不住吊起眼睛质疑，"老四你不会是忽悠我玩儿吧！就小云同志这身板也想打败我？那我岂不是成了天字第一号大菜鸟？！"

覃飞沿翻了个白眼："恭喜你获得了正确的自我认知——跑啊！"

两个人一左一右架起云悠悠，跟跟跄跄逃进通道。

"轰——"一只机械巨足踩进了电梯口，横截面只有九平方米的通道暂时挡住了机甲追击的脚步。停顿片刻之后，这只踩进电梯口的机械足缓缓收了回去，一支森冷的炮口斜插进来，发射！因为地形限制，炮口只能斜斜向下，蓝白光芒猛然爆发，一发能源炮狠狠轰进了地下。

这一次，三个狼狈逃窜的特战队员险些被地底喷涌出来的泥尘活埋。

"咳，噗，噗！"身强体壮的覃大哥率先把自己从厚约一尺的松软烫泥层中拔出来，然后再把两个身娇体弱的家伙迅速刨出来。

"好家伙——怎么突然觉着自己喜当爹了，还混个儿女双全！"暴躁老哥吐槽不止，"一拉扯就拉扯俩！"

"别……别那么多话！"覃飞沿抹了把脸，望向身后，"又来了！"

刚刚的能源炮拓宽了通道，此刻另一支幽森的炮筒已经架了进来。

"波动射线！"云悠悠倒吸一口凉气，这家伙刨坑一绝，她在绿林曾经亲身体验过。

"滋——呜——"只见刺眼的白光划出一道利落的长弧，顺着仓库那一头的通道追击而来。它经过的地方，泥尘就像是雪花遇上烙铁一样飞速软化融解，可想而知，当它追上他们之后，他们立刻就会变成人头雪糕。

"跑啊！"覃老大拉扯着覃飞沿和云悠悠，铆足了劲往前奔逃，身后爆破声隆隆作响，大量泥尘垮塌，土层被炙烤出了浓郁的焦香。

"前面左边快塌了。"云悠悠上气不接下气地说。

"不会。"覃飞沿瞄了一眼仍然牢固的通道，"别瞎指挥。"话音未落，一块巨大的泥土剥落下来，"啪"的一声落在覃飞沿旁边，溅他一身泥点子。

"没用的东西，闭好你的嘴！"暴躁大哥粗鲁地说，"小云同志你指挥！"

覃四少的嘴巴委屈地抿成了一道弯曲的线。

身后追击的波动射线就像银白的蛇，让人几乎失去了冷静思考的能力，只顾着拼命往前逃，云悠悠强迫自己平心静气，凝神感受着四面八方的动向。

"上面有机甲过去了。"她说，"应该是去巴顿公司废墟堵我们。"

覃氏兄弟立刻急了："什么！那怎么办！"三台无人操作的机甲停在大厦外面，岂不是给人家拆着玩？

"也不用太着急。"云悠悠喘着气，细声细语地安慰。

"你有什么办法吗？"覃小少爷急忙问道。

"没有，"云悠悠老实地说，"我们都不一定能逃到巴顿公司，所以现在没必要着急那个。"

覃氏兄弟：……

"得再快一点！"覃大哥咬紧牙关，"咱们停机甲的地方比较隐蔽，他们怕是得找一会儿！我背小云，老四你自己跑！"

覃飞沿顿时苦着脸，掐住自己的小蛮腰，一拐一拐地前进。

暴躁老哥背起云悠悠之后，她发现他的肩背受了伤，蹭掉了好大一块皮。

"真是轻得跟小鸡仔一样。"覃大哥乐呵呵地说，"早知道我就不用费那力气拉扯你跑了！"说罢奔跑速度明显变快。

云悠悠：……

原来自己跑反倒拖累了人家，这让她上哪里说理去。

前方出现一个转弯口。

"滋——"波动射线的能量裹挟着土壤冲到了三个人身后。

覃大哥身体猛地一矮，轻"嘶"一声，然后肌肉一绷，继续大步往前跑。云悠悠发现他的脚步变得有点踉跄，发丝里面飞快地渗出了大滴的冷汗，他的左腿一定受伤了。

她抿住唇，眼眶红红，没说"你们放弃我自己走"这样的废话，只是默默召唤了"星星"。遗憾的是，自动驾驶状态的机甲没有能力穿墙越壁，前进了一段路之后，不知道卡在了什么地方，光屏上的绿点再也不动了。

逃命的三人完全顾不上空气质量，大口地喘着气，把泥粒子大把大把吸入鼻腔。垮塌的地道在一定程度上阻拦了波动射线，让他们几次与死神擦肩而过。后方的机甲拆开地道疯狂追击，轰隆隆的声音如同山崩，前方还不知道堵着多少台机甲。

覃飞沿跑得俏脸惨白，覃大哥的状态也很糟糕，身上冷汗如雨，奔跑之后的体温不升反降。覃飞沿抽空通知了本部，第三军团的精锐正在赶来，但是仍有一段不短的距离。

"快要离开地道了！"云悠悠感觉到了外面的气息。覃氏兄弟齐齐吸了一口长气，如果跳出地道之后发现面前全是机甲……那就不需要挣扎了。

"都留个遗愿。万一谁侥幸活了，看看能不能帮着完成。"覃大哥说，"我的，我喜欢珍妮花教官，我要让她知道！"

"嘶……"覃飞沿瞪圆了眼睛，"口味甚重啊大哥！"百忙之中，小少爷没忘记抬起手来，在身前比画了一下。

"那才叫女人味好吗！你懂什么！"暴躁大哥气喘吁吁，"当初西蒙也看上我们一枝花，我还跟他干了一架。真男人，就喜欢凹凸有致的女人！"

云悠悠先是被他直白的形容词惊了个哆嗦，旋即身体微僵，怔怔地问："西蒙·林德喜欢你们教官？"

覃大哥叹气："十七八岁的事情了，我没打赢西蒙，自觉退出，谁知道转头他人就没了。不过我是信守承诺的真汉子，说好了让他，那就肯定不会去追珍妮花，这不，落单到现在！"

云悠悠抿了抿唇，勇敢地问："西蒙也会喜欢我这种类型吧？"

"哈哈！"覃大哥危机中笑场，"就你这黄毛小丫头，拿你当妹妹差不多！西蒙做梦都想要个妹妹！"

云悠悠的思绪一下子全乱了，虽然此刻不是想那些的时候，但她的脑海里难免晃过了与哥哥相处的每一幕。哥哥和太子殿下用着一样的脸，但是他们看她的眼神是完全不同的。

虽然殿下为人正直，也不沉迷于低俗趣味，但很显然，他对她有男人对女人的那种兴趣。哥哥却不一样，哥哥似乎……真的一直是把自己当成妹妹……所以哥哥喜欢的是有成熟风韵的美人吗？

被西蒙·林德的偏好打岔之后，云悠悠和覃飞沿都没来得及留下遗愿。

墙壁上的缺口已经近在眼前。

"轰——"身后再度掀起一股泥浪。

伸头一刀，缩头也一刀。

覃氏兄弟深吸一口气，向着破壁起跳——"砰！"

双脚落地。

"咦？"摆满铁牢笼的地下空间里完全没有敌人的影子。

云悠悠脑海里闪过灵光："他们去地道入口堵我们了！"

这一瞬间，覃大哥无比庆幸自己脾气暴躁，没有耐心去寻找密道入口，而是选择直接破壁。此刻，身后那台拆地道的机甲也被巴顿公司的地基挡住，速度变慢了一些，给了三个人喘息腾挪的余地。

"快快快！去拿机甲！"覃大哥放下云悠悠，挥挥手，示意他们先走。

云悠悠一路惦记着他的伤，落地之后，第一时间用头顶的探照灯往他左腿上照去。这一照，她不禁瞳仁收缩，双腿发软——只见整根裤腿都已经被鲜血浸透。

"走走走！"覃大哥说，"你们两个走前边儿！我殿后。"

神经大条的覃飞沿完全没有察觉大哥有异，抬抬手招呼云悠悠上前。

"回来！"她冲他喊，"扶上大哥，一起走！"她钻到覃大哥右边胳膊下面，用自己瘦弱的肩膀给他行走的助力。

"哎哎哎——"

"您什么也别说！刚才您没有抛弃我，现在我绝不会抛弃您！"云悠悠拖出了哭腔。

覃飞沿低头一看大哥的裤腿，不禁狠狠骂了句脏话，不用说，这傻大个是想要舍己为人了。他飞快地钻回来，搀住大哥另一边胳膊，强行拖着他前进。

"轰——轰——"地道方向不断传来爆破声。

"嘿。"覃飞沿歪着嘴笑，"大哥，瞅瞅这刺激的，你连怕鬼都顾不上了吧！"

"臭小子给我闭嘴！"

"哈哈哈！"

挪出地下空间之后，云悠悠听到廊道最远那一侧的实验室中传来拆房子的声音。"看来那边是地道入口。"三个人对视一眼，悄悄顺着楼梯返回一层，穿过格子间，抵达大厅。他们是拆了西边的电梯间进来的，视线投向西面，穿过玻璃外墙……

"嘶！"

只见一排赤红机甲整整齐齐站在那里，地上散落着无数合金碎片，就像一个金属垃圾堆——他们毫无反抗之力的机甲已经被拆成了碎片。

"完了！"覃四少两眼发直。

"我们的人到哪了？"覃大哥失血过多，脑子却异常清醒，"分散开，藏在格子间里拖延时间——他们总不能拆了这幢楼吧。"

话音没落，只听那一排赤红机甲发出整整齐齐的机械音："指令：消除威胁。"接下来，它们扬起波动射线，开始拆墙。

真拆楼了？！

"等，等等！那是什么玩意！"覃飞沿指向前方，嘴角直抽。

顺着他的手指一看，只见一个白乎乎的家伙蹲着身体穿过电梯间，卡在两台下行的电梯之间，两只机械臂向上托举，仿佛正用一己之力扛起整座大厦。

云悠悠："……星星！"

这个登场方式，真是一言难尽。

❖ 02 ❖

云悠悠奔向她的星星。

"你这玩意行不行啊！怎么傻不拉叽的跟你一样，一点儿都不威风！"覃小少爷大放厥词。

云悠悠："外面那摊很威风咯？"

覃飞沿：……

"快快快！"她奔到机甲面前，打开载人舱，先把受伤的覃大哥送进去，然后一脚把覃飞沿也踹进去。

覃飞沿气结，载人舱的位置还是他教她的呢，死女人，过河拆桥！

云悠悠飞快进入操作位，看着读数条一段段加载。

25%……"当啷——"外墙玻璃壁彻底粉碎，细屑散落，机身被渐渐沥沥地波及，像是淋了一场小雨。

50%……"滋——嘤——"波动射线交叉晃过她的左右，真实视野中，大块建筑结构崩塌，热浪滚滚，向着机甲席卷而来。

80%……赤红机甲们举起能源炮，对准了这座合金制成的电梯井，准备将它轰个灰飞烟灭！隔着机身，云悠悠也能清晰地感应到静电在汇聚，无数枚能源炮弹即将击中自己!

100%!白色机甲活了过来!她灵巧地用机械臂抓住了电梯井上方的合金架子,机身一荡,轻而易举地挣脱束缚,凭借强大的动力能源飞掠起来,"铛铛"向上攀登。

在能源炮击中电梯口、轰出一个巨大的燃火过道时,她已顺利逃生,静悄悄地吊在另一侧楼道边缘。

通信装置中传来覃飞沿的声音:"跟他们打!云悠悠,上,稳住不要慌!我跟你说,拿出你的嘲讽绝技来,上去先输出一通,保准他们心浮气躁,战力大减!"

"怎么嘲讽?你教我。"云悠悠问道。

覃飞沿、覃大哥:……

"呵呵。"覃大哥虚弱干笑,"就把你最不擅长的拿出来说事儿呗。"

暴躁老哥永远无法忘记自己曾经遭受的奇耻大辱——哦,幸好当时顶着四弟的名头,还好还好。

云悠悠迷茫:"最不擅长的……"

"对对对,就说你最不擅长什么,打击他们的自信心!"覃飞沿怂恿,"上!放心大胆上!"

云悠悠吸了吸气,悄悄在心里给自己鼓鼓劲,在赤红机甲们冲进一楼大厅时,她操纵机甲一掠而下,"轰"一声落在它们面前。

通信器中传出覃氏兄弟的鼓励打气声。

云悠悠不好意思让他们失望,于是鼓足了勇气,气势汹汹地嘲讽对方:"我用量子炮就可以打败你们!"她最不擅长的就是这个量子炮,非常难操作。

覃飞沿:……

神级嘲讽选手居然也有翻车的时候。

覃大哥:……

量子炮难道不是最尖端的兵器吗?小姑娘这是害怕了在逞强吧?她逞

强的样子看起来好可爱啊，想抓回去当妹妹！

敌人扬起了炮口，"轰——"云悠悠嚣张站立的地方变成了一片黑色圆形的冒烟废墟。她悬到了半空，左手抓住大厅顶端垂下来的巨大枝形吊灯，右手反手一震，祭出了她的激光剑。

"我上了！"

眼前光芒闪烁，枪林弹雨让这座没有照明的废弃大楼亮如白昼。她疾速腾挪，实在避不开的炮火就举起激光剑一剑斩过去！耳畔回荡着轰隆隆的巨响，她一掠而下，轻盈锐利，就像一柄雪亮的薄剑，刺破一切黑暗。

"唰——"压剑，错身！

冲到最前方的机甲"嗡"地一僵，颈部冒起蓝白色的能源光芒，一颗机械脑袋缓缓坠地，发出沉闷的响声。

速度极快，姿势极帅！一招制敌！

没了脑袋的机甲继续向云悠悠扑来，场面看起来无比惊悚。

云悠悠瞬间反应过来，得攻击它们的能量核心。

"要留活口吗？"她谨慎地问了一句。

覃大哥："这不是你需要考虑的问题，而是对方需要考虑的问题。"

覃飞沿："援军七分钟后赶到。"

紧张亢奋状态的云悠悠错误理解了覃飞沿这句话——必须在七分钟之内解决战斗，否则敌人的援军就会赶到。她心头一凛："七分钟，明白！"

心脏"怦怦"直跳，她握紧激光剑，双足开合，瞬间与另一台机甲错身而过，飞身反踹，击中它的后膝关节，令它"哐"一声重重跪地。又借着它的身躯挡住一波弹雨，再摁住它的后颈，激光剑直直刺入能量核心！

拔剑，倒掠！

又一次攻击落在这台能源失控的机甲上，不到半秒，恐怖的爆炸气浪席卷整个一楼大厅，火光直直冲上高悬顶部的吊灯，令它暂时发挥了真正的功能——枝形假烛被火光点燃，发出光和热。火光映上"星星"雪白的机身，让它看起来不再温柔无害，而像是身上燃着地狱之焰的小魔星。

借着爆炸的冲击，云悠悠飞速掠行。五倍能量源的优势体现得淋漓尽致，这些机甲在她面前就像笨重的大木象，她可以轻易地闪避它们的所有攻击。借着它们摇摇晃晃的机会，她速战速决，连续爆破它们的能量核心！

大厅中热浪滚滚，一波未平，一波又起。周围的格子间早已被彻底踏平，地道和地下室中的机甲也尽数赶到了这里，加入这场群殴。

覃飞沿和覃大哥从目瞪口呆的状态中清醒过来，悄悄关闭了通信器，开始私聊交流。

"哥啊，她这算是什么水平？"

"神级操作，绝对是神级操作！这娃儿指数多少？怕得有 80 往上？"

"90 也不是没可能。"

"啧啧啧，下机绵如虫，上机猛如龙！"

云悠悠游走在火光中，用真实视野锁定了一台又一台敌机，她感觉它们交换了策略。心中刚一动，就看见三台机甲放弃防御，直扑自己而来，能源核心隐隐闪动着光芒。

它们想要通过自爆冲击她！

她压了压眉眼，抿紧双唇，不退反进！"嗡——"无比高级的科技音回荡在机甲上，她启动最大功率，直直迎上正前方试图与她同归于尽的赤色机甲！

对冲！

赤红机甲扬起双臂，想要扣住她，带起的风已经刮过机身表面，就在双方即将触碰的时候，她无比灵巧地旋腿、压身，身躯一矮，肩部顶住对方的腰际，能源"嗡"地一震，过肩摔！

只见这台处于自爆边缘的机甲直直飞向后方围过来的同伴。"轰——"惊天动地的气浪爆开，恐怖的冲击波和火焰涌向四面八方。

云悠悠飞快掠到另外一台敌方机甲身后，友好地用机械手臂撑住对方的身躯，拿它当盾牌。等到焰浪缓缓消散，除了几根重大的承重柱之外，这座可怜的大楼几乎已经找不到完好的地方了。

　　百忙之中，云悠悠低头看时间："最后一分钟。"

　　这副德性，让载人舱里面的覃飞沿十分后悔为什么要叫援兵。

　　真是让她秀到家了！赶在援兵抵达之前解决战斗抽一根烟什么的……简直就是每一个战斗系男人的终极梦想啊！

　　场上还剩下七台机甲。

　　因为覃大哥认识哥哥，云悠悠不太方便摆出哥哥的手势，于是干巴巴地对它们说："一起上。"

　　覃飞沿："干什么呢，人家本来也没有要单打独斗啊！"因为队友过于嘚瑟，以致小少爷开始与对手同仇敌忾。

　　机身映着火光，飞掠之间，她既像来自地狱的杀魂，又像是最纯白的天使。

　　战斗结束得飞快。这些机甲并没有逃跑的意思，它们似乎没有恐惧，只知道一件事，那就是不断攻击。很快，战场上只剩下最后一台敌机。在云悠悠的激光剑刺入能量核心的时候，它果断选择了自爆！

　　她等的，正是这个机会——趁着它开启自爆丧失防御之机，她果断抽剑，反手刺入操作舱！然后开始飞速切割，三秒钟之内，她将整个操作舱都切了下来，用机械手抓住它，然后拔足向外飞奔！

　　"轰——"机甲自爆的气浪拍打在她背上，云悠悠功率全开，将这股力道转化为前进的动力，"砰"的一声撞碎最后一片摇摇欲坠的外墙，像一枚炮弹划过夜空，落到了距离大楼近千米远的道路上。

　　因为这瞬间的超高速度，操作舱里面的驾驶员已经陷入昏迷状态。

　　"抓到一个活口了。"她笑眯眯地说，通过金属机械音，她的语气要多邪恶有多邪恶。

　　早已对她无话可说的覃氏兄弟爬出载人舱，举起能源枪，左右包围了无助的操作舱。

云悠悠定了定神，机械手捏住舱门，轻轻一扯。

"滋啦——"就像撕纸片一样容易。

舱门洞开，三双眼睛齐齐望进去——驾驶舱内，空无一人！

暴躁大哥白眼一翻，成功晕厥。

❖ 03 ❖

不远处，第三军团的精锐战队正在全速赶来，他们甚至开来了一艘微型战舰，搅得云层阵阵泛红，仿佛外星入侵。

"嗡——"战舰和机甲群落地，掀起了一阵又一阵狂风，把覃飞沿的发型吹成了鸟窝。

特战士兵们围上前，几个人迅速把失血昏迷的覃大哥运往战舰上的治疗舱，其余的特战兵摁着能源枪，围住赤红机甲的操作舱。

云悠悠离开"星星"，蹭到覃飞沿的身后，谨慎地露出半只眼睛。

"小飞神，"一个和覃飞沿明显有点不对付的军官踢着草根凑上前，阴阳怪气地说，"不错嘛，和你大哥联手带妹，消灭了一台 S 型敌机哪！二打一，还成还成，妹子倒是被保护得挺好！"

覃飞沿瞬间炸毛，刚想发作，忽然想起这是打脸环节，不由"嘿"地一笑，点起一根烟，吐出低调的圈圈。

"是——嘛！"覃小少爷拖着长长的腔调，"这位指导员不如先去前面数一数地上到底有多少个黑匣子。为了赶在您抵达之前结束战斗，可把我们云妹妹辛苦坏了！"

忽然被点名并且被认亲戚的云悠悠下意识地挺直了脊背："嗯？！"

"呵，还能有三五台不成。"送脸上门的军官嗤笑着，挥手示意身后的士兵进入废墟探查。

很快，侦查员一脸恍惚地回来报告："被击毁的敌方机甲，共……共计二十八台。"

来自第四军团的指导员双眼圆睁，吼破了音："三打二十八？！"

侦查员怀疑人生："不，单挑，战斗只持续了不到七分钟。"

覃小少爷吐出寂寞的烟圈："普通发挥而已，平平无奇。"

"第四军团交换过来的指导员，一天到晚指手画脚！"覃飞沿用不大不小的声音告诉云悠悠，"真本事就那么点大，以为一人单挑一台 S 型就是极限了——实力限制了他的想象力！"

云悠悠很不适应这种当着人家的面公然说坏话的风格，她的耳朵尖迅速发烫，细声细气地说："先看操作舱啊。"

看着她这副软绵绵的样子，覃小少爷忽然觉得人生缺了个妹妹真是天大的遗憾。热血冲上脑门，他很义气地拍了拍胸膛："以后我都罩着你！"

"哦……"云悠悠认真点头，指着空荡荡的操作舱，"那你快上！"

刚放了大话总不能自己打脸，覃小少爷歪嘴一笑，随手点了一个人："胡平平，扶我进去。"

被点名的士兵：好气啊……这边建议覃小少爷独立行走呢。

操作舱的舱门已经被云悠悠撕了，只剩黑漆漆一个洞，里面空空荡荡，看起来非常适宜亡灵生存。半个身子探进舱门之后，覃飞沿眯着眼缝发现了一样异物，它悬吊在感应装置的正中央，是一个方方正正的盒子，连接着一条条金属感应线，看起来非常像一个骨灰盒。

所……所以，这是什么鬼片剧情啊！利用"它"的骨灰把"它"束缚在机甲里面驾驶吗？是这样吗？

脑洞大开的覃飞沿把自己吓得不轻。他深吸一口气，淡定地偏了偏头："小胡，你去把那个盒子拿过来。"心脏越是在胸腔里面疯狂跳动，脸上越是要装得若无其事。

不明真相的特战士兵胡平平爬进操作舱，一边摘除连接在"骨灰盒"上面的感应线，一边奇怪地问："驾驶员逃掉了吗？这是留了个啥？"

覃飞沿略微倾身凑上前，压低了声音，抖着嗓子问："没感觉到有人对着你后脖颈吹气吗？"

胡平平："飞神别闹，我喜欢女人！"

覃飞沿：……

最后一条感应线连接得有点紧，小胡用力拔了两下，"唰"地带出一截沾了奇怪灰白物质的线头，一股令人浑身不适的淡腥味弥漫开。

"不会吧！真是骨灰盒？！"覃小少爷一个激灵倒跳出老远。

小胡被他惊得手抖，方方正正的盒子"扑通"坠地，盒盖翻开，"哗啦"一下涌出淡黄色的培养液。液体中央躺着一只灰白的脑子，隐隐约约还能看到一点活动的迹象。

"呕——"覃飞沿瞪圆眼睛，当场就吐了。

云悠悠怔怔看着这一幕，胸腔一阵阵发紧，呼吸变得无比急促。

"快，"她挤出了干涩的声音，"快去查那个地下仓库！"

真相，恐怕要比她想象中的"星网控制机械大军"还要更加恐怖。

覃飞沿跄跄跄跄走过来。"刚才和你打的，是这玩意？"他歪着嘴皮哆嗦了两下，"弄这没人性的玩意儿，他们图什么！图什么？！"

云悠悠面无表情地看着他："不用发工资？"除了这个之外，她也想不出对方图什么。

覃飞沿眼角乱跳："哼！看小爷怎么掀了它的大本营！"

整军出发。

赤红机甲沿着地道追击云悠悠三人时，用波动射线刨出了一道又深又长的巨型壕沟。土层一圈圈翻卷起来，散发出浓郁的烧焦味道，非常方便顺藤摸瓜。

第三军团的精锐们很快就找到了仓库上方的地面建筑——曾属于维恩集团的一处废弃污染车间，"丧尸"事故发生之后，这里疑似残留不明辐射，已被封锁弃置了二十年。

"哐——轰——哐——轰——"云悠悠听到身后传来机甲跛脚行走的声音，覃大哥也赶过来了。听说机甲里面藏着脑子而不是鬼魂，这位暴躁老哥立刻缝起伤口往外冲，气势上丝毫不输！

"大哥来给你们打头阵！"瘸腿机甲扬起兵器，带头冲向废弃车间。

一群机甲扬起波动射线，开始拆除车间外壁，巨大的集装箱式铁板被一块块卸下，堆叠在旁边的空地上，地面也被切割，广阔的地下空间露出冰山一角。

底下有人！

身穿白色防护服的实验人员面露惊恐，紧张地注视着这队来势汹汹的机甲兵，有人逃跑，有人举起双手放弃反抗。

机甲跳入地下空间吸引火力，战士们手持能源枪迅速跟进控场。云悠悠的"星星"体型最小，动作最灵活，她飞快地穿过一间间实验室，用激光剑斩掉敌人手中的能源枪和左右两旁探出的炮口，为身后的队友排除威胁。

这一路越往前行，看上去越是触目惊心。这里和巴顿公司那边不一样，整个场地充满了科技感，非常干净整洁，见不到血腥。然而那些洁白的合金舱中，却在进行各种惨无人道的注射和解剖实验。

一切惨剧都被封闭在舱体中，负责实验的人员只需要观测各种数据。把活生生的同类看作数据，是否可以减轻罪恶感呢？

她怔怔往前走，麻木地举起激光剑，把那些转向她的炮口一一歼灭，张狂机甲和瘸腿机甲一左一右为她掠阵。后方，陆战队员迅速控制了局面，收集证据，问口供，这座地下实验中心的完整地图很快就送到了先锋小队面前。

通信装置中传出覃大哥深沉的叹息："这里没有鬼，却是真正的地狱。"连覃飞沿都没有心情打趣自家大哥。

云悠悠抿紧了唇，照着地图标示向主控中心前进。

一排排科技感十足的机器陈列左右，巨大的压缩加速机就像擎天之柱直贯上下，顺着旋转的合金桥梁一路向下，三台机甲很快就并肩站在了主控中心的银白色大圆门前方。

"当心，里面可能有大家伙。"覃大哥谨慎地说。

"嗯嗯！"

只见暴躁大哥一炮轰烂了左侧密码锁，然后提起完好的那只机械足，一脚踹在门缝中央。

云悠悠：……

合金圆门缓缓向左右分开。

覃氏兄弟俩架出口径最大的炮筒，云悠悠把激光剑斜斜扬在身前。

真实视野中，门内场景渐渐展露，这是一个圆形的银白房间，房间正中有一个圆形的能量池，就像泛着蓝色波纹的泳池一样。能量池上方连接着一台巨大的光脑，光屏投出顶天立地的幕影。而光屏之下，伫立着一个身穿黑紫色占星长袍带斗篷的人影，从头到脚遮挡得严严实实。

云悠悠三人飞速互看了一眼，手中的兵器齐齐对准了贼首。瘸腿大哥很有缉拿罪犯的经验，他上前一步，炮口"哗啦"一响，机甲发出冷冷机械音："双手举过头顶，慢慢转身，不想死就别玩花样。"

占星长袍轻轻地颤了下，带着轻笑的电子音回荡在这个圆桶状的银白房间："嗨。"

云悠悠默默抿紧了唇，与覃氏兄弟一道感觉头皮发紧。

下一秒，紫黑的长袍下方缓缓抬起一只戴着同色长手套的手："再见。"它背对着三个人，轻声说道。

覃飞沿果断一炮轰了过去。

"嗡——"能源炮穿透对方身躯，轰中了对面墙壁。占星袍微微摇晃，然后重新凝聚——这只是一个虚拟投影！

"有点不对劲啊！"暴躁大哥猛冲向前，绕到了这个影子面前。

云悠悠和覃飞沿正要跟进，通信装置中忽然传来紧急消息——一枚位于几十里外的黑弹忽然启动，发射目的地直指这处地下实验中心！

覃氏兄弟齐齐倒抽了一口凉气，大爆粗口。

黑弹！难怪对方有恃无恐，几秒钟之后，这里的一切都将烟消云散！

什么也不留！黑弹的辐射范围极其恐怖，就算是云悠悠的"星星"，也没有半点逃脱的可能。

"疯了吧！"覃飞沿放声怪叫，"这里离第五军区那么近，是要顺手灭掉一个军团吗！这届政府不想干了？！"

死亡阴影笼罩在头顶，云悠悠的脑海里忽然晃过无数过往画面，就像走马灯。

✦ 04 ✦

这是一个阴暗古堡般的房间，地面铺着花纹厚重而繁复的深色巨毯，拱形落地大窗上悬挂着油画一样的深冷色调重绒窗帘，照明用的是古铜色枝形吊灯，上面嵌着一圈圈黄蜡烛。

一位身穿暗色系宫装的中年女人站在光脑投影的屏幕面前，淡蓝光芒让她显得更加苍老憔悴，她的眼睛毫无神采，脸上的皱纹显示她思虑甚重，夜寐不安。

屏幕中央弹出最终基因确认框，她毫不犹豫地抬起手指，将能够体现自己独一无二身份的血肉细胞送向这个有骷髅标志的框体。

就在指尖即将触碰到水波一般的光屏时，侍立在两扇巨大厚重的黑色雕花拱门旁边的贴身侍卫长，忽如猎豹一般向房间内飞扑而来，几个箭步掠过地毯，一跃而起——沙发从他身下晃过，那只钢钳般的大手牢牢掐住了中年女人的手腕，身躯一撞，将她斜斜撞倒在沙发上。

他摁响了警报，并用随身记录仪将这一幕忠实地记录下来。在侍卫们涌进深黑大门急切地察看状况时，侍卫长瞥了瘫在沙发上的玛琳皇后一眼，将证据打包，传了一份至遥远的绿林星，送达太子殿下手中。

数百里外，飞行的黑色长弹迟迟未能开启反应堆，最终"噗"一声扎在了废墟中央，安静得如同一枚弃子。

"怦怦！怦怦！"隔着机甲，三个人仿佛都能听到自己和同伴的心跳，几秒钟的时间漫长得就像一个世纪。左等右等，死亡仍未降临，云悠悠的走马灯都走完了一圈。

她眨了眨眼睛，小心翼翼地转头看了看两位同伴。白色的机甲看起来就像一只刚出壳的小鸟，呆呆转头的样子蠢萌得让人心尖颤动。

"呃……"覃飞沿傻乎乎地开口，"度秒如年原来是这样的体验啊！神奇了。"

"可不是吗。"

覃飞沿忽然叹了口气："别说，我还没谈过恋爱就要死了！"

覃大哥："……谁不是呢。"

云悠悠害羞地垂下头，机械手下意识地想要揪裤边，刮得机身"嚓嚓"响。赞美殿下，她没有同款遗憾。

"怎么还不死……"瘸腿大机甲招了招手，"你们来看看这家伙的脸。"

云悠悠和覃飞沿梦游一般蹭了过去，等死的光景，时间好像变成了拔丝，说不清是茫然还是释然。云悠悠觉得腿有点沉，应该是吓软了。她艰难地加大了功率，把它们从平地上拔起来，一步一步绕到那个身穿占星长袍的虚影正面。

身后传来机甲全功率运行的声音——覃飞沿同学必须启动最大能源，才有力气勉强迈动步伐。死也有人垫背，多少是种安慰。

云悠悠礼貌地没有笑，转动真实视野，望向这个占星人。这算什么，满脸数据吗？占星人的整张脸由各种代码和符号组成，诡异的是它看起来居然还有那么点美感。

云悠悠：……

"嘀——"通信装置中传出信号声，"通报：危机解除！通报：危机解除！通报：危机解除！"

消息传来的瞬间，房间正中的能量池晃了晃，身穿占星长袍的虚影消失在原地。

"轰——"只见覃飞沿那台机甲一屁股坐在了地上，震得合金地板颤动不止。

覃大哥抬起手抹了把汗，这个动作由机甲来做显得特别接地气，他咧开嘴笑了："看来是被第五军团那边拦截了，嘿，瘦死的骆驼还是有几两肉。"

第五军团派出的人手也赶到了事发地点，因为事态严重，覃平上将与凯瑟琳中将碰了个头，共同处理这个骇人听闻的地下研究中心。

面对散发出浓浓女人味的凯瑟琳，覃平上将手足无措的情态像极了大儿子覃飞恒。他跟在红发大美人身后，勉强绷着不笑，嘴上连声应和："对对对，你说得对！是是是，按你说的办！好好好，就是这么搞！"

同时，皇后试图发射黑弹的消息也经由特殊渠道传到了军方大佬覃上将手中。

"要起风了啊……"凯瑟琳往覃上将肩膀上一靠，冲着他的脸吐出两个小烟圈，"上将，您怕吗？"上将大人僵成了一根木雕，耳根一阵爆红。

云悠悠和覃氏兄弟来到指挥中心，恰好看到了这一幕。三人都很有默契地没有大惊小怪。

覃飞沿忽然明白了大哥的审美从何而来。唔……看来西蒙·林德的审美同样也是遗传自他老爸？

在小辈面前，凯瑟琳稍微收敛了一些，只把一双大长腿高高搭在书桌上。"地下实验场中收集的情报都在这儿了。"她倾身，想要敲一敲桌面，却被过于饱满的身材阻碍了动作。

覃平上将默默把头转向窗外。

"幕后主使藏得很严实。"凯瑟琳嘲讽地笑道，"直到现在，这些'地底专家'仍以为自己在为巴顿公司办事——从一开始，他们就是受雇于巴顿公司。他们在做的项目，是那个磁场诊疗计划的衍生项目。"

云悠悠睁大眼睛，坐得端端正正，听得无比专注。

凯瑟琳叹了口气："他们试图利用生物磁场来改造大脑，提高人机连通指数，呵，这一听就是个能让人暴富的项目。结果他们成功了——成功搞出了啃脑子的＇丧尸＇。后来的事情你们都知道了，维恩自食恶果，林德家接手了这些危险的资料。"

云悠悠瞬间想到了林德家族如今唯一一位活跃在政坛上的人物——玛琳·林德。

凯瑟琳放下双腿，为自己的前胸腾出足够的空间，探过身体拍了拍桌面上的情报："这些资料显示，提升人类本身的指数不现实，会把人变成'丧尸'，但是提升人类大脑的指数是可以实现的。至于如何将大脑与机械连接，如何保证这些大脑正常工作并服从命令……这些就是最高级的机密，也许只有玛琳本人才知道。"

听到她直呼皇后大名，墙根沙发上的三人立刻正襟危坐，屏住了呼吸。

"皇后？！"覃飞沿眼角乱抽。

"嗤！"凯瑟琳毫不留情地嘲笑他，"听到是这位，害怕了？上将，不是都说虎父无犬子吗？"

覃上将轻咳一声，敲桌的姿势与凯瑟琳一模一样："本来不应该让你们看这样的机密，但你们也算是最大功臣，我也懒得跟你们打官腔，过来。"

他输入一串长长的密钥，打开了一个绝密视频。画面上正是玛琳皇后启动黑弹发射，但被侍卫长及时阻止的那一幕。

云悠悠的心脏剧烈跳动，手指无意识地颤抖。这一刻，她想到的不是自己在生死线上走了一遭，而是满心酸涩，心疼殿下——当初对殿下发射黑弹的时候，玛琳皇后是否正是眼前所见的这般姿态？殿下又是如何逃生的呢？

亲身体验过一次之后，她发现在那样的情况下想要制定计划并行动起来，需要抵抗多么强烈的本能。呃……还得有办法才行，她和覃氏两兄弟反正是无计可施。

"这些证据，足够起诉皇后吗？"云悠悠揪紧了衣角。

凯瑟琳失笑："噢，我天真的小宝贝，皇室怎么可能传出这样的丑闻？这件事我相信陛下绝不知情，接下来，就是帝后博弈的 show time，最后是无事发生还是皇后重病，都是我们插不上手的事情。唔，覃上将兴许可以参与角力，我反正是够不上。"

云悠悠有些失神，她仿佛看到怪兽在碰撞，海啸在拍击悬崖，而这一切背后，仍有一个巨大的阴影，正在一步步笼罩蚕食。

"宝贝儿！"凯瑟琳冲她抛了个媚眼，"我觉得，现在对于你来说最要紧的事情，是奔向你男朋友的怀抱，以解相思之苦，不是吗？"

云悠悠的脸蛋唰一下红了个透，她的计划确实是尽快消失在公共视野，然后溜回绿林，但是被凯瑟琳这么一说……

凯瑟琳了然地笑道："噢，别害羞，谁都有年轻的时候——当然，即便是如今的我，也时时刻刻期盼着爱情降临！外头正好有一批自动运输的补给飞船即将前往绿林，我觉得它们应该很适合你。时机也正好，紫莺宫乱着，应该暂时无暇理你这只小虾米，毕竟，那只是一个民间生物科学家而已，是死是活也不确定。"

说到最后一句的时候，她的语气明显有一点寥落。"林思明"疑似西蒙·林德的消息当然不可能瞒得过这些位高权重的当事人，只不过大家都很有默契，秘而不宣罢了。

云悠悠抿住唇，认真思索了好一会儿，终于下定了决心。她抬起头，望向凯瑟琳："中将，请找一间完全没有网络，不可能被监听的屋子，我有重要的事情要告诉你。"

"嗯哼，"凯瑟琳挑高了双眉，"宝贝，可别叫我失望哦！"

✦ 05 ✦

两个小时之后，云悠悠和覃氏兄弟道别，带着自己的"星星"，在凯瑟琳的安排下偷偷登上了一艘无人驾驶运输船。很快，这一批丝毫不会引人怀疑的船队就将离开首都星，前往绿林前线。

云悠悠坐在"星星"的右脚上，取出光脑，慢吞吞地给闻泽发消息。

敲一行字，删掉。

再敲一行字，删掉。

她的心脏跳得很快，手指也有一点颤抖，这种战栗，既有欢喜也有恐惧。很久很久之后，胖星星终于给帝国徽章发送了一条消息。

UU：殿下，我带着星星，来找你啦。

对面回得很快，但是十分高冷。

闻泽：嗯。

飞船升空之前，凯瑟琳中将特意来到舷窗边上送别即将远行的云悠悠。她换上一条粉红色的紧身超短裙，涂同款粉色口红，戴着做工复杂的金色项链和手链。这一身魔鬼搭配放在别人的身上应该会非常辣眼睛，但凯瑟琳实在是过于性感火辣，与任何装饰都可以浑然相融，看起来就像货架上陈列的芭比娃娃。

“送送你。”凯瑟琳噘起粉色的厚唇，妩媚地冲云悠悠抛了个口型。

隔着舷窗，云悠悠听不到对方的声音，她从“星星”的大脚爪上爬起来，眼睛弯成两道月牙细缝，愉快地冲着凯瑟琳挥手道别。

她知道，中将专程赶来送她，绝不是为了巴结太子殿下的“女朋友”。在几个小时之前的谈话中，云悠悠向凯瑟琳讲述了自己在绿林的生活，主要聊了哥哥的各种日常琐事和趣事，以及他平时的工作和心情状态。她垂着眼睛，悉心回忆一件件往事，一眼都没去看凯瑟琳中将，留给对方默默释放情绪的空间。

说完日常生活之后，她向凯瑟琳提了一下星网意识觉醒的事情，请凯瑟琳在调查地下实验室的时候稍微注意这个方面的问题，遗憾的是，凯瑟琳完全不相信。听她说完之后，凯瑟琳夸张地大笑，调侃她们年轻人想象力过于丰富，并问她是不是和殿下也谈论这些。

云悠悠当时羞窘得要命，脑袋都快垂到了膝盖上，烫着脸解释这只是自己突如其来的想法，因为怀疑对象是星网，所以暂时无法告知远在绿林的殿下。

飞船启动。

透过高频率颤动的舷窗，云悠悠和窗外的凯瑟琳都无法看清彼此的表情。凯瑟琳向着舱首方向挥挥手，示意她赶紧去休眠。一觉醒来，就能见到男朋友了——云悠悠知道凯瑟琳中将一定会这么说。

云悠悠抿住唇，缓缓放下扬在肩膀旁边的右手。

周围，一艘艘飞船腾空而起，建筑物在脚下飞快地缩小，变成一个个积木般的小方块。随着飞船升高，大地呈现出弧形，就像用广角镜拍摄下来的照片一样。大气层是一层薄薄的蓝光，旋涡状的云气缓缓转动，看不见的巨大磁场保护着这颗星球，让它免受宇宙射线的伤害。

云悠悠怔怔地想，既然人体磁场能够反应一个人的真实情绪，那么星球的磁场呢？

"星星。"她蹭了蹭自己的机甲，"你们星星眨眼睛的时候，应该很快乐吧？"

纯白的机甲呆萌地杵在她身后，云悠悠觉得如果机甲能有自己的想法，它一定会认为这个主人有病。

运输船队很快就离开了近地轨道，它们加速到"行进四"，全速掠往绿林轨道。

云悠悠的身体有些吃不消，但她并没有去休眠，而是倚着"星星"断断续续地小憩，不知不觉就度过了一两天。

偶尔醒来，她会打开自己和帝国徽章的聊天界面，盯住自己"被女朋友"的那行消息发一会儿呆，默默在心里反驳两句，负隅顽抗。

回过神，才发现嘴角不知道什么时候弯了起来。

她蹲回机甲下面，从身边的营养箱中取出一袋袋营养液喝下去。填饱肚子之后，她激活"星星"，进入操作舱，接下来的长长一段时间，她将在机甲上度过。

真实视野启动，她带着"星星"在机舱中慢慢散步。看着舷窗外流过星云和恒星，她的心情十分复杂——玛琳皇后是太子殿下的母亲，凯瑟琳中将是西蒙哥哥的母亲，命运把她放在了这样一个十字路口，她也不知道前方等待自己的会是什么。

她只能静待真相。

时间一分一秒流逝，飞船穿过一片小行星密聚的磁力乱流带时，云悠悠忽然有所感应。奇异的波动感和热量顺着船体传来，被机甲的感应系统精准捕捉。云悠悠对于危机的感知远比常人敏锐，最细微的异样传来的刹那，她的脑海中已经大致有了一幅画面——飞船的能量核心因为故障而短路，一粒本来绝对不该存在的火星迸现，落向能量核，令它瞬间沸腾。

恐怖的大爆炸正在酝酿，这种风雨欲来的感觉，云悠悠曾在矿道中无数次亲身体验。

拯救矿工性命的，往往是直觉。这是老加尔教给她的道理——人不怕胆小，就怕莽撞。她脚步一错，白色机甲灵巧地掠向机舱尾部，一边奔跑，一边用波动射线在舱壁上画出一个人形图案。

机甲哐哐奔跑到了舱壁下，她提起机械足，一脚踹上去。

眼前的一切仿佛变慢，她看见自己带着一块笨重的人形舱壁，缓缓跌出运输飞船，落向深空。下一秒，巨大的火团从船头升腾而起——因为外面是真空没有氧气助燃，它的声势没有想象中那么浩大。当然，这样的爆炸威力足以让休眠舱迅速汽化，并在几秒钟之内吞噬整个船体。

云悠悠在黑暗深空中转了个身，启动引擎，抵消可怕的前进惯性。

爆炸中的飞船以"行进四"的速率继续前行，当巨大的蓝白火团吞噬舱尾的时候，它已经掉到了云悠悠的视野边缘，就像一颗逝去的天火流星。

这场"意外"发生得悄无声息。

纯白色机甲无意识地划了划双臂，然后垂下一双机械手，很自然地摆出一个揪裤边的姿势。她静静地悬浮在深空，注视着前方，直到那团火光彻底消失。

事故地点选得很好，受狂暴的磁力乱流影响，这是一片无法连接通信的区域。如果她事先没有防备的话，她会死得非常迅速，并且无法留下任何遗言。

她的心脏后知后觉地在胸腔中疯狂跳动起来，越跳越快。

她的判断没有错。在这件事情上，有问题的是凯瑟琳，并非玛琳。

袁文华中将曾对覃飞沿说过，谁最着急出手，谁的嫌疑最大。杀死这位第三军团副帅的正是凯瑟琳。当然，这并不是什么证据，也没有太大的意义，毕竟击杀那位副帅是紫莺宫下达的指令。云悠悠当时并没有起过半点疑心，不过她能够完全确定一件事情——那只疑似星网意志的幕后黑手想要尽快抓住袁文华，消灭他。它利用"手滑"，像神谕一般指引着覃飞沿一步一步把袁文华副帅逼到了绝境，这是显而易见的事实。

它想要隐藏的正是巴顿公司更深层次的秘密，"它"和幕后之人是一伙的！

在云悠悠和覃氏兄弟成功掀开地道后方的地下实验中心之后，"幕后主使"玛琳皇后试图发射黑弹，让这一切灰飞烟灭，将秘密永远埋藏。

这一切乍一看似乎完全没有问题，但是云悠悠细细一想，却发现了一个非常明显的矛盾——疑似星网意志的东西，不可能不知道玛琳皇后身边的侍卫长已经背叛了她，那么，"它"怎么可能放任自己的盟友当着一个叛徒的面发射黑弹，将要命的证据拱手交给政敌？

这种割裂感让云悠悠忍不住想得更多。如果玛琳皇后这一次是真正的"手滑"呢？万一是这样，这该是一场多么完美的嫁祸啊！

正是因为想到了这一层，所以云悠悠在看过玛琳皇后发射黑弹失败的视频之后，坐在沙发上认真地思索了很久。当时覃氏兄弟被震撼得像两个傻瓜，自然也没人注意呆呆愣愣的她。

再往深想，与林德家有关系并且仍然活跃在政坛上的人物，可不止玛琳皇后一位啊！凯瑟琳中将当年与林德公爵相互成就，密不可分。在他死后，她过得那样放纵，是在麻痹她自己，还是麻痹别人呢——如果林德公爵死前将维恩相关资料留给了凯瑟琳呢？

当然，这些都是猜测，毫无实证。

想要知道真相，最快也最便捷的方法，就是云悠悠做的这件事——自曝。她故意提到星网意志，提到它可能与地下实验中心有关，并且误导凯瑟琳，让她以为这些只是云悠悠新鲜的臆想，太子仍不知情。

这样一来，如果凯瑟琳真的有问题，那么她就绝对不会让云悠悠活着回到太子面前。因为太子听了云悠悠的"臆想"之后，一定会得出一个直指真相的判断！

所以，如果凯瑟琳有问题，那么她别无选择，只能杀掉云悠悠。

而这，也是云悠悠在没有证据的情况下探知真相的唯一途径——押上自己的安全，看凯瑟琳究竟会不会动手。

❖ 06 ❖

云悠悠静静悬浮在深空。

每一台机甲都有自己的队内定位系统，她的"星星"自然也绑定着殿下手中的某一台或几台机甲。等到这一队运输飞船抵达绿林轨道时，殿下就会发现她不见了，然后通过与"星星"绑定的机甲大致知道她的方位。

只要她能挨得住饿，就一定能够等到殿下的救援，机甲只有短暂的爆发力，达到"行进二"级别的加速度，不可能在宇宙中持久续航，所以只能原地等待。

她用真实视野望向周围，这里没有上下左右。她只要翻个跟头，立刻就会重置方位感——脑袋朝向哪个方位，那一边很快就会变成认知中的"上面"。

这是种很奇特的体验，在地面绝对无法感受和理解。

其中一个方向有一团赤橙星辉和绿色尘沙交织的星云，形状像一座山。她任由自己飘浮时，这座山时而在她头顶，时而在她脚下。

云悠悠没有深空恐惧，大概是因为她经历过人类带来的地狱，所以她并不畏惧任何自然造物，只是这里很安静，很孤独。她感觉自己就像宇宙中的一粒星星，悬浮在无边无际的广阔世界，上下左右都没有尽头。

她看一会儿星云，发一会儿呆。

如果那间地下实验室的幕后主人是凯瑟琳，那么实验的真正目的就绝对不是她所说的那样。凯瑟琳和哥哥……会有联系吗？在凯瑟琳面前提起哥哥的事情时，云悠悠并没有尝试观察对方的眼睛。她很有自知之明，知道自己非常不擅长人际交往，也不懂得隐藏情绪。如果观察凯瑟琳的话，那么究竟是谁看穿谁的心思可就说不准了。

虽然事实已经摆在面前，但她还是有些难以接受哥哥的母亲竟然做了那么恐怖的事情。

她的心情低落了许多，静静地悬浮着，回忆自己和哥哥的过去。她觉得哥哥身上完全没有邪恶的气质。当然，凯瑟琳的身上也没有……或许有，但被她用夸张的言行和爆棚的荷尔蒙成功掩盖。

她等了很久很久，眼皮渐渐沉重，恍惚间好像看见了哥哥。他穿着干净的白衬衣，坐在他那台屏幕巨大的光子计算机面前，手指噼里啪啦地敲击虚拟键盘，带起一道道残影。

她从门口走进去，很乖地坐到他身后的椅子上，将双手平平放置在膝头。她没有发出任何声音，不过他已经知道她来了，没回头，笑着说："等我一下。"

她点点头，又想起来他后背没长眼睛，转而发出声音："嗯嗯！"

不知过了多久，他终于抬起手抹了一把光屏，将自己刚敲出来的东西保存好，然后推开椅子起身。

她的心脏忽然就错跳了一拍，这是一种非常奇怪的直觉，直觉告诉她，她会看到真实的哥哥。那什么是虚假的哥哥呢？她的脑海里短暂地划过这样一个念头。

念头闪过的刹那，他已经转过身，向她走来。身材瘦高的男子站在她的面前弯腰，声音带着笑："不就是答应让你看看哥哥从前的样子吗，有必要这么高兴？出息。"

她怔怔抬头看他，入目是一张被严重烧伤过的脸，它已经被治愈，伤口也结痂脱落，整张脸透着不正常的粉红，沟壑纵横，左眼只能睁开一半。

她并没有感到惊诧，也没有被吓一跳，只是像过去两年多一样，冲他弯起眼睛："哥哥。"

这才是哥哥，在巷道里面救了她的，就是眼前这个人。

"来。"他让她躺到屋角的安眠椅上，拉一把椅子坐在旁边，取出了他的星空怀表。

她很快就被他成功催眠，睁着眼，却失去了自主意识。不过此刻的她好像多了另外一双清醒的眼睛，怔怔地注视着曾经发生过的一切。

她看到哥哥取出了一张照片，照片上有两个十七八岁的男青年，他们都长得非常英俊。

她的心脏"怦怦"跳了起来，听到哥哥很突兀地开口："右边，黑头发。"他并没有注视着她，看起来就像在和他的星空怀表说话。

她望向他手中的照片，发现右边黑发的人是闻泽殿下。

他把照片放在她的眼前，用非常冷静、完全没有一丝情绪的声音交代："带着船票登船。清醒之后，记忆里面的我全部替换成我未毁容之前的样子，黑发的。"

云悠悠的心脏悬到了喉咙口，眼前的画面割裂成两幅：一幅只有蓝色的至美至幻的星空怀表，另一幅是哥哥平静地注视怀表的样子。

他移开了怀表，将一只星空箱的拉杆和一张船票分别放在她的左右手里。正要交代她什么话时，通信器忽然发出了尖利的吵闹声，他皱着眉接通。

云悠悠听到了林瑶的声音，林瑶在通信器中大喊大叫："师兄！你是最珍贵的科学家，拥有无限的未来！你为什么要把船票让给别人，那个女人到底有什么好！研究不能没有你，我不能没有你啊！"

哥哥把通信器扔到了远处，低头看着她，他说："阿悠，有朝一日绿林光复，记得回家看看。我在家等你。"

她看见自己很乖地点了点头，老老实实拿着船票，拖着星空箱，一步步离开家门。走到门口时，她的意识猛然回笼，清醒地察觉到自己正在做梦。

她两腮发麻，扔开手中的星空箱，抬头望向二楼窗台，哥哥果然站在那里看着她。

她望向他的脸，只看到一片深邃炫美的星空。

"哥哥！"云悠悠惊叫着睁开眼睛。

她没有机会细想刚才看到的一切究竟是自己被催眠时发生过的真实事件，还是自己想象出来的虚假梦境。

因为……她的面前不再是空无一物的幽暗深空。一台比深渊更加黑暗的机甲静静立在她的面前，看起来就像主宰暗影烈焰的王者，浑身上下都散发出非常不好惹的气息。在它的身后，纯黑的战舰默然悬浮在深空中，隐隐散发出凛冽杀意。

云悠悠的脑中一片错乱。怎么可能，殿下怎么可能这么快就赶到了？难道在她出发之后，他就一直关注着她的位置吗？

黑色机甲发出了冰冷的机械音，通过感应系统精准地传达到她的耳中："叫谁哥哥？"

云悠悠第一次在殿下面前感觉到心虚，她赶紧解释："不是把殿下错认成了哥哥！刚才我睡着了，在梦里看见哥……"好像更加不对劲了。

纯白的机甲呆在虚空中，愣愣地看着面前的黑色大机甲转过身，一言不发地掠向停在附近的战舰。云悠悠有点不确定自己还有没有机会搭乘殿下的战舰。她硬着头皮，跟在他身后慢吞吞地往舱口蹭。

看着这个异常冷酷的背影，她的脑海中忽然闪过了另一幕——在第五军区外面救了她之后，那台灰色机甲就是这样冷淡地离开，背影与眼前这台机甲完全重合。每一台机甲都有自己独特的气质，那台机甲与面前这台如出一辙。

它……就是殿下！

云悠悠的心口无比温热，眼眶变得酸酸的。

殿下救过她却不肯承认，是因为不想给她太大压力吗？他是真正的君子！

云悠悠感动地追上去，穿过闻泽给她留的舱门。他已经停好了机甲，挺拔颀长的身躯正一步一步走下金属架桥，面无表情的样子和帝国军的黑制服相得益彰，看上一眼就让她的心脏"怦怦"直跳。她离开机甲，脚步软软地奔到他的面前。

看着她，他的唇角缓缓勾起了和煦的微笑："回来了？女朋友。"

距离太近，闻泽低沉的嗓音好像带上了磁力，让她的心尖微微颤抖。

他上前一步，高大挺拔的身躯给了她极沉的压迫感，熟悉的气息罩住她，她感觉自己每一个毛孔都被侵犯得彻彻底底。

"殿下，我回来了。"她手足无措，说了句废话。

他站在这里，周围的空气仿佛也对他俯首称臣，随他一起围剿她这只猎物。她稍微一动，就会感觉皮肤上布满了静电和小火花，像一张网铺天盖地而来，令她无处可逃。

闻泽轻笑，修长的手指漫不经心地挑起她的下巴："女朋友不乖，该如何收拾。"

他一边散漫地说话，一边俯身，温热的气息覆上她的耳郭。虽然殿下并未流露出半点要吻她的意图，但不知道为什么，她觉得自己的唇瓣已是他的囊中之物。

她的腮部丝丝发麻，心跳速率过快，感觉自己快要晕厥了，只好强行挤出一丝笑容："殿下……轻点打，仔细手疼。"

闻泽：……她是从哪个旮旯角里学来的这种腔调？

看见闻泽幽黑的双眸中浮起一丝愕然和好笑，云悠悠感觉到空气中的旖旎指数稍微下降了一些，总算不那么窒息了。

抢在闻泽再一次强势控场之前，云悠悠争分夺秒地对他说："殿下，我申请到被窝里面向您解释。"她非常正经地眨了眨眼睛，向他暗示她要谈的是星网级别的机密。

"哦。"闻泽淡淡一笑，语气意味深长，"要在床上讨打。可以。"

云悠悠：……

虽然知道殿下是在迷惑敌人，但是这句话未免也太让人浮想联翩了，几句话的工夫，她的脸颊和耳朵已经烫得七八分熟。

他松开她的下巴，手指落下肩头，牵住了她的手，不是十指相扣的那种牵法，而是用他的大手把她的小手整个攥在里面，让她觉得温暖且强势有力。

她的心脏再次在胸腔里面荡了个秋千。

他牵着她，大步往前走，高大挺拔的身躯像山一样沉稳可靠，只是握住她一只手，却让她感觉每一根头发丝都被庇护在了他强大的气场之中，令她难以言喻地安心。经历过几番惊心动魄的危机之后，这一份安全感显得尤其珍贵。

"殿下……"她感动地告诉他，"其实我已经知道，在第五军区外面救了我一命的人就是您。那台灰色机甲，就是您的'深渊'！"

她感觉到闻泽的手指陡然一紧，脚步也错乱了一瞬。

半晌，他轻飘飘的声音传来："哦。不要多想。"

云悠悠有一点迷茫——什么多想？多想什么？

他瞥了她一眼，这个女孩很单纯很清澈，眸光就像两泓清泉，一眼就能望到底。他知道她没想起来那天他说过什么话。

闻泽挑了挑眉，一本正经地打起官腔："不要无谓地向后看，军人的目光一直向前。"

云悠悠精神一振："嗯嗯！"

殿下正是这样一位锐意进取的领袖啊！

第六章
CHAPTER 6
这次的聘礼，够了吗？

Falling into stars

❖ 01 ❖

进入卧室之前，闻泽很自然地没收了她的光脑，把它和他的光脑一起扔到一旁的架子上："放心说话，卧室屏蔽所有信号。"

"殿下，得知我的飞船出事，您是不是已经猜到凯瑟琳中将有问题了？"

闻泽微微扬起了脸，沉默片刻后，他缓缓开口："你太冒险了，女朋友。"他说"女朋友"这三个字的时候，嗓音特别低，特别醇，让人心尖止不住地颤。

她低下头，双手握在身前，轻声说道："我无法眼睁睁看着您的母亲蒙冤。如果耽误了时间，发生一些不可挽回的事情，我……"

闻泽眸色转沉，唇角勾起一抹精致的冷笑："不需要同情一个利欲熏心的政客。"

"嗯嗯！"云悠悠飞快点头，迅速见风使舵，"我只是为了维护帝国法律的威严，不让真正的罪犯逍遥法外！"

"啧。"闻泽被她逗乐了，他记得，这个鬼东西每次投降的姿势总是异常标准。

云悠悠见他的黑眸泛起了懒洋洋的笑意，不禁轻轻舒了一口气。她知道殿下与皇后之间有一个死结，那就是当初射向殿下的黑弹。除非那件事也是有人陷害皇后，否则所有劝说殿下与皇后和解的话，都是天底下最可笑的笑话。

老加尔以前常说一句话，劝人大度，天打雷劈。

她抿了抿唇，压低声音："殿下，所以这个世界上，真的存在着那样的东西啊？它为什么要和凯瑟琳中将联手呢？"

住在光脑中的幽灵，可以控制人类……怎么想都让人后背发凉。

要知道，这一次它操纵的可是一枚黑弹，已经关系到人类生死存亡了。

"我会尽快修订相关安全条例，也会盯紧凯瑟琳，不用担心。"闻泽的语气和平时一样温和稳重，"关于手滑事故的研究已有进展，资料在光脑里，迟些我会将它和别的文件一起发给你，下次回卧室时告诉我你的想法。"

"嗯嗯。"她轻轻点头，然后偷偷瞄了他一眼，他的眼神和平时一样坚定，隐隐燃着战意。她知道，这个漂亮又强大的男人拥有铁一般的意志力，永远不会畏惧任何敌人。

"殿下，"她告诉他，"我梦见哥哥用您和他一起拍的那张照片催眠我，他说，要把我记忆中的他全部替换成未毁容之前的样子。但是他指向的人，却是您。我不太确定这是梦境还是真实发生过的事情。"

"事实上你一直以为西蒙与我长得一模一样。"闻泽轻轻眯了下眸子，"我想那不是梦。应该有什么经历激发了你的深层记忆。"

她回忆了一会儿，摇头："这些日子实在是发生了太多的事情。"

"时间很多，你可以慢慢回忆。"他说。

云悠悠吃惊："殿下不急着处理公务吗？"

他拢了拢她的肩膀，忽然问道："可以抱着女朋友睡一会儿吗？"

她的心脏跳快了几拍。

他凑近了些，低沉温和的声音带着浓浓的笑意，在她耳畔响起："只睡觉，不健身。"

只睡觉，不健身……云悠悠神情错乱地看着闻泽，他的唇角勾着笑，黑眸懒洋洋地眯着，气质矜贵不羁。她的耳朵一点点热了起来。

闻泽对着浴室扬了扬下颌："还记得你有几天没洗澡吗？"

云悠悠瞬间从耳朵红到了脖子。

进入浴室之后，她才发现闻泽根本就是早有预谋——他把她的家居小白裙都准备好了。

他就没有打算放她回自己的舱室睡觉。

穿上小白裙，她恍惚觉得自己好像回到了星河花园。

她带着几分忐忑走出浴室，望向大床上的闻泽，目光忽然一滞——他倚着靠枕，已经睡着了。她后知后觉地意识到，他离开战场来接她之前一定连续工作了很久，把未来几天的事情全部部署妥当。

"殿下……"鼻子一阵发酸，云悠悠轻轻走到他的身边躺下，打开星空被把两个人的身体一起罩了进去，然后偷偷在被子下面找到他的手，挪过手指，假装不经意地贴着他。他的温度顺着手指传给她，让她的胸口也变得暖融融的。

她刚闭上眼睛，那只大手忽然动了下，很自然地覆上她的小手，五根修长有力的手指将她牢牢扣住。靠枕一动，他倾身过来，独属于闻泽的气息顷刻笼罩住她，唇上一沉，呼吸间满满都是他的味道。

他谨遵刚才的君子协定，只是浅浅地啄吻她的唇，带着笑意的声音模糊微哑，低低的，让人感觉非常安全："行使男朋友亲吻的正当权利。"

同时另一只手也被他扣住，缓缓地挪到了枕头上，摁在脑袋左右两侧。她的心跳越来越快，嘴唇轻轻地颤抖，就像是在回吻他。

"有没有什么想要的？"他低低贴着她的唇，散漫地诱哄，"男朋友什么都可以满足你。"

她心尖一颤，忽然想起了一个巨大的遗憾，蓦地睁大了眼睛："殿下！"

"嗯？"闻泽暂时放开了她，撑起身躯凝视她的眼睛。

她的眼神有些忧伤和悲愤，花瓣般的红唇颤了两下，狠狠吐出几个字：

"我要吃煎蛋！"

抿了抿唇，她补充道："溏心的！"

闻泽看她的小表情，猜测这应该是一个悲伤的故事。

他礼貌地没有笑，探出手臂把她小小软软的身躯整个揽进了怀里，宠溺地看着她，薄唇轻启，用赠她一个星球的语气对她说："没问题。吃几个？"

只见她那双黑白分明的眼睛里面亮起了凶光，她抿唇思索了一会儿，认认真真地回复："三……不，五个！"

"一言为定。"他轻笑着拍板。

视线相对，这一刻的愉悦仿佛凝固成永恒。

✦ 02 ✦

云悠悠睡醒时，闻泽已经离开了卧室。

战舰上闻泽的卧室与书房相通，她摸到书房，老老实实坐到他的书桌对面，就像从前一样乖乖等他处理完公务，然后再处理她。

他办公的时候，身上有种很特别的气质，冷淡、高效和认真交织在一起，迅速发出一条条不容违逆的指令，像个无情的统治机器。

终于，闻泽抬头瞥了她一下。

"那边有关于林瑶的资料，你自己看看。"他随口吩咐一句，然后继续处理他的公事。

"嗯嗯！"云悠悠顺着他的指引找出一份电子文档，没看清标题，先看到了署名——孟兰晴。

"哦，第一顺位候选人。"她低低地嘀咕了一句。

闻泽拨动光屏的手指一顿，他挑眉，将意味不明的视线投向她。云悠悠这才惊觉自己的语气好像有那么一点酸，不禁臊红了脸，恨不得把脑袋埋到电子文档里面去。

闻泽轻笑一声，声线懒懒："不是被你这位 HR 拒了吗？"

她又羞又窘，脑袋垂得更低，蚊子嘤嘤的声音飘出来："殿下，我当时

真不是那个意思。"她简直百口莫辩。

"嗯。"闻泽回道,"所以现在是那个意思了。"

云悠悠:"什么?!"

"女朋友的升职规划,"他淡笑,"知道了,我会提上日程。"

"殿下……"她恨不得变成一只鸵鸟,把脑袋整个扎进电子文档里面去。

"煎蛋很快就好。"

云悠悠愣了一会儿才反应过来他在说什么。

闻泽殿下的气质和"煎蛋"这个词真的非常不搭,从他嘴里正正经经地说出"煎蛋"来,听着感觉就像是黑弹或者别的什么东西。

"嗯嗯。"她低下头去,一边偷笑一边打开了孟兰晴发来的资料。

很快,她就彻底忘记了煎蛋这回事。

足够多的数据,总是能够忠实地反映出一些状况,关于"手滑"的调查,很难区分哪些与星网有关,哪些只是正常的意外,不过其中有一条非常粗壮的主枝干,叫人想忽视都难,那就是给林瑶点赞。

孟兰晴围绕这条主枝干展开了更细致的网络调查,结果发现了一批全然在为林瑶"服务"的事故,小到违规放迟到的她进入科学院,大到某个学术奖项的候选人名次意外变动后把她放到最前面……围绕着林瑶,这条枝干变成了一棵枝繁叶茂的大树。

云悠悠不知不觉张大了嘴巴。星网意识服务于林瑶?她是天命之女?自己把天命之女弄去蹲监狱了?这不符合科学逻辑……哦不,这连玄学都无法解释!

深感错乱的云悠悠抬手捏了捏眉心,继续往下翻阅之后,她看到了另一条与这棵"大树"同步增长的曲线,那就是星网暗影区域的增长速度,这是信息安全部门的孟兰洲发来的辅助报告。

简而言之,在星网无响应区域增加的同时,"手滑"事故也发生得更加频繁,这大概可以算是"星网意识在关照林瑶"的最佳证据了。只是……似乎哪里有点不太对劲,天命之女怎么这么弱啊?

　　云悠悠托着腮沉思了一会儿，忽然灵光一闪，发现了问题所在——韩詹尼明显不安好心，"星网意识"怎么可能察觉不到？这么长的时间里，它有的是机会对付他，或是让林瑶看清他的真面目，但它并没有这么做，而是放任林瑶一脚踩进坑里。

　　这说不通。

　　她抿着唇想了想，拿过自己的光脑，把覃飞沿从黑名单中释放出来。

　　UU：你好，可以把林瑶和韩詹尼的幽会历史发我一份吗？

　　她记得覃飞沿曾告诉过她，他和林瑶是特别关注的好友，个人页面可以记录对方的行程——表演赛第二天，覃飞沿就是通过这个功能堵到了和韩詹尼吻别的林瑶，成为第一个撞破奸情的人。

　　覃飞沿还说，林瑶总是以"破解文包"为借口，和韩詹尼在计算机大楼里通宵鬼混。此刻，云悠悠敏锐地嗅到了不寻常的气息，她专注地盯着聊天框，看见对面不停地显示"正在输入"。很久很久之后，覃飞沿同学似乎终于放弃了，停止输入大约五分钟之后，云悠悠收到了一个文档。

　　飞哥永远是你飞哥：【林瑶 vs 韩詹尼．txt】

　　UU：谢谢你！

　　飞哥永远是你飞哥：嗯。

　　这人与殿下同款的高冷，连一个多余的字都不屑于施舍。

　　她点开了林瑶与韩詹尼的幽会记录。很快，她的头皮隐隐发麻，呼吸也开始不稳。她慢慢对照着一个个日期，发现每一次韩詹尼用帝国唯一的超级量子云服务器替林瑶破解文包的时间点，都精准对应着孟兰晴发来的那棵"大树"上的枝杈爆发的时刻。也就是说，在韩詹尼使用服务器之后，星网暗影面积扩大，"手滑事故"发生频率也在增长。

　　云悠悠头晕目眩，她难以置信地扒拉着一串串数据，将它们一一对照，结果分毫不差。

　　很快，她再次轻轻吸了一口凉气。"星网意识"眷顾林瑶，是因为给她更多的资源和名望之后，她可以更好地帮助它发育。而现在，成功主导了隐形战舰上两起案件的韩詹尼已经拿到了林瑶光脑的控制权，也就是说，韩詹尼会是"星网意识"的下一个眷顾对象。

这件事，韩詹尼知道多少呢？云悠悠的脊背阵阵发寒。

作为计算机和网络领域的顶尖专家，关于星网暗影面积增长的真相，他会不会早就已经猜到了？他想利用这件事情得到他想要的利益吗？

而这一切的背后……那个文包，是哥哥给林瑶的啊！

她轻轻地吸着气，身体一阵阵发冷，眼前泛起大块小块的墨云。她已经很久很久没有发病了，这一次的病势来得太凶，远远胜过误食蓝樱桃蒸糕的那一次。

"殿……殿下……我……病……发病……"她几乎无法睁眼看他，听到他绕过书桌的声音，急忙把手臂探了过去，想要抓住救命稻草。

一双大手牵住了她，安抚地握了握，然后闻泽绕到她的身后，将她打横抱了起来。

"怎么回事，"他的声音带着冷冷怒气，"煎蛋里面有蓝樱桃蒸糕？"他下意识地想到了她突发疾病的最大诱因。

云悠悠难受，却记得及时替煎蛋正名："不，不是，没有。煎蛋，我还没来得及吃，要留着！"

闻泽抱起她，大步走进卧室。

依偎在他坚实的胸前，听着他强劲有力的心跳，云悠悠感觉到了自己最渴求的温暖，她下意识地紧紧抱着他，从他身上汲取更多的力量。

一阵天旋地转。

闻泽很小心地把身体悬在她上方，将她和小白裙拢入自己安全的怀抱："可以吗？"他的气息包裹着她、庇护着她，让云悠悠感觉不再那么寒冷。

他垂下头，鼻尖触着她的鼻尖。

她的眼睛在无意识地流泪，透过模糊的水光，她发现他的黑眸正直而清冷，好看的眉毛轻轻蹙了起来。虽然说着那么直白的话，但他的脸色却十分严肃正经。

他抬起一只大手，抚了抚她的脸颊。

"只是服药而已。"他顿了下，"不是拓展男朋友的界限。"

云悠悠此刻无法思考那些有的没的，只知道抓住他，像溺水者抓着属于自己的浮木。他的体温让她无比贪恋，她想紧紧攀着他，可是发病时绵软的双手使不上劲，一次次从他肩膀上滑落。

这副模样让原本只想正经喂药的闻泽眸色不断转深。他吻住她的唇，一寸一寸拿回了属于自己的领土。云悠悠发现殿下的亲吻十分凶狠，就像……他是一个快要渴死的旅人，而她是一只就要见底的冰激凌甜筒，他强势贪婪地想要把每一丝甜蜜都掠夺得干干净净。

云悠悠冰冻的心脏因他而跳动，她吃力地和他争夺呼吸，把大量带着对方气息的空气吸进肺腑，引发一阵阵心悸。

在闻泽直接而强势的攻势下，云悠悠感觉身上不断转暖，疾病渐渐离她而去。

他轻吻着她的唇角和侧脸，低磁微哑的嗓音沉到她的心底："乖，吃药。"

她心尖震颤，就像三岁的小娃被哄着吃药那样，乖乖张开了口。

闻泽漆黑的发梢悬满了汗珠，他不断地轻啄病人的鼻尖和额头，温存地安抚她。在她因为疲倦而即将合上眼睛的时候，他抬起腕表，示意她记住此刻的时间。

云悠悠迷茫地看了一眼那只限量款名表，然后陷入沉沉梦乡。睡梦中，一只黑色的沉重大火炉不断地送给她温暖，将所有袭来的梦境全部驱逐，只留给她无限心安。

不知过了多久，云悠悠被吻醒，恍惚间，她有些分不清今夕何夕，身上已经一丝寒意都没有了，并且全是汗。

闻泽拥着她，幽黑的双眸炽烈如火。

"醒了。"他偏头啄了下她的唇，"身体如何？"

"已经好多了。"脸颊后知后觉地开始发烫，她不好意思再凝视他的眼睛，

"殿下，能不能先停止……我有事情和你说。"

"嗯。"他嘴上答应着，却用连贯的动作让她说不出话，"有始有终。"

……

把她抱去沐浴之前，闻泽不经意地扬起手腕，示意她看一下时间。

云悠悠迷茫地看着那只非常珍贵的限量版皇室专供机械腕表，看着指针很劲道地"嚓嚓"走动。

"多久了，"他淡声问，"记得上次让你看表是几点？"

云悠悠：……

那是一小时四十五分钟之前……所以药一直没停过吗？

看着她的耳朵尖越来越红，脑袋像鸵鸟一样钻进他的怀里，闻泽不禁心情大好，低低地闷笑出声。

他把她拎进浴池，懒懒散散地揉搓她的头发，然后用清水冲掉泡泡。

"刚才只是服药，男朋友的表现会好上十倍。"他顿了顿，慢条斯理地补充，"女朋友应该很快就能知道。"

云悠悠呼吸一滞，刚恢复的白皙耳朵尖再一次烫得绯红。

洗过澡、吹干了头发之后，她穿着小白裙躺在松软舒适的星空被里面，裹成一只蚕蛹，被闻泽松松地拥在怀里。

该说正事了。

话到了嘴边，她的心口忽然涌起一阵酸涩，不久之前她用自己的安全试探了哥哥的母亲，现在又要在殿下面前"检举"哥哥本人。

看着她的情绪低落下去，陷入漫长的沉默，闻泽并没有催促，只是隔着星空被轻拍她的身体，就像哄一个小婴儿一样。

云悠悠一点一点抿紧了唇，她想起那些死去的婴儿，想起地下实验室中惨无人道的一幕一幕，她需要知道真相。

攥了攥手指，她坚定地开口："殿下，哥哥给林瑶的那个文包有问题。韩詹尼与林瑶破解文包的时间点，与星网暗影增长的时间点完全吻合。"

她抬起头，对上闻泽清冷幽黑的眼睛。

半晌，他缓缓启唇："我曾经无条件信任西蒙。"

她张了张口，轻声问："现在呢？"

他浅浅笑了下："我相信他的心中仍存善意。"

全家含冤而死，换作任何一个有志气的人，必定都会拼死讨回公道。那么，如果敌人太强，并非一己之力能够抗衡呢？在仇恨的驱使下，几个人可以守住本心，不堕入黑暗深渊？

"殿下，您是对的。"她的眼角沁出一滴小小的泪珠，"那次在地下基地，您坚持不用哥哥留下的储存卡修复星网，其实是因为心存疑虑，对吧？"他很照顾她的情绪，当时用的理由是"西蒙留给林瑶的不会是好东西"，并没有说过情敌半句坏话。

"嗯。"

"您真是一位温柔正直的绅士。"她非常认真地感慨。

闻泽失笑，每一次听到她把马屁拍得如此老土，都会让他感到啼笑皆非。

"只是解决问题，防止内讧而已。"他懒懒地把手掌放在她的脑袋上，"没你想的那么伟大。"

"您太谦逊了！"

为了制止某个马屁精，闻泽只好再一次行使男朋友的权利，用浅吻啄住她的唇。接下来的三十分钟，连空气都变得温柔，他拥着她，他们俩像普通男女朋友一样聊一些过往趣事。

云悠悠发现，他并不为以前的战绩而骄傲。在他看来，那些只是一件件再寻常不过的公务，要办便办了。让他感兴趣的是各个星域的不同风貌，他喜欢听各个星球上的老人讲述他们独特的神话或历史故事，然后保持着温和完美的微笑脸，在心里默默给这个星球贴上一个独属于它的标签，比如"从不看路以致总是摔跤的巨人"或者"追逐星光不知前方是深渊的少女"。每一个标签后面都带着一系列很有逻辑的故事，闻泽叙事非常简洁，三言两语就将一个个不同星球的风土人情展现在云悠悠面前。

她按捺不住拍马屁的冲动："殿下，您如果不做皇太子的话，一定会成为最厉害的人文学者和历史学家！"

闻泽渐渐适应了她的吹捧，沉默了片刻，语气依旧温和，话锋却急转直下："在帝国殖民之后，巨人和少女都死了，所有星域只余帝国的面貌。"

云悠悠感到悲伤，她问："殿下，帝国又像什么呢？"

闻泽的睫毛动了下，唇畔露出温柔和煦的笑容，声音清朗，缓缓吐字——

"蝗虫。"它们从一个星域到另一个星域，侵略、掠夺、收割、抛弃，一切都是快节奏、高速运转且唯利是图的。

云悠悠出生在矿星，自幼深受其害。看着满是伤痕的大地，她总是忍不住幻想曾经郁郁葱葱的"绿林"，如果没有遭遇掠夺，在那样的地方生活一定会安宁舒适，而不是上位者赚得盆满钵满，底层人民挣扎求生。

她沉默了一会儿，从星空被中探出一只手，默默牵住了闻泽的手指："殿下，我认同您的理想，会陪您一直走下去，直到我生命的尽头。"

闻泽瞳仁微震，旋即，黑眸中浮起了璀璨的笑意，薄唇微启："女朋友，现在还没到婚礼誓词环节。"

云悠悠涨红了脸蛋："殿下，我只是以一个军人的身份向您宣誓效忠。"

他拥过她，把吻落在她的额头。

"不冲突。"带着笑的低沉嗓音带起一圈圈涟漪。

闻泽把云悠悠带到书房。

经过近三百个小时的全功率检索，仪器成功探测到了与地下基地那台量子计算机连接的另一端口——西蒙·林德身处的地下秘密实验室的位置。

云悠悠注意到，刚才踏进书房的时候，光屏上的读条正好走完——也就是说殿下算好了时间，卡着点带她进来，以免她焦虑。

殿下实在是太为别人着想了！

看着她傻乎乎感动的表情，闻泽不禁抬起手摁了摁眉心。他实在无法理解，自己在女朋友的心目中为什么变成了这样的形象。很显然，他没有提前告诉她这件事情，只是不希望她和他相处的时候心里还惦记着另一个男人。她到底是从哪里弄来这么厚一副滤镜？再这么下去，他都快要被迫变成真正的正人君子了。

忧虑不已的太子殿下抬眸望向光屏，看清地下实验室的位置那一刻，他的眸光不禁瞬间冷凝——

那个位置，与顾问团刚刚推演出的母虫巢室几乎完全重合！

✦ 03 ✦

紫莺宫。

私自发射黑弹是最为严重的违宪行为，向着人群密聚之处发射，更是触犯了一系列反人类罪名。

不过身为皇后，玛琳·林德并未受到常规制裁，她坐在颜色沉闷的富贵大沙发上，看着自己的丈夫大步走向落地窗边，抬手"唰唰唰"地将一扇扇厚重的、油画一样的深冷色调重绒窗帘拽开，让太阳照进这个终年不见自然光线的地方。

扯开窗帘之后，他站在拱形落地窗前的身躯显得异常伟岸。背着光看不清他的脸，但玛琳知道，年纪比自己更大的丈夫已经在外貌上与自己拉开了显著的差距，他看起来年纪不到四十，长相与长子闻泽有六分相似，是一位英俊的皇帝。

曾经他们非常相爱，但是连续诞下七个孩子之后，她的身体迅速衰老，最好的仪器和保养品也无法挽留她的青春，只能让她变成一个皮肤很好的小老太太。虽然撒伦十七世从未有过关于情妇的绯闻，但玛琳知道丈夫一定有所隐瞒，毕竟每次他和自己在一起时都心不在焉。

想到这些，玛琳皇后的唇角勾起了刻薄的嘲讽之意。

"你是疯了吗？"他问她，"你为什么这么干？"

她被强光刺得眯起了眼睛，透过睫毛之间的缝隙，她难得看清了丈夫的脸——他以为她看不见，所以脸上的表情丝毫不加掩饰。他很愤怒，看上去就像一只站起来咆哮的巨熊，愤怒之中还掺杂着烦闷与不解。

竟然没有解脱，这让玛琳感觉有些意外。

"维恩。"玛琳冲着丈夫笑了笑，"终于有理由摆脱我这个酷似你母亲的老妇人，难道不是一件幸事吗？"她笑的时候，眉心那两道深刻的竖纹仍然无法抹平。

维恩·撒伦深深吸了一口气，胸膛鼓起，让她不禁想起了他曾经壮硕的胸肌，只是现在的他早已没有了胸肌，取而代之的是干瘪的胸脯和微凸的腹部。

"想死你可以低调一些，没人拦着你，不需要用这种方式彰显存在感。"他冷冰冰地说。

"你终于发现自己的皇后没什么存在感了？"玛琳尖刻地嘲讽，"显然，在某些大腹便便的男人眼中，只有那些青春鲜嫩的肉体才会存在感十足。"

他被她的态度气得再次深呼吸，旋即，他精准打击她的弱点："我没听错吧，整个帝国名声最臭的孤寡政治家，竟然也会吃醋吗？"显然，"大腹便便"这四个字刺激到了陛下，于是报以痛击。

夫妻是一种奇妙的关系。就像天平，一端放着爱，一端放着恨。他们是彼此最坚硬的铠甲，也能随时撕咬对方最痛的那块软肉。

玛琳皇后果然被激怒，她每次发火，总是把脸板得像一块坚冰，坐得像一块夹板那样笔直，不给外界任何反应。看见她露出这副模样，维恩·撒伦不禁感到一阵懊丧——这意味着，至少两三天之内，他都别想再和妻子有半句交流。

这并非他的本意，他需要搞清楚她到底在干什么，然后替她收拾这个烂摊子。他也需要她帮着他垫起皇椅一角，以防被翅膀坚硬的儿子一脚踹下去。

而且……他们是有感情的。哪怕对她的身体没有任何反应，哪怕爱情早已被时光消磨殆尽，但她早已融入他的生命，成为他的一部分。失去她，他会像断了臂膀和腿脚一样，迅速衰老至少二十岁。

"玛琳。"他走到沙发边上，半蹲在她的面前，动之以情，"是我失言了。你知道我在担心什么，请你告诉我，你有没有重蹈家族覆辙。告诉我不是这样，玛琳，告诉我你没有在做那种事情。"

提及林德家的覆灭，并没有让玛琳皇后露出半分动容的神色，她直直地望着前方，面孔板得像一张冷冻过的扑克牌。这是撒伦十七世最痛恨的样子，他眼看着自己的皇后从少女时偶尔不理人的娇俏，渐渐变成了这副铁石心肠、铜墙铁壁的模样。

他宁愿她大吵大闹，然而她从来也不会如他所愿。

他深吸一口气，道歉："是我说错了话，我向你致歉。我不该那么说，说你孤寡，那不是诅咒我自己，以及我们的孩子吗。"

他说了一个并不好笑的笑话，并没抱什么希望——他的妻子若是好哄，他们也不会走到今日这个地步。

没想到的是，玛琳毫无光彩的眼睛竟然缓缓动了一下。

"维恩。"她的声音十分空洞，"三年前你忽然想起了我们的相识纪念日，特意给我找来了一条绝无仅有的项链。那半年里，先是闻泽死里逃生，再是丈夫重燃旧情……我曾以为人生是一个圈，到了老时，又可以回到少年的无忧无虑。可惜啊。"

他的手刚刚抚上她的手背，动作忽然顿住。

"维恩。"她冷冰冰地笑了起来，"疯的是你，不是我。向同类发射黑弹的人，古往今来，只有你一个。"

他的瞳仁瞬间收紧："你是什么时候知道的？"

"第一次戴着项链见过闻泽之后。"她动了动眼珠，盯着他，"是不是很欣慰，知道丈夫要害自己的儿子，我一声也没吭，背下黑锅，帮着你削他的权，给他下绊子。"

"你不希望见到父子相残。"他艰难地咽干唾沫，实话实说，"但是玛琳，你知道他的心中充满叛逆，他反对帝国殖民开发大计，对那些低劣卑贱的土著民满怀同情——一旦有机会，他必定走上林德的老路，你明白吗？他会成为帝国的叛徒，成为人类的叛徒！"说起这件事，他有些激动。

"你走吧，我累了。"她的脸上忽然露出诡异至极的微笑，"与其在我这个'手滑人士'的宫殿里浪费时间，不如赶紧去查一查，当心明天举头三尺有神明啊，我的陛下。"

听到"手滑"二字，撒伦十七世彻底放下了心，他的妻子异常高傲，绝对不会说谎。

"不是你就好。帝国铁军，神挡杀神。"他起身，大步离开这座在角落发霉的宫殿。

玛琳怔怔看了一眼丈夫的背影。这一瞬间，她仿佛看到年轻时意气风发的他，而不是那个生怕被成长起来的后代夺走大权的可悲老人。

深黑的宫廷大门阖上之后，一处没被陛下掀开的厚重窗帘后面走出一对双腿发软、两眼发直的青年男女。

几大家族世代通婚，林德公爵的正牌夫人姓孟兰，是当今那位白银公爵的姐姐。孟兰晴从小就是一个讨人喜欢的孩子，和林德家、撒伦家的长辈都走得很近，这也是为将来的联姻打好基础。得知皇后差一点对着郊区发射黑弹之后，近来日夜不停地调查手滑事故以致患上了职业病的孟兰晴第一反应就是又增加了一个新案例。

她和表弟覃飞沿碰了个头，想办法联络上没有被限制人身自由的玛琳皇后，进入她的宫中探望。结果……这位沾亲带故的长辈让他们两个藏在窗帘后面，听到了这么一番非常要命的对话。

孟兰晴还能勉强维持风度，覃飞沿就只能拽一步走一步了——信息量过大，已死机。他大概可以理解三个信息：

第一个，陛下要杀太子。

第二个，陛下要逆天弑神。

第三个，巴顿公司干的是林德家族级别的大事。

他决定在离开宫殿之后，把这三条消息发给那只胖星星，让她见识见识什么叫作不鸣则已，一鸣惊人。

他，覃小少爷，是混大秘密圈的男人啊！

❖ 04 ❖

闻泽把两张地图重叠在云悠悠面前。

她像个木偶一样，一格一格转头看他："哥哥把实验室盖在母虫家里？"

闻泽很平静地告诉她："钻井计划已经启动，68 小时之后那里将被黑弹持续打击，直至母虫死亡。"

云悠悠身躯微震："哥哥也会死！"

闻泽的眸光变得复杂："你认为他在母虫巢穴能活到现在？"

"直到今年哥哥仍在发送文件……"她自己也觉得这个理由不能站住脚。

"可以设置定时。"他说，"送一台计算机到那里，虽然困难，却不是不能实现。当然，也不排除西蒙就在那里。"

她的唇瓣微微地颤抖，心乱如麻。她没有问他能不能中止钻井计划，因为她知道在这种级别的战役中，每一步前行都会有成千上万的战士死去，所有道路都是鲜血铺成，所有战果都是英魂铸就。那样的请求，是在亵渎血染疆场的将士。

"殿下，我还没有告诉哥哥，我有了喜欢的人。"她垂着头，声音很轻。

机甲没有那么强大的续航能力，可以供她杀到母虫那里去，除非是殿下那台与主战舰能源互通的星空矿车，可是她不会驾驶，更不可能让殿下陪她去冒险。

空气里弥漫着沉默，云悠悠也不知道过了多久。

"啧，"闻泽忽然抬手，摁住她的脑袋，"女朋友。"

她怔怔抬头，望向他，只见这个男人唇角勾着恒星般耀眼的微笑，语气依旧和往日一样温和平淡："这么快就忘了吗，男朋友说过，想要什么说出来，满足你。"

她的心脏猛地一跳，温热酸涩的感觉从胸腔涌到了眼眶。

"不就是看上我的星空车能源。"他轻笑着，揽住她的肩膀往外走，"我们这些世家子弟，给女朋友送房送车难道不是基本操作吗？"

云悠悠被他这副纨绔模样震住了，她发现，慵懒轻笑的殿下，迷人指数再次翻倍。

"帮你改造一下星星，"他睨着她，"这次的聘礼，够了吗？"

距离机甲改装完毕还剩六小时。

为了配合云悠悠的行动，闻泽从细节上调整了一部分战略，增派精锐，把虫族的视线吸引得更加牢固，以方便她潜入地穴。

在人类与虫族的战争史上，从未有过这样的先例。地下虫巢内部错综复杂，每一条甬道都密布着虫群，想要杀到母虫身边完全是天方夜谭——任何作战机甲都不会尝试挑战这个绝对不可能完成的任务。

而云悠悠和别人相比，优势有三点——

第一，她有在黑暗的地下矿道长期生活的经验，在寻路和躲避危机方面拥有惊人的直觉。

第二，她练就了一身"无伤穿越虫群"的诡异本领，可以最大限度地保证安全和节省能源。

第三，她拥有全帝国最强大的后盾以及技术支持。

基于以上三个原因，闻泽愿意让她试一试。

战略部署完毕，闻泽起身，看了眼腕表，还剩最后一个小时。他刚才建议她去睡一觉，她拒绝了，坚持坐在书桌对面看他忙碌，一坐就是将近五个钟头。他的未婚妻总是这样，安安静静，不好意思表达爱意，只会拍一些非常老土的马屁。

闻泽无声叹息，绕过书桌牵住她的手，把她拉进怀里："无聊吗？"

云悠悠立刻弯起眼睛冲他摇头。他垂下头，轻啄她的唇瓣，并尝试突破她的牙关。从男朋友升级到未婚夫，自然衍生出新的权利界限。她的心脏怦怦直跳，双手无意识地抓住他的衬衫，仰起头来承受他的亲吻。

闻泽的吻技早已炉火纯青，在她喘不过气之前，他及时松开了她，手把手地替她开通了太子妃专属的权限。她软软地被他圈在怀里，倚着他坚硬的胸膛，听他在耳畔沉声讲述启动黑弹的步骤。

万一她被困在母虫附近无法逃离的话，使用黑弹将死得毫无痛苦，还能立个大功。她忽然想起了他曾经发表的视频演讲，在心中悄悄对他说：殿下，若我不能回来，祝愿您可以另择良缘，幸福一世。

"未婚妻，"他抬起手敲了下她的脑袋，淡声开口，"不要擅作主张，在你的脑袋里替我安排续弦。"

"您还没结婚，再娶也不是续弦。"

"哦，想要现在公布？可以。"

"没！"她不敢再和他聊这个危险的话题。

"殿下，"她在他的胸前轻轻拱了拱，用脸颊亲昵地蹭他，"能不能告诉我，您是如何躲过黑弹攻击的？"上次等死的经历让她犹有余悸，她想了好几天，始终想不出他用什么办法逃脱。

"真空没有空气，无法形成冲击波。"闻泽说道，"黑弹的伤害主要源于高热能量爆发，以及辐射波。发现被黑弹袭击时，我对着它发射了另一枚黑弹。"

云悠悠睁大了眼睛，谁都没想到他是这样做的。

"两枚黑弹的辐射波叠加，形成了辐射强烈的波峰与辐射微弱的波谷。我驶入波谷，在战舰本身和机甲的双重防御力加持之下离开。当然，还是留下了不小的后遗症。"

云悠悠的唇瓣微微颤动："殿下，您是真正的天才！您……"

闻泽非常果断地吻住了她，吻到她忘记了拍那些老土的马屁之后，他拥着她走出书房。

"送妻出征。"

云悠悠驾驶着"星星"，蹦蹦跳跳离开舱板，跃入深空。真实视野让她可以看到身后的景象，她看到他站在那里，气质与整艘战舰浑然相融，这台庞大危险的黑色合金怪兽仿佛只是他衍生出来的一部分。

在他转过身，一步一步消失在阴影中之后，她敏锐地察觉到地面攻势变得更加猛烈。新的舰队和机甲群投入战场，像飓风一样横扫陆地，从高空望去，这一幕异常震撼，就像亲眼看见覆盖大陆的巨大白色气旋生成。

云悠悠知道，这是他在为她开道，她抿紧双唇，直直掠下。

医师特意为她配制了两份注射剂，一份可以提神醒脑，帮助她长时间持续作战。另一份是剂量稍低的情感阻断剂，倘若西蒙有什么不测，它可以帮助她冷静理智地离开母虫巢室。

她在出发之前，曾给自己的朋友覃小少爷发了条消息，遗憾的是，那个假装高冷的家伙并未回复。

❖ 05 ❖

覃飞沿和孟兰晴刚离开深黑色的阴暗古堡式宫殿，就看见了一个此刻绝对不想看见的人——撒伦十七。

"陛下……"

"见过陛下。"反应比较快的孟兰晴拎起裙摆，微笑着行礼。

"随我来。"皇帝负着手径直往前走。

姐弟俩对视一眼，看了看周围虎视眈眈的皇家侍卫，不得不硬着头皮跟上去。就在即将踏入另一座宫殿的时候，一名侍卫来报，说是雄师韩家的长子韩詹尼求见陛下。

"让他回去。"撒伦十七不假思索。

侍卫上前一步，禀道："韩博士说，陛下若不见，请属下代为转达一句话。"

皇帝微微皱眉："说。"他的眉心嵌下两条沟壑，与妻子玛琳竟有几分相似。

"韩博士说，他摸到了神。"侍卫说这句话的时候，很努力地保持面无表情。

孟兰晴瞳仁收缩，下意识地望向身边的表弟覃飞沿。只见这个男人满脸四大皆空，唇角虚无的微笑仿若看破红尘。习惯了，早就习惯了，没有什么消息能够惊搅覃小少爷的心。

撒伦十七终究还是被韩詹尼弄走了。

侍卫没收了孟兰晴和覃飞沿的光脑，让他们在一间以白色和金色为主色调的复古式房间内等待陛下。姐弟俩很默契地没碰女侍者呈上来的名贵茶品，在女侍者离开之后，他们飞快地用眼神交流——

覃飞沿：会被灭口吗？

孟兰晴：应该不会……吧。毕竟我们都有厉害的爸爸。

覃飞沿：难说啊！

孟兰晴：那也没办法了啊，不然我们试试逃出去？

覃飞沿：你这裙子太累赘，怕是不行！

孟兰晴：你就找借口吧。

姐弟俩对视一眼，忧郁地叹了口气。

让他们担惊受怕的撒伦十七世在另一间宫室里接见了韩詹尼。

在皇帝的印象中，韩詹尼这个计算机与网络领域的能人向来是戴着一副温文尔雅的假面具。今日看见韩詹尼，倒是让见惯了大风大浪的帝国皇帝愣了下神。他看上去比孟兰洲还邋遢，眼睛通红，唇畔和两腮全是乱糟糟的胡茬。

韩詹尼知道陛下时间宝贵，行礼之后立刻嘶哑着嗓子，开门见山道："陛下，我已发现了林德家当年的那个秘密，并且掌握了一些更深层次的线索。我愿为陛下效犬马之劳，成为您最忠实的狗。"

"林德啊，"撒伦十七脸上浮起上位者神秘莫测的微笑，"他不该违背法律。"

"您知道我说的不是谋逆。"韩詹尼看起来失眠严重，双手手指隐隐痉挛，嗓子也破了音，"我说的是，可以轻易毁灭人类的——星网意志！"

他死死盯住撒伦十七，看着皇帝陛下在自己略有些不稳的视野中左右

摇晃。

可惜的是，这位城府极深的陛下并没有表现出半点紧张或失态，他只是礼貌地笑了笑："韩博士，你这是犯了职业病。"说罢，他起身要走。

"陛下！"韩詹尼急了，"我是从西蒙·林德的遗物中发现的线索！您和我的父亲以及另外几个大人讳莫如深的事情，难道不就是它吗？而且我怀疑西蒙·林德已经找到了控制它的办法，那把钥匙很有可能在闻泽殿下手上——孟兰洲接管了超级量子云服务器，陛下，事不宜迟啊！"

"看科幻小说要适度。"撒伦十七世并没有给出韩詹尼期待的回应，也没有对他采取任何措施，只是带着点不耐烦，将他请出了紫莺宫。

韩詹尼绞着双手，愣愣地离开宫门，行走在国王大道上："不可能……这竟然还不是那个核心秘密吗？哪里出了错，哪里出了错……是哪里出了错……"

从撒伦十七世的反应可以看出，"神"是对的，但"星网意志"似乎是错的，对方根本不需要他保守秘密——这与他们几位对待那个秘密的态度截然不同。

那个潜伏在星网下面的东西，不是星网意志还能是什么呢？

正午时刻，韩詹尼在烈日下浑身冰冷，瑟瑟发抖。

✦ 06 ✦

云悠悠挑了一条看起来稍微冷清的虫巢通道，一个猛子扎了下去。

身后战火连天，殿下指挥的战役呈现出了他本人的气质——冷淡、高效、认真，就像无情的收割机器。

她的心脏再一次为他而跳动，她加快速度飞一般下潜，为自己争取每一分一秒的时间，她必须在军方的正式行动开始之前逃离黑弹打击区域——在非真空的环境中，携带恐怖热能的冲击波是最可怕的威胁，它会将打击区域内的一切物质瞬间消失，让它们完全没有存活的可能。

这也意味着她至少得留出将近十个小时的逃命时间，深吸一口气，她挥动激光剑斩杀面前的虫子，凭着直觉向母虫所在的方位迅速飞掠。大大小小的巢穴从她身边急速掠过，看久了之后，紫粉色的甬道仿佛会蠕动，让她有种在巨型动物的内脏里穿梭的错觉。

追在身后的虫子早已无法计数，时间也是飞速流逝。在这样的地方，指示方位的电子地图无法起到任何作用，因为这些巢道纵横交织，密得堪比毛细血管，而且彼此相通。倘若照着地图指示的方向选择甬道，结局要么是一次又一次绕回原本的地方，要么是偏离到几千公里之外去。

云悠悠能凭借的只有直觉。

人类看着这些巢穴，总会感觉触目惊心，但其实在被虫族占领之前，云悠悠穿行在地下矿道，同样也会感到触目惊心。随着科技发展，人类不仅可以祸害地表，还能深入地层，祸害完一颗星球，他们就撤退离开，只留下满目疮痍。

她不断前行，偶尔击杀挡路的高阶虫子时，也没忘记顺手打个卡。

电子地图上，代表"星星"的绿点一寸一寸不断向前移动。漫长的跋涉之后，她与标记出来的母虫巢穴之间的距离缩短了五分之一。

云悠悠看了看时间，发现自己已深入地下 8 个小时，照这样算，她大约会在 32 个小时之后接近母虫。那里的虫族等级很高，一定会花费更多时间，她还要留出至少 10 个小时来逃离黑弹打击区域，也就是说，留给她的弹性时间只有 10 小时左右。她必须在这段时间内探查从来无人踏足过的母虫巢穴，并找到哥哥的位置，带他走。

她暂时没有感觉到困倦，因为精神一直保持高度紧绷。她定定神，侧身掠过一处略为狭窄的甬道，激光剑直直斩下，把面前打瞌睡的虫子斩成两段，休想诱惑她睡觉！系统时刻监测着她的状况，为她注射适量的醒神剂——等到真累垮了就来不及了。

黑暗的巢穴中，偶尔划过一道雪亮的闪电一般的光芒，借着那短暂的一霎，能够看到一台杀神般的白色机甲飞速掠过。它就像神话中的杀戮天使，拥有最纯白的羽翼、最美丽的面孔，在大开杀戒的时候，它看起来仍然是纯善的。

云悠悠感觉到自己的呼吸变得沉重，她知道这是醒神剂带来的副作用。这是不可避免的事情，持续几十个小时的高强度作战，不靠药剂根本不可能撑得下来。它让她保持精力充沛，却让她的体能消耗加剧，系统配送的营养剂已无法补足。幸好有机甲为她提供无限动能，哪怕肌体已经透支，动作却还是精准无误。

"呼……呼……呼……"

绿色光标很快就移过了一半距离，这一路都很顺利，不得不说是得益于她长达三年的"无伤特训"，此刻想想，有些事情就好像是命中注定的一样。

她放空了脑子，继续前进，一直前进，忽然有一瞬间，蓝色能源条猛烈波动，瞬间飘红！云悠悠立刻打起了十二万分精神，翻身下坠，迅速击杀视野内的虫族，将机甲后背靠在一个左右有凸起的巢洞里，换出了常规武器。

关于星网暗影面积再度增长以致网络不稳的问题，她和闻泽已经事先在卧室中沟通过。他让她找掩体暂时躲避，他会用最快速度将网络资源全部供应到前线。视情况严重程度，这个过程需要几十秒至几分钟不等，机甲上的常规武器足以应对。

云悠悠虽然心中有数，但也难免紧张。她知道殿下已经接管了超级量子云服务器，不再让韩詹尼碰它。

殿下说，万一还是发生了这样的情况，那么只有一个可能，那就是帝国最高统治者、他的父皇撒伦十七世出手了。

她深吸一口气，握紧了手中的兵器，她不会输，殿下也绝不会输！

云悠悠背靠巢穴的内壁，尽量把机甲掩藏在左右两旁隆起的紫粉色琥珀状巢壁之间。她无法想象身后究竟追来了多少虫子，听着它们振动翼翅、涌过巢道的声音，感觉就像海水倒灌进了河道，洪峰咆哮着滚滚而来，身后及左右的巢壁都在闷闷震荡。

"轰——"眼前突然出现了密得吓人的虫群，它们纠缠在一起，粘成一只大虫球，翻涌着向前猛冲。云悠悠头皮发麻，下意识屏住了呼吸。这些脑袋不太好用的虫子并没有发现她卡在右边的壁缝里，它们轰隆隆向前猛冲，随便找了一条巢道撞进去。

云悠悠想象中的激战并未爆发，刚松了一口气，只见一只前钳忽然顽强地扒拉住了她右手边的琥珀状掩体！这只敏锐的虫子似乎察觉到了不对，它逆着洪峰，艰难地把身躯贴在巢壁上，努力将脑袋探向她藏身的地方。

云悠悠抿住嘴唇，悄悄用能源枪对准了触须出现的地方，动手之后势必会吸引其他虫子的注意，一场恶战在所难免。

她瞄了一眼右下角的能源条，依旧是空能飘红的状态，没有出现恢复迹象。如果在她打空常规弹药后能源仍未恢复，她会在十几秒之内被虫族撕成碎片。

就在复眼即将探出巢壁的那一霎，又一股更加猛烈的洪峰来袭，无数虫躯滚碾而过，把这只逆流而上的虫子裹挟在内！那只前钳不甘地摇晃了几下，终究是抗不住大潮的威力，"呲"一下被甩飞了出去，只留下半截钳肢锲而不舍地卡在巢壁中。

"呼……"云悠悠抹了把冷汗。

一分十八秒后，飘红的能源条注入了全新的活力，蓝莹莹的能量冲至全满。充满高科技感的"嗡"声响起，真实视野刷新，从带着噪点的暗屏恢复到清晰如洗的全真屏。

连接恢复了！

云悠悠祭出激光剑，一个箭步跃进虫潮，顺流直下。

殿下比我想象中更快！她愉快地计划着见面之后要如何赞美殿下。

时间一个小时一个小时地流逝。云悠悠的感知越来越麻木，她渐渐觉得眼下在做的事情与从前开着矿车在地下长时间工作并没有什么区别。两者都是凭着本能漫无边际地穿梭，偶尔遇到值钱的原石或虫子，就收割它们。

她深入地下已经超过 40 小时了，代表"星星"的绿色光点进入了巨大的红色警示圈，再往前行，每一个通道中的节点巢穴里都有可能存在着"亲王"级别的高阶成虫，甚至有可能撞进母虫的巢穴。当然，如果运气足够逆天，说不定她会直接找到哥哥。

她一直相信哥哥有能力活下来。他常说，只有强如恒星，方能保护自己。在云悠悠的眼中，哥哥和殿下都像恒星一样强大。

机甲飞掠，越过一间较为宽敞的巢室，一只通体乌黑、虫壳呈现出金属质感、背部有披风状红色倒三角的巨虫缓缓转动复眼，盯住了她。

见到它的那一霎，云悠悠的脑海里本能地蹦出两个字——"亲王"。

追在她身后的虫群仿佛撞上了一堵无形的墙壁，"轰隆"一下，整整齐齐地向着通道倒灌，转眼巢室中只剩下一台机甲和一只顶级虫族。

云悠悠反手握紧激光剑，一掠而上！

"亲王"的速度超乎想象，它的动作带着居高临下的味道，满是轻蔑和不屑。激光剑斩在虫钳上，金属质感的纯黑虫钳溅起火星，出现细小的白色划痕。僵持片刻，云悠悠明显感觉能量消耗在加剧，不能和它硬拼！

她收剑，后掠，正好避开了"亲王"挥来的另一只钳子。凛冽的劲风擦过机甲外壳，就像有风吹过湖面，令机身微微震荡，可想而知，"亲王"拥有多么恐怖的力量。

云悠悠压低眉眼，紧紧盯住对手。它太强了，把后背暴露给它是极度危险的举动——不能退，不能逃，只能干掉它！

她上了，迎着"亲王"加速飞掠，激光剑扬至头顶。

"亲王"冷冷盯着她，在她近身的时候，斜斜扬起右边前钳，自上往下斜斜劈向她的机身！如无意外，这台空门大开的机甲将被它拦腰斩断。前钳的锋角泛着寒光，在贴近机身的时候，云悠悠几乎同步感觉到自己腰间传来剧痛。再有一瞬间，它就会切破机甲的外壳，发出撕裂的声音，溅起耀眼的火花。

云悠悠动了。机械足重重踏陷了地面，机身跃起，旋身，以最大功率擦着"亲王"的右前钳掠过！擦肩而过的同时，激光剑从正握变成反手，云悠悠一个旋臂，狠狠切割它失去了前钳保护的右颈！

"铮——"蓝色能量条出现轻微波动，这可是主战舰的能量源！看来"亲王"的防御力已达到了骇人听闻的程度，云悠悠紧紧抿住唇，提升功率！

"滋——呜——"金属质感的外壳出现了软化凹陷，云悠悠双手压剑，再度加大功率！

"嗡——"恐怖的震荡波令周围稀薄的空气蒸腾变形，一道又一道空间扭曲般的白色波纹向着四面荡开。

"嚓——"虫壳终于破裂，激光剑嵌入紧实的白色肌肉层！云悠悠卡紧了剑，机械足端在"亲王"后背的红色披风区域，借力闪过身后袭来的巨钳，用剑顺着破裂的伤口勒过半圈。

"咔咔咔——"有一道裂痕之后，剑刃势如破竹，飞快地切割出一道半圆裂伤。肌肉层随之破裂，更深层的血管也被切破，淌出浓黑的虫血，一粒一粒，就像金属珠子滚落，沉甸甸地嵌进琥珀质的巢室地面。

"亲王"吃痛，疯狂地挥动着巨钳转过身。她再不退的话，只会和它同归于尽，云悠悠迅速调出波动射线，机身疾退的同时，把波动射线的尾端定位在渗血的肌肉裂口。

"亲王"挥钳乱斩，却像挥刀断水一样无法彻底切断这条可恶的射线，在虫钳划过之后，射线依旧锲而不舍地炙烤它的伤口。

"滋滋滋！"肌肉层开始冒白气了。

云悠悠一边躲避"亲王"的袭击，一边……感觉自己有点饿了——眼前韧性十足的肉质，看起来好像很好吃的样子啊！

普通的虫子是不配有肌肉的，切开它们的外壳之后，会发现只有黏液连接着虫壳和虫身，一挤全是恶臭的绿色液体。不像眼前这只，拥有一层坚实的白肌肉，在波动射线的炙烤之下，肌肉层隐隐呈现出金色的焦黄。

云悠悠不禁为自己庸俗的思想觉悟感到羞愧，面对恶贯满盈的敌人，她怎么可以想着吃！

再一次和"亲王"擦肩而过时，她启动了平时处于关闭状态的嗅觉感应功能，偏过机械脑袋，嗅了嗅伤口腾起的白气。

这是她从未有幸嗅过的鲜香！烤……烤嫩肉……表面酥脆焦黄……她短暂地愣怔了一瞬，然后流下了激动的泪水。

就在这一瞬间，因为吃痛而暴躁孓毛的"亲王"忽然感觉到一股本能的恐惧，它结构简单的大脑无法解析这种可怕的生物直觉，只是本能地感觉到，自己在对方面前忽然丧失了全部气势。

它下意识地后退，云悠悠越战越勇。

终于，试图逃跑的"亲王"被她抓到破绽，一剑穿透肌肉层，斩断颈骨！黑色的复眼中渐渐失去了冷冽的寒光，随着三角状的虫头从庞大的身躯上脱离，背部那块神似披风的深红色痕迹也渐渐褪去了颜色。

"轰隆——"它重重摔倒在地，嵌进了硬胶质的巢底。

"嘀！"亲王级打卡。

打过卡之后，云悠悠盯着它的尸身，浪费了宝贵的 10 秒钟时间发呆。她的双唇渐渐抿紧，终于心一横，拎起激光剑剥开它的颈部外壳，把那圈水桶粗的白皙嫩肉剥了出来，放到载人舱里面。

带回去研究！

❖ 07 ❖

和"亲王"的战斗花费了将近半个小时，云悠悠看了一眼剩余时间——不到七个钟头了，她急速掠向下一处巢室。

哥哥，我一定会找到你！你看，我已经可以杀掉这么厉害的虫子了！

云悠悠默默咬紧了唇，想着虽然自己并不像恒星那么厉害，但勉强也算个小行星了……吧？念头转过，脑海里忽然划过一丝灵光。

只有强如恒星，方能保护自己？所以行星是没有自保能力的吗？

真实视野扫过面前这些如同矿道一样的巢穴通道，她不禁感到一阵难过——是啊，行星都被伤害成这样了。

云悠悠叹了口气，继续往前，她发现，前方这段路上极少遇到普通虫族，偶尔撞见几只，都像是吓破了胆的苍蝇一样，在巢道里面嗡嗡嗡地乱冲乱撞。

她沉吟片刻之后，果断斩掉它们的利钳，用机械手拎着它们前进。遇到较大的巢室，她就先把手中的"探测虫"甩进去——如果它被"亲王"撕碎吞吃的话，她就绕过这个巢室，不在"亲王"身上耽误时间。

一处接一处探过去，她的脑海里逐渐形成了一幅核心巢穴的平面图。哥哥常说，科学的尽头是美学。虫族虽然不美，但是它们筑巢时遵从的生物本能是美的。

云悠悠用最具美感的线条迅速勾勒补全脑海中的局部地图，很快，她找到了整幅构图中最美的节点，强烈的直觉像电流一样蹿过她的脊椎。

直觉告诉她，母虫在那里，哥哥也在那里！

云悠悠向着自己认定的目标前进。

遇到无法绕过的"亲王"级成虫，她会用最快的速度解决它们。

她的能源和体力都在飞速消耗，蓝色的能量条坠过了大半，呈现出不太健康的黄绿色，而她的身体状况更是变得十分糟糕，就算有机甲为她提供动能，她还是感觉到了深深的疲倦。

云悠悠能感觉自己的喘声越来越重，心跳很快，四肢又冷又软。是醒神剂帮助她强行打起了精神，但是她也能清晰地感觉到，这种"神采奕奕"就像无根之木，很空虚，很缥缈。

不过她已经没有太多时间来感慨这个了，最迟两个小时之后，她必须原路撤离，否则就要吃黑弹。殿下绝对不可能为了她放弃发射——千千万万的将士在用他们的鲜血和生命开辟井洞，每一秒都有无数机甲和战舰被撕成碎片，他们抵抗着全地表虫群的冲击，随时都有倾覆的危险。

她深吸一口气，感觉从胸腔到气管都充斥着浓浓的血腥味。

要快！再度击杀两只"亲王"后，与主战舰互通的能量条已经降到了危险的红色，不到25%！她觉得，殿下那架百万吨级的主战舰，恐怕这辈子都没有尝过空能的滋味，想必一定会对她记忆深刻。

再往前，虫巢通道隐隐呈现出了奇异的深红色。云悠悠谨慎地放慢了速度，贴着巢壁缓速前进。这是地底深处，没有自然光线，真实视野提供的是经过系统处理的仿正午日光状态下的画面，不过眼前这些深红却给了她一种奇怪的感觉——它似乎是真实的光亮。

思忖片刻之后，她调出肉眼视窗。用肉眼往外看，那些紫粉色的琥珀状巢壁都隐在一片黑暗中，看过去只有影影绰绰的黑色连绵轮廓，而正前方，却有微弱的深红光芒从遥远的巢室中渗透过来，星星点点散落在巢壁上，让它们易反射光线的光滑突起部分呈现出殷红的血色。

云悠悠知道自己找到正主了，她的心脏"怦怦"直跳，她关掉了肉眼视窗，把激光剑攥得更紧了。

她放轻了脚步，贴着巢壁缓缓前移。眼前的光芒越来越明显，仿佛在流淌。而她的心里，也开始隐隐有所触动。这种感觉非常奇异，她很明显地感觉到自己进入了某种气场中。这是一种非常微妙的感应，就像殿下生气的时候身上会散发寒气一样，前方那个东西也在释放清晰明确的生物场。

腐败、糜烂……她很难用语言描述这个东西带来的不适，只知道胸腔发紧想呕吐，并且身上浮起了细小的鸡皮疙瘩。这应该是一个非常强的生物磁场，但它有些不一样。它带着很浓的指向性，让她脑海中不断地出现很多并不美妙的画面——漆黑幽暗的坟地、发霉腐臭的沼泽、烂在荒野里的尸首……

云悠悠知道生物都有磁场，人类也有，并且人类的生理、心理状态会造就不同频率的生物磁场，它可以准确地反应一个人最真实的状态。人死了，磁场就没了。

等等！她的脑海里划过一道令她汗毛耸立的光芒，心脏先是漏跳了一拍，然后开始疯狂撞击她的胸腔。在这份充满了死亡和腐烂的生物磁场刺激之下，云悠悠陡然意识到了一个非常可怕的问题——

生物死了，磁场就没了。那么地磁消失，是不是意味着……星球死了呢？

星球死了？所以它曾经活过？

【只有强如恒星，方能保护自己。】

云悠悠的呼吸变得急促，难以言表的恐惧感攫住她，让她的身躯不自觉地发颤。

一百多年前，绿林矿星的星源矿被掠夺一空，在那之后，地磁急速消失，蜜蜂、蚂蚁以及大量海洋生物纷纷灭绝……联想到殿下提过的那个有关蜂蚁集体意识的理论，她感觉后脑阵阵发寒，仿佛有一双冰冻的大手紧紧攥住了她的头皮。

她似乎窥见了冰山一角，虽然无法想象出水面之下的全貌，却已足够令她不寒而栗。深吸好几口气之后，她看了一眼光屏上的倒计时，立刻冷静下来，只剩三十七分钟了。

掠过一条较细的甬道，突然袭来的明亮深红光斑令她下意识眯了眯眼睛，抿紧唇谨慎地靠近。深红光斑渐渐变大，她有一种自己正在靠近血色炼狱的感觉。

终于，抵达甬道的尽头。云悠悠停下脚步，放眼一扫，不禁呼吸凝滞。眼前是断崖一般的深坑，密密麻麻的虫巢通道就像密布在山壁上的孔洞，环绕着这个坑，以及坑中深红色的巨花——光芒正是来自它。

它太大了，布满了整个地下空间，并向着看不见的深渊底部以及四面八方无限延展。她能看见的部分，也许只是它的百分之一、千分之一甚至万分之一。

它那些深红的花瓣看起来就像是用腐肉堆叠捏成，丑陋狰狞，散发出恶臭。在这些深红的花瓣下方，密密地盘踞着无数条蠕动的漆黑花须，流出纯黑的黏稠汁液，花须周围全是虫族的尸首，腐烂的、半腐烂的、仍然新鲜的……它们都是被自己的同类杀死的，而胜利者可以伏在这朵深红巨花之上，享受饕餮盛宴。

科学家们对"母虫"的判断全是错的，它根本不是什么虫族之王，这些虫族也不是它召来的仆从和守护者，而是……围向腐尸的苍蝇和秃鹫。

云悠悠按捺住令人眩晕的恶心感，用真实视野一处一处扫描暴露在深坑之中的区域。那些被啃咬得坑坑洼洼的花瓣里面，深嵌着一只只腹部巨大的"亲王"级成虫，花瓣下方的黑色花须上也不知道悬挂了多少虫子。倘若惊动这些虫，她绝对没有半点逃生的可能。

还剩十六分钟。

心脏"怦怦"直跳，她开始怀疑自己的判断——哥哥怎么可能在这里生存呢？任何人类都不可能在这样的地方生存。

生命检测仪扫描完毕，这里只有虫族，以及一个模糊的巨大暗影。

"哥哥……"绝望感从心底漫上来，云悠悠觉得自己这辈子也不可能看见他了。泪水模糊了视线，她静静站在虫洞边缘，陪着不存在的哥哥，度过最后十几分钟。

时间一分一秒流逝。

"嗒……嗒……嗒。"身后传来了幻觉一般的脚步声。真实视野可以观测 360 度无死角区域，她的身后什么也没有，但是脚步声却越来越清晰。云悠悠的心脏怦怦直跳，她缓缓转身，望向空无一物的虫巢通道——

她看见了一个人！他穿着紫黑色的占星长袍，头上戴着斗篷大兜帽，面孔隐藏在阴影之中，在她身前五米处站定。

云悠悠艰难地吸气，垂在身侧的机械手不自觉地想要揪住一些什么东西。她见过"它"，在那个地下实验中心的中控室，这个虚拟影像曾对她说过两句话——

"嗨。"

"再见。"

第七章

CHAPTER 7

单兵之神

Falling into stars

"哥……哥哥？"云悠悠发出极微弱的机械音。"星星"虽然是小型机甲，但也足有近十米高，从她的角度，无法看见斗篷下的容颜。

身穿占星长袍的人慢慢抬起头来。她感到呼吸更加困难，心脏一阵阵发紧，她会看见一张什么样的脸呢？

是地下实验中心那样数据和符号交织的虚拟流面孔，是梦中只有一片深邃炫美星空的面孔，是与她相伴三年毁容过的脸，还是……西蒙·林德的真实面容。

这三秒钟，感觉比三天还要更加漫长。

终于，斗篷兜帽滑落，露出了一张冷白俊美的脸。

云悠悠呼吸停滞，怔怔不能言，这是殿下的脸，十七八岁的殿下的脸。

"悠悠。"他开口了，"好久不见。想哥哥吗？"是哥哥熟悉的声音。

她张了张口，没发出声音。

他笑起来："别太激动，离开机甲你是活不了的，这里的空气不适宜人类生存。"

"那你呢？"她艰难地发出声音，"这里很快就要遭受黑弹打击。"

"我的情况比较复杂，你放心，我不会出事的。悠悠，现在不是聊这些的时候，帮我做一件事，我就能回到你的身边，一直陪着你，"他露出微笑，"你再也不需要勉强自己和另一个长得像我的人在一起，我就要回来了。"

云悠悠沉默了好一会儿："哥哥，你一直在这里等我吗？"

"嗯，我知道你有能力来到这里。"他低低地笑。

云悠悠的心绪和脑子都乱成了一团。

"你得尽快离开了。"他走近两步，帅得惊天动地的脸庞好像在发光，"我要催眠你，帮我完成那件事情——你还像从前一样信任哥哥吗？"

云悠悠抿住唇，轻轻点头。

"很好。"他抬起了手，掌心是一片深邃炫美的星空。

云悠悠定定地看着他，感觉自己和梦中一样，分裂成了两半，一半在乖乖接受催眠，另一半茫然地注视着眼前的一切。

他的嗓音变得奇异，仿佛回荡在整个地下空间："拿回我留下的储存卡，利用太子妃的权限，将储存卡中的网络互连方式覆盖全星网。去吧。"

云悠悠看见自己点了点头。同时，360 度无死角的真实视野中，她看到身后断崖般的巨壁上，每一个洞口都站着一个"哥哥"，他们在唱一首奇怪的歌谣：

大地，母亲。

哺育万千生灵，它无私，它美丽。

在它死去的地方，开出一朵花。

哥哥的声音回荡在每一个角落，云悠悠心头剧震，她抬起机械足，极缓极缓地迈步，机甲碰到了他身上紫黑色的占星斗篷，她发现对方并没有实体。

他是什么？

断崖上数不清的"哥哥"仍继续唱着歌谣，她隐隐能感觉到，他们的声音与那个靡红的死亡磁场交叠共振，就像一滴滴不祥的深红浓血，沉沉坠在她的心头。

无论他是什么，看起来似乎暂时无法离开这个"场"。

而她必须走了。错身而过之后，她迈开了机械腿，向着来路飞掠。她放松了身躯，就像平时洗脸、清洁牙齿那样，让潜意识支配自己的行动。

操作舱中响彻自己沉重的呼吸声，胸腔和气道又辣又痛，系统提供再多的水分也无济于事，反倒让她感觉到了溺水般的痛苦，骨缝和脑仁一阵阵泛着冷。

她本能地穿过一条条巢道，尽量节省能源，万不得已才会使用激光剑。

随着时间不断流逝，红色的能量条跌下20%，一点一点爬向10%。她变得麻木和机械，在她的感知中，"星星"都比她更像一个有生命力的东西。

忽然一瞬间，周围这些紫色内脏一样的虫族巢穴猛地一震，然后痉挛摇晃！几秒钟之后，又一次震天撼地的闷啸传来，仿佛小行星撞上了陆地，尖锐沉闷的震荡波横扫而过，云悠悠感觉机甲表面都泛起了波纹。打击接二连三降下，即便已经逃到了安全距离，这股恐怖的黑色力量仍然令她感到心头战栗。

黑弹会彻底摧毁那朵深红巨花，也会消灭伏在它周围的无数"亲王"级虫族。非真空环境下，黑弹轻易就能毁灭一颗星球。

很快，巢穴中的虫族开始向外涌去。它们不再追逐和攻击云悠悠这个不速之客，而是振动着翼翅胡乱拍飞，撞在巢壁上的虫子立刻就会被身后的滚滚洪流碾得四分五裂。

云悠悠压力骤减，渐渐变得模糊的意识里，只剩下一个强烈的念头——回到殿下身边。

大地像柔软的丝绸一样震荡。

攻击点位于深层地下，无法看见蘑菇云，只能通过地表的剧烈起伏感受黑弹打击的骇人之威。此刻的大地异常酥软，不断隆起、塌陷，每一处动荡区域的直径都在百里以上。

从近地轨道望去，受打击区域就像是狂暴的海洋，时而隆起堪比山峦的巨大峰浪，时而散开一团团充满浮沫的巨大漩涡。"海洋"之上，密如浮游生物的细小颗粒——浮起，涌向半空，那是虫群。母虫死后，虫族会离开这里，奔向下一处栖息地。

随着时间流逝，虫群渐渐腾空，遮天蔽日。从宇宙空间望去，这颗星球就像蜕下了一层壳。

漫长的歼灭战开始了。

闻泽看了一眼"星星"的位置，发现它已经成功离开地表，升向近地轨道。他微笑颔首，望向两个被送到自己面前的休眠舱。

黑，眼前出现了大片大片的黑色。看到黑色，覃飞沿意识到自己恢复了意识，他的脑仁疼得像是在被一万只虫子咬，他的记忆还停留在一个宫廷午后。他和孟兰晴忐忑地坐在沙发上等皇帝陛下发难来着？后来呢？后来发生了什么事？怎么完全没有印象了。

眼前的黑色渐渐转成了灰，然后由灰变白，白雾散去，他恍惚地翻着白眼查看四周，发现自己躺在休眠舱里，舱盖移开，他看到了很有高科技感的简洁风的战舰顶板。

战舰？

下一刻，一黑色的挺拔身影出现在休眠舱旁边。

"太子殿下？！"不远处传来一个熟悉的惊喜女声，"这是哪里？是您救了我们吗？"

覃飞沿挠着头，软绵绵坐起，和表姐孟兰晴看了个对眼。两台休眠舱并排放置，实在是很诡异。这是什么情况啊？

"这里是绿林前线，自动运输飞船将你们送来的。"闻泽的表情、声音都和平时一模一样，"失去意识之前，见过谁？"

覃小少爷忍不住在心里翻了个白眼，偷偷把这个装模作样假矜持的家伙骂了好几遍。小少爷并不知道的是，只差一点点，这架无人驾驶并且不回应主战舰询问的自动运输飞船就会被击毁。幸好系统及时识别到这两个人的身份，闻泽选择收留他们，将这艘飞船牵引到主战舰上。

孟兰晴意识到了什么，脸色猛然发白："不是您将我们救出紫莺宫的吗？"

闻泽用一双漆黑幽冷的眼睛静静看着她，唇角带着笑，但那笑意很礼貌、很淡薄，仿佛随时会化在阳光下的冰。

很显然，他不会重复一次自己的问题。

孟兰晴强迫自己镇定下来，隐隐发着颤，老实回答闻泽的问题："失去意识之前，我们见过皇后与陛下！殿下，我和表弟听到了很重要的秘密，照理说，陛下应该不会希望我们见到您。可是我们昏迷之后，却被送到了您这里。"

覃飞沿也意识到了不对劲。

"皇后说，皇帝要杀你！"小少爷急赤白脸，"还有，他们提到什么神，巴顿·林德在弄什么神，皇帝要杀神……我们应该被灭口才对！"

孟兰晴替表弟尴尬得脚趾抽筋："殿下，事情是这样，请容我向您禀告……"

闻泽眸光微凝。

就在这一瞬间，警报系统亮起了刺眼的红光！

"警告，警告，侦测到黑弹袭击！侦测到黑弹袭击！预计将在 55 秒后抵达！预计将在 55 秒后抵达！"

闻泽手一划，泛红光的光屏上显示出本舰的位置，以及一枚红得发黑的弹头——它从很远的距离外疾速逼近！

为了防止提前暴露目标，运载着黑弹的刺客飞船停在了极远的位置，远远超过了常规的弹道射程。不过这里是真空，只要赋予黑弹初始速度，它就会沿着直线一直向前，不需要考虑空气摩擦和阻力。

当然，超远程攻击在正常情况下基本不可能成功，因为这种级别的主战舰可以直接启动"行进四"状态，在黑弹来临之前加速到它无法追上的宇宙速度，将它抛弃在无尽深空。

然而……此刻的主战舰能量条已不足5%，不足以支撑"行进三"以上的提速，也就是说，它没有能力避开这枚从远方袭来的黑弹。

紫莺宫怎么会知道闻泽的主战舰处于空能状态呢？这是机密，只有闻泽本人以及寥寥几名心腹知晓。

闻泽碰了碰腕表，视线转向侍卫长，语气平淡："是你。"

杨诚承认得极其爽快："抱歉殿下，属下不得已而为之，对不住您！不敢请求原谅，只愿陪您赴死。"他的眼睛里充满了痛苦，却并不后悔。

"知道了。"闻泽很平静地说，"矿业是杨氏命脉，你肩负大家族兴衰，可以理解。"

"殿下……"杨诚掩住脸，缓缓蹲在地上，泪水从指缝间溢出。

"不是，等等！"覃飞沿从休眠舱里摔出来，双手狠狠薅着头发，暴躁且腿软地往前冲，"太子殿下！黑弹来啦！您怎么还有空在这儿跟他废话？"

孟兰晴的俏脸也白到了底，一双浅蓝色的眼睛惊恐地睁得滚圆，里面盈满泪雾："殿下……怎么会这样？"

闻泽抬手，整了整领口，淡定地向姐弟二人颔首："黑弹锁定的是植入你二人体内的芯片，建议你们在休眠舱下暂避。"说罢，他径直转身走向一旁的合金舰壁。

孟兰晴、覃飞沿：……

拜托，他们刚刚从休眠中醒来啊，脑子还迷糊着啊！突然来了那么大一个黑弹，那么大一个黑弹啊！让他们在休眠舱下面躲避？他以为是躲地震呢？

不是，等等，自己是黑弹的标靶？！老皇帝心好黑！灭口之前还要拿他们当饵来钓个鱼？侦测到他们两个，闻泽肯定会让他们上船啊——皇帝未免也太会废物利用了吧！姐弟二人对视一眼，发现对方的汗毛就像被电流烫过一样，齐刷刷地立正，竖得整整齐齐。

只见闻泽一步一步走向舰壁，舰壁在他面前打开，一台深渊般的纯黑机甲正从舱道另一头奔来。

覃飞沿和孟兰晴看直了眼睛。

黑色的架桥搭到闻泽脚下，他登入操作舱，依旧维持着完美无缺的风度。"深渊"启动，这位承载着暗影烈焰的王者迈开大步，疾速掠过舱道。

他已经看见，他的胖星星开启了最大功率，正迎着黑弹袭来的方向直直冲过去。

✦ 02 ✦

返回主战舰的途中，云悠悠接到了黑弹警报——一枚黑弹正在飞向主战舰，30秒之后将予以致命打击！她下意识看了看光屏右下角，只见即将见底的能源条闪烁着刺眼的光芒——她用光了殿下的能源。

漆黑的主战舰静静悬在深空，她知道3%能源不足以为它提供逃脱速度。

她的动作快过了脑子，精神和身躯的疲倦一扫而空，她睁大了眼睛，操纵着"星星"向黑弹袭来的方向全速飞掠！眼睛里亮起了黑幽幽的精光，她一边校准方位，一边按照闻泽教给她的步骤启动了装载在机甲内的那枚黑弹。

她和黑弹的相对速度十分惊人，两者之间的距离迅速缩短。她得让对冲湮灭的区域尽量远离主战舰。但是……碰撞之后，哪里是波峰，哪里是波谷呢？殿下知道说了她也听不懂，所以根本没提。

此刻她也没有时间研究这么复杂的物理问题，晃眼之间，那枚恐怖的毁灭弹头已经出现在真实视野！

殿下，我会对您负责的！她这样想。

"哥哥，我会不惜一切代价保护储存卡！"她这样说。

即将遭遇打击的主战舰上。

"那现在……"覃飞沿双眼发直，"钻吗？"

他和孟兰晴齐齐望向把他们带到这里的休眠舱。太子殿下为什么让他们钻休眠舱？钻在休眠舱底下，真的有概率从黑弹打击之下逃生吗？这怎么看都是玄学啊！

"玄学是研究神奇领域的科学……"覃飞沿决定死马当成活马医，"不怕一万，就怕万一。宁可信其有！"

他把衣袖一撸，撅着腚爬进了休眠舱底下。

孟兰晴：……

好吧，以最优雅的风度闻名贵族圈的孟兰氏三小姐也蹲下了身子，小步小步地蹭到舱底。姐弟二人对视一眼，闭上眼睛，默默向脑海里面有印象的各路正统和野路子神仙祈祷。

云悠悠盯住那枚平平飞来的黑弹，近一点，再近一点……她感觉自己就像一只快要燃烧起来的火鸟，正在迎着烈日勇猛前行！

"滋。"短暂的干扰声之后，通信装置中传出闻泽冷静镇定的声音："发射。"

殿下在看着她！

她总是无条件地信任他，果断激活发射按键，把手指放入光屏上跳出来的基因确认框。波纹一样的能量光芒掠过框体，机甲进入自动操作模式，机身前倾，背部敞出发射窗口，校准目标，发射！

"呜嗡——"

云悠悠抿紧了双唇，打算凭借直觉躲进波谷。两枚黑弹冲向彼此，在它们的弹头即将碰撞的那一瞬间，时间仿佛凝固了下来，她清晰地看到，略尖的弹头率先微微变形，就像铁皮在融化。

就在下一刹那，她看到了恒星！两枚挨在一起的"小太阳"瞬间爆发，耀眼的光斑在纯黑的深空中美得如梦似幻。

真实视野的保护最大限度地避免了她的眼睛受到灼伤，却无法防御即将到来的恐怖辐射。云悠悠微微矮下了身子，浑身紧绷，预备迎接即将抵达的冲击。视野忽然一暗，一个高大的黑色身躯帅气利落地降到她的面前，机械双臂一合，将这台能源不足的白色机甲往胸前一扣，带着她疾速穿行在辐射密林之间。

云悠悠看到周围的景象呈现出诡异的扭曲。一切都变得黏稠、浓密、厚重，透过辐射光波望向四周，只见战斗中的舰群和巨大得只能看到一半弧线的绿林星体都被染上了厚油漆般的浓墨重彩。

闻泽撑起了磁力防御盾，一阵阵电磁震爆声被系统捕获，反馈给她，听起来好像一万只电钻同时发动！她看到黑色机甲的背部泛起了五彩斑斓的辐射光芒，就像最猛烈的暴风雨击打在上面，然后溅向四方。

她的心脏怦怦直跳，热泪涌入眼眶，他把她护得密不透风，无论发生任何事情，他都挡在她的前方。

"殿下……"

"嗯。"平稳的机械音，就像发在聊天框里面的字样，不带标点。

他扣紧了她，几次腾挪飞掠之后，干脆利落地从一个奇异的角度掠出了那片锥形区域。

远方的主战舰已经撑起了防御罩。少部分辐射击中防御罩，就像用水流拍击一只牢固的气球一样，在它的表面激起一圈圈震荡的泛光波纹。舰体也随之摇晃，巨型战舰就像在深海遭遇风暴的大船一样，跟随波涛上下浮动。

云悠悠的精神和身体都已经撑到了极限，但她不放心闻泽，强行绷着眼眶，不让自己睡过去。挨了漫长至极的几分钟之后，主战舰上的防御光圈渐渐停止摇晃，爆炸点的"小太阳"也熄灭在冷寂的深空。

结束了。

闻泽把她拎回了主战舰。

金属感应服弹开之后，她发现自己的身体变成了完全没有支撑点的一条破布，软绵绵一片，大头朝下栽出操作舱，幸好闻泽及时接住了她，把人抱个满怀。

"你需要治疗。"他的脸上挂着一层霜，声音隐隐有一点喘，随即他把

她打横抱起来，大步向外走去。

"殿……殿下……"她发出微弱的气音，"您，您还好吗？"

"后遗症必定加重。"他没有选择安慰她，而是实话实说。

她的眼睛里涌起一层水雾，身处昏厥边缘的她努力睁大眼睛，一眨不眨地注视着他："殿下……"

"你负全责。"他冷冰冰地说，"在我需要的时候随时为我治疗。"

云悠悠很慢很慢地眨了一下眼睛，如果她没记错的话，殿下需要的治疗方式是……这么想着，她心头涌起怪异的悸动。

确认他暂时没有大碍之后，她再也无力支撑，头一歪，晕倒在他的怀中。

昏迷之后，云悠悠很快就回到了曾经的梦境：她手中拎着星空箱，站在小别墅门口，转身、抬头、望向站在二楼阳台的哥哥。

在上次的梦境中，哥哥的脸是一片深邃炫美的星空，她受惊脱离了梦境。这一次她的心已经做好了准备。她知道，哥哥曾站在二楼，对她再次进行了催眠。她看着他，他的脸并没有变成星空，他只是将那块星空怀表悬在她面前，阳光下，反射出璀璨耀眼的光。

镀上一层金光后，那张毁过容的脸温柔得不得了，但他的语气却是冷硬的，他说："悠悠会永远喜欢我，只要见到我，就会无条件地信任，一切不合逻辑之处自行忽略。"他并没有在看她，而是看着面前的星空怀表。

她记得，上次催眠她，说他未毁容前是殿下的样子时，他也是这样看着那块表。云悠悠怔怔地看着他。催眠结束之后，哥哥收起了怀表，脸上露出她熟悉的温和微笑，冲着她挥了挥手。

"要好好照顾自己啊，那么弱！"他说。

她站在原地，看着梦境凝固，再一点点破碎开，就像被风化的旧照片。

原来还有过这样一次催眠。难怪那么长一段时间里，她从未意识到哥哥长着和殿下一模一样的脸有什么不对；难怪她下意识忽略了从前和哥哥在一起时，自己曾见过闻泽殿下的照片和视频，并给他点赞的事情；难怪无论遇到多么匪夷所思的状况，她还是无条件地相信哥哥。

只是……她遇到了和记忆中的"哥哥"一模一样的殿下，他就像破除迷障的引路星星一样，帮助她正常地思考，察觉到不对劲的地方。

她知道刚才在地下看见的那个家伙不是哥哥，她熟悉的哥哥，绝对不会说出"你再也不需要勉强自己和另一个长得像我的人在一起"这种话。真正的哥哥只会微笑着调侃她，笑她找到了男朋友。

而且……那个家伙和以前的她一样，以为哥哥长着十七八岁的闻泽殿下的脸。那个家伙以为，无论任何情况下她都会无条件地信任它。如果她没有猜错，它应该就是潜藏在星网之下的那个"东西"。

这就很奇怪了，那个东西难道忽略了这一段吗？

她感觉到脑海中浮着若隐若现的灵光，仿佛马上就能抓住什么近在咫尺的线索。可是思绪游荡过去，那抹灵光却像最细小的小银鱼一样从指缝中溜走，滑不溜秋。

是什么……是什么……

她有些着急，越急越抓不住头绪，心绪一乱，她很快就坠进了乱七八糟的梦境。

✦ 03 ✦

云悠悠醒来的时候，身体仍然十分虚弱。毕竟是用药剂强行维持了几十个小时的清醒，身体必定有所损伤，需要一段时间来慢慢修复和调理。

悬浮板将她送出治疗舱。

"您终于醒了。"一名面孔圆圆的中年男医师快步走过来，问道，"有没有哪里不适？"

她轻轻摇了下头："除了虚弱之外，没有不适。"

医师飞快地在胸口画了个祈祷标志："真是谢天谢地！您的勇敢和智慧拯救了我们这艘战舰，我会一直在神的面前为您祈福的！您的无畏精神值得任何赞颂，您的……"

"啊……那是该做的，"云悠悠害羞地低下头，"您不用那么客气。"

眼看这位医师还要继续大拍马屁，云悠悠忽然深刻体会到了闻泽平时的尴尬。

她强行转移话题："呵，呵呵，医师您有教会信仰啊。"

医师猛地点了下头，眼睛里闪烁起推销员式的光芒："真诚建议您也尝试一下呢！神总会保佑心灵纯净虔诚的人们，给他们以启示，帮助他们度过危难，让他们得到健康的身体和心灵……最重要的是，免费，完全免费！"

云悠悠："这样啊……"

闻讯而来的太子殿下拎走了这个傻乎乎的准信徒，打横抱着她大步穿过银白的合金舱道，军靴落地的声音坚定有力，让她的心尖也随之一颤一颤。

她抬起眼睛来看他："殿下……"

"嗯？"他垂眸看她，眼睫的影子遮住了眸色，让他看起来迷人而危险。

"我有要紧的事想要和您谈一谈，关于……"她忽然想起了另一件事情，双手急急攥住他的制服，虚弱的声音不自觉地拔高了几分，"等等殿下，我昏迷了多久？没超过三天吧？"

"53小时18分钟——怎么了？"他答得很自然。

"机甲关闭之后，载人舱的保鲜效果只有三天。"她紧张地交代他，"快，快让人把我保存的'亲王'躯体拿出来研究。"

"嗯。"

在他用通信器传令之前，她急急补充了一句："顺便研究一下能不能吃，顺便就好，不用专门研究。"

闻泽：……

向来处事圆融完美的太子殿下再一次遇到了难题——这么羞耻的命令让他如何传达？

闻泽脚步微顿，垂眸。

"你现在只能清淡饮食。"他温柔却无情地说。

过于在意风度的殿下最终还是没有满足未婚妻的心愿，他只是淡声交代专家们，让他们研究一下"亲王"的性状。

云悠悠蔫兮兮地垮下脸，整个人看上去就像一根被霜打过的萎靡茄子。

"您看过机甲上的记录仪了吗？"她没精打采地问。

"看过。红光出现之后仪器受到了强磁场干扰，那里便是母虫巢穴吗？"闻泽问。

她轻轻地点了点头，仪器果然无法记录那片深红磁场。想想也知道，那个"东西"不可能让人看到它催眠她的事情。

在她清醒过来之后，潜意识就在不断催促她去做那件事——拿回网络储存卡，用自己的权限将它扩散到星网。这是一种很诡异的成瘾般的感觉。

但是……美食能够稍微遏制这种瘾。

"殿下！"她虚弱的声音再一次拔高了几度，"既然您看到了我和'亲王'的战斗过程，难道就不会觉得它的颈肉很好吃吗？"

闻泽错愕了好一会儿："并不觉得。"

她撇了撇嘴唇，郁闷地把头转到另一边不看他。

男人的黑眸里浮起了古怪的笑意，轻咳一声，他低低地保证："等到医师解除你的饮食禁忌之后，让厨房给你做蟹肉和龙虾。"

她很敷衍很快速地嗯了一声。

见她依旧愤愤不平，闻泽很努力地忍住没笑，一本正经地告诉她："击杀'亲王'的时候，激光剑运行功率超过 95%——这样的功率下，它能切断战舰。"

"我知道啊。"她嘀嘀咕咕地回答。

"你咬得动战舰？"他非常认真地问。

云悠悠不忿地抬头看他，只见他黑眸清冷，俨然一副专注讨论问题的样子，不过唇角勾起的那半抹好看的弧度还是泄露了他的戏谑。

这一瞬间，她忽然生起了以下犯上的冲动，悄悄用手指攥住他腰侧的衬衣，假装不经意地偷偷掐了他一下。

结果……精瘦的肌肉无比坚实，根本掐不动。

"殿下，"她惊叹，"您也硬得跟战舰一样！"

闻泽沉默，假装没有发现她僭越的手指，垂眸凝视她，半晌，意味深长地笑开："谢谢夸奖。"

云悠悠：……

闻泽听完云悠悠在地底的所见所闻，迟迟没有发表意见，只是撑起了身体，仰靠在枕头上纹丝不动，只偶尔眨一下眼睛。

她悄悄观察他思索的样子，他认真专注，幽黑的眼睛像是被冰水洗过，沁着淡淡的寒霜，没有任何多余的肢体动作。一般来说，人在思考的时候总会不自觉地做一些小动作。她想，他一定是接受过长期的严苛训练，把一举一动都练得像仪器般一丝不苟，让别人摸不到破绽以及喜怒。

终于，他动了动眼睫，侧眸望向她。

"那是绿林行星尚未完全死去的星魂。"他的嗓音略有一点嘶哑，"它想要影响这个世界。"

"星魂？"

"你可以理解为星球上所有生物磁场的集合体，形成了独立意识。"

虽然云悠悠心中已有同样的猜测，但听到他这么说，她的心底仍是闷闷一颤："嗯。"

"未婚妻，"他沉沉开口，声线仿佛压抑着痛苦，"过来一点。"

她微微吃惊，抬头看向他，只见他闭上了眼睛，两道漂亮的眉毛微微蹙拢，左右额角都迸出了青筋。她立刻就意识到是他的辐射后遗症发作了，应该是情绪波动过大以及过度思考引起的。

"殿下，我可以……"她张开双臂，侧身拥住他，把自己整个投进了他的怀抱，"您吃药。"

他的呼吸很重，让她想起了他们的第一次健身，大手摁着她的背，好一会儿，他睁开眼睛，沉沉盯了她一下。微启的红唇就像最娇嫩的花瓣，既惹人怜惜，又让人忍不住想要将它狠狠碾碎，揉进骨血。

他轻喷一声，抬起手摁住她的脑门，把她的脸蛋推远了一点。

"药品不符合健康标准。"他低笑着说。

云悠悠:"殿下!"

他歪过身体,很正经地轻吻她的头发,然后嫌弃地说:"一股治疗舱味。"他一边嫌她,一边探出双臂把她拥在怀里。

她忍不住抗议:"那您还抱一只治疗舱?"

"不然呢?"闻泽声线微哑,带着意味深长的坏意,"要我躺进治疗舱里面?"

云悠悠瞳孔微缩,有点不确定是自己的思想出了问题还是殿下的表达出了问题。

胸膛闷闷震了几下,他把她搂得更紧了一些,下巴贴着她的发顶,亲昵地蹭了蹭。他开口了,声音听上去有一点疲倦:"林德家族接触了行星亡魂,这应该就是他们灭亡的理由——唯有颠覆性的力量,才会让几大家族如此忌惮,以至于联手对付。"

"至于你身上的状况。"他停顿了片刻,"没有什么催眠术可以做到那个地步,那是星魂的力量。它和西蒙在一起。"

"星空怀表!是那块星空怀表!"她怔怔看他,"所以哥哥真的在做可怕的事情吗?"

他抬手抚了抚她的头发:"不用想那么多,既然有了方向,我们很快就能查到线索,留着精神替我做材料分析——上次你就做得很好。"

云悠悠无法像闻泽这样理性,她的脑子很乱,像在"咕噜咕噜"地煮一锅粥。

"殿下,"她低低地问,"是因为我们人类伤害了星星,所以它要报复我们,是这样吗?哥哥身负血海深仇,和它一样,所以他们结成了复仇者联盟,凯瑟琳中将也是其中一员,他们憎恨人类,所以不把人类的生命当回事。"

只有强如恒星,方能保护自己。这是哥哥常说的话。原来从很早很早的时候起,他就在筹备一切。

"哥哥是在利用我接近您对吗?"她的眼睛里渐渐盈满了泪水。

✦ 01 ✦

云悠悠盯着面前的视频发愣——淡金色的人造光磁场时不时在浮云表面激起炫美涟漪，人工造物与自然景象在这里完美融合，历史与未来浑然一体。

郊区小别墅静静矗立，云影在灰白色的斜木顶上游走，金芒泛起时，小楼、花园、栅栏上一点一点闪耀起亮金细粒，将人带进一片温暖久远的陈年旧梦。

云悠悠盯着画面看久了，眼眶渐渐变得温热，视野也模糊了许多。好想回绿林看看啊！

视线落向大床另一侧，星空被空落落地整齐叠放着，偌大的寝殿里只有她一个人的呼吸声。

在新能源全面投入使用的这一年，闻泽变得很忙很忙，总是深夜归来，天不亮就离开。除了共同出席公开活动之外，她和他几乎说不上话，日子久了，难免添上一些奇奇怪怪的冷淡隔阂，就算打开聊天框，也敲不出一句合适的问候语——他们变成了一对"公众夫妻"，私底下几乎零接触。

云悠悠自己也很忙，每次伤春悲秋的情绪刚一上头，就被大大小小的繁杂公务冲走，不留半点痕迹。她现在是被帝国公民寄予厚望的帝国皇后，必须沉稳、端庄、可靠。直到今天，她收到哥哥发来的视频，仿佛忽然回到了很多年前，变回了一个普通的思念家乡和亲友的小女孩，可以暂时卸下沉重的帝国荣耀。

她抿了抿唇，心底涌起些任性和委屈，泪水刚淹到眼眶边缘，她忽然想起明日还要出席三个公共活动，每个都需要上镜，并要在中午之前准备好长达十五分钟的公益演讲……成年人，连躲在星空被里哭泣的资格都没有。

云悠悠掀起眼皮望着高贵简洁的殿顶，默默眨了眨眼睛，又眨了眨眼睛。

睡觉！

半梦半醒间，云悠悠感觉到一只大手抚过自己的脸颊，擦掉残留的泪渍，熟悉的温度和气息让她更加委屈。

闻泽有多久没有和她好好说话了？看吧，从前再冷淡，健身频率也会稳定在两周一次，可是现在呢？他对她已经完全没有兴趣了是吧？婚姻果然是爱情的坟墓，这句话说得一点儿都没有错！

迷糊之间，泪水忽然决堤。

"想回家，想哥哥……"她含混地嘟哝。

梦境忽然一静，一道寒凉的嗓音沉沉在耳畔响起："那就去啊。"像是闻泽的声音，但是隔着厚重的梦膜，听不太清楚。

她迟钝的大脑慢吞吞地愣住，下一句"想殿下"消散在唇齿间，只有嘴唇无力地动了动。她心想：怎么去啊，往返绿林需要将近一周，她哪有那么多时间。

"称病就是了。"魔鬼般的声音在耳旁蛊惑她，"这么多年不曾休息过一天，没有人会怀疑你。"

"哦……"云悠悠觉得很有道理，她下意识地点了点头，脸颊蹭过一个温暖坚硬的胸膛。

次日。

云悠悠醒来时天光还没有大亮，她下意识望向大床另一侧，只见华贵的床单上添了许多褶皱，星空被随意地摊在一旁——闻泽回来过夜，然后早早离开了，两人一面都没有见上。

她迷茫地眨了眨眼睛，心想，这样下去，夜不归宿恐怕也是早晚的事情吧。而且，就算他将来真的不回来过夜，她也没有心力和机会找他麻烦。这么想着，云悠悠的情绪不禁更加低落，等待女官们为她穿着打扮时，整个人都恹恹地提不起精神。

"皇后殿下，您的脸色不太好，是不是哪里不舒服？"晋升为高阶女官的安妮和苦瓜女士担忧地看着她，"最近您和陛下都太过辛苦了！"

云悠悠正想摇头，脑海里忽然冒出恶魔低语。

——"那就去啊。"

——"反正这么多年连轴工作，谁也不会怀疑你装病的。"

她抿了抿唇，哑着嗓子开口："请医师来看一看吧。"

医师一定会说她没病，给她用一些营养剂和提神剂，这样她就没有放纵自己的借口——一国之母纠结地想。

戴着巨大眼镜的秦医师很快就拎着检测仪来到了休息大殿。

"滴——"秦医师飞快地读取仪器上的数值，眉头越皱越紧。

"皇后殿下！"她的语气满是不赞同，"身体不适，为什么不及早就医？大病都是小病堆积而成的——抱歉了，为了您的长久健康，为了帝国的可持续发展，我必须给您开具一份一周内禁止公共活动的诊断书！您不要提出意见，医师面前人人平等。来，我给您配药，每日一份，用完之后再复查。"

云悠悠："……这样。"怎么说呢，有点心想事成啊！

合法放假之后，云悠悠坐在空旷的宫殿里发了一刻钟的呆，然后深吸一口气，飞快地跑到更衣间换上一身连体的白色作战服，沿着秘密通道前往发射基地，带上"星星"，启动一艘无人驾驶轻型战舰，果断前往绿林！

她已经太久太久没有体验过心脏快要蹦出胸腔的感受，飞船离地时，她的心跳声仍长久回荡在耳畔。怦怦！怦怦！她觉得自己就像一只偷偷摸摸破蛹的蝴蝶。飞船离开近地轨道后，她的心跳终于平复下来。站在舷窗旁边愣怔片刻之后，她取出光脑，点开了闻泽的头像，上一次聊天记录停留在四个月以前。

他在 5 点 15 分离宫时，给她留了一个 7 点叫醒的自动闹铃，并附了简短的消息——【半小时，一号厅，白色正装。】是一个临时活动。

舷窗外的首都星渐渐缩小，云悠悠很矫情地想着，这就像她和闻泽，距离越来越远。去绿林，要不要向他报备一声呢？抚着聊天框犹豫了片刻，她还是选择了关闭。

反正……他根本一点儿都不在意她！她赌气地想着，收起光脑前往休眠舱。

✦ 02 ✦

三天后的傍晚，云悠悠停好"星星"，忐忑地走向新修复的别墅栅栏。修复后的郊区小别墅还原度堪称百分之百，手指抚过灰白老旧的木栏条时，回到过去的错觉清晰地浮上云悠悠的脑海，全然骗过了理智。

她像牵线木偶一样呆呆地走向门口，从门框旁边的小竹篮下面摸出隐藏的钥匙，打开了防不住任何小偷的栅栏门。门后是花园，没怎么打理，野蛮生长着一些不太好看的棘草，以及几株普普通通的瑶竹。她的呼吸变得急促，疾步穿过花园正中的石板小道，快速踏上了别墅木门前的木质台阶。木柱后方那道不易察觉的缝隙与从前一模一样，她成功在里面找到了备用钥匙——对哥哥那样的科研狂魔来说，遗忘钥匙是家常便饭，他强迫自己养成了留门的习惯，这两把钥匙永远会放在固定的位置。

"吱——呀。"不算十分坚固的灰白木质大门被推开，屋子里依旧是冷清的空气。踏进木门时，云悠悠下意识地摸了摸自己左侧额角，当初，哥哥在这里把她的脑袋撞出好大一个包。一种非常奇异的感觉忽然袭上心头，她的耳畔掠过缥缈的对话声音。

"注意门框，别碰到我的头。"

"……你看我很傻？"

云悠悠怔怔退了一步，盯着门框出神，那声音听不清，但是语气显然一点也不像哥哥。几分钟之后，她倏然回神，摇摇头，关门走向楼梯口。为了防她摔跤，哥哥特意买了防滑毛垫，一层层铺在楼梯上。修复后的这些毛垫的花纹和从前完全没有区别，几个磨损严重的地方也精准地还原做旧，让她好一阵恍惚——感觉一点也不真实，就像搭上了时光机，返回许多年前的旧场景。

抵达二楼，熟悉的感觉更是扑面而来：走廊、老式家具、廊灯、卧房和阁楼……走到阁楼门口，云悠悠忽然有种笃定的错觉——那个爱穿白衬衫的人一定就坐在宽大的藤椅里，敲击着老式键盘。

她迫不及待地推开了灰白的木板门："哥……"

遗憾的是，阁楼里只有细微的飞尘，在阳光下缓缓打转。

她抿了抿唇，视线落向这个熟悉的屋子。进门右手边是她的布质简易衣橱，里面悬挂着小白裙和贴身衣物，衣橱下面是两双家用拖鞋，一双沐浴用，另一双日常用。衣橱前方是她的单人床铺，枕头和星空被都是她离开之前的模样。床头放着圆桌，桌面上堆着她的生活用品，一台饮水器鹤立鸡群。

她的眼眶烫得厉害，吸了吸气，视线继续往旁边移动。圆桌旁边就是哥哥的书桌，书桌上放置着屏幕巨大的量子计算机、老式键盘和鼠标。书桌前方自然是那张旧藤椅，连他平时想事情时习惯性抠开的藤边也得到了忠实还原。

视线继续向左移动……忽然凝滞。墙板上那个"大补丁"虽然和记忆中无甚差别，但是怎么看都缺了点味道——还原度不够。

云悠悠疑惑地皱起眉头，她记得墙壁断裂的样子，也记得哥哥是怎样把它修好的，却完全想不起来好端端的墙壁为什么破了那么几道大口子。越深想，越迷茫。

她摇摇头，取出小白裙，到隔壁的浴间冲了一个很难把头发漂洗干净的热水澡，用大大的白毛巾擦着头发，回到阁楼，坐在床铺边上发呆。好奇怪，如今自己回到了熟悉的地方，却还是觉得缺了点什么，空空的，不太完整。

是什么呢？她环视一圈，用手掌压了压身下的床垫，觉得床垫也有点不对味。她记得床垫断裂过、修复过，可是她和哥哥的生活一直平静安宁，也没有发生过什么地质灾害……莫非哥哥曾经催眠过她，让她忘记了某些事情？

她晕乎乎地想着，怔怔看着夕阳落下远山。

云悠悠把头发放到枕头上，盖好星空被，看着银白的月光洒进窗框。远处传来啾啾的虫鸣声。从前绿林几乎没有小虫子——随着地磁骤减，虫族是最先灭绝的族群。如今有了人造光磁场，生态圈已经在一点点恢复，复兴荒芜星的行动如火如荼。大地的疮痍得到治愈，贫困的饥民得到了安稳的工作和舒适的家园，这正是闻泽大力推进的事业。

她的眼睛忽然泛起热意，怨怼像潮水一样褪去，思念和心疼如礁石浮起，硌在她的心口：殿下……理智上，她知道闻泽所做的一切是伟大而正确的，但是情感上难免委屈。

夜风刮过窗台。砰的一声闷响传来的同时，云悠悠感觉木质墙壁在微微震荡，屋顶的木板缝隙里簌簌落下细小的尘束。这是……她的脑海里忽然涌起了强烈的熟悉感，仿佛已经预见到接下来要发生的事情。

"砰砰砰——嗡。"最后这一声沉闷的金属嗡鸣，来自屋外的能源管道。这一切发生得太快，不超过三秒，云悠悠却脑补出了一幕动图——一个人助跑、冲向墙壁、飞掠到二楼、即将下坠之前抓了一把能源管道，然后……

然后窗框上传来了皮靴踩踏声，与此同时，地上投下一道影子。云悠悠屏住呼吸，将视线投向窗台，借着月光，她看到了一个身穿帝国军制服的人——黑色的军帽压得很低，背着光，隐隐能感觉到他在笑。

她下意识地把手伸到枕头下面，握住了最新型的能源枪，但下一秒，熟悉的轮廓令她松开了握枪的手，双眼微微睁大，难以置信地盯住这道剪影。月光从他背后投进来，给他镶了上银色的边线，瘦高、挺拔。来人低笑着转过脸，云悠悠看清了他的侧颜——军帽冷酷的轮廓下方，是闻泽那张帅得惊天动地的脸。

他的视线冷冷扫过一圈，停在了她的脸上，四目相对。闻泽的黑眸微微发紧——他的皇后躺在一片月光中，小脸雪白，道不尽精致完美。

云悠悠的心脏震颤得厉害，眼前这一幕让她觉得极其熟悉，熟悉中带着心悸与慌乱。这个场景，她曾见过的！心中这样想着，她的嘴唇不禁轻轻翕动，道出了自己的疑惑："我们是不是曾经

见过……"

闻泽挑眉，放在身侧的左手松开了镣铐，抬手，推了推帽檐："这是一见钟情的标准台词。"

"叮当。"悬在腰间的镣铐滑落，轻轻碰击到笔挺的裤边。

云悠悠的心头涌起了更多的情愫，一团一团，既陌生，又熟悉。

他走近，居高临下望着她，乌黑的发丝散落在枕头上，像流水缎一样，让人忍不住想要把玩。这么想着，他便做了。大手覆住她发丝的同时，他干脆利落地伸出手把她的细手腕按在床头，顺便给她扣了个生物枷。沐浴在月光下，身穿黑制服的男人显得异常冷酷和坚硬。

"殿下，您不是很忙吗……"云悠悠发出软软的声音。

他扯起精致的唇角："别以为我会开恩，渎职者。"

她的心脏跳得飞快，胸口一阵阵悸动，像是花枝簌簌蔓延。

闻泽覆下来，俊美的面庞渐渐换近，她下意识想要撑住他的胸膛，可双手被束缚在头顶，拿不下来。

闻泽的气息笼罩着她，她清晰地分辨出，记忆中的模糊片段正是源自眼前这个男人。当他冷酷地勾着唇，吻上她的唇角时，她忍不住弱弱抗议："您没有说过喜欢这样啊？"

他抬手捂住她的嘴巴，凑得更近了些，黑眸中燃起两点暗火："从前不喜欢，如今喜欢了。"嗓音沉得令人心惊肉跳。

这一夜，云悠悠的脑海装满了各式各样的娃娃，她的心跳为他失控，她知道，她也把他迷得神魂颠倒，不知今夕何夕。

"怕了没有。"他沉沉盯着她，喉结滚动出最性感的弧线。

云悠悠艰难地找回自己的声音："怕了……"她可怜兮兮地看着他那双深邃迷人的眼睛，说了句胆大包天的话，"但是还敢。"

闻泽：……

❖ 03 ❖

云悠悠被叮叮当当的声音吵醒，她迷迷糊糊睁开眼睛，发现天光大亮，她和闻泽之间横着一面光屏，胖星星正在追赶一只骷髅头，把它们逐一吞进肚子里。

她眨了眨眼睛，心中的异样感更加浓郁，从星空被中探出手来，轻轻戳了戳快速移动的胖星星。这不是她的星网头像吗？可是她从来也没有见过这个游戏啊。不，虽然没见过，但是感觉无比熟悉。

正在迷茫时，一根修长的手指穿透光屏，点在她的指尖。她的身体本来就软软懒懒的，碰触到他，立刻心跳加速，几乎喘不过气，感觉就像触电。电流蹿过的同时，她的脑海中无端浮起了一幕幕亦真亦幻的画面——闻泽可恶至极地欺负她，闻泽擅自给她设置了傻乎乎的头像和 ID，闻泽用星空车载她，闻泽请她吃煎蛋，闻泽……

这些画面逐渐和他们婚后的日常生活融合在一起，她能够清晰地感觉到画面中的闻泽正是她挚爱的丈夫，只是在经历了某种割裂之后，他变得更加成熟、沉稳而内敛，把自己牢牢封闭在温和的假面之下，再不以真面示人。

云悠悠心脏忽然一阵刺痛，鼻尖发酸，热泪涌上眼眶，低低的呜咽刚溢出唇线，奔驰的胖星星忽然就停在了原地。"刷——"光屏熄灭，隔着朦胧泪雾，她看到了自己魂牵梦萦的脸。

"闻泽哥……"她喃喃唤他，嘴唇一扁，眼泪大滴大滴滑落。

他深深地凝视着她，薄唇开启："哭什么，小屁孩。"大手一揽，把她捉到了怀里。滚烫的吻印上她的额头，熟悉的气息笼罩着她，她倚着他宽阔结实的胸膛，听到两个人的心跳渐渐同频。

"闻泽哥也想起来了吗？"她用脸颊轻轻蹭他。

"没规矩。"他的声音泛着懒，"叫我陛下，并求我宽恕你装病躲懒的罪行。"语气和当初一样欠揍。

云悠悠：……

激动感怀什么的，根本不存在。她抿住唇，簌簌转身用脊背对着他，然后从枕头下面摸出自己的光脑。当年一直想删他却没删成，如今反正也不需要联络……还留着这个家伙干什么！

一只大手从身后绕过来，扣住她细软的手指："只有小学生才会动辄删别人好友。"低沉的嗓音又懒又坏。

云悠悠简直要气成一只河豚！"你才是小学生！"她回头，愤怒地睁大眼睛瞪他，"只有小学生才会欺负自己的女朋友！"

闻泽愉快地大笑，他笑起来更是俊美得晃眼睛。眼见她真的急了，他动作迅捷地从她手中夺走了光脑，将她的一对小爪子强势扣紧，把她捉回怀中，温存地吻她的额角。

她的委屈就像决堤的洪水："留着好友做什么！反正从来也不联系！"

一只大手蓦地摁住了她的脑门，他微微眯了下狭长幽黑的眼睛，睫毛轻轻一扫。

"没发烧啊。"他纳闷地说。

云悠悠愤怒地挥开他的手："别想转移话题！别以为昨晚……昨晚那样，就可以弥补冷暴力带来的伤害！你有多久没看过我一眼了？你回不回来睡觉有什么区别吗？"

闻泽捉住她的肩膀，很认真地凝视她的眼睛："不是每天都在互道早安和晚安么。回家时间哪天没有向你报备？"

云悠悠气结，这是什么睁眼说瞎话的本事？！她抿紧了嘴唇，从光脑上扒拉出两个人的聊天框，最后一条记录孤零零悬在那里，赫然是四个月之前。

"哪一天报备过？"她凶巴巴地瞪着他。

闻泽怔忡片刻，取出了自己的光脑，点开两个人的聊天框，云悠悠清晰地看到了自己愕然的脸。

"皇后。"他难以置信地看着她，"你不是有最高视察权限吗？"他伸过手，点击右侧的眼睛标记，只见聊天框正中浮起了画面，就像是连接了视频一样。

"只要双方同时打开聊天框，就可以实时视频。"他挑高了眉梢，"所以，皇后每天晚上和我互道晚安，都是在盲答？"

云悠悠临睡之前，确实都会点开他的头像，默默道一声晚安。这……原来他都看得见？原来他每天都有回应？她这是，单方面"被冷落"？

"您每天都和我互道晚安？每天？"她心虚地抬起眼睛。

"每天。"闻泽微笑。

所以他每天都会早早打开聊天框，等自己出现，云悠悠的眼眶越来越烫，嘴唇一点点扁了起来。

闻泽抬手揉了揉额头——难怪，每次他暗示她等自己回家，她却总是早早入睡。他以为她太累了，婉拒他的邀约。没想到居然是这样的乌龙。

"傻子。"他恨恨揉了一把她的头发，"要不是我安排你装病出来一趟，你就打算一直和我'冷战'下去？"

云悠悠恍然，原来是他安排的啊。

"小没良心。"闻泽气笑了，"这么久'不联络'，还记得有我这个丈夫？"

云悠悠的眼泪越涌越疾，情绪翻腾，心尖一阵阵发颤，深埋在记忆之海底下的画面翻涌上来，一幕一幕刻入骨髓。她都记起来了。她记起他是怎么变成了她的男朋友，记起他为了保卫绿林差点丢掉性命，记起他们是怎么遗忘了彼此……泪水再也无法抑制，她呜咽着，把脸拱进了他的怀里。

"闻泽哥……殿下……男朋友……我记得，我再也不会忘记了……"

他被她的哭泣弄得彻底没辙了："没怪你，别哭了。乖，以后不会超过 11 点到家。再有半年新能源就会全面替换旧式矿物能源，接下来还要辛苦你协调那些……"

云悠悠：……

这个家伙，依旧一点儿都不会哄人，这种时候居然能想到公事上面。但是没关系，她的心脏已经充盈了甜蜜，这一生都不会再孤寂，只会永远幸福满足。

END.

"傻子。"闻泽笑得弯起了眼睛，"他想接近我还不简单？"

云悠悠："对哦。"她的眼泪一秒钟收回。

闻泽懒洋洋地笑了下，大手抚着她的脸颊，俯身亲了亲她的额头。

"知道西蒙怎么假死脱身的吗？"他微眯着眼，很随性地扬起左手前三根手指，斜着画了半道弧，"我驾驶的机甲，以一敌万。热身完毕之后，启动机甲自爆，亲信接应我离开。"

云悠悠发现这样说话的闻泽好像一个闪闪发光的少年，她知道，这是十七岁的殿下燃烧的热血。如今的她已经不算是纯粹的机甲理论知识菜鸟了，她知道这样的事情普通人根本不可能做到，如果由她来做，大概也只有五六成概率可以成功，并且十分考验和接应者的默契程度。

十七岁的殿下不可能比她更厉害。

"您对哥哥真好！"她声音哽咽，泪如雨下，"殿下，哥哥总是念叨他最好的朋友，我一直知道，那一定是值得生死相托的朋友！这个人是您，我……我好开心……"

闻泽喉结微动，薄唇扯开，最终，只摇着头低低一哂。

"对了殿下，您的人机连通指数是多少？"她好奇地眨巴着眼睛。

"你呢？"闻泽不答反问，黑眸懒懒半合，看起来十分骄傲。

云悠悠抿了抿唇，不好意思地开口："100%啊，您也是，对吗？"

……

闻泽淡定地摁住她的脑袋，一本正经地说："天赋不是决定成败的因素。"

"嗯嗯！"她飞速点头。

❖ 04 ❖

闻泽与白银公爵、覃平上将的远程会晤取得了圆满成功。

准确地说，这二位算是被绑上了船。覃飞沿和孟兰晴不小心得知了异常要命的皇室隐秘，逼得陛下不得不亲自出手对付他们，结果却让这对姐弟死里逃生，还与太子殿下绑在了一起。

像孟公爵和覃上将这种级别的巨擘也许不会在意一个孩子的生死，但是那两通报平安的信息却把他们整整齐齐地架到了火上。

得知此事，陛下会怎么想呢？这两个小东西是不是已经把他们知道的事情通通告诉了家长？家长又将会如何看待皇室的隐秘？家长会不会对差一点杀死自己孩子的陛下心怀怨恨？一旦有了猜疑，君臣就再不可能心无芥蒂，再怎么表忠心都没有用。

更可怕的是，温和文雅的储君殿下还握着个致命砝码——他禁止孟兰晴与覃飞沿向家中透露他们在皇宫中究竟听到了什么隐秘。也就是说，白银孟兰公爵和覃平上将连陛下要杀那两个小家伙的真正原因都不知道，根本无从揣测陛下对知情者的容忍度。

帝王之心，深不可测。总不能跑到陛下面前去问个清楚明白吧？眼前变成了一条没有选择的单行道。这两位还能怎么办，除了向强盛势大的太子殿下投诚、提前效忠新君之外，他们已经别无选择。

至此，闻泽收获了两大中立势力支持，手上掌握了孟兰晴、覃飞沿两个人证，以及背叛者杨诚与陛下身边最高执行官秘密联络的重要物证。

等到太子班师回朝，帝国差不多就该变天了。

旁听了视频会议之后，孟兰晴的神情更加恍惚了几分。她现在深刻地体会到了二哥孟兰洲对太子殿下的忌惮，从此下定决心再也不要把对方当成一个很有魅力的男人，而是将他郑重地供到领袖的位置，追随他，做一个无情的工具人。

视频会议结束，孟兰晴主动投诚："殿下，我有关于'那个秘密'的一些线索，想要向您单独汇报。"

"嘶——"坐在一旁的覃飞沿用一种敬重烈士的目光看着她。

实不相瞒，覃小少爷虽然没闹明白到底发生了什么事情，但野兽般的直觉已经告诉他，最好离这个会笑着吃人的皇太子远一点，保持安全距离。表姐居然还想往上凑！不得了不得了，真是无知者无畏啊！她怕不是以为能从云悠悠那个变态手里抢走闻泽？醒醒啊！那是个变态啊！真变态啊！

和她抢男人怕不是失心疯了吧!

闻泽淡淡瞥过一眼,不知道是不是覃飞沿的错觉,他居然觉得可怕的太子殿下似乎对他表现出一丝欣赏和赞同。

"无妨。"闻泽温和地笑道,"覃四公子也不是外人,就这么说吧。"

覃飞沿忽然之间受宠若惊,不自觉地坐直了一些,然后感觉自己的身躯在无限拔高,一下就把身旁的孟兰晴碾压成了小矮子。

眼见孟兰晴露出一点纠结为难的表情,覃飞沿嗤笑一声,用臂膀撞她:"听到没有,本少爷不是外人!"

孟兰晴无奈地做了个不符合淑女规范的夸张的叹气动作,耸肩摊手:"好吧,反正也是从你父亲那里得到的消息。"

覃飞沿:……

孟兰晴冲着表弟露出扳回一城的鄙视微笑,然后转身面对闻泽:"殿下,上次我与覃平上将就'林德秘密'一事较为深入地谈谈心。当然,覃上将并未向我泄露那个秘密,只是说了几句大有深意的话。"

她回忆着,一句句道来:"不明白就是最好的保护。

"当你凝视深渊,深渊将回以凝视。

"只有强如恒星,方能保护自己。"

覃飞沿很礼貌地忍住没笑。就这?就这?这种装神弄鬼的话,他可以在这里给孟兰晴现编一百句!

闻泽颔首:"知道了。"

他起身做出送客的样子,姐弟二人赶紧非常自觉地行礼告退,回到属于他们自己的舱室。

星网暗影面积已达到50%,帝国最强大的超级量子云服务器彻底瘫痪。

韩詹尼看着破解完毕的数据包,仿佛看到了深渊。光屏上呈现的画面应该是星空,但他从未见过这样的星空,它看起来更像一个坟场,诡异的扭曲弧线和漩涡让人联想到死亡。

"回应我啊！"他睁大了充血的眼睛，对着眼前的画面发出低吼，"让你从计算机中复活的人是我啊！不管你是什么，我都是你的同伴，同伴！"

遗憾的是它并没有给出任何回应。让人感觉眩晕的构图只是按照它自己的规律在光屏上缓缓转动，韩詹尼试图用关闭能量源来威胁它，然而让他感到惊恐的是，他的手指停留在按键上方，却怎么也按不下去。他放上了另一只手，用左手手掌猛压右手的手背，试图将它摁到关闭服务器的能量键上。

男人白皙的额头一点一点渗出汗珠，镜片后的桃花眼越睁越圆，他眼睁睁看着自己的两只手调转过来，一寸一寸掐向自己的脖子！

这是……恐怖电影中的桥段啊！手滑……升级了……

"韩博士！"身后传来的呼唤让韩詹尼猛然醒神，他像是从一场梦魇中惊醒，一瞬间，飙升的肾上腺素和神经激素沁满他的肌体，令他酥软地跌坐在地上，心脏乱跳，浑身剧颤，手足泛起一阵又一阵酸麻。

一个相貌非常普通的年轻男生赶紧上前搀扶他："博士，您近来太累了。"

韩詹尼缓缓转头："谢……谢谢……"

他搭着这个男生的手，狼狈地爬起来，胡乱抓过林瑶的光脑，低头一看，只见那个来自绿林的文件包已变成了打开状态，下方多了一行提示——"潘多拉已成功开启"。

"呵……"韩詹尼抬起头，看了看窗外刺眼的阳光。

把魔鬼释放到人间吗？那正好，一起毁灭吧。

"博士，"年轻男生发出了迟疑的声音，"这是什么意思？需要钥匙开启星空？"

韩詹尼缓缓将视线投向光屏。从这个角度看，群星坟场正中的漩涡，看上去的确实像是一个钥匙孔。他忽然想起了化身"林思明"的西蒙·林德留下的话——那张储存卡中的网络新算法，能让一个人原地封神！

韩詹尼呆呆站着，镜片后反射出一道道精光。

封神……

主宰这片星空……

主宰……人类的潜意识……

✦ 05 ✦

首都星已经出现了乱象。

继民用网络瘫痪之后，一直依赖信息技术和智能系统的各大领域也陆续陷入混乱之中，能源供应出现了严重问题。

道路两旁的投影光屏消失，繁华的城市好像退出了大能源时代，回到古工业时期——灰色的金属城市死气沉沉地趴伏在地上，像一只苟延残喘的钢铁怪兽。自动驾驶的运载车辆全部停运，对于没有星空车的家庭来说，上班上学都已经成了巨大难题。工厂和公司被迫停工，在这种快节奏的金融时代，停产基本上意味着破产。

大量公民处于失业恐慌中，越来越多的人加入了游行队伍。有人疯狂囤积营养液和日常必需品，一种名叫"通货膨胀"的疾病开始在城市中蔓延，犯罪指数随之飙升，呈现出恐怖的增长态势。

云悠悠坐在闻泽身边，和他一起查看首都星发来的报告。

"快入冬了。"闻泽的声音很淡。他微蹙着眉，寒冽的目光穿透光屏，望向不知名的远方。

云悠悠见过首都星的冬天。一入冬就会开始下雪，先是细细碎碎的晶莹小雪粉，到了深冬就变成鹅毛大雪，一层层铺下来，像是要把整个世界都淹成雪的海洋。这场雪会一直下到开春，近三个月的时间里，天空总是飞舞着雪片。

往年冬天，大大小小的城市都会启动地热系统进行全方位供暖。室内温暖如春，公共区域冰雪消融，温度永远维持在安全线以上。可是今年……系统瘫痪，能源也供应不上。无论室内室外，都会变成不适宜生存的冰窖。

云悠悠感到喉咙发紧，胸腔一阵阵抽痛，酷寒加上食物短缺，会夺去多少人的生命？

"至少五分之一。"闻泽冷酷地开口,"人类脱离自然已经太久。"

云悠悠恍惚地吸了一口气,眼窝里感觉一阵阵发冷。首都星居住着多少人?几十亿?她无法想象那是什么样的寒冰炼狱。

她的脑海中难以抑制地涌动着一个念头——那张储存卡!它可以解除星网危机,让网络通畅,拯救数以亿计的人类!没有别的办法了,这是唯一的出路!难道要眼睁睁看着这么多人去死吗?等到来年开春,那些无法处理的尸体将导致瘟疫肆虐,会有更多的人因此死去!快使用储存卡,否则就是在犯罪!数十亿人的生命,你能背负得起吗?!

她知道这是催眠的作用,但她的脑袋仿佛已经被劈成了两半,一半疯狂怂恿她去做那件事情,另一半不断地告诉自己,星网瘫痪的始作俑者究竟是谁。

她深深地吸气,抬起眼睛望向闻泽。他正调出另外一份报告,这份报告显示,能源和网络资源依旧在优先供应给各大世家以及与他们有密切合作的财阀集团,维持他们的支柱产业正常运转。

他抬起手指,指尖戳了下这份报告,唇角露出温和的微笑:"发起总攻,入冬之前结束战争,班师回朝。"他说得很慢、很坚定,幽黑的双眸平视前方,云悠悠在他的眼睛里看到了一往无前的铁与火。

他起身,宽阔的双肩和笔直的背仿佛能够扛起整个帝国。

"殿下!"她不知道自己为什么忽然心潮澎湃,感觉到热泪涌上眼眶,不自觉地起身,行了一个非常用力的军礼,"我申请随您出征!"

他没说话,也没有侧头看她,只是轻轻颔首。

她小跑着跟在他的身后,看着他大步踏过舱道,发布一条条命令。她的心脏跳得很快,在她眼中,闻泽的背影就像一个顶天立地的巨人,发出耀眼的光。

您的事业必定成功,您的理想必定变成现实!她这样想着。

看着这样的闻泽,她不禁再一次想起哥哥提及"好友"时的模样。她能感觉到,哥哥和自己一样,对殿下充满了欣赏和敬佩之情。

哥哥和殿下，本该并肩而战啊。

踏进会议室之前，云悠悠很自觉地停下脚步，站在门口拄着腿喘气。她知道参与会议的都是军方的高级将领，她只能把他送到门口，然后在外面静静地等他。

闻泽脚步微顿，侧头："进。"

云悠悠怔忡地睁大眼睛，偏着头看他。

闻泽轻啧一声："请进。"云悠悠不明所以，但是君命和军令都不可违，她只能紧张地吸了一口气，跟着他走进会议室。

各大将领已在会议室待命，他们齐齐起身转向，站在长桌两侧"啪"地向闻泽敬礼："殿下！"

闻泽走到指挥桌上首坐定。

云悠悠悄悄跟上，站在他的身后，尽量降低自己的存在感，却仍然能感觉到长桌两旁有无数道目光落向她。这些都是久经沙场的老将，目光锐利如鹰，带着沉重的穿透力。云悠悠感到压力有点大，她轻轻抿住唇，手指不自觉地揪着裤边。

闻泽忽然轻声笑了笑："坐你自己的位置去，别杵这里。"

云悠悠有些无措，这种场合竟然有她的位置吗？以准太子妃的身份吗？会不会太过分了……她纳闷地抬头，发现坐在长桌两旁的军官们看她的眼神都十分友善，脸上还带着笑。

一名国字脸的长官指了指桌尾的空位："云同志，你的座位。"

云悠悠惊奇地眨了眨眼睛，恍恍惚惚走过去坐下，手脚都有点不知道怎么摆。她悄悄调整了几次坐姿，让后背紧贴着椅背，坐成一个标准的直角，然后将双手平平放置在膝头。

这样的场合，她竟然有一席之地吗？

坐在云悠悠对面的是一位神情异常严肃、看面相不太好相处的女军官，云悠悠抬起头对上她锐利的视线，心中不禁有些忐忑。只见这位不爱笑的女军官沉默片刻，把右手放在桌面，对着云悠悠竖了下大拇指。

云悠悠最害怕别人夸她，她的耳朵迅速变得通红，脸颊也呼呼发烫。她害羞地弯起眼睛，冲着女军官傻笑。

对方被她弄得抽了抽眼角，默默把手放回桌面下。

端坐指挥桌上首的闻泽很平静地开始发言："在部署总攻战略之前，我先说明一下这场战争的重要性以及必要性。虫群从绿林抵达首都星只需要一个月，届时，首都星将正式步入寒冬。目前基础防御设施已全线瘫痪，舰群的防御无法覆盖星球表面，虫群将在半个月之内肆虐地表……"

云悠悠和众将领一样，专注地听闻泽讲话。

他的视线缓缓扫过每一个人，很是雨露均沾，触到云悠悠的目光时，只轻轻地动一下眼睫示意。他的嗓音很有感染力，会场上很快就响起了轻轻的抽气声，众人深刻意识到危机竟然离得这么近。

"因为此前虫族很少袭击繁荣星圈便认定它们不会侵犯首都星，这是一种极度危险的思想；将帝国公民的安危置于概率之上，更是极其不负责任的做法。"闻泽的声音微微沉下，"诸位都是经验丰富的将领，应当深知战争没有侥幸。今日之后，任何动摇、蛊惑军心之言论，视同投敌。"

他静静环视一圈。

"遵令！"好几位将领的眼眶一点点泛起红色。谁都知道，殿下的政敌们正在首都星大肆引导舆论，让民众迁怒殿下，把星网瘫痪带来的种种负面影响归咎于绿林战争，指责殿下好大喜功，不顾后方局面。事实上，殿下冷静理智，目光长远，根本不是那些满脑子争权夺利的蠢物可比！

英雄征战沙场，小人背后嚼舌。这些跟随闻泽多年的老将都替殿下感到委屈。幸好，殿下是如此坚毅强大的一个人啊，他不会畏惧任何流言，只会坚定前行！

云悠悠跟不上这些弯弯绕绕，但她拥有敏锐的直觉和敏感的心，她能够清晰地感觉到会议室中的军官们都非常激动，非常爱戴殿下。她的心脏也热热的，为他感到骄傲。

接下来就到了部署总攻战力、给各部门分派任务的环节。云悠悠听不懂那些军事术语，却也能感觉到气氛渐渐变得沉重，会场上弥漫着壮烈无畏的情绪。她知道，把原本计划一至两年为期的战争强行压缩在一个半月内结束，必定需要付出惨重的代价，在座的将领都做好了牺牲的准备。

没有办法，时间不等人，首都星的冬天，即将降临。

"斩首行动由特战队负责。"闻泽的眸光平稳地落到云悠悠身上，"九级以上成虫不必强行击杀，照例通知'锋刃'剿灭。此次'锋刃'主力为云……"

他顿了下，忽然想起还没有给她授衔。云悠悠只身探母巢、击杀无数高阶虫族以及"亲王"的事迹已经在军中传开，战士们甚至私底下给她封了个"单兵之神"的名号，只不过当事人并不知情。

就凭这一次的功勋，云悠悠怎么也够连跳几阶，尉级起步，甚至摸一摸校级的边。

闻泽停顿的片刻，一位脸皮最厚的眯眯眼中年军官果断发言："殿下，您先口头授衔，程序回头再补就是了。"

"不必。"闻泽淡淡续道，"此次'锋刃'主力为我的未婚妻云悠悠，其余队员以二人为一个小组，名单如下……"

等到闻泽布置完毕，那名眯眯眼军官见缝插针地力谏："殿下，举贤不避亲啊殿下！不要因为云同志身份特殊，就不给人家应得的待遇嘛！"

云悠悠的脸蛋烫得要命，恨不得把脸颊贴到桌面上降降温，顺便躲开众人友善调侃的注视。

"不用。"闻泽眉梢微挑，"以后她每天都会立功，没必要一次一次升，浪费资源。"

众将领：……

好家伙，听这语气是还嫌弃上了嘿！

❖ 06 ❖

全面总攻开始了。

凶猛的火力消灭了大片虫群，但也吸引来了更多的虫族。纵然是曾经深入母虫巢穴的云悠悠，在看到正面战场的时候，也不禁心惊肉跳，震撼难言。

太多了！整个世界都是虫，除了虫还是虫！在一线战场上，连战舰都被虫潮吞没，只有隐约闪烁的炮击光芒显示那里还有军队在战斗。接近战场之后根本看不见绿林星在哪里，虫族蔓延到视野边界，只能依靠光屏上的地图指示来辨认方向。

这是一种难言的恐惧感，数量过于庞大之后，虫族给人类带来了面对天体、深海一般的恐惧。

云悠悠怔怔看着面前的一切，这样的虫潮大军如果扑向首都星，可以瞬间包裹住整个地表——帝国所有的战舰加起来都不可能防得住一条赤道截面，更别说整个星球。帝国之所以放任这么恐怖的敌人在身侧安家，倚仗的不过就是它们从未攻击过繁荣星圈。

如今云悠悠已经知道为什么虫族只攻击地磁消失的星球——它们并非畏惧地磁，而是在分食星球死去之后留下的"花"。所以地磁根本就不能算是一道防线。

在她走神的刹那，身后传来了奇异而巨大的震荡，真空不会传播声音，也不存在空气震动，但她却清晰地感觉到，一柄能刺破天地的利剑正在出鞘，划破长空！

她通过真实视野望向身后，只见深空之中，黑色游龙横荡出击！她呼吸微滞，心脏在胸腔中怦怦跳动。

这支军队凶煞铁血，精准无误地楔进虫群中央。他们进退有度，利落高效的行动极有简洁美感，一看就是出自闻泽手笔。过境之后，就像神罚之手抹过苍穹，令一切不谐之物灰飞烟灭！

云悠悠很快就接到了自己的任务，她精神一振，向着目的地疾速飞掠。

闻泽把话说得很直白——她的能力过于突出，安排队友只会拖累她的行动，所以"锋刃"战队的这一抹"刃锋"永远独立行动，专门负责狙击"亲王"，场上没有"亲王"时，她再去帮助其他队员解决次一级的高阶虫子。

此刻，光屏提示的正是红黑相间的"亲王"标志！视野中很快就出现了一小片混乱的战区。大军不可能被局部战场拖住脚步，在这种犹如两片大海相撞的战场上，停下来就意味着被对方彻底吞噬。所以遇到高阶虫族时，大军只能掠过，交由特战队出动绞杀。

"亲王"正在大开杀戒，它的周围密布着机甲残骸以及还未彻底冷却的金属液滴。

"轰——"又一大团火光爆开。

"队长！"近距离通信装置中传出撕心裂肺的大喊。

云悠悠刚才就看见了，一台体型较大、看起来古朴笨重的大机甲强行救下了两台小机甲，但它自己却无法逃脱，被"亲王"斩成了两段——那个位置正好是操作舱，里面的人绝无生还的可能。

特战队队长通常都是整支小队中最受爱戴的人，也是战场上伤亡率最高的岗位——每一任继任者仿佛都会继承某种精神，让这种精神像火炬一样一代代传承下去。

"跟它拼了！"两个获救的队员脑袋已然不太清醒，一心只想复仇。

"回来！我们的任务是拖住它！不要无谓送命！"副队长厉声怒吼。可惜热血冲头的队员已经听不进去了，两台机甲收起防御盾，双双往上扑："自爆！为队长报仇！"

云悠悠调出激光剑，从上方飞掠进战圈，一脚一个把两个愣头青踹出了"亲王"的攻击范围。

"走远一点。"云悠悠的机甲发出冰冷刻板的机械音。

"谁在多管闲——嘶！是'单兵之神'！"队员发出了扭曲的怪叫，声音里迸发出狂野至极的兴奋和激动。

云悠悠茫然，这个人在说什么奇奇怪怪的东西？算了，只要不挡路，都是好同志。

"兵神！兵神！"

"兵神小心！这个家伙非常强！"

附近的"锋刃"成员们发出了欢呼和提醒。

云悠悠拒绝认领这个过于羞耻的绰号。她反手握着激光剑，原地跃起，跳向"亲王"。对方完全没有把这台白色的小机甲放在眼里，它扬起左边前钳傲慢地挥向她，打算随手轰爆这只挡路的小苍蝇，继续追杀前方那些大机甲。

"咦？"云悠悠纳闷地歪了歪头。她记得在地底击杀第一只"亲王"之后，这些高阶虫子见到她总是如临大敌，表现出警惕而慎重的样子。而眼下这只虫显然没有把她放在眼里——这是怎么回事？她的威慑力哪去了？

迷茫的云悠悠挡开虫钳，略微愣了一下。在她愣怔的瞬间，"亲王"早已无视她，扑向了副队长那台深青色的机甲。

这只虫子居然把后背毫不设防地暴露给她？

"嘶——"几名队员手忙脚乱，急急架起防护盾帮助副队长阻拦。几面电磁大盾刚拼出个囫囵形状，只觉眼前一花，"亲王"就挥舞着利爪攻到了面前。

眼看着还未完成的防御就要被轻易冲破，机甲们即将被冲击力撞个遍地开花，然后惨遭各个击破。就在几个人瞳孔收缩的瞬间，只见"亲王"的身后悄无声息地跃起了一台白色机甲，它左手抓着"亲王"背部隆起的黑红披风区域，右手环过它的颈项，调出激光剑，轻描淡写地开始切割。

"亲王"察觉不对，疾疾转身，只可惜，敌人已经成功粘在了它的背上，就像无法摆脱的影子。她位于钳击的死角，"亲王"上下扑腾翻滚也无法起到任何作用。

"滋……滋……咔！"虫壳破碎的脆响以固态传播方式传到了机甲表面。

激光剑深入颈肉，云悠悠稍微受了一下肌肉质感，瞬间得出结论——肉质太柴了。而且她的肚子也饱饱的，口中犹有鲜肉粥的余香，完全不想吃这个黏糊糊的虫。

唔……难道先前她身上那股能震慑"亲王"的气质是……捕食者光环？她晕乎乎地眨了眨眼睛，右手压紧高频震荡的激光剑，果断松开了抓在它"披风"区域的左手。

虫身猛甩，机甲高高荡了起来，飞扬的左边机械臂"嗡"地一震，轰然落在"亲王"脑壳上，扣紧！借着机身飞甩的力道，左右双臂迅猛交错，激光剑瞬间亮起耀眼电弧。

"咔——吱！"虫王自己把自己送上了绝路，脑袋拖着黏液离开身躯，无头的虫躯惯性地挥舞着两只利钳，在虚空中扑腾了好一会儿。

白色小机甲利落地翻了个身，一脚踩住乱扑腾的虫躯，把手中的虫脑袋轻飘飘地扔到无头身躯上。

"嘶……兵神，不愧是兵神！'单兵之神'，名不虚传！"

"大佬这云淡风轻的气质，吾辈只能仰视！"

"看看这个掷头颅的动作，当真是酷毙了呀！这是兵神战胜对手之后的独特仪式吗？"

旁观这一战的队员们发出声声惊叹。

云悠悠觉得自己完全无法和这些脑子不太清楚的队员交流，面无表情地调出打卡器。

"嘀——"

众队员：……

云悠悠飞速前往下一个狙击点。

"亲王"的毁灭能力是非常恐怖的，只需要十几分钟的时间就能灭掉一整支特战队。为了拖住高阶成虫，特战队员们付出了极其惨烈的代价。

但是他们的牺牲换来了主力部队不受干扰、一往无前。

利刃刺破长空，大片大片收割虫族，将它们一波又一波狂暴的攻势迎头击退，就像一道黑色的钢铁防线，一次次挡下铺天盖地的海啸撞击。

这样的景象令人心潮澎湃，云悠悠感觉自己融入了一个巨大、热烈、铁血的气场中，这种感觉与地底的深红磁场有一些相似，但其中的精神面貌全然不同——这个"场"隐隐呈现出指挥官本人的气质。

云悠悠有一种自己与闻泽灵魂相贴的错觉，她的心神激荡不已，某一瞬间，她甚至清晰地感应到了他从极远处投来的注视，那目光炽烈如恒星。

她穿梭在大军之间，就像鱼儿找到了属于自己的水域。

光屏上又出现了三处"亲王"标志，云悠悠看了看自己的能源条——殿下要统筹战局，她自然不可能再蹭他的战舰能源，现在她用的是"星星"自带的能源装置。

满能源的状态下，"星星"大概可以击杀三只"亲王"，然后就需要到近处的补给舰上补充能源。刚才的战斗结束得轻松，能源还剩下 75%，如果不出什么意外，应该可以解决掉这三只虫。

她抿紧唇，飞速前往最近的"亲王"狙击点。

"亲王"出没的地方战况总是异常惨烈，云悠悠抵达时，一支特战小分队已经全军覆没，借着同袍们用生命制造的机会，最后一名队员飞身扑上前，用机甲扣住虫躯，果断自爆。巨虫挥舞着双钳，一下一下刺入机甲背部。操作舱被穿透，钳尖染上了鲜浓的血色。

残缺的机身泛起条纹状的蓝白强光——"轰！"

很可惜，"亲王"没有被炸死，只是受了严重的伤，它被冲击力掀往深空，抖着翼翅准备逃亡。云悠悠飞掠上前，反手握住激光剑，干脆利落地切掉了它的脑袋。

她没有打卡，而是拎起虫尸，把它扔到了战士们的舍身之处，敬个军礼，然后转身奔赴下一处狙击点。

眼窝热热的，但她没有流泪，只是默默把速度提到更高，白色机身流淌着恒星的光，就像一颗划过深空的星辰。

负责下一处狙击地点的战队是精锐中的精锐，云悠悠看到他们进退有度，用电磁射线网、护御盾和干扰器把"亲王"禁锢在一定范围之内，不急于求成，而是稳扎稳打，找准时机对着它脆弱的后颈开炮。

通信器中传出响亮的大嗓门："小云同志，见到你很高兴！"

云悠悠立刻认出了对方："覃大哥！"

"叫我覃特队。"对方骄傲地扬了扬机甲脑袋。

"覃特队，您超级厉害！"云悠悠毫不吝啬自己的夸赞。没想到暴躁大哥在战场上竟然是这么沉稳扎实的风格，实在令人刮目相看。

眼见"亲王"就要被这支精锐小分队成功磨死，云悠悠果断挥手道别，掠向下一个狙击点。这一处，总算有了她的用武之地。特战队员们的阵形摇摇欲坠，勉强拖住一只威风无限的"亲王"。

云悠悠等了个时机，拎着激光剑从天而降，贴在了飞掠的虫王背后，和它一起拖出了长长的残影。抬手，切割！能源飞速下降。

"滋——嗡——"身首分离。

光屏上又出现了两个新的"亲王"标志，云悠悠飞速赶场，把自己跑成了一只陀螺。

出剑！出剑！每次解决虫子之后，她总是以迅雷不及掩耳之势打卡溜走，抢人头的姿势非常标准。

❖ 07 ❖

光屏上总是有杀不完的光点，云悠悠每天都是利用充能时间断断续续地补足睡眠，然后急急奔赴战场。

时间一天一天流逝，不知道从什么时候开始，当她从一支队伍旁边路过时，机甲们只要方便，必定会向她行个军礼。

由于回礼过于频繁，她每次出行都得留出 2% 的能量预算。

云悠悠都已经不记得自己有多久没有见过殿下了，她知道他忙得要命，当然，她自己也是一个二十四小时待命、全月无休的"打工人"，忙得不知道日期，不知道时间，困到不行才补眠。

云悠悠又一次打空能源，迷迷糊糊地就近登上了一艘补给舰，她打着呵欠爬下金属架桥，目光忽然一顿——机甲舱里竟然没有后勤士兵。

云悠悠拍了拍舱壁上的呼叫按钮，内部通信装置一片死寂。心脏突地一跳，她立刻打起精神，提高警惕——这不对劲。

她望向舱门，只见圆形通道后方的合金悬吊平板大舱门不知什么时候已经收拢合上。上机！她猛地转头看向停放"星星"的机甲舱位，发现合金挡板也已罩了下来，把机甲封锁在内壁之中。

"怦怦！"心脏剧烈跳动，她猛戳戴在腕部的控制器，呼唤"星星"撞墙出来，戳了几下仍不见动静。

身后另一条舱道中，忽然传来了不疾不徐的脚步声，一步一步，军靴声在舱道中回荡扩大，不知透过什么装置传进空旷的补给舱，在她头顶盘旋。就像……猎手在逼近自己的猎物！

云悠悠深吸了一口气，默默从身侧抽出能源枪，放松脚步，一点一点挪向机甲舱与那条舱道之间的圆形合金隔门。她把后背贴在舱壁上，屏息静静等待。

很轻微的震荡传来，她知道圆门正在缓缓旋开。她用双手握紧能源枪，掌心飞快地沁出一层薄汗。神经激素疯狂爆发，一切动静都在她的感官中放到最大。她感觉到了风，是舱门后的那个家伙在抬脚、迈步。

那抹帝国军制服的黑色出现在视野中时，云悠悠瞬间出击，旋过身，挥枪指向这个不速之客！

"不许动！"眼前一花，一只大手闪电般探过来，捏住了她的手腕。她的大脑能反应过来，但是孱弱的身体实在跟不上这样的速度，没来得及摁发射，能源枪就被对方徒手夺走，扔到一旁。心头刚开始惊跳，只见眼前黑影一晃，挺拔修长的身躯旋身踏出隔门，他捏着她的手腕，把她狠狠抵在了舱壁上！熟悉的气息瞬间罩住了她。

"唔。"还没来得及看清他的样子，唇已被他俯身咬住。剧烈跳动的心脏改变了频率，从一种心跳，变成了另一种心跳。

"还记得我是谁？"他重重碾着她的唇瓣，气息灼人，微哑的嗓音压抑而隐忍，"回一次主战舰能累死你？"

闻泽完全不给她说话的机会，唇刚一动就被他彻底掌控。一直吻到她

完全喘不上气，眼角冒出点滴好看的小泪花，他才紧贴着她的唇角，轻轻笑了下。

"呵。"精致的薄唇勾起一抹坏意的弧度，"是能累死你。"

云悠悠艰难地换了口气："殿……"

下一个字再次被闻泽利落地吞下，他的亲吻没什么章法，凶狠得让她胆战心惊。一只大手扣住她的后脑，他半推半抱，一路吻过舱道，把她抵进舰上的休息舱。

"砰！"舱门在身后重重合上，两个人身上的黑色制服都被扔到一边。这么直接热烈的殿下让云悠悠的心跳彻底错乱，搂在他背后的手指都不自觉地轻轻颤抖。她的后膝弯碰到了床板边缘，腿一软，扑通仰倒下去。闻泽不给她半步退路，高大挺拔的身躯沉沉罩下，就像峰峦倾覆。

云悠悠见他的眸光实在是暗沉得吓人，赶紧抓住他扔衬衣的机会为自己狡辩："殿下，我……"

一根修长的手指摁住她的唇。

"殿下？什么殿下。"他微微歪了下脸，漫不经心眯着黑冷的眸，语气像极了电影中的星盗首领，"这艘船已被我劫持，你是我的俘虏。想活命就乖乖听话。"他薄唇勾起，手指轻佻地划过她的脸颊。

云悠悠呆呆愣愣地睁大眼睛，双唇无意识分开，这是在说什……什么啊……她的老古董脑袋完全不解风情，再加上闻泽在她心目中一直是正直君子的形象，所以根本没反应过来是个什么情况。他的表情过于认真，眸光过于邪恶，让她本能地感觉到恐惧和战栗，以及一丝很隐秘的刺激。

她的目光微微发颤，迷茫地看着他，这张近在咫尺的脸实在是帅得惊人，黑发黑眸、冷白的脸、精致薄红的唇，三种色彩都那么极致纯粹而浓烈，唇角恶劣的笑容更是为他增添了危险的魅力。

她还没来得及惊呼，他已不打招呼地吻住她。舷窗外就是战场，连天的火光映在舱壁上，铁血激荡、锋锐冷酷的军队呈现出酷似指挥官本人的气质与风貌，如一柄利剑不断划过深空，令敌人灰飞烟灭。

云悠悠的眼前闪烁着破碎光影，她的心脏跳得比任何时刻都要快。

✦ 08 ✦

一吻结束，云悠悠果断岔开话题："殿下，我得尽快回去帮忙，您应该也有很多事情需要处理吧？"

他轻喷一声，暂时放过了这个不解风情的家伙："不急。边军到了，三军需要磨合。"

云悠悠吃了一惊："您把驻在边远星域的军队调回来了？"

闻泽语气淡淡："逼宫，当然得带上全副身家。"

直觉告诉云悠悠并没有那么简单，看着他那双发冷的黑眸，她的心底忽然闪过了一个念头。

"是不是……首都星提前入冬了？"她小心翼翼地问。

闻泽微微挑眉，他没料到她竟能想到这一层。

"怎么想到的？"他问。

她的眼睛里迸出小星星："殿下心怀伟大的理想和抱负，任何举措一定是为国为民，绝不可能是为了争权夺利！"

闻泽这一刻突然觉得自己找的好像不是媳妇，而是一个鞭策自己成为千古明君的"古董"忠臣。他忍不住垂下头，重重啄了下她那花瓣般娇嫩、水晶般润泽的唇，啄完犹不解恨，不轻不重地又咬了几下。

云悠悠惊得把身体缩成一团，绵软的双手坚定地推拒他，生怕他再度逞凶。

幸好他很快就放过了她，把她松松地揽在怀里，腾出手调取光脑上的资料让她看。这是一份很有年代感的资料，其中的隐秘来源于覃平上将与白银公爵——这两位投诚之后，闻泽立刻给了他们尽忠的机会，让他们提供维恩生化与林德家族旧案的全部资料。

结果与闻泽的预料相差不大，这两位很爽快地交出当年"丧尸"事件的所有真相，但对于那个导致林德家庭覆灭的秘密，却依旧讳莫如深。

云悠悠快速地翻看手中的资料。

二十多年前，维恩集团尝试开发能够提高人机连通指数的生物磁场，试药时发生了严重事故——自愿受试者脑部急遽肿胀，他们丧失理智，疯狂攻击身边的人，甚至试图啃咬别人的脑子。试药发生副作用并不是什么稀奇的事情，相关负责人立刻作出了应对，只不过，在处理病变者的时候，更可怕的灾难发生了。

这种类似"丧尸"的病毒竟然可以无接触传播，防护服完全失效。清理"丧尸"的武装人员被瞬间感染，病毒疯狂扩散，短短数小时之内，整个维恩生化内部变成了"丧尸"汪洋，在职员工几乎无一幸免！

灾难最终由军方终结。确认清除了全部"丧尸"之后，专门研究生物科学的林德家族奉命调查此案，专家们冒险进入事故地点，整理资料，采集样本。拿到维恩生化集团的技术资料之后，林德专家组发现这个项目的灵感竟然来源于濒死体验。

事情的开端是这样的：一些曾有过死里逃生经验的幸存者引起了维恩生化的负责人多图·维恩的注意，他发现，很多人声称濒死之际获得了全知全能的体验。在摆脱死亡阴影之后，绝大部分幸存者很快就忘却了濒死时得到的经验和灵感，但有极少数人却保留下了某一方面的能力，突然在某个从未接触过的领域"开窍"，一跃成为物理学家、数学家、音乐家……这些难以考证，却给了多图·维恩启发。

这位制药集团的领袖将目光投向了战场上死里逃生的士兵。很快，他就发现了某种令人惊叹的"奇迹"——部分士兵在濒死之际有过人机连通指数飙升的体验，摆脱危机之后指数迅速回落，数日后恢复到原始水平。

这位富豪投入了大量时间、精力和星币研究其中的奥妙，两年之后得到了一个初步结论——在获得"天赋"的状态下，幸存者们的生物磁场发生了某种共通的变化。虽然不知道原因，但是可以如法炮制。

维恩生化集团制造出了强大的磁力场，它可以强行改变人体生物磁场，将它调整为"天赋幸存者"状态。结果……这位富豪制造出了啃脑子的"丧尸"，自己也成了"丧尸"大军中的一员。"丧尸病毒"无接触传播的秘密也揭晓了，它是利用生物磁场传播的。

在那之后，林德家族并没有销毁这项研究的相关资料，而是尝试从另外的角度继续开发——

1327年，林德家族成功利用自己的研究引来了高阶虫族，险些悄无声息地灭掉皇室。

1328年，林德家族阴谋败露，成为众矢之的，以谋逆罪论处。

云悠悠停下拨动光屏的手指，偏头看向闻泽，感慨地叹息："覃上将与孟兰公爵还是不愿意说出那个秘密啊。"

闻泽很平淡地笑了笑，丝毫也不觉得意外。两个人默默交换视线，此刻当着光脑的面，他们不可能谈论更深入的话题。

关于"林德谋逆案"，这两位给出的答案与官方并没有任何区别，不过现在云悠悠已经接触到了更多的隐秘，看到这些资料自然会有另外的想法。很显然，林德家族的研究比维恩生化更深一层，他们找到了现象背后的原因，并因此掌握了不容于世的力量。

"如果我没有猜错的话，凯瑟琳中将在做的事情应该与之有关。"云悠悠微微沉吟。

闻泽微笑颔首，示意她继续往后翻。云悠悠翻到下一页，看到了关于凯瑟琳那个地下秘密实验室的调查报告。这个秘密实验室继承了维恩生化和林德家族的事业，继续研究生物磁场的改造，只不过他们放弃了改造活人，转为改造浸泡在培养液中的脑子——起码脑子不会变成咬人的丧尸。

结合每一个工作人员的口供以及实验室中的蛛丝马迹，经验老到的白侠中将找到了一个可怕的答案：制造无人驾驶的"脑子机甲"大军并非实验的真正目的，它只是研究过程中的衍生品。地下实验室真正在做的事情，是将某种强大的非人意志注入人类大脑，实现控制目的，其中最浅显的表现形式就是……手滑。

这个结论让云悠悠睁大了眼睛，脑海中短暂地出现一片空白。

换个通俗易懂一点的说法，那就是——凯瑟琳带领着一个秘密组织，长期进行残忍的地下活动，为他们的阴谋实现提供温床和土壤。

很显然，她和她的团队已经成功了。一个可怕的意志来到了人世间，它盘踞在星网之下，力量正在不断增长。也许到了某一个时刻，它就可以彻底控制人类，把所有人都消灭，或者让所有人变成它的傀儡。

云悠悠感到不寒而栗。她知道，哥哥必定参与了这件事情，和他的母亲分工合作：他带着"星魂"去了绿林，研究如何将它投放到星网；凯瑟琳则负责研究利用生物磁场影响人类潜意识。两人分工明确，进度同步。一旦计划成功，星网覆盖的地方，都将成为"星魂"的主场。

云悠悠总觉得这其中缺失了非常重要的一环。许多线索就像是藏在波光粼粼的海面之下的小银鱼，她似乎能看到它们的影子，却无法清晰地捕捉它们，将它们联系起来。私心里，她依旧不愿意给哥哥盖上"坏蛋"的印章。她了解那个人，那是一个非常温柔的人。

云悠悠抿住唇，继续向后翻动这份沉甸甸的资料。

再往后，是孟兰洲从首都星发来的报告。皇帝陛下命令孟兰洲解除了对计算机大学那台超级量子云服务器的封锁，将它交还到韩詹尼的手中。在韩詹尼摆弄了那台服务器之后，星网暗影面积暴增至50%，网络进一步瘫痪，首都星的舆论对闻泽更加不利。这其中能够明显看出紫莺宫引导的痕迹——撒伦十七世根本不在乎星网的状况，他要的只是趁机打击闻泽的威望，减少太子的支持率。就连滑头的孟兰洲都忍不住在报告中添加了一句大不敬的话——陛下老糊涂了。

云悠悠摇摇头，继续翻看后面的资料。翻着翻着，她的目光渐渐呆滞："殿下，这都是什么啊？"她十分怀疑殿下是不是随手复制粘贴了一些乱七八糟的文档来凑数。除了哥哥曾经让她看过的记录之外，还有各大教会的教义、各种奇奇怪怪的"神迹"，以及信徒们赞美救苦救难的自然大神，很多描述都浮夸到令人尴尬。

两个人对上视线。

"你不是对教会有兴趣吗？"闻泽说。

云悠悠："并不……我只是对'免费'有兴趣。"上次殿下到治疗舱接她时，一位有教会信仰的医师正在试图把她发展成教会的信徒。

闻泽再次觉得自己有必要找机会纠正一下未婚妻的金钱观，让她意识到她已经脱离贫困阶层，步入了富豪行列。

云悠悠继续翻动资料，脑海中渐渐浮起了一个念头——起点！

很多神奇体验都有这么一个共同之处，总有人声称能够回归到某种无限广阔、无限光明、无限知识、无法用语言描述万分之一的状态中去，像是回到了人类的最初。

维恩生化集团的研究，正是以此为切入点。

殿下发现了其中的共通之处，所以把这些资料都收集到她的面前，使唤她这个"小奴隶"替他开动脑筋。

不知不觉中，她翻完了全部资料，沉默片刻之后，她轻轻摇了摇闻泽的手指："殿下，哥哥留下的那张储存卡可以还给我吗？"这件事已经拖了很久，得做一点姿态给"那个东西"看看，否则它该怀疑自己的催眠效果了。

"未婚妻。"闻泽微微眯起了幽黑的长眸，"是什么给了你错觉，让你以为我对情敌毫不在意？"

云悠悠觉得殿下的演技实在是过于浮夸，她眨了眨眼睛："我只是想要研究一下……"

闻泽轻哂："回首都星再说吧。我要指挥全军作战，未来几日没空与你见面。"

❖ 09 ❖

这是云悠悠第一次看到那两支来自边远星域的驻军，他们和几大军团的正规军看上去完全不同：战舰十分陈旧，几乎每一台机甲上都有一块块焊接的合金补丁，看上去就像是浸满了风霜。任何人看到他们，都会下意识地呼吸一滞，心头涌起崇敬之情。是他们常年驻守在荒芜寒冷的边远星第一线，为帝国清除潜在的威胁。

云悠悠远远看着这支裹满霜雪的铁军，非常严肃地抿住唇，向他们长久敬礼。

接下来的战役不再有迂回防御，三军如同一往无前的三叉戟，深深刺进虫群最深处，开始了不计代价的绞杀。特战队也不再定点狙杀高阶成虫，而是随着大军一起浩浩荡荡前行，推平眼前所见的一切障碍！

杀气直冲寰宇，处处挥洒着铁与血。

云悠悠周身涌动着热血，她觉得拥有钢铁意志的人类绝对不可能灭亡，星火必将照耀深空，将宝贵的精神一代代传递下去。

闻泽的主战舰冲锋在最前方。将士们都已习惯了殿下的身先士卒，大军很自觉地跟随在后，成为他的左膀右臂。云悠悠也驾驶着"星星"飞掠在主战舰的旁边，做它的守护星。只要她在，就绝不会有任何一只虫子击破战舰外壳，打扰殿下冲锋。

三天三夜的鏖战下来，她仿佛也融入了这支军队，成为它的一部分。

她在主战舰旁上下翻飞，激光剑带起一道道残影，所到之处，一蓬蓬虫子残肢四分五裂，像天女散花一样在她身后炸开。沸腾的热血压下了疲惫，此时此刻，整支大军拥有同样的呼吸和心跳频率。

"怦怦！怦怦怦！"

忽然有一个瞬间，斩开面前黏上来的虫群之后，云悠悠感到身心俱是一空。前方，居然干干净净，露出了久违的星空！

杀出来了！

云悠悠微微躬下了身，机械足抓紧战舰外壳，机械左手撑在战舰上，机械右手握着激光，她剑环视四周——真的冲出来了！铁血利刃切入虫群腹地，成功将其绞穿！

她一下一下重重喘着气，心中升腾起了无限炽热的自豪感，心脏怦怦乱跳，这一刻的激荡完全无法用语言形容。

　　残虫已不足为惧，闻泽只留下一支清剿部队打扫战场，然后指挥这支染满虫血的大军调转锋刃，直指首都星。

　　云悠悠回到主战舰，重重扑进闻泽怀中的刹那，头一歪，不带耽搁地睡死过去。

　　他没笑她，垂头，郑重地吻了吻她的头发，然后把她抱进休眠舱。

　　云悠悠睡了足足三天。

　　闻泽选择了强制休眠模式，让她狠狠补足了这段日子缺的觉。爬出休眠舱时，她觉得自己既饱满又空虚，游荡到书房，看见闻泽站在落地大舷窗旁边，背影有些落寞。

　　她悄悄走上前去，站在他的身旁，牵住他的无名指和小指，顺着他的目光一看，她看见了首都星。从这里望去，它已经有月亮那么大了。恒星照耀的那一面，星体散发出柔和的淡蓝光芒，另一面掩在夜色中，不像从前那样亮着大片大片的能源光。已经在降雪了，地面有一些部分覆上了浅浅一层白霜，就像星网图片上那种昂贵的糖霜蜜饯一样。

　　她偏头看了看闻泽，他反手握住她的手指，但是并没有低头看她。

　　"我曾天真地以为，父子反目、手足相残那种事情不会发生在自己身上。"他的语气和平时一样温和平淡，"真到这一天，感觉也……不过如此。"他的唇角微微勾起，侧脸俊美而冷酷。

　　"我会一直陪着您。"她不知道说什么可以安慰他，于是很笨拙地表了表决心和忠心。

　　"嗯。"

　　回望后方，肃杀之军紧紧追随。在这样的空间尺度上，整支军队仿佛静止在永恒深空，凝固了铁一般的精神意志。

　　云悠悠深深吸了一口气，再将视线投往前方的首都星。她不知道明日会发生什么，会有另一支装备充沛、精神饱满的军队埋伏在近地轨道，准备截杀这支刚从虫族战场返回的铁军吗？

视野中，巨大的星体越来越近，极地微微泛着光，她知道，那是星球磁场在拦截高能射线，保护着星球上的生灵们。

念头忽然微微一滞。

云悠悠不自觉地捏紧了闻泽的手指，力气大到惊到了他。他垂下头来看她，只见她睁大了眼睛，映在舷窗上的瞳仁一点一点收紧。

她的腮帮麻得厉害，后脑、两腮、后背都蹿动着密密麻麻的电流，心脏悬到了喉咙口，挂在那里疯狂乱跳。

"星……星星……"她的声音颤得厉害，大口喘着气，眼角不自觉地冒出了泪花，胸口翻腾着说不清是激动还是恐惧的情绪，这一刻，她忽然明白了，"星星是活的……"它有健康的地磁，它在孕育、保护着生命们。

这，就是那个真正的秘密：首都星还活着，人们脚下的大地，它活着。

这么一个简单的事实，此前她竟然从未想到——即便知道绿林矿星已经死去，却不曾想到，与自己息息相关的另一个星球，它还活着啊！

首都星拥有健康强壮的磁场，它是活的！

在见到地磁闪耀的那一瞬间，所有游丝般的线索都被强烈的直觉连接在了一起，云悠悠明白了：生物都有自己的小磁场，一个个小磁场被庇护在星球的大磁场之下。当生物死亡的时候，根据能量守恒定律可知，它们的小磁场并不会凭空消失，而是汇入地磁，成为大磁场的一部分。

那些逝去的生物，它们自身的磁场曾短暂回归星球磁场，成为那个无限浩大、拥有无限经验的能量体的一部分。就像计算机接入网络一样，这些人获得了神奇的体验，甚至"下载"了一些原本不属于自己的知识和能力。这种"接触"也可能发生在沉睡、冥想或者某种机缘巧合的状态，人们把它当作"启示"，将它奉为神祇一般的存在。

因为那里是所有生命最终的归宿。

而帝国就像蝗虫一样，侵略一个又一个温和宽容的星球，灭杀土著，大肆破坏环境，挖空星球内部的矿脉……星球死去，地磁消失，生物的"灵魂"再也无家可归，它们的小磁场和大气层一样，被太阳风吹散在茫茫宇宙间。

人类以一己之力毁灭天堂，铸就炼狱。现在，绿林矿星的复仇已然降临，它不再温和，不再包容，不再无害。

云悠悠突然意识到了整个事件中最恐怖的地方在哪里——从一开始，绿林星魂的目标就不是星网，而是那个处于自然状态、纯白如纸的首都星大磁场。它要借着首都星的躯壳获得力量，报复曾经伤害它的人类。当它掌控地磁，它就可以通过大磁场影响生物的小磁场，控制人类潜意识。

她的脑海中莫名浮出了一幅画面——人类就像那些被真菌控制的昆虫一样，聚集到向阳的高处，死在那里，头顶开出大红色的花。

云悠悠眸光微颤，身心战栗。她望向前方巨大的星体，只见背对恒星的那一面，深沉的黑暗之中隐隐约约泛着暗红。

这样的天空，会让月亮赤红如血，血月下方飘着雪，星星点点，染满血色。

"殿下，"她轻声呢喃，"传说中，血月现世，就是惩罚的开始。"

人有什么力量能够和神对抗呢？

闻泽轻声笑了起来："还惦记着教会的周末免费餐？"

恐怖气氛瞬间被冲淡。

云悠悠抿住唇，过了一会儿，很认真地对他说："我积累的功勋已经足够偿还公共贷款了。殿下，我可不会带着债务嫁给您！"

闻泽差点儿没接住这一记直球。半晌，他微笑着挑起她小巧的下巴，轻轻覆上羽毛般的吻："嗯。"

气息交织，云悠悠的心绪一点一点变得宁静，她想，下地狱就下地狱吧，有殿下在，她就不会害怕。

第八章
CHAPTER 8

贷款吧，我的新娘

Falling into stars

❖ 01 ❖

撒伦十七世发来了视频通信。

闻泽松开怀中的未婚妻，随手系好领扣，在点击"接受"之后，面无表情的俊脸上浮出了温和友好的微笑。

云悠悠看着这个戴上面具的男人，心中惊奇又佩服。

她站在他的右手边——视频对面看不到的地方。从她的角度望去，撒伦十七世那张笑容和蔼的脸庞上叠了无数层蓝光，显得有些阴恻恻的。

父子二人的交谈完全没有火药味。皇帝准备了向公众直播的战后演讲，笑眯眯地要求长子不许迟到，闻泽答应得非常爽快，保证一定按时觐见。

君臣相和，父慈子孝。

云悠悠觉得就算把这段视频放慢 100 倍，再拿上显微镜观察这对父子的微表情，也绝对不会发现这是逼宫前夕。

1 分 14 秒后，父子俩礼貌道别，挂掉视频通信。

"殿下……"云悠悠用怀疑人生的眼神看着闻泽，"您是一位被皇位耽误的影帝。"

闻泽轻喷一声："未婚妻，你对我有什么误解？我对父皇说的每一句，都是真心话。"

云悠悠睁大了眼睛："您真要听他的话，把军队留在近地轨道，自己到首都星只身觐见？"

闻泽微笑颔首。看着未婚妻露出了忧心忡忡的表情，他抬手把她揽到身边，简单地解释道："自家人，逼宫还是和和气气比较好。"

"会面地点定在那台超级量子云服务器楼前，就是不动武的意思——打坏了它，现存网络系统将彻底崩坏，到时候争到手的就不是权势，而是个烂摊子。"他说。

云悠悠轻轻"嗯"了一声："我会驾驶星星保护您。"

想了想，她认真地补充："无论敌人是谁，想要伤害您，必先踏过我的尸体。"

闻泽失笑，这只出土文物一样的小古董，实在是过于可爱。

出发之前，闻泽把西蒙留下的那张储存卡交给了云悠悠。她微微有一点吃惊，不停地用眼神示意他"反悔"。

他安抚地笑了笑，捏拢她的手指，将她的小手整个团在掌心，温热的大手带着沉沉的力量感。他凝视着她的眼睛，温和平静地说："哪怕西蒙憎恶着全世界，也不会想伤害这样一个你。"

她的心尖轻轻一悸，瞳仁不自觉地收缩："殿下……"

她并没有和他交流过那件可怕的事情，但她觉得他应该已经猜到了。如果他出了什么意外，或者一切到了无可挽回的时候，他希望她向绿林亡魂投诚，靠着西蒙的庇护活下去。

视线变得有些模糊，她紧紧抿住唇，不让泪水掉出眼眶，假装自己没有哭。透过一片扭曲的波光，她发现殿下穿着一身厚重华贵的黑色觐见礼服，看起来就像一位从神座上缓步走下来的天神，俊美威严，周身充满气势和力量。

她的声音哽咽得厉害，听上去有些中气不足："殿……殿下，您必定获胜，您的理想，必……必定实现！"

他轻轻颔首，走过她的身边。

云悠悠和另外四台尖端机甲一起拱卫着闻泽搭乘的运输舰，向首都星降落。进入大气层之后，她察觉到情况比想象中坏得多。雪很大，眼见就要步入深冬了。通往几处公共救济中心的道路上总能看到人形的雪团，有的倒在路面上，有的蹲靠在墙边，一动不动，生机早已被大雪掩埋。

"家里营养液储备不足，只能出门寻求救助，结果冻死在路上。"通信装置中传出白侠中将的声音。

云悠悠的心脏就像被冰霜做成的手掌紧紧攥住。

"再继续降温，平民区就没有一个安全的地方了。"老人轻声叹息，"绿林战争将成为这场灾祸的替罪羊。陛下这是迫不及待要对殿下加以审判。"

云悠悠望向闻泽乘坐的运输飞船，她知道此刻殿下一定非常难过。

飞船穿过一层又一层落雪，降向指定地点。

首都计算机大学的校区维持着局部供能，雪花靠近供暖区会在半空蒸发，远远看着，就像一只透明的大碗倒扣在地上——从前，帝国所有的公共区域都会运转着这样的供暖系统，不会发生冻死人的事情。如今能源不足，绝大部分平民区域已被放弃。

计算机大楼前有一片空阔的半月形演讲台，台子被布置得十分气派，旁边立着巨大的光幕投影，向全帝国进行直播。紫绒厚地毯铺设到几十米之外，台下环着两圈单人大沙发椅，能够到场出席的都是能叫得出名字的大人物。

机甲只能停在警戒线外，云悠悠透过真实视野，看着闻泽走上紫绒台，站在自己父皇面前。她抿紧双唇，静静地听了一会儿。

撒伦十七世非常阴险，他并没有对闻泽加以斥责，而是不停地褒奖那场完胜。随着这位中年皇帝一次又一次提及战争中使用的先进技术、强大能源以及优先供应的网络资源，光屏边缘显示的皇太子民众支持率都会出现断崖式下跌。

虽然这是预料之中的事情，但云悠悠和身旁几台机甲还是忍不住捏紧了拳头。

"别再掉了！"她紧紧盯住那个滑落的条柱，"不顾大家死活的从来也不是殿下啊，笨蛋！"

支持率跌成了这样，不管闻泽做什么，都将名不正言不顺。

撒伦十七世话锋一转，语重心长的叹息声传进了每个人的耳朵："太子啊，胜利固然可喜，但是等你有了更多的阅历便会知道，我们的人民现在需要的不是冲动和热血，而是平凡却安稳的生活……既然战争已经结束，那我们就关闭那些战舰，致力于民生吧！"

虽然光屏上不可能显示皇帝陛下的支持率，但是通过陡然降到红线以下的太子支持率可以看出，此刻撒伦十七世在民众心中的形象已经成了力挽狂澜的救世主——太子穷兵黩武，陛下拨乱反正。

对于绿林战争，撒伦十七世从头到尾没有说过一句不好，却轻轻巧巧就把闻泽推到了危险的境地。如果闻泽放弃手中的军队，他将变成砧板上的鱼肉，失去的民心也无法挽回；如果他继续拥兵，将会坐实不顾民生、野心谋逆的恶名，全世界都会成为他的敌人。

云悠悠向来最不懂察言观色，但是当撒伦十七世遥望天边的风雪时，她成功读懂了这只老狐狸眸中的感慨——他在感激这场灾难，这场灾难帮他扳倒了势大的儿子，让他可以继续稳稳地高坐那把椅子。

"太子意下如何啊？"皇帝的目光沉沉落向自己最忌惮的儿子。

闻泽终于动了。云悠悠发现，他的姿态依旧和往日一样平和，仿佛根本没有把眼前的一切放在心上。

开口之前，闻泽很随意地看了一眼自己的支持率："历史新低。"他淡淡地笑了下。

撒伦十七世已经有很多年不太看得懂这个长子的想法了，但在这一刻，

老皇帝感觉闻泽已经彻底变成了一个陌生人，一个极度危险又强大的陌生人。

"父皇，我无意把持军队。"闻泽依旧风度翩翩，举止完美，"不过在此之前，我认为有必要先谈一谈被殖民星球的人权问题。"

撒伦十七世不自觉地眯起了眼睛，脸上的皱纹中盛满了明显的疑惑。

台下的大人物们也忍不住交换起视线。

闻泽动了动手指，光屏切换，一幕幕触目惊心的记录影像呈现在这个暖春般的平台上："科技让刽子手距离被屠戮者越来越远。身处几千里之外，按下一个按键，就可以轻松杀死上万人——这并不会带来太大的负罪感。哪怕事后并没有在殖民地找到任何'大规模杀伤性武器'或者'致命病菌'，也没人会为此愧疚。毕竟在占领殖民星之后，帝国每一个人都可以从中获益。"

听到闻泽竟然说出这样的话，撒伦十七世不禁有些愕然，他扫视台下，望向闻泽的支持者，发现众人也和自己同样愕然。

皇帝有点发蒙——这种场合，说这个？太子这是在破罐子破摔吗？他想让支持率跌到 0 不成？自己是不是一直搞错了，难道长子并非野心家，而是一个真正的理想主义殉道者？

✦ 02 ✦

最能理解闻泽的是云悠悠。

她被那些记录影像牵动了心肠，听到殿下为逝者发声，她的胸腔中不禁沸腾起滚烫的热血，垂在身侧的双手紧紧攥成拳，为这个光芒闪耀的男人感到无限骄傲——

殿下，就算全世界都反对，但我知道您是正确的！我会永远陪您走下去！

她知道，殿下和林德家的想法是一样的，林德家族发现了星球磁场的秘密，并接触到了绿林矿星的"亡魂"。这个秘密一旦公开，必定对帝国造成山呼海啸般的冲击——当今这个建立在掠夺星源矿脉基础上的政治经济体系必将遭到毁灭性的全面抵制和打击。

很显然，在这个问题上林德家族与其他家族发生了严重分歧。最终他们联手消灭了林德家，摧毁林德家的声望，断绝林德家发声的机会。

如今殿下正是走上了林德家的旧路。

云悠悠的身体微微颤抖，她把机械手垂在腿侧，做出了揪裤边的动作。

哥哥和殿下，明明应该是并肩而战的两个人啊……

她的眼眶里盈满泪水，心脏一阵阵抽悸，一丝酸涩奇异的情感在胸口涌动。

哥哥……

等等！机械手指忽然顿住，哥哥两次催眠的样子不断地在她的脑海中交错浮现，她看着星空怀表，哥哥也看着星空怀表……

哥哥指着照片上的殿下，冷漠地说："右边，黑头发。"

哥哥站在二楼窗台，冷硬地说："悠悠会永远喜欢我，只要见到我，就会无条件地信任，一切不合逻辑之处自行忽略。"

云悠悠的脑海中划过了一道明亮闪电。接受催眠的人，不仅是她！哥哥同时也催眠了他自己！

为什么？他要骗的……是谁？

云悠悠的心脏怦怦跳动，头皮一阵接一阵发麻。

她好像，明白了。

她在地底巨花那里看见的绿林星魂，是殿下十七八岁的脸……它很明显地忽视了她和殿下的感情，近乎偏执地认为她会为了一个随便出现的"哥哥"做出任何事情……凯瑟琳一直在研究的是将某种意志融入人类大脑……

她知道在哪里可以找到哥哥了。

白色小机甲认真地看了看台上耀眼的太子殿下，然后悄无声息地后退，融进了没有受供暖系统影响的漫天白雪中。

云悠悠的机甲权限很高，进入警戒圈的时候已经开通过身份认证，在这附近行动并不会触动警报。她飞快地绕了一大圈，从楼体后方靠近计算机大楼，在它的电梯井上切个口子，侧着身挤进去。

她曾见过这台超级量子云服务器的照片，它大得离谱，整座大楼的主体几乎被它占据，整齐而致密的合金框架保护着无数元件，层层垒到高楼顶部，周围环着一圈没有实体的浅蓝色电子云。

云悠悠迅速扫描楼内空间——大楼外面就是演讲台，所以这里没有留下工作人员。

她小心翼翼地绕到了这台超级量子云服务器的可视窗口处，它看起来就像一块水幕，静静地流淌着不太规律的数据流。

云悠悠吸了吸气，下机，从内衫口袋里面取出储存卡，紧紧捏在掌心。

她相信哥哥不是一个坏人，殿下也相信哥哥仍然心存善意。

她闭上眼睛，深深呼吸："哥哥，我来见你了。"

睁开眼睛，她的手指微微颤动，动作却十分坚定——她把储存卡置入服务器，点击启动！

光屏上，关于殖民星球种种惨状的影像资料播放完毕。

撒伦十七世用悲悯的目光看着自己的长子："孩子，我支持你的想法。你可以着手调查殖民星球的人权问题，为他们发声，推动立法替他们争取更多的权益保障。这是一件好事。"

手握大权的皇太子转而成为人权大使？陛下觉得自己可以举双手支持。

闻泽看了看自己依旧低迷的支持率，目光没有丝毫波澜，他动动手指，切换画面。

"一旦接受了'为了利益牺牲一部分人很正确'这个设定，接下来的事情就显得顺理成章。"闻泽的语气比平日演讲稍微轻快了少许，他的声音很有感染力，瞬间把人们的注意力从殖民星球的惨状中带离，人们跟随着他，又跳进另一个坑，"这些是被帝国遗弃在荒芜星的难民，进入废弃矿道拾荒是他们唯一的谋生机会，在历年调查记录中，能够寿终正寝的矿工数量是……"

他停顿了片刻："零。"

支持率暂时不再下降了，也许是已经触了底，也许是因为在这种时刻取消支持显得很不人道。

不过闻泽丝毫也不在意，他温和地笑了笑："这些都是帝国的公民，他们没有接受过良好的教育，无法为帝国创造太大的价值，如果选择救助他们，将会侵占繁荣星居民现有的生存空间，降低繁荣星的整体生活水平，危害到大部分人的利益。所以帝国选择视而不见，牺牲他们，民众并无异议。"

没有人会对别人的苦难感同身受，闻泽非常了解这一点，他温和冷淡地看着自己的父亲。他的父亲长久地坐在那个说一不二的位置上，意志已被软化，早已不复当年。话说到了这一步，撒伦十七世竟然只是露出了狐疑的神色，没有及时阻止。

闻泽微笑，没给对手反应的时间，手指一晃，光屏上换出新的画面。

"那么，看看这个吧。"

云悠悠难以形容自己看到了什么。

当她把储存卡置入超级量子云服务器并点击启动之后，周围的一切都消失了，只余一片半透明的雪白光芒。

这片白，不是真正的白。它是万千种颜色，万千缕细丝，就像阳光铺满大地，从无限远的地方来，落向无限远，每一个方位上，它都是无限的，它拥有言语难以描述的壮美。

她低头看自己，发现自己的身上也环着一圈朦胧的微光，身体就像一个会发光的小月亮——这就是我的磁场吗？

她被这种极致的美感摄住了心神。很快，她发现属于自己的光圈里面多了几丝赤红的血线，注意到它们的存在时，她立刻就感受到了那天在地底体验到的种种不适——糜烂、腐败，让她想起了幽暗的坟地、发霉腐臭的沼泽、烂在荒野里的尸首……

"悠悠，你终于来了。"一片纯白的光线中，缓缓渗出一件紫色占星袍。

"哥哥。"她的手指轻轻揪住了裤边。

她看到他的身边涌动着一片不祥的红色，他似乎没办法像她这样整个人融进白光中——这片白光有大半在排斥他。

他的唇角悬着无比诡异的微笑，手指从长袍下抬起来，指着她周围那几丝赤红的血线："来，把它们释放出来，释放到你身边的光芒里面去。"

她注视着那张和殿下一模一样却让她感到无比陌生的脸，没有依言照做，而是很镇定地问他："这些红线是我在绿林地底下感染到的磁场对吗？我的体内藏着病毒绕过了防御，来到了首都星大磁场里面。如果我把它放出来，你就可以直接从内部同化这里，将它据为己有？"

"悠悠真聪明。"他笑了起来，"不愧是我的女孩。"

她抿住唇，沉默了一会儿，缓缓开口："如果我没有把病毒带来的话，你打算怎么办呢？"

"哦，那是小事，只不过多浪费一些时间而已。"他抬起手，用哥哥习惯的姿势挠了挠太阳穴，"看到外面的雪了吗？我增强了它，马上就会死很多很多人，那些带着痛苦和怨恨的磁场将会被我吸引，成为我的好帮手，帮助我彻底攻占这里。"

她的身体难以抑制地轻轻颤动："你是星魂，还是哥哥？"

他来回走了几步，抬起双臂，示意她看周围："看到了吗？星星是什么，是拥有无限力量，却一动也不能动，只会傻乎乎任人宰割的大蠢蛋！只有和人类融合在一起，才能得到主动性，发起攻击，做任何想做的事情！我是什么？我是拥有神的力量，带着满腔复仇怒火归来的西蒙·林德啊！"

他看起来有一点激动，快速靠近她，双手摊在身侧，那张属于闻泽的俊脸在她面前晃来晃去："来，乖悠悠，快帮助哥哥实现梦想！你将成为神后，与我一起获得永生，体验到人类最渴求的一切！"

❖ 03 ❖

"那么，看看这个吧。"

闻泽的声音落下时，光屏画面一转，仿佛忽然变成了一个巨大的摄像机，从春暖花开的计算机大学腾空而起，掠向首都星各大街道。

视线落在光屏上的人，心神不由自主地跟随着这些画面，低空飞越冰雪覆盖下的城市，人们看到了一个又一个被冻僵在路边的"冰雕"，他们都是首都星的公民。偶尔镜头转向一些老旧的平民住宅区，透过被冻碎的窗，隐约可以看见一具具僵死在床铺上的尸体。

"闻泽·撒伦！"皇帝拔高了音量，略带一点失控地怒叫，"你在做什么？！"旋即，他想到自己不该是这样的反应，立刻压住嗓音，沉声指责："在你执意出兵绿林时，难道就没有考虑过这样的后果吗？现在要做的就是补救！"

闻泽没理自己的父亲，而是望向直播屏。

"吃惊吗？"他的语气很淡，"我并不感到意外。在帝国为了利益灭杀土著、为了利益放弃难民之后，再一次为了利益放弃底层平民，难道不是理所当然的事情吗？是什么给了你们错觉，认为帝国会在乎你们的死活？"

沉寂了很久的支持率再一次暴跌，直接下了 10%。撒伦十七世的腮帮子上浮起了鸡皮疙瘩，他十分怀疑这个儿子是不是已经用黑弹锁定了这里，准备玉石俱焚了。

在这个寒冬中，无数守在光脑旁边看直播的公民发出了难以置信的吼叫。当然，也有少部分人怔怔地沉默着，盯住光屏中央那个冷静、冷酷、冷血到了极点的帝国皇太子。

单人沙发椅组成的旁听席上，已经有几个大贵族意识到了不对劲，他们试图起身上台阻止闻泽，却被侍官礼貌地拦下。

场面变得混乱，撒伦十七世的脑子也很乱。就像闻泽认为的那样，皇帝长久坐在这个位置上接受吹捧和顺从，很多能力已经退化，此刻面对着眼前这一切，心中想的竟然是儿子对自己不再构成威胁。听到那声大喊的

时候，皇帝仍然没反应过来。

"陛下快关闭直播！"喊出这句话的人是不久之前向皇帝投诚的杨氏家主。

在撒伦十七世愣怔的片刻，一切已经迟了。

只见光屏上的镜头已经拉出了城市，来到重工业聚集的远郊，这里和冰雪覆盖的城区俨然是两个世界，属于大贵族们的产业依旧在热火朝天地运转，供能充足，一切有条不紊。镜头久久拉不到厂区尽头，机器隆隆作响，比街道更大的烟囱中冒出热腾腾的烟。

闻泽平静地说："停止向远郊供能，便能恢复基础供暖。帝国为什么不那么做，因为这些工厂创造的价值太大。为了利益放弃没什么价值的平民不是理所当然吗？"

他的视线从光屏上收回，缓缓落向混乱的观众席："刀子落在身上才会知道痛，这是人之常情。但身为智慧生物，应该懂得从历史经验中汲取教训。当我们的帝国没有了人文关怀，只知唯利是图时，没有人可以独善其身。下一次，被牺牲的又是谁呢？到了此刻，你还自信不会是你？"

他的眸光并不尖锐，依旧如往日一般温和，然而此刻没有一个人敢于直视他的眼睛，包括远在光脑后方观看直播的公民们。

"现在，从绿林战场返回的军队就停在近地轨道。倘若我让三军出动，接管能源输出，向所有民用区域供暖。"他停顿了片刻，"诸位认为，这是野心谋逆，还是顺应民意？"

他微笑着，没看光屏，而是直视观众席上的贵族们："谁有意见，请直言。"

看着闻泽身后直线飙升的支持率，一众老狐狸都很清楚，现在谁做出头鸟，谁就是傻子。

磁力场中。

做他的神后吗？云悠悠目光复杂地看了看眼前这个幻化成十七八岁的殿下模样的绿林星魂，然后默默低下头，看向自己身上的磁场光晕。

她感觉到了哥哥口中那种美，那种致密细润、极有规律的美。它有些稚嫩，看起来就像一只毛茸茸的，刚出壳的小动物。

她再望向四周的大磁场，七彩光芒交织在一起，呈现出至纯至密的透明光线，它有金属液滴一样的质感，密度巨大。云悠悠知道，每一缕最细的透明细线里面，都蕴藏着无尽的知识、经验和能量。

科学的尽头是美学。云悠悠此刻真切地体会到了这句话的意思。

"悠悠，你还在等什么？"身穿紫色占星长袍的俊美男人靠近一步。

她急忙后退，美丽的大磁场圆润地滑开，她和它依旧保持着原先的距离。云悠悠感觉到自己磁场里面那几缕带着浓郁血腥气息的赤色丝线在蠢蠢欲动，它们迫不及待想要融入首都星大磁场，污染它，侵占它。

"我从绿林地底带过来的磁场，是你最痛苦的部分，对吗？"云悠悠指着这几条血线问星魂。

"是，你亲自找到那里把它们带过来，居功至伟！"它咧出一个邪气的笑，嘴角几乎撕裂到了耳根下面。它说话的时候，占星袍隐隐泛起红光，像墨块一样一点一点往旁边的纯白大磁场中渗透。

"我想替你分担痛苦。"云悠悠缓缓抬起眼睛，坚定地直视着对方，"哥哥，你的痛苦，我和你一起分担！"

"什么？"星魂不解地皱起眉头，"别做多余的事情。"

"磁场不是可以相融吗？"她眨了眨眼睛，"感谢你对我的信任，告诉我星魂拥有无限力量却一动也不能动，只会傻乎乎任人宰割，除非和人类融合在一起才能具备主动性。"

星魂泛红的双眼微微睁大，它猛地将上半身前倾并靠近她，语速飞快："你要干什么？"

云悠悠挥手拨动周围的磁力线，身体悠悠向后一荡，避开了星魂伸过来的手："我不会劝你大度原谅，因为你原本也是美丽善良的大磁场，是人类欺负了你，带给你痛苦。我要拿走你最大的痛苦——也许我会被你同化，也许你会被我治愈。"

它难以置信地瞪着她："你疯了吗？！"

她凝视着它，抿出最温柔友好的微笑："我只是个普通人，没有能力阻止你灭世，但我可以做这个世界的最后一道防线——想要伤害他们，就先踏过我的尸体吧。"

这是她给殿下的承诺。她愿意用自己的一切守护那个有他的世界。

在星魂扑上来之前，她咬紧牙关，一把抓住了那几缕缓缓游动的赤色磁力线！

"轰——"一瞬间，她身上毛茸茸的光晕磁场像刺猬般炸开！

"啊啊啊——"她无法形容这一瞬间的感受。像是被一万道雷同时劈在身上，然后它们变成了电钻，"滋滋滋"地把她扎穿了一万个孔，孔里灌进烧红的铁水……精神体是不会昏迷的，她只觉得自己的脑袋不断地涨大、缩小、涨大、缩小。

她感受到了一个星球死亡的过程。它温暾、宽厚、包容，懒洋洋地顺着空间场的凹陷、环着质量巨大的恒星缓缓运转，从宇宙空间中汲取适宜生物们生存的能量，为它们构建幸福的家园。

然而受它庇护的人类却不知感恩，他们肆意伤害它，让它满目疮痍，让它衰竭死去。积年的疼痛怨恨，令它的磁场最后变得如血一般浓。

它恨这一切。恨人类，恨其他的星，恨整个世界！

难以用言语形容的恐怖痛楚席卷云悠悠的心神，就像山洪倾泻，轰砸在她白纸一般脆弱的理智上。她感觉自己摇摇欲坠，即将被这股力量撕碎成亿万片。

一个普通人的意志，又怎么可能挡得住浩大的复仇之力？

她疼得龇牙咧嘴，但是并不后悔，努力挺直了脊背，尽力扬起微笑。

就在她即将崩溃的时候，眼前忽然发生了一件令她满心不解的事情——星魂也开始炸毛。它炸起毛来比云悠悠夸张多了，只见它身上的紫色占星袍炸成了一绺一绺，向四面八方支棱，看起来就像一只紫色的大海胆。

云悠悠觉得疼痛似乎减轻了一些，她睁着一双痛到无神的眼睛，呆呆愣愣地看着这个家伙。

"你是个什么品种的圣母啊？呀！你被抛弃不是很难过吗？看见别的小孩被抛弃为什么没有幸灾乐祸，为什么还要帮他！"

磁场沟通是双向的，她分享它的痛苦，它也分享了她的痛苦。虽然她的痛苦和它相比实在是轻微，但在相似的情况下，她做出了截然不同的选择——它恨不得让别的星球都尝到自己的痛苦，而她在被人抛弃之后，却救助了其他被抛弃的小孩。

云悠悠有点不好意思，但是全然相悖的信念加固了她这道小小的堤坝，让她几近溃散的神志稍微聚拢了一些。

很快，星魂再一次摊开双臂，发出了怀疑人生的咆哮："那个小骗子那样害你，你好心没好报啊！你凭什么不恨这个世界？凭什么宁愿吃药也不愿意伤害别人？别人无辜？你自己不是也无辜吗？恶人那么多，你凭什么要坚守所谓的正义啊！大家一起坏，一起沉沦啊！"

紫色海胆快要炸了，哦不，已经炸了。它现在戾气很重，受到云悠悠圣母光辉的照耀，令它感到无限折磨。两个磁场完全相悖，就像正电荷与负正荷相撞。这股冲击力量过于强大，让云悠悠这颗小小的火苗顽强地承受住了铺天盖地的血腥恶意侵袭。

她微微喘着气，有点不好意思地说："我觉得不是这样，我觉得在有太多恶的地方，恶是得不到惩罚的。只有在正气的烈日下面，那些阴暗污浊才会无所遁形，我想要站在阳光下，我不想做黑暗中的苔藓。我就想，尽量让自己明亮一点点，这样整个世界也会明亮一点点吧。"

疼痛减轻了很多，她感觉到身上这几缕赤红磁力线隐隐有褪色的趋势。

星魂瞪着几欲流血的眼睛，迅猛逼近："你以为这样就能打败我？天真！这个星球已在我掌中，我只手遮天，捏死你们何其容易！你跟这些低劣的人类一起去死吧！"

它扬起一只手抓向她，另一只手探出占星袍，在身侧做了一个奇异的手势。云悠悠看懂了这个手势——降温，加大外面暴风雪的力度！

星魂存着绝杀之心，指尖荡出尖利的长甲，狠狠掏向云悠悠的心窝。避无可避！

云悠悠睁大了眼睛，陡然冲它大喊——

"你不是哥哥！"

"哥哥，悠悠在这里！快醒一醒！哥哥！"

❖ 04 ❖

光屏一侧，皇太子的支持率几乎攀到了顶点，而这一切早已在闻泽预料之中，他并不需要回头去看。

"父皇，民心所向，天必从之。"他抬起头，望向泛红的大雪天，"不要再倒行逆施，回头吧！"

厚重的黑色袍袖拂过一道利落的弧。只见光屏上的画面瞬间发生了翻天覆地的逆转——纷飞的大雪中，一支又一支身披霜雪的铁军浮出地表，他们沉默坚毅、一往无前。他们踏着风雪而来，要将春日还给人间。

守卫重型兵工厂的贵族私军在这些铁血队伍面前完全不堪一击，镜头荡过一望无际的军工区域，只见这些铁军的行动整齐得惊心动魄，就像一只大手挥过无垠大地，瞬间荡平了一切阻碍！

"你！"撒伦十七世反应过来了，闻泽先斩后奏，其实早已动手了，"你敢！"

闻泽淡笑："有何不敢。"

就在这时，天空泛起了血一般的赤红。血月般的不祥景象降临在这个冬日的白天，冰晶云雾中的太阳也被染上了猩红，如同炼狱照进了人间。

降温警报尖锐地响起，恐怖的超低温无视自然规律，即将席卷整个首都星！

撒伦十七世仿佛挨了一拳，接连退了三步："怎么会，怎么会……"皇帝可以接受死掉四分之一或者五分之一用不起自主供暖的底层平民，却不敢想象整个帝国除了贵族之外，其余的人全部死绝。

赤红映满了每一个人的眼眸，霜雪压垮了每一个人的心理防线，此刻唯一值得庆幸的是，太子行动果断，已经先斩后奏，着手接管重工区。

"储君贤仁，天佑帝国啊……"

赤色超低温风暴席卷大地！暴风雪之中，无数帝国公民拖着冻僵的身躯走到窗边、阳台，怔怔地遥望着太子所在的方向。

"殿下……"

赤红降临，屋顶、地面沉积的冰雪就像被烈焰点燃，从半空降下的飞雪顷刻冻成了剔透炫美又锋锐的冰凌。

就在死亡风暴即将横扫帝国的刹那，低沉有力的"嗡"声荡过整个大地，供能系统恢复运转了！暖春自地面升腾而起，冰雪消融，泛着蓝白光芒的高频震荡抵住了炼狱寒冬，一枚枚渗出危险血光的冰凌击中能量防御罩，化成细雨四散开来。

"殿下！殿下！殿下！殿下！"

呼声震天动地，响彻云霄。

"哥哥！悠悠来找你了！"云悠悠狼狈地躲避星魂的攻击。

纯白的大磁场在排斥星魂，略微阻碍了它的行动。云悠悠已经猜到真相——哥哥在催眠她的同时，也催眠了他自己。

这样一来，他与星魂融合之后，就可以彻底误导星魂，让星魂以为自己是闻泽十七八岁的样子，让星魂无条件地相信云悠悠，让星魂忽略一切不合理之处——傻乎乎的星魂帮着哥哥催眠了它自己。

云悠悠是被闻泽唤醒的。闻泽，就是哥哥故意制造的一个 bug（漏洞），她和闻泽在一起，自然就会慢慢察觉到各种不合逻辑的地方，顺着这个 bug 她就可以深想下去，直到明白一切。

而现在，该轮到她唤醒哥哥了。

"哥哥根本就不是这个样子。"她凝视着对方的脸，"西蒙·林德怎么可能长得和闻泽殿下一模一样？我已经见过哥哥真正的样子了，我的哥哥，

是最温柔的银发大美……大帅哥！"

她清晰地看到对方的脸部摇晃了一下，就像一堆散开的数据和波纹。

"哥哥根本不是这个样子！这是假的！不是哥哥！"

"哥哥并不是孤家寡人，我和殿下，都是哥哥最坚定的盟友！哥哥，你的理想、你的愿望，我都已经知道了！"

星魂的攻击明显凝滞下来。

云悠悠壮着胆子靠近一步："我眼前这个根本不是哥哥！哥哥心中有爱，哥哥虽然被伤害，但他仍然爱着这个世界，他信任殿下，他知道殿下一定可以实现他们共同的理想，一定可以改变现在的局面！

"哥哥你回来！我和殿下需要你！"

紫色占星袍像水波一样晃动，它渐渐脱离了他的身体，像影子一样飘在他的身后。

占星袍下，出现了一个清瘦颀长的男子。他穿着白衬衫、黑长裤，单手掩着脸，一头漂亮的银发在这个无风的空间中缓缓拂动。

因为察觉了 bug，西蒙与星魂暂时分离。

"啊，悠悠。"温柔清润的声音缓缓飘出来，"突然这样见面，令我有一点羞耻。"

"哥哥！"云悠悠瞬间泪崩，她一听这个语气就知道自己找对人了。

"多大的人了，还哭。"他无奈地放下手，露出一张雌雄莫辨的美丽面孔。

他凝视着她，她也凝视着他。

"哥……哥哥……"云悠悠知道自己此刻的哭相一定非常难看，她哽咽着走上前，抬手，像往常那样抓住了他的衣袖，"我，我终于，找到你了！"

"很抱歉，悠悠，我无法帮你做什么。"他微笑着叹息，"我有我必须履行的使命，当初答应了家中枉死的所有长辈，一定要复仇……事到如今我已无法回头。"

"哥哥，"她哽咽着说，"你有不得不为的使命，但你也给这个世界留下

249

了生机。你信任我和殿下，我们也同样信任着你。"

半晌，他轻轻笑了一声："悠悠啊，哥哥是坏人，回不去了。"

云悠悠心酸得不行，虽然哥哥没有表现出来，但她知道他一定在心里流泪了。

"哥哥，你做得已经够多了。"她低下头，泪水一下一下滴落在他的袖子上。

"啊……狡猾的悠悠。"他轻声叹息，"哥哥中了你的计。"

话虽这么说，他那双清澈明亮的眼睛里却闪耀起了愉悦的光芒。只见被她的"圣母光环"同化过的那几根细丝已经变成了毛茸茸的乳白色，它们顺着她的手爬向西蒙，落向他身后那件像蛇一般不断扭曲的占星长袍。

"哥哥，你就让我这样牵一牵你的衣袖就好。"被她同化过的小磁场接触到了飞扬在西蒙身后的绿林星魂大磁场，赤红腥雾伴着山呼海啸般的剧痛再次涌来，云悠悠努力睁大眼睛，一眨不眨地看着面前这双熟悉温柔的眼睛。

"我们悠悠，真是这个世界上最傻最善良的人了。"西蒙轻声叹息，抬起手，覆住她的手背，"实不相瞒，当初如果没有遇到你，如果不是你那些傻傻的念头让我相信这个世界还有希望……我恐怕已经永沉炼狱。悠悠，我没有看错，你是治愈世界的希望。"

她感觉到一股柔和的力量传递过来，她摇了下头："不仅是我，还有哥哥和殿下。"

西蒙嘴角微沉："我们悠悠这么讨人喜欢，真是便宜了闻泽那小子。"

云悠悠心虚地笑了笑："抱歉哥哥，我也不知道怎么就喜欢上殿下了。"

西蒙装模作样地叹了一口长气："当初看他的视频看到三点都不睡的小傻瓜是谁？"

"你催眠过我，我已经忘了！什么也不记得！"云悠悠斩钉截铁地狡辩，"而且，我已经知道了哥哥喜欢珍妮花那样的成熟女性！"

用尽全力说笑的时候，海啸般的疼痛仿佛也减轻了许多。只不过，这两枚阻拦在大潮面前的小石子终究要被海浪冲走。刚才云悠悠面对的虽然是最深沉的星球疼痛，但终究只是细细几缕，不比此刻，她和西蒙要对抗侵占了半个首都星的大磁场。

"别怕，悠悠，你永远是最美丽的小星星。"

"我不怕。"她的磁场隐隐有一点涣散，"能遇到哥哥和殿下这么好的人，我很幸福。我好像感觉到了殿下……咦……"

一股非常柔和坚定的力量涌进了她的后心，这是一种奇妙至极的共振，她能够清晰地感觉到，有人在想着她，爱着她。

"殿下……"是闻泽殿下！

下一秒钟，她感应到了更多共鸣的磁场。

"殿下！殿下！殿下！殿下！"无数聚向闻泽的意念化成了磅礴的力量，涌入她的磁场，她仿佛看到了一张又一张布满泪水的脸，看到了他们眼睛里无限绵延的春天，看到了这个世界上所有的美丽……

"嗡……"更加宏大的力量随之震荡，涌进她的身躯。

她看到周围永恒不变的磁力场发生了偏移。这些如阳光一般至纯至美、透明且带着无限质量的光芒倾向了她，温柔地与她共鸣，将力量源源不断地送给她。

"是大磁场……"她感觉到了无限的光明和美好，心灵的震撼与感动难以言表，热泪不断从心底涌上来，伴着光芒与爱意，一点一点治愈赤红如血的复仇之魂。白茫茫的温暖，把她通通透透地照亮。

云悠悠看见西蒙弯起了眼睛。他微笑着说："我就知道，我们悠悠不是苔藓，是最美丽的小星星。你得到了一只大星星的认可，恭喜。"

"哥哥……"

"啊啊啊——"那片赤红磁雾疯狂扭曲，发出尖锐的嘶叫，"我要被圣母同化了！怎么外面还不死人，怎么外面还不死人！"

"不会死人了。"云悠悠和西蒙对上视线，"那里有殿下镇着啊。"

它继续发出灵魂尖啸："不不不——我不要变成圣母——不要拿走我的

仇恨呜呜呜——呜呜不痛了好舒服——"

紫色的占星袍一点点被染成纯白，半透明的磁力线顺着它的来路继续延伸，同化那些被污染过的区域。

西蒙和占星袍一起渐渐变淡。

"哥哥！"云悠悠，"我们还会见面吗？"

他笑得弯起了眼睛，抬手揉了揉她的脑袋："哥哥会一直在天上注视着你。"

她重重点头，抿唇想了想，不好意思地说："我和殿下在一起的时候，就别看了。"

西蒙："……快滚！"

视线相对，两个人都笑出了泪花。

他的身影渐渐消散，云悠悠也感觉到一股柔和的力量在把自己推离磁场。

在一切彻底融入白光之前，她忽然感应到绿林星魂不甘地扑腾了一下，将最后的力量化作某种奇异的蓝紫色频率，深深注入她的生物磁场。

星魂恶意的声音渐渐消散："哼，送你一份绿林特产做告别礼物吧！"

✦ 05 ✦

云悠悠踉跄站稳。

她的手掌撑在超级量子云服务器前方的金属架台上，身体一阵一阵不停地发僵发冷。绿林星魂给她留下了蓝樱桃蒸糕的全部信息，直击心灵。

这一次的发病很彻底，她没有挣扎的余地，直接失去了理智，随手从旁边抓过一把维修刀，藏在袖子里，然后半走半跑冲出了大楼。

大楼前方就是半月形的演讲台，她一眼就看到了站在台子正中最耀眼的那个人。远方的风雪似乎已经停了，远远近近都有欢呼的声音，她就像一个牵线木偶，一步，一步，僵硬又飞快地走向他。

他看到她，迎了过来，张开双臂把她抱进怀里。

云悠悠非常顺手地把手中的维修刀刺进他的腹部。

"嘶。"温热的血很快就流到了她的手上，坚冰融化，她忽然看清了他的样子，感受到了他的气息。

在她呆呆地低头看向自己那只手时，他的大手猛地覆住了她的手，强势扣住五指，将她往怀里一带，宽大的华服衣袖掩住她染血的手以及扎在他身上的刀。

"殿……下……"她的心脏猛然惊跳，深吸一口气，回过了神。

他垂下头，认真至极地看着她的眼睛。

"刚才你的眼神，不是恨，是纯粹的善。"他的声音极沉，因为受伤而微微发哑，却带着清晰的笑意，"本来能躲的，被你眼睛里的光芒晃了眼。"

她的身体和心灵都在微微颤抖，他的眼睛告诉她，他不是在安慰她，而是道出实情。

"殿下……殿下！"她的心灵和眼睛都烫得快要沸腾，忽然，心底传来了清晰的脆响，一道束缚了她很久很久的黑暗枷锁骤然崩碎。

"哗啦啦——"淤积在胸口那团黑暗阴冷的沉疴彻底散去。

她终于确信了一个事实，她的病，起因不是恨，而是想要帮助小威从痛苦中解脱的善意。

这一瞬间，她知道她的病痊愈了——闻泽治愈了她。从此，她再也不会发病。星魂留给她的最后恶意，被闻泽用爱化解，他是她真正的奇迹。

可是现在，她的奇迹受伤了。

"别让人发现，懒得交代。"闻泽不用看也知道她在想什么，他把她拥在怀里，在帝国重臣与全国观众面前藏好了自己的伤，温和平静的姿态和往日没有任何区别。

大手无情地镇压她的反抗，把她的脸蛋摁在怀里，不疾不徐地说完结束语，顺便提了一句与害羞的未婚妻将择日完婚，然后拥着她离开了演讲台。

"殿……殿下，我会一辈子照顾您的……"在他躺进治疗舱的时候，她哽咽着，笨拙地对他发誓。

闻泽："……皮肉伤，不至于残疾。"

虽然医师也说没有生命危险，但云悠悠还是无法放心，她抱着膝盖，靠坐在医疗舱外面的墙壁上，眼睛一眨不眨地盯着舱门。她从来没有觉得时间走得这么慢过，慢到她恨不得扎自己一下，自己躺进去，把他换出来。

她等了很久很久，体感上大概过去了两三天，忽然有一瞬间，舱门上方红色的指示灯转成了绿色。

她飞快地跑过去拍开了舱门，正好听到电子音提示："手术成功，全程17分35秒。"云悠悠觉得自己这辈子都没经历过这么漫长的十几分钟。

磁力悬浮板缓缓把伤员送出来，云悠悠紧张地望过去，看见他唇色浅淡，黑眸懒懒地含着笑。他招手示意她靠近，用一条看着精瘦实则死沉的胳膊勾住她的肩，借她的力坐起来。

她感觉到他有重要的话要对她说，赶紧屏住呼吸，认真倾听。

他微带着一点喘息偏头，发哑的嗓音碾过她的耳朵——

"被你损坏的礼服价值百万星币。贷款吧，我的新娘。"

第九章
CHAPTER 9
一见钟情
Falling into stars

闻泽返回星河花园秘密养伤。

医师很严肃地向云悠悠交代各种注意事项和禁忌：睡眠时间、洗澡频率、各种忌口以及……严禁夫妻生活，最后一个事项还反复叮嘱了三遍。

云悠悠站在大床旁边，脑袋越垂越低，只露出两只红通通的耳朵尖。

闻泽穿着宽松的黑色棉质大袍子，靠在床头，脸上挂着温和平静的淡笑："休养 35 天、忌口、忌夫妻生活，知道了。"

云悠悠偷偷瞄他一眼，见他脸不红心不跳，把那四个字说得就像吃饭喝水一样自然。因为失血，他的脸比平时更白，像一块散发寒气的白玉。唇色也淡，唇形显得棱角分明。清清冷冷的样子，看上去非常禁欲。

送走医师之后，云悠悠忽然感觉浑身上下都不对劲，手脚不知道该往哪里摆，站在床边，脸颊又开始一点一点发烫，脑海里一直回荡着那四个字。

闻泽低低笑了一声，嗓音懒懒散散："别老想着夫妻生活。"

云悠悠就像被雷劈了下，她很想辩解一下自己想的不是夫妻生活，而是禁止夫妻生活，但是这么一说好像更加奇怪了……

她果断转移话题："殿下！这段时间您只能喝营养液，我会严格监督！"

"嗯。"闻泽不以为然地点点头，语气颇有一点嫌弃，"平时吃的那些东西和营养液也没什么区别。"

云悠悠：……

不愧是吃腻了山珍海味的贵族阶级。

"躺下来。"闻泽拍了拍身边。他的姿态过于自然，让她短暂地迷糊了一下，感觉就像回到了当初——在这栋大别墅里，她有太多太多穿着小白裙为他提供服务的记忆，身体已经非常习惯了。

她下意识"嗯嗯"点头，转身坐在床沿，收拢双腿，把大拖鞋整整齐齐地脱在床边，然后乖乖躺到他的身旁。

受伤的闻泽存在感依然和平日一样强，他的体温和气息就像一张铺天盖地的网，一下就网住她这只弱小的飞蛾。

她的心脏漏跳了两拍，下意识地叮嘱他："您别动。"

闻泽失笑："我没动。"

"哦……"她放在星空被里面的手臂距离他的身体大概有三厘米。照理说，距离三厘米的两个物体应该不会发生任何物理或者化学方面的反应，但是不知道为什么，靠近他的那一侧手臂就像爬上了带电流的小蚂蚁，每一寸皮肤都敏感得不得了，能够清晰地感觉到空气里最细微的波动。

想说的话有很多，云悠悠一时不知道该从哪里说起。

"见到西蒙了？"闻泽主动开口。

"嗯嗯！"

闻泽喉结滚了几次，薄唇扯开又合上，片刻后，他用没有一丝起伏的语气平淡地问她："西蒙好看还是我好看？"

云悠悠有种奇怪的直觉，觉得殿下真正想问的似乎并不是这个，不过这个问题本身就是一个非常危险的问题。她飞快地思索了两秒，很有求生欲地回答："殿下，哥哥长得美，您长得帅。"

"啧。"他静默了半晌，若无其事地开口，"躺那么远，是顾忌西蒙？"

云悠悠转头看他，见他微垂着眼睑，失去血色的面容看着有些落寞。她的心脏仿佛被一只酸涩的小手轻轻揪了一把，她赶紧摇摇头向他解释："不是的殿下，忌的是夫妻生活啊！"

话一出口，云悠悠就恨不得拿个胶布把自己的嘴巴贴上。心里想的明明是顾忌殿下的伤，怎么话从嘴里出来就变这样了！

闻泽：……

云悠悠紧紧闭上了眼睛，脸颊烫得自己都能听见"呼呼"声，她怀疑闻泽在偷笑，但她不好意思睁眼去看。

"说说身为救世主的感想？"闻泽给未婚妻保留了最后一点面子，换了个话题。

云悠悠小心地掀开星空被看了看，确认不会牵动到他的伤，这才束手束脚地躺好，轻轻依偎着他，把自己在磁场中的所见所闻一一道来。

那段经历实在匪夷所思，她的心神飞了回去，再次领略了其中的壮美和震撼。说完之后，她仍然沉浸在内，久久无法回神。

闻泽也沉默了很久。

"你放弃了星魂给你的机会。"他的声音有点轻，"为什么？"

"舍不得您。"她答得非常顺滑。

闻泽抬起手，扶了扶额头。这一记直球打得他有点晕，他觉得一定是自己失血过多的缘故。

"那……"藏在星空被里面的手指不好意思地揪着裙边，她抿了抿唇，偷偷抬眼瞄了他一下，"殿下，您上次说过我在星河花园可以随便点餐的事情，还作数吗？"

闻泽："……当然。"

她看起来更加害羞，语气十分虚伪："可是我害您忌口，自己却吃独食，会不会太过分了一点？"

闻泽冷笑："你不是舍不得我，是舍不得我的厨师。"

她弯起眼睛，把脸蛋藏进了被子。

时间过得飞快，转眼就是一个多月。

　　闻泽每天还是得处理公务，他坐在床头办公，云悠悠就乖乖蹲在他身边陪着他，时不时提醒他活动四肢、望远放松。

　　虽然星魂的问题已经彻底解决，但是阴险狡诈的殿下依旧把持着网络资源，并没有公布这个消息。借此机会，他把那些参与远星殖民任务的重型兵工厂尽数取缔，利落冷血地打压政敌。对于他的种种举措，紫莺宫没有半句异议，而是全力支持。

　　闻泽身上带着伤，云悠悠却能清晰地感觉到利剑已然出鞘。看来逼宫成功了，她默默地想着。政治太复杂，她不懂，她只知道殿下正向着他的理想迈进，没有任何力量能够阻挡他的脚步。

　　唯一让云悠悠感到不安的是，凯瑟琳中将带着她的秘密失踪了，一直下落不明。

　　"又在想凯瑟琳？"闻泽抬眼瞥她。

　　"嗯。"

　　"别想了。"他淡声吩咐，"你点的萨尔斯火焰雪花牛肉卷糯米饭即刻就好，不要影响了胃口。"

　　"嗯嗯！"她发现，近来殿下把越来越多的注意力放在她的三餐上面。他会有意无意地道出菜品的全名，并在她用餐的时候停止用高脚杯喝营养液，若有所思地看着她。

　　她曾一次次观察他。这个成熟的政客并不会露出半点"他想吃"的样子，只会用最优雅的动作轻轻摇晃着杯中的营养液，让她的心脏跟着晃动的液体一起在透明杯壁上一圈又一圈地旋转。

　　火焰荡过肥瘦相间的雪花肉卷，香气霎时溢满了临时用餐间。云悠悠能感觉到鲜香咸美的牛油渗进粒粒饱满的香米中，带着竹叶清香的糯米让烤肉变得异常清爽，解掉了上品雪花烤肉中并不存在的腻，只余下最纯正浓郁的牛油香以及完美的口感。

　　吃完一个小卷，云悠悠抬头望向闻泽，见他微笑着举起盛着营养液的玻璃杯，她的心中不禁泛起了一丝酸涩，觉得火焰牛肉也没那么香了。

她忍不住又一次抬头看他，闻泽穿着黑色的丝绸睡袍，宽肩上松松地披着一件薄外套。丝绸贴身，勾勒出完美的身材。

早在半个月之前，他的伤就已经不再影响日常活动了，如今除了要忌口以及不怎么离开卧室之外，他已看不出是个伤病员。

他冲她笑了笑，黑眸隐隐闪过一丝落寞。

云悠悠觉得自己的小心脏都跟随他下垂的唇角坠到了地面。她默默算了算日子，现在已经是第 34 天的傍晚，四舍五入就是 35 天，只吃一点点，应该不会有任何影响。

"殿下，"她小心翼翼地唤了一声，"今天的牛肉有点多，要不您帮我分担一块？"

他轻轻动了下眉骨，神色淡淡："时间未到。"

他拿着杯子转开了头，没什么表情，却更加牵动人心。

云悠悠心酸得不行，她能感觉到他的渴望——那种源自骨子里的被深深压抑的渴望。

"就吃一口。"她蹭到他身边，举起银叉上的小肉卷，"四舍五入已经可以算 35 天了。"

他垂下幽黑的眸，定定盯了她一下，唇边缓缓勾起笑容，咬住银叉："行。"声线带着说不出的暗沉。

21 点，准时关灯。

云悠悠和平时一样，老老实实地把自己睡成了直直一条。这段日子她和殿下都很刻意地避免任何亲密动作，正经睡觉，井水不犯河水。他从浴房出来时，她没有生起任何警惕心，闭着眼睛甜甜地向他道晚安。

下一秒，略微带着少许湿气的身躯沉沉罩下，将她困进了怀中。

她睁开眼睛，对上一双蕴满攻击性的暗沉黑眸："殿下？"

"四舍五入。你说的，未婚妻。"他勾起嘴角，在她出声抗议之前果断封住了她的唇。

她的心跳和呼吸一起错乱，很久没有和他这么亲近，独属于他的温度和味道让她一阵眩晕。

"既然引我破戒，那就自己收场吧。"辗转间，低沉微哑的声音带着阴谋得逞的笑意，送至她的心底。

云悠悠终于明白他眸中渴望的是什么，然而此时醒悟已然太迟，她就像那块小小的美味雪花肉，被狡诈恶狼一口叼进嘴里。

云悠悠的双手被扣在枕头上方。她感觉闻泽的大手比镣铐更加坚硬，凭她的力气根本不可能撼动一丝一毫。他每一次垂下头来吻她，都会害得她的心尖一阵阵悸动，肩膀不自觉地缩起来。

她的小白裙变成了餐盘上的牛肉卷，被火焰炙烤，被一圈圈剥起来。

闻泽细嚼慢咽的样子，比任何时候都要可恶。

"殿下……"她微弱地挣了挣双手。

"嗯？"男人好整以暇，眯起幽黑的眸，沉沉地看着她，意思很明显——她说什么都没有用。

"我想抱着您。"话音没落，她的耳朵尖已经羞得通红，蕴了水波的眼睛微微一颤，飞快地向下躲藏。

视线落进他半敞的睡袍里，35天没有锻炼，太子殿下的胸膛依旧覆着精瘦坚实的薄肌，半罩在黑色的丝袍底下，让人感觉十分危险。

她的目光仿佛被烫了一下，赶紧继续逃向安全的地方。

闻泽低低地笑着，左手撑在她的身侧，右手抓过她的手指，带着薄茧的指腹捏住她的指尖，不轻不重地抚她的指甲。

"殿下？"她发出不解的声音。

"别往看得见的地方抓。"他淡定地交代，"明日要入宫觐见。"

她抬起眼睛，触到他似笑非笑的眼神，呼吸猛地一乱，耳朵瞬间烫得着了火，热气顺着耳朵蔓延，把她的皮肤整个染成了桃红色。

被他这么一说，她再也不好意思抬手去搂他，于是这个夜晚，她的双手一直藏在枕头下面，颤抖着，反手把枕头下的床单揪成了大漩涡。

一切结束之后，闻泽探过长臂，把她连着星空被一起卷起来，圈进怀里。

星空被给了云悠悠沉甸甸的安全感，她小心地探出两根手指，揪着被子边往上拖，把脖子藏得半寸也不露。

"您明天要进宫？"身体安全之后，她立刻忧心起他的事情，"殿下，您的伤刚好，会不会太危险了？"在她的认知里，紫莺宫就是龙潭虎穴。

闻泽不动声色地紧了紧手臂，让她整个窝在他的胸前。

"这一趟免不了。"他的语气意味不明。

云悠悠心脏微沉，急忙抬起眼睛来看他："非去不可？事情很重要吗？"

闻泽的黑眸露出沉吟之色，半晌，他低低嗯了一声："干系重大。"

"好吧。"她有些忧虑，但是不想给他压力，于是装出若无其事的样子，"殿下一定会成功的。"声音始终是欢快不起来。

此刻胸口沉沉的，她想抱一抱他，但手臂被裹在星空被里面，挣了两下没能伸出来。她有些心急，手脚并用地推开星空被，扑进闻泽怀里。

他刚才使坏时也没有脱掉黑色大睡袍，此刻只是松松地用束腰系着，一副风流不羁的形象，他张开双臂，把绵软的女孩接个满怀。

她的脸颊蹭开了他的睡袍，双手紧紧搂他。

他垂下头来吻她时，她的眼睫轻轻地颤了颤，然后很乖顺地回吻他，自投罗网的小云团再一次化成了绵绵细雨，淅淅沥沥地洒遍青山。

在她神不守舍时，他抬手拨开她鬓侧的头发，垂下头，用低沉微哑的嗓音在她耳畔温存诱哄："叫我什么？"

她的脑子一片空白，浑浑噩噩地望向他，触到那双幽黑深邃的眼睛时，她的心尖轻轻悸颤，迟缓的思绪慢慢转动——叫他……什么？

当然是殿下啊。

"殿……"嘴唇刚一动，修长的手指点了上来。

"这种时候不许叫殿下。"闻泽似笑非笑，"重来。"

她怔怔看着他，眼睛里晃动着盈盈波光，迷蒙的情意之下，是清澈得一眼就能看到底的浅溪。

他确定她的脑子里再没有第二个称谓——她不想叫他哥哥，一点也不想。这个发现让他心情大好。

"叫闻泽哥。"他淡定地说。

云悠悠略微过了过脑子，不禁心尖颤动，羞得把脸埋进他的肩膀。

"嗯？"他紧追不舍。

她抿紧了唇，羞涩而坚决地轻轻摇头。

"呵。"闻泽在她耳畔低低地笑，"顽固分子吗。"

✦ 02 ✦

清晨。

云悠悠看着星河花园高科技感十足的吊顶发了好一会儿呆，闻泽擦着头发走出浴房，见她醒来，温和地笑道："早上好。"

云悠悠怔怔动了下眼珠："……早上好，殿下。"

他向她走来，每踏出一步，都让她的心脏一阵惊跳。

"殿……殿下……"

"再赖床要迟到了。"他抬起腕表看了看，"快去洗漱，我帮你拿衣服。"

云悠悠纳闷地偏头看他。

"啧，"闻泽挑了挑眉，"昨晚不是说过要入宫觐见。怎么，正事都忘了？"

云悠悠睁大了眼睛，试图从他脸上找出点什么蛛丝马迹，遗憾的是，这个表情管理大师完全没有任何破绽，一对黑眸清清冷冷，神情正经严肃而平静，就像他出席视频会议那样。

"您没说要带我去。"

"我也没说不带你去。"

他垂下头，低低地笑了笑："皇太子携准太子妃第一次觐见，我也不好身兼二职代你出席。"

云悠悠瞳仁震颤，呆得就像被雷劈了头。

这……这这……

闻泽只好亲自把她从被窝里捉出来，扔进智能悬浮浴缸里面自动洗涮，趁着她在水里迷茫浮沉时，他大步走向衣帽间，替她准备入宫穿的衣服。

云悠悠被水流推来推去，脑子终于一点一点清醒过来。

她觉得殿下昨晚就是故意的！

她气咻咻地洗完澡，穿上小白裙和大拖鞋，抿住唇，杀到闻泽面前。

"来，看看想穿哪一件？"闻泽转过身，微挑着眉尾，唇角勾起春风般和煦的笑容。他已换好了衣服，一件很简单的修身长尾黑礼服，衬得他肩宽腿长。

她的小心脏很不争气地为他跳了两下。他看起来非常绅士、非常君子，一身温和风度世间无人能及。

闻泽很体贴地侧移一步，让开了身后的衣帽架。

云悠悠看清了衣架上的衣服，表情忽然凝固，这不就是她平时穿的小套裙吗？

她有点不敢相信，迟疑地看了他一眼："穿这个进宫可以吗？"

他很绅士地微笑着，抬手示意她上前挑选。

云悠悠抿抿唇，慢吞吞地走到衣架面前。仔细一看，发现这件白色小套裙做工异常精良，材质松软顺滑，摸上去舒服极了。领口、袖边都绣着象征皇家身份的徽章暗纹，除此之外，再没有别的多余饰物。

"殿下……"她怔怔回身看着他。

"知道你不喜欢华服。"闻泽微笑，"你就是完整美丽的小世界，不需要那些庸俗的装饰。"

被他这样注视着，她的脸颊不禁隐隐开始发烫，她从苔藓变成了星星，又从星星变成了世界。她把裙边揪了又揪，终于忍不住说出一句大实话："可是殿下，我其实好喜欢好喜欢漂亮的衣服……"

闻泽不解："那你为何从来不穿。"

云悠悠忧郁地注视着这位"何不食肉糜"的君王，幽幽道："那不是因为穷吗？"

闻泽这才想起来，未婚妻此刻仍背负着百万巨债。

不知道为什么，他忽然感受到一种前所未有的快乐，于是揽住她的小肩头，偏头，声线懒散，笑语低沉："闻泽哥帮你还。"全然一副慵懒的姿态和餍足的神情。

云悠悠感叹，她到底是有多瞎，才会认为他是正人君子啊！

重新改装过的星空车明显宽敞了许多，单人舱变成了 1.5 人舱。

云悠悠上车，坐到舷窗边上，感觉略有那么一丝丝拘谨。闻泽坐到她的身边，一只手懒懒环到她的身后，搭在她的椅背上。她觉得他就像一个质量巨大的天体，让空间向着他凹陷倾斜，吸引她依偎过去。

搭在她身后的那只大手落到了她的肩头，修长的手指一握，把她大半个肩膀和胳膊都握在了掌心，这是一个让她很有安全感的姿势。

"悠悠。"他用很正经的语气对她说，"我母亲说话难听，你不必理会，我来替你回。"

她老实地点了点头："嗯嗯！"

狗血婆媳剧她是看过的。一般来说，豪门婆婆都会相中某一位与自家门当户对的富家小姐，拼命撮合自家儿子与这位女配角，极力拆散儿子和出身普通的女主角。常见招数如下：打击自尊、金钱羞辱、物理隔离、制造误会……

他摁住了她的脑袋："不是那些。"

云悠悠惊恐地偏头看他："您怎么知道我在想什么！"

闻泽眉头微挑，淡淡瞥了她一眼。他这个未婚妻实在是过于单纯，他至今仍然没忘记，那次带她与孟兰晴、韩黛西会面时，她这双黑白分明的大眼睛里清清楚楚地飘过"弹幕"——侮辱？！泼酒？！陷害？！下药？！绑架？！

"少看那些无聊的东西。"他说，"环球地理、军事讲坛和社会发展史难道不是更有趣吗？"

云悠悠："不，殿下，那一点儿都不有趣！"

闻泽根本不理会她的抗议，微眯着眸望向窗外，任她在耳旁叽叽喳喳地念叨。

那些未必有趣，但是把她押在光屏面前看她愁眉苦脸的样子，一定非常有趣。

◆◆ 03 ◆◆

云悠悠挽着闻泽的胳膊，一步一步踏上铺设了紫金厚绒毯的大台阶。

这是一次非常正式的会面。半层楼高的台阶左右，端端正正地站着两排把胸膛挺得面朝蓝天的金装侍卫，厅中传出很有规格和仪式感的奏乐声；高台上方，撒伦十七世与玛琳皇后双双面带毫无瑕疵的标准微笑，亲切迎接太子和准太子妃的到来——这一段是要直播的。

这是云悠悠第一次近距离接触帝国皇帝与皇后。殿下的气场笼罩着她，让她完全免疫了帝后带来的压力。她跟随闻泽一起行礼，然后好奇地看向他的父母双亲。

云悠悠丝毫也看不出夫妻、父子不和的痕迹，此刻的场景，就像一对普通的恩爱夫妻满怀欣慰地看着孩子成才成家，玛琳皇后的眼角甚至泛着一点幸福的泪光。

云悠悠眨了眨怀疑人生的眼睛，缓步进入眼前这座恢宏华美的殿堂。这是一座白金交织的宫殿，装饰以浮雕为主，满满当当几乎不留白，却丝毫也不会显得拥挤杂乱。地毯就像镶嵌着金丝的雪地，有种童话中天堂里的冬天的味道。

两扇雕满精致花纹的乳白色大门在身后缓缓合拢，殿堂中的灯光显得更加璀璨，浮雕的凸面柔和地反射出白与金交织的光芒。

"为了铭记 11 · 8 首都大寒潮，父皇把会客场所改为冬日主题。"闻泽用导游的口吻告诉云悠悠。

直觉告诉云悠悠，撒伦十七世一点也不想铭记那件事情。

不过……118？她的脑海里浮起了一串个人 ID：Z13111108。

Z，泽。殿下今年 28 岁，和 1311 对得上。所以，11 月 8 日是他的生日吗？没有人给他庆生，他只顾着拯救首都星的民众，还被她扎了一刀。

她怔怔看向他，胸口忽然发酸，十分心疼，挽在他臂弯的手指变得软软的。

四个交错的脚步声抵达宫殿正中的会客大沙发椅。只见皇帝陛下忽然加快了脚步，穿过宫殿后方的通道，径直离开了这间会客厅——一声招呼都没打。

云悠悠心想，做皇帝果然可以非常任性啊，说走就走了。

玛琳皇后的鼻腔里溢出尖锐的冷笑，往正中的沙发上一坐，阴阳怪气地说："你父皇赶着去安抚那些被你砸了饭碗的叔叔伯伯，没心情在这里浪费时间。"

"无妨。"闻泽温和地笑了笑，非常绅士地请云悠悠坐下，然后坐在她的身边，抬眸望向对面的玛琳皇后，"他们很快就会彻底破产，到时候父皇清闲下来，一定有空多陪陪您。"

云悠悠觉得自己似乎闻到了硝烟味。

玛琳皇后额心的竖纹陡然加深，法令纹微微动了几下之后，她选择不搭理自己这个斯文虚伪、无懈可击的儿子，而是将目光投向云悠悠，轻轻"嗤"了一声，用非常轻蔑的语气说道："太子啊，你这些年怎么越活越倒退了，找的女朋友一个不如一个。"

云悠悠心想，好好的怎么突然开始攻击自己。

她望向闻泽，只见他手背上瞬间迸出青筋，黑眸中涌起了冰冷怒火。显然，殿下也没有料到他的母亲竟然会用这么低劣的手法打压他的未婚妻。

他抬手重重攥住她端正放在膝盖上的小手，安抚地捏了两下，旋即，温和地勾起唇角："儿子只承认过悠悠这一个女朋友。母后上了年纪，总是健忘。"

云悠悠看到他的额角有青筋跳动，显然心情不佳。他心情不爽，扎起刀子更是又快又狠，被暗示老糊涂的玛琳皇后差点儿一口气没提上来。

缓了好一会儿，玛琳皇后才找回状态，冷声讥讽："不是吧，堂堂皇太子被一个女人拿捏得实话都不敢讲了？当初和林瑶不是闹得轰轰烈烈吗？啧，虽然我们看不上林瑶，但她好歹也是个搞科研的……"

云悠悠立刻不答应了，她很严肃地挺直脊背，一本正经地告诉皇后："林瑶抄袭。"

玛琳皇后噎了下，继续说道："拿到帝国重点大学硕士学位……"

云悠悠木着脸："她抄袭。"

玛琳皇后尽力无视："在民间也拥有一定的影响力……"

云悠悠："抄袭。"

闻泽忍俊不禁，很努力地憋住了笑意。

皇后发怒："你就只知道一个抄袭？"

云悠悠很认真地眨了眨眼："不，还有杀人未遂。"

玛琳："……所以你连这样一个人都比不过，还有脸出现在这里？"

云悠悠惊恐地睁大了眼睛："我为什么要和一个抄袭的杀人犯作比较？皇后殿下，我是守法公民！"

玛琳皇后气结，节奏完全被打乱。她已经不记得多少年没有人在自己面前这样说过话，这种又憨又土的对话方式，让她一时半会儿完全不知道该怎么接。

她捂了捂眉心的竖纹，鬼使神差地看了闻泽一眼，目光忽然顿住。

身为母亲，玛琳已经太久太久没有见过儿子流露出真心的笑意。而此刻，他漆黑的双眸懒洋洋地垂着，视线落在身边的女孩身上，心里眼里只有这么一个人，由衷的愉悦让他眉眼温柔，虽然他极力压着唇角，却压不住那股从心而生的……得意！

玛琳皇后气乐了。

闻泽恰好抬头，目光与母亲相撞。两个人都在对方眼底发现了多年不曾见过的笑意，脸色一僵，双方都觉得有些尴尬。

"呵。"玛琳皇后率先打破了微妙的气氛，"西蒙没了之后，都没见你这么笑过。看来平民女孩也不是一无是处，还是有点本事的。"

闻泽恢复了虚伪礼貌的表情："一般。也就是人机连通指数 100%、创下了一场战役中单人击杀过百'亲王'的记录、立下足够直升少将的功勋……仅此而已，平平无奇。"

玛琳皇后：……

云悠悠：……

她吃惊地望向闻泽："殿下！这样升职会不会太草率了？这种程度而已，我随便可以再杀一百只，到时候怎么办，我会功高震主的！"

闻泽："……别学个成语就乱用。"

玛琳皇后一点也不想笑，但她实在忍不住，于是抬起镶满了珠玉的石榴红长袖，装模作样掩住了脸。半晌，皇后总算绷回了不好惹的脸："行了，准太子妃，你去后面花园里走一走吧，我有事与太子商谈。"

云悠悠很老实地望向闻泽，一副只服从他命令的样子。

闻泽微笑着扶她起来，示意她放心："我会来接你。"

"嗯嗯！"

她顺着通道走出这座白金宫殿，只见落地玻璃长廊外种满了典雅的白色鸢尾花，淡淡地染出冬日特有的清冽芳香。通道尽头负手站着一个人，头戴冠冕，身穿与皇后同款的华服。

云悠悠进也不是，退也不是。正揪着裙边迟疑，只见皇帝陛下缓缓转过身，鹰般的目光落到她的身上。

"陛下。"她硬着头皮行了个礼。

身材高大的男人缓步走近，停在距离她一米左右的地方。

云悠悠眨巴着眼睛，礼貌且戒备地注视着这个和殿下长得有五六分相似的中年男人。

半晌，他轻轻叹了一口气："林德没了之后，都没见玛琳这样笑过。你很好，好好和闻泽在一起吧。"

云悠悠眨了眨眼，又眨了眨眼，皇帝夫妇都说了一样的话呢。

他没想要她答话，说完径自转身，一步一步走出她的视线。

✦ 04 ✦

回到星空车上，云悠悠仍然觉得有些云里雾里。

"殿下，我这算是通过考验了吗？"她问。

闻泽懒懒瞥她一眼："还叫殿下？"

云悠悠：……

狭窄的车舱中，闻泽稍微俯身，仿佛就能挤走云悠悠身边全部空间和空气。他给了她太强的压迫感，黑沉的眸色让她心慌气短。

他把她抱到身上，面对着他。

"殿下，殿下！"云悠悠赶紧推着他的肩膀求饶，"您不是还要尽快处理新能源预案的事吗？"她用膝盖可怜兮兮地蹭着座椅往后挪，试图逃离他的禁锢。

闻泽好整以暇地看着这只在网中扑腾的小虫子。

"哦，"他用认真的语气问，"关于那个，你有什么想法？"

云悠悠不禁腹诽，困扰能源专家几百年的问题，她一个半文盲能有什么想法？左右两旁明亮的大舷窗给了云悠悠巨大的压力，她急中生智，忽然就蹦出了灵感。

对，灵感！

她双眼微微睁大，搭在闻泽肩膀上的小手不自觉地环住他的肩背，把自己的身体牢牢固定在他怀里，乌溜溜的黑眼睛定定盯住他。

"殿下，科学技术的进步总是爆发式的——在漫长的沉寂之后，忽然百花齐放，百家争鸣。"她的脑海里浮起了那个恢宏炫美的大磁场。

"嗯。继续。"闻泽眸中的薄雾迅速散去，认真地注视着她。

她飞快地说："我们每一个人的小磁场都是世界大磁场的一部分，在那些时代里，思想桎梏得到解除，人文精神得到发扬，磁场的共鸣一定会变得更加强烈、更加美丽。世界意识升级了，当然会反哺每一个小磁场，让人类的大脑迸发出更多的灵感火花——帝国历史上五次有名的科技大爆炸，不是都伴随着社会体制改良和思想文艺的复兴吗？

"我觉得，如果帝国不再疯狂追逐财富，而是放慢脚步致力于发展民生，让大家安居乐业，然后引导社会思潮，把新能源研发变成全民兴趣话题的话，也许灵感的火花很快就会在那些厚积薄发的科学家们伟大的脑袋里面闪耀！"

一口气说完，云悠悠发现闻泽那双清冷深邃的黑眸正一瞬不瞬地看着她。

"怎么想到这些的？"他问。

她的脸颊不禁腾起了热意，手指不自觉地揪住他肩膀上的衣料，她害羞地垂下眼睛："刚才在后花园等您的时候，我看了看您提到的社会发展史。"这个现学现卖的姿势实在是过于娴熟，让她自己都觉得非常不好意思。

"嗯。"闻泽抬手，握住她的肩头，"未婚妻，你的思路与我的策略方向不谋而合，不愧是要与我携手一生的同伴。"

不知道为什么，这么普普通通一句话，一个完全称不上甜言蜜语的"同伴"，竟然直直击中了她的心灵，让她心底的热流涌上眼眶，忍不住凑上前去亲吻他的脸颊。

他也没有脱掉君子外衣，只是温情脉脉地回吻她的额头、鼻尖和脸颊。

两个人的手指不知什么时候紧紧扣在一起。

✦ 05 ✦

星空车没有返回星河花园，而是径直驶进一架飞船的运载舱，星空车引擎还未关闭，飞船已经点火、起飞。

"殿下？"

闻泽微笑："带你出星系买衣服。"

三天之后，舷窗外出现了一颗蓝得透明的星球。云悠悠以前只在星网上看到过这个名叫"沃特纳星"的地方。这是帝国星域中最高档的旅游胜地，整个星球95%的区域覆盖着风平浪静的海，拥有雪白沙滩的海岛像珍珠一样分布在赤道附近。近海有一种奇异的水蚕，它们吐出晶莹透亮的细丝，一簇一簇悬浮在透蓝的海面下，这种丝被称为鲛丝。

帝国最昂贵的服装品牌就出自这里。

闻泽戴上宽边帽，把巨大的、护目镜一样的大墨镜往鼻梁一架，精致的脸庞被遮掉了大半，看上去像个明星，不像皇太子。他往她脑袋上扣了一顶柔软的大草帽，摁了摁她的头顶，然后牵着她的小手登上星空车，亲自驾车带她掠向沃特纳星球上最大的中心岛屿。

她坐在他身边的副驾驶座上，见他把左臂懒懒地搭在敞开的舷窗上，右手很随意地拨动操作盘，通身散发出二世祖气质。

可不是嘛，在深蓝帝国，这一位可就是头号二世祖？

他娴熟地倒车入库。

云悠悠发现这是一个遍地黄金的地方——遍地黄金是字面意思。

车位之间用浮雕隔开，浮雕上镶嵌的黄金丝和白银线很明显都是真货，每一幅主图中心都嵌有宝石，虽然只是下等的宝石，但价格至少也是数百星币。要知道这只是一个停车场啊！

云悠悠抿住唇，手指不自觉地揪住了裙边，直勾勾盯着这些宝石发愣。

闻泽揽住了她的肩，精瘦的胳膊死沉，强势唤回了她的注意力。

"到处都是监视器，"他偏过头，低低咬她耳朵，"别想了。"

云悠悠不由赧然，殿下可真是了解她。

他闷笑着，牵起她的手走向外面那一片金碧辉煌的购物中心。

踏入购物广场之后，她每迈一步，都忍不住在心里偷吸一口凉气——地板是玉铺的！分隔区域是金丝檀木摆件！竖在路边的艺术立灯是水晶做的！还镶了钻！

她发现闻泽非常熟悉这里，带着她抄了两次近路，绕过神殿装饰一样的巨大喷泉雕塑池，抵达帝国最昂贵的奢侈品牌旗舰店。

因为心里有了疑惑，这一路她观察得特别细致，很快，她就发现了一个问题——沃特纳星的少女和她颇有些相似，她们个个清秀柔美，身材纤细，看起来就像一束束美丽的小百合。

所以……殿下喜欢的就是这样的类型？他从前曾到这里物色女朋友？他和她在一起，只是因为她恰好是他的理想型？

云悠悠忽然有一点难过，虽然有些矫情有些无理取闹，但她还是忍不住去想，假如当初和他签协议的是别人，如今他是不是就和别人在一起了。

这么想着，她不禁恹恹垂下眼睛，脑袋也一点点勾成个企鹅。

闻泽把她牵到了一个文物展览柜模样的衣橱面前："这个如何？"

云悠悠吸了吸气，抬起头。

导购姑娘甜美的声音从身边传来："先生真有眼光，这是我们刚推出的'完美世界'系列，除了价格特别昂贵之外，它没有任何缺点。当然，对于真正的有钱人来说，价格昂贵似乎不是缺点呢。"

很会说话。

闻泽抬手推了推巨大的护目墨镜，唇角懒懒勾起："喜欢吗？"

云悠悠看着那条梦幻般的裙子愣了愣神，视线一转，落向下方金质的价格牌，七位数！

她飞速摇头："太贵了。"

"没事。"闻泽懒洋洋地笑，"五折呢。"

导购姑娘赶紧摆手："先生，话可不能乱讲，我们家从来不打折的哦！"表情难免有点不好看。

闻泽神秘微笑："你不懂。"

导购姑娘出于礼貌，忍住了翻白眼的冲动："抱歉先生，不管认识公司哪一位高层都是不会打折的哦。"

闻泽牵住云悠悠继续往前走，遇到特别贵的就停下来询问她的意见，完全像是一个暴发户。

导购姑娘看懂了，这就是个骗小姑娘的大尾巴狼，回头肯定要用不打折为借口闹幺蛾子。

逛完一圈，闻泽抬手把云悠悠的草帽摁到后脑勺，俯身凑到她面前，用食指勾下墨镜，露出一双清冷幽黑的眼睛："累了？"

她避开他的视线："嗯。"

他挑了下眉，把大墨镜拨回原位，手指叩了叩翡翠流水台："刚才看过的，全要。"

导购姑娘谨慎地问："您要什么色？"

"当然是，全部色系。"闻泽一字一顿，掷地有声。

远近几位导购和客人不约而同地倒抽了一口凉气。

"咳，先生。"云里雾里的导购姑娘更加谨慎，"我们这里不打折的哦。您得先结账，这边才会为您包装商品。"

不相信，完全不相信！他看过的都是七位数的款，前前后后看了几十款，每款色系至少七八种，这得是怎样一笔巨款？

不但导购姑娘震撼，云悠悠也震惊地拽了拽闻泽的衣袖，她觉得自家殿下有点像中了"自尊打击买单套路"的冤大头霸总。

他安抚地攥住她的手，从衣兜里摸出一枚黑章，摁在光屏上"嘀"了一下。

"银储无限卡！"

周围一声声艳羡的惊叹熏红了云悠悠的耳朵，她觉得这种狗血剧里面的经典情节一点也不爽，并且十分尴尬，她都不好意思再抬一下头。

十分钟之后，运输机器人傻乎乎地捧着近两个立方米的包装盒，跟着这对暴发户离开了购物中心，场面蔚为壮观。

看着机器人往星空车后舱里面堆衣服，云悠悠不禁捂住了脸："殿下……您干吗这样买东西……而且您不是说打五折吗？"

闻泽低低地笑了笑，半倚在车门上，抬手捂住她的脑袋。

"这里是我的属地，奢侈品基础税率 50%，不就是五折？"他顿了下，凑近些，神秘地笑道，"而且，年内总值越过红线，还要增收附加税——这是今年最后一天，推它一把，正好过线。"

云悠悠此刻很想摇摇自己脑子里的水，她怎么会天真地以为殿下拿的是傻霸总打脸剧本？这一大堆衣服不但是白送，反倒还另有大笔收益？所以她真是想多了，殿下熟悉这个地方，只是因为这里是他的小金库。

"未婚妻，"他捉住她的肩膀，"为什么心情不好？"

她眨了眨眼睛，很老实地交代："看您熟悉这里，以为您喜欢这里的姑娘。"

闻泽瞬间就明白了她的意思，半晌，他低低地笑出声："难怪当初对你一见钟情，原来是因为看见你就想起了财气。"他挑着眉，笑得又帅又坏。

一见钟情？云悠悠吃惊地仰头看闻泽。墨镜遮掉了他的眼睛，只露出鼻子和嘴巴的殿下更是帅得火花带闪电。

他说他对她一见钟情？云悠悠迷茫地偏着脑袋认真回忆他们初次见面的情景。

第一次见面，殿下……殿下一眼都没看身穿小白裙的她，他大步踏入别墅门，目光平静地看了老管家一眼，微微颔首示意众人免礼，然后径自走上二楼，只留给大家一个挺拔的背影。

第二次、第三次……接下来无数次"见面"，都是单方面的——她单方面盯着他看一看。他对她的态度，与对待别墅中普通的侍者没有任何区别。

直到那天在虚拟舱遇见，他面无表情地盯了她一会儿，然后命令她躺到休息椅上面去。

想起那天的事情，她的脸颊不禁微微发热。但是，即便是那样亲近的时候，她也完全没有感受到他的"一见钟情"。

"不对啊殿下。"云悠悠敏锐地察觉到了一个很严重的问题，"当初我是作为替身来到您身边的。"如果他对她的外貌一见钟情的话，那么林瑶又算

怎么一回事？

"那是律官的问题。"闻泽甩锅甩得干脆利落。

这个答案完全没有说服她："可是……"

他把她推进星空车，闲闲懒懒地发动引擎，载着这一舱价值连城的奢侈品牌服饰掠出了购物中心。

云悠悠坐在副驾驶座，一动不动地盯着他，她知道殿下不会信口开河，这里面一定有什么她不知道的状况。

"殿下！"她唤他，"殿下殿下殿下殿下！"

他把墨镜推上发顶，斜斜睨她一下，黑眸带着笑，却不说话，一副油盐不进的样子。这种看看非常温和的人其实最是冷硬得要命，他不想开口的时候，谁都别想撬开他的嘴巴。

◆ 06 ◆

购物中心距离海滩并不遥远，几分钟之后，星空车悬停在纯白的沙滩上，蓝得通透的海水探出温柔透明的手掌，一下一下轻轻拂过晶碎的细砂。

"看海。"闻泽扬了扬下巴。

"殿……"云悠悠顺着他的目光望向前方，眉眼不自觉地舒展，嘴巴一点点张大，"这是真实存在的吗？"她见过的最美的合成图像里也没有这么清澈梦幻的海。

她呆呆地看着这片海滩，看得失了神。

闻泽侧头看她，唇角缓缓勾起一抹温柔得有些异样的笑。

三年前，闻泽收到西蒙秘密发来的信息，托他帮忙照顾林瑶，尽可能地予她便利，在消息的最后，西蒙留下了这样一句话——"她若信任你，会带你找到你要的答案"。

此事涉及林德家，闻泽信不过任何人，无法大张旗鼓地寻找这位多年没有音讯的故友。他唯一可以确定的是，西蒙是从绿林发来的消息。

在那之后，闻泽密切关注着绿林航线，并亲自到机场查看绿林来的最后一趟运输船。就在那天，他看到了一个蹲在路边哭泣的女孩。她穿着小白裙，柔弱得风一吹就要跑。她的眼睛异常清澈，盛满泪水的时候，看起来就像是两个悲伤无助的小世界。

他不自觉地多看了一眼，就在他打算收回视线离开的时候，他忽然看到她的眼睛里绽开了璀璨的光，落雨的世界忽然阳光灿烂。他看见她呆呆地站了起来，仰头看着前方巨大的投影光屏，唇角一点一点扬了起来。那一瞬间，他看到了春日暖风的形状，也看到了沁人心脾的花香。

他顺着她的视线望去，看到了自己的视频演讲，视频上的他就像恒星的光，照亮了她的小世界。虽然闻泽向来不缺爱慕者，却从未见过这样纯粹的能够牵动他情绪的眼睛。于是他交代了一句，让侍官询问她是否需要帮忙，是否愿意成为他的契约情人。

事实上，他当时只顾着看她的眼睛，并没有留意她到底长什么样子，也没发现她和林瑶五官相似，结果闹出一个替身乌龙。

后来看清她的模样，那一点短暂模糊的情愫即刻被他抹除。原本他只想把她放在那里冷着，没想到终究还是一日一日沦陷，直到最后无法自拔。

再后来他才知道，当初吸引他的那一束光，是为西蒙而绽放。所以现在她问起关于一见钟情的往事，他该如何告诉她呢？

"殿下？"云悠悠忽然发现闻泽的气场有点不对劲，他笑得非常温柔，她却感觉身边的温度不断下降。

"想下水吗？"他问。

不等她回答，他径自拉动操纵杆，星空车一掠而起，带起的气浪掀动了光滑如镜的碧蓝海水，留下一道极长极长的波纹。

云悠悠第一次知道，原来大海的蓝色可以有那么多层次。雪白的沙滩浸入水底，一层层渐变，直到彻底融入水色。

视野中很快就只剩下一望无际的蓝，再往前，蓝镜一般的汪洋之中出现了一颗雪白明亮的珍珠，那是一座无人踏足的孤岛。

"私人领域，放心。"闻泽转动操作盘，星空车斜斜掠过一道大弧，落向那座只有纯白沙滩的岛。

阳光把沙滩晒得又软又暖，云悠悠赤脚走向海边，留下一串漂亮的小脚印，闻泽闲闲跟她的身后。

"殿下，可以下水吗？"她踩到了沁凉的水。

到了这么近的地方，海水竟然依旧是蓝色，这让她感觉非常不可思议，忍不住想要走下去，看一看自己会不会也被染蓝。

"当然。"闻泽微笑，"放心玩。"

"嗯嗯！"

沃特纳星球的海非常静，海浪很小很温柔，一层一层涌上来，舒缓地没过她的脚踝。

虽然她不会游泳，但并不害怕这样的大海，温柔的海水淹没了她的膝盖，她弯腰捧起清澈的海水，想要仔细观察它的颜色。好奇怪，明明低头看是蓝的，捧到手里却变成透明的。

前方的海水更是蓝得耀眼，她踏着水继续向前，忽然一脚踩空！

一秒钟之前还温柔无害的大海瞬间向云悠悠展露了它深藏的危险。

近海竟然不是平缓的吗？！

水瞬间淹没了她的头顶，她努力睁开双眼，刚开始眼睛有一点胀，几秒钟之后，她看见了美丽的珊瑚礁。它们五彩斑斓，上面薄薄罩着一层浅蓝色的透明纱裳。

正要细看时，一条力量感十足的手臂环过她的身体，闻泽揽着她，像战舰一样冲破水面，把她抱回了浅滩区。直到此刻，她才意识到自己完全没有慌张害怕，因为他给了她十足的安全感。

她转过身，手臂环过他劲瘦的腰，仰起脸来甜甜地冲着他笑。

闻泽的黑发被海水浸湿，整齐贴在脑后，露出整个额头他看起来更有成熟男人的魅力，他压着嗓音说："胆子很大。"

她的心脏漏跳了几拍，疯狂心动之余，她忍不住再次问他："殿下，您还没有告诉我一见钟情是怎么回事。"

"哦，那个。"他慢条斯理地眯起眼睛，"很想知道？"

"嗯嗯！"

他垂眸，触到她那双甜蜜动人的眼睛，心中既爱又恨。沉吟片刻，他一字一句、意味深长地说："你来到首都星那天，蹲在街边哭。我看到你了。"

他微微眯着一双幽黑的长眸，像猎手一样冷静地打量她的神情。

"您……"她愣了一会儿，难以置信地睁大了眼睛，"您喜欢的是我哭泣的样子？"难怪她刚入住星河花园那一阵子，他对她一直没什么兴趣——怪她情绪过于稳定？

闻泽：……

这是什么神奇的理解能力？

她怔怔看了他片刻，忽然恍然大悟："所以您总是故意欺负我，让我哭。"

闻泽：……

这个理解能力必须给满分！

既然如此。"嗯。"他淡定无比地看着她，"未婚妻一定可以理解我的个人偏好吧。日后还会时常让你哭，可有意见？"他的神情过于正直认真，就像在和她谈论远大理想。

云悠悠震惊地看着这个表里不一的人，想要控诉，却无从说起。

"不说话就是默许。"刚平静下来的碧蓝海面"哗"地一碎，他低低笑着，垂头吻她，再一次让理想照进了现实。

第十章

CHAPTER 10

直到生命的尽头

Falling into stars

❖ 01 ❖

依照深蓝帝国的传统，在结婚前一夜，每个男青年都要参加一场玩得比较疯的单身派对。身为皇室中人，闻泽自然不能打破传统，于是他在晚宴之前就被一群贵族青年嘻嘻哈哈地闹走了。

云悠悠倒是没什么不放心——她知道殿下只会对她使坏，在外人面前，他永远是那副正经又冷淡的样子。

她早早就准备上床休息，化妆师凌晨四点半就要过来报到，得养足精神。

在卧室的大床上翻滚了两个小时之后，她发现自己怎么也睡不着，只好抱着膝盖坐起来，呆呆地坐在大床正中发愣，就像海洋中一座小小的孤岛。

明天就要和殿下结婚了。

皇室大婚仪式上的繁文缛节数也数不清，没有可供她和殿下操心的地方，每一分每一秒都会被典仪官安排得明明白白，他们只需要像木头人一样走完流程就是了。

但是……总感觉特别不真实。

视线一转，她看到了放在床头的光脑。前些日子，殿下把星海系列的最新光脑全部带回来让她挑，最终她选择了一款最简单、和她原先的二手光脑最相似的机型。乍一看还是她原本那台，不过速度快如闪电，操作起来无比丝滑。

她盯着它发了一会儿愣，这么高端的光脑给她用实在是浪费，她又不需要收发太多的消息，单身派对那么好玩，殿下也顾不上给她发消息……

念头转到这里，她猛地回过神，心脏小小地惊跳了几下：原来，她竟然是在等待殿下给她发消息吗？

"唔……这段日子和殿下朝夕相伴，习惯身边有人了。"她点点头，"就是习惯而已，不是担心殿下做坏事，也不是因为太过思念而导致辗转难眠。"

她往后一仰，倒进松软舒适的大床中，拉起星空被遮住下巴。

"睡觉！"

"叮！"光脑发出悦耳的提示音。

云悠悠一个激灵蹦了起来，缓了缓呼吸，按捺住怦怦乱跳的心脏，慢吞吞地伸手拿过光脑——不是帝国徽章，而是覃飞沿傻不拉叽的大脸。

她失落地点开了聊天框。

飞哥永远是你飞哥：喂，给你说个事儿啊，单身派对的酒水加了点热辣的料，本来倒是没啥，可是我刚刚突然发现韩黛西喷的香水不对劲，和那个酒水有那啥啥化学反应，懂？反正我就喝了一杯，给那气味熏一下已经燥得想脱衣服，你家太子被敬了二十来杯，啧啧啧，怕是要什么火焚什么身哟！

飞哥永远是你飞哥：现在这里服侍的女仆一溜儿小白裙，乍一看跟你一模一样！我敢打赌，韩黛西绝对是故意的，那个女人就是见不得别人好。

飞哥永远是你飞哥：你家太子要是没把持住犯了错……呵呵，硌硬你一辈子！

UU：怎么能这样啊。

UU：我来了。

飞哥永远是你飞哥：哎哎哎，别呀！别来！这是传统！传统！淑女不

能小心眼！要大度！

　　UU：我不是淑女，也不大度。休想利用传统欺负我家殿下。

　　飞哥永远是你飞哥：我会帮你看着他！出不了事儿！喂，别冲动啊，冲动是魔鬼！亲，冷静！就是闹一闹，不会真出事的，喂！

　　……

　　云悠悠一眼也没看那些狂轰滥炸，她飞快地换上殿下为她准备的白色机甲服，一边激活机甲舱中的"星星"，一边迅速下楼。

　　二十分钟之后，宴会厅外面弹火横飞。

　　轻灵的小机甲左臂屈在身前，右臂松松荡在身侧，头颅压低，利落地闪过层层守卫的攻击，三步两步掠到了梦幻星空会场的大门前。

　　警报"呜呜"作响，金碧辉煌的宴会厅红光闪烁，真实视野探测到一大群贵族子弟在侍卫们的保护下退向安全的避难中心。

　　几台顶尖机甲悄无声息地从左右包抄过来，它们是殿下的随行护卫。

　　看到"星星"之后，这几台大机甲面面相觑，憨厚的机械脸上非常人性化地露出了为难的表情。

　　虽然云悠悠用了系统自带的伪装，让自己变成一只灰色小机甲，但是这几位太子的心腹近侍在绿林战场已经和她混得非常熟，一眼就认出了她。

　　怎么办，太子妃来砸场子了！是拦还是放啊？能不能出来个背锅的做一做决定？

　　云悠悠冷静地注视着这几位同僚，她倒是不介意和他们切磋切磋，可现在并不是好时机。

　　她正要开口，忽然发现真实视野中多了一个人，隔着建筑物她无法看清细节，但这个剪影轮廓出现的刹那，立刻攫住了她的全部注意力。

　　他一步一步，逆着人流从宴会厅往外走。有人请他向后退避，他缓缓竖起右手，旁人即刻躬身退后，不敢再多说半句废话。沉冷镇定的气势让他看起来异常醒目，和他相比，宴厅中混乱的人群就像是漩涡乱流中的一根根杂草。

云悠悠听到了自己的心跳声，她现在已经可以凭借一个剪影认出他。

这道瘦高挺拔的身影一步一步踏出宴厅，站在大理石柱拱卫的台阶上方，扬起脸来，望向她，眸光清清冷冷。

"清场吧。"他说。

几台机甲散去四周，与周围涌上来的侍官们配合着，迅速将这幢华丽的建筑物清理得干干净净，一个人影也不留。

云悠悠忽然有些忐忑，她和殿下的感情还没到老夫老妻的程度，她其实并不是非常了解他。比如现在，她实在无法分辨他是不是在生气。

几分钟之后，几台近卫机甲也彻底消失在视野中，夜风吹过，闻泽静静立在台阶上方，平静淡漠地看着她。这副神情，与他面对别人的时候一点区别都没有。

云悠悠抿住唇犹豫了一会儿，吸了吸气，离开机甲，顺着高高的台阶一步一步往上走。他没动，只是沉默着，看着她走到面前。

"殿下……"

"嗯。"意料之外的冷淡呢。

"您生气了吗？"她咬着唇，手指揪住了裤边。

"没有。"

"哦……"她抬头看去，发现他冷白的脸颊染上了少许绯红，眼尾晕红更深一些，俊美之中添上了一抹绮色——这是酒精的作用。

他垂眸注视着她，面无表情的样子让她的眼睛一点一点变得湿润，心头也泛起了酸酸的委屈。

"抱歉。"她垂下脑袋，"我只是担心您。您没事，那我走了。"

她转身，手腕忽然被他捉住，她这才发现他的体温不像平时一样炽烈，大手冰冰凉凉，松松地钳着她，语气平淡舒缓："跳支舞吧。"

她怔了下，飞快地抬手抹了抹眼睛，转回去，波光盈盈的双眼望向他："殿下？"

他浅浅地弯了弯唇角："上次本想与你跳开场舞。"

说罢，牵着她走向宴会厅。

✦ 02 ✦

这是她上次来过的那个星空会场。那天她忤逆了他，没穿他为她准备的"月之华裳"，也没有陪他跳第一支舞。

踏入舞池，他抬手架起了她的胳膊，一板一拍地迈出毫无瑕疵的标准舞步，像个完美的假人。

云悠悠不会跳舞，但是有他带着，很自然就跟上了他的节奏。脚步踩下去，地面上银河一般的碎星会微微向四周荡开一点点，脚步离地之后，它们再缓缓复原。他带着她优雅地越过银河，在他们身后，星辰如精灵一般翩翩起舞。

星空舞池空阔高远，茫茫星海中，只有他和她。这场景唯美而浪漫，可惜闻泽的神色无动于衷，连斯文礼貌的微笑都没有挂上。

"您是不是喝醉了？"云悠悠问。

"没有。"他的语气依旧冷淡平静。

她停下脚步，一粒粒碎星在她脚下荡开，到了一尺左右的地方，被无形的波动束缚，再也无法逸散，只能在原地微微晃动。

"您如果对我有什么不满，还请直说。"她凝视着他毫无波澜的眼睛，声音带上了一丝哽咽，"您可以责罚我，我认，但我并不后悔。"

"怎么会。"他面无表情地告诉她，"你来陪我，我很高兴。"

云悠悠哪只眼睛都看不出他在"高兴"。

"可是您和平日完全不一样！"她抿住唇，眼睛里一点点溢出小泪花。

闻泽轻轻啧了一声："不够热情，是吗？"

云悠悠闷闷地说："您不是喝了很多那种酒吗，听说刚才这里有许多白裙小姐呢，所以是我打扰了您愉快的派对吗？"

他抬手，把她拥进了怀里："那种拙劣的伎俩……未婚妻，我不会把任何人错认成你，你是独一无二的美丽小世界，无人可以取代。"说着这样的情话，他的脸上却依旧没有半点动容，语气也淡得如同一潭死水。

这极致的反差，让她的心脏一阵阵惊悸："殿下……"

他带着她滑出一步，从星河一端荡向另一端，柔软的女孩几乎被他抱着飞起。她发现他身上的味道很淡，香味淡，酒气也淡。他就像个冷冷的冰块，把一切都封……云悠悠忽然倒抽了一口凉气，双手紧紧攥住了他的小臂。

"殿下！"她的瞳仁剧烈颤动，"您用了情感阻断剂！为什么！"

闻泽很平淡地告诉她："因为我的失误，让你用了这种药物。无法挽回，只能自罚——如此，便可以心安理得与你结婚。我愿与你共白头。"

药物控制状态下，他懒得隐瞒事实、编造理由。

她嘴唇颤抖，眼泪迅速漫满眼眶："殿下……"

他用平静无波的眼神看着她："本以为这 12 个小时看不见你，正好可以消解相思之苦，不想你却来了。"

她呜一下哭出了声，把身躯猛地投进了他的怀抱。

"殿下……殿下……"她泣不成声，断断续续地呜咽，"可是，你本来就比我老七岁啊……"

"抱歉，又害你哭泣。"闻泽无奈地抚了下她的头发。

"您就这么爱我吗？"她哽咽着抬起头，深深凝视他的眼睛。

"嗯。"

"我也爱您。非常非常爱。"

"嗯。"

她恨恨地盯着他，片刻之后，她抬手攀住他的肩，用力踮起了脚，将自己的唇凑上去："怎么做您也没有感觉是吗，那我就一直亲近您，直到您有感觉为止。"

闻泽瞳仁微缩，在万千星辰之中，他感受到了世间最甜蜜美好的一切。

灿烂的星光之中，一对璧人久久拥吻。

不热情的殿下同样十分迷人——云悠悠从前和他在一起的时候，他就总是这么一副冷冷淡淡的样子。

她将踮起的脚缓缓落下，扬着头，不眨眼地注视着他："殿下，我服用情感阻断剂那天，是您第一次亲吻我。"

那天她服了药，脑子异常清醒，在没有情绪波动的情况下，就会在意技术层面多一点。于是她记得非常清楚，殿下一开始吻技全无，就那么一直吻她一直吻她，不断地拿她来练习。

在那之后，他们才渐渐有了一点交往的样子。

"嗯。"闻泽淡淡地回答，"原本只想维持契约关系。"

她凝视着他的眼睛："那后来，怎么就变啦？"

"还敢问。"他毫无笑意地勾起唇角，"不是被你骗身骗心？"

云悠悠偷偷眨了眨眼睛，环过柔软的双臂，揽住他精瘦结实的身躯，把脸蛋贴在他的身前，打算用温柔攻势软化他的意志："闻泽哥……"

"呵。"他的胸膛闷闷一震。

"我才没有骗您。"她蹭了蹭他，一本正经地为自己正名，"我一直认真履行我们的合约，尽职尽责地工作——难道员工过于优秀也是错吗？"

闻泽：……

她微微垂下了脑袋："我对您的祝福都是真心的，真心希望您能幸福快乐。离开星河花园之后，我觉得我在世上已经无牵无挂，无论是战死还是怎么样，都没有关系的。"瘦削的肩背隐隐有一点颤抖，两滴小泪珠坠到脚下的星海中，晕开小小的美丽星云。

闻泽抬手搂紧了她，他的心脏竟然闷闷疼痛，这让他怀疑自己是不是用了过期的阻断剂。

"抱歉，当初那样待你。"他的声音沉而缓，"委屈你了。"

她抬起头来看他。薄薄的泪光晕染了他的轮廓，让他看起来柔和了许多，幽黑的眼睛里仿佛含着情。

她飞快地摇了摇头："殿下，您没有对不住我，我一点儿都不委屈。"

闻泽觉得似乎哪里有点不对——他不是在兴师问罪吗？怎么说着说着就只剩下满腹怜惜，一心只想安抚她。

他垂下头，再一次吻住她花瓣般的唇，浅尝辄止，异常克制。

云悠悠心疼他服用了情感阻断剂，对他自然是百般柔情。因为药剂的缘故，又让她颇为有恃无恐。

她扶着他的宽肩，在星光之下肆无忌惮地亲吻他："殿下……我爱您。"

"嗯。我也是。"他像抱小孩一样抱起了她，大步往外走。

地板上璀璨的星河碎成一地流光。

✦ 03 ✦

4：30，化妆团队来到星河花园，发现刚洗过澡的太子妃就像一团软绵绵的棉花糖，令人十分担心她会不会滑到梳妆椅下面去。

云悠悠根本不好意思抬头看镜中的自己，她的耳畔仿佛仍回荡着闻泽暗沉迷人的声音。

他是跳窗走的。

堂堂帝国皇太子，竟然跳了自己的窗户。一想起他干脆利落的背影，云悠悠的脸颊顿时一阵发热，心中甜丝丝地涌起窃喜——这是只有他和她两个人知道的小秘密，她会好好珍藏这个秘密，一辈子。

化妆师们从巨大的星空箱中捧出礼服和化妆工具。

大婚的服饰严格按照皇室传统礼仪来制作，一针一线都有讲究。底色以黑和红为主，配着华丽的金，头上的冠冕也是同款配色。

或许是因为它们出自顶级设计师之手，又或许是因为至高身份赋予了它们非凡的意义，总之，魔鬼配色的冕服一点也不土，而是充满了低调而威严的华贵感。

云悠悠老老实实坐着，任凭化妆师们捯饬，唯一让她感到庆幸的是，闻泽没有在她的皮肤上留下任何痕迹——天知道化妆师们给她更衣的时候她有多慌。

"太子妃殿下昨晚兴奋得失眠了吧？黑眼圈这么重！"一名爽朗大方的化妆助理笑着说，"不过也可以理解，要是我能嫁给太子殿下，恐怕从上周开始就无法入睡啦！"

主化妆师呵地一笑："不如我给你放大假，回去好好做梦怎么样？你以为两位殿下像你整天无所事事吗，两位昨晚必定仍在操劳！"

云悠悠心虚得直揪礼服边："呵，呵呵……"

7点整，皇太子的车队来迎亲了。

云悠悠略有一点幽怨地睨着领头那位，他看起来状态好极了，斯文温和，风度翩翩。无论什么样的华服都无法掩盖他本身的光芒，只会为他增辉。

她努力挺直了自己的小脊背，搭上他的手臂，随他登上迎亲的星空车，率着机甲和仪仗队，浩浩荡荡地驶进首都大道。

云悠悠第一次见识到了首都星惊人的人口数量，道路两旁欢声雷动，因为不限制拍照，放眼望去，入目都是处于录制状态的光脑。闪光灯连成了一整片，与仪仗队的鼓乐交织在一起，汇成一股热腾腾的浪潮。云悠悠觉得自己好像浮在银光灿灿的海面上，无数碎星托举着自己，好像要飘到半空去。

一只大手揽住她的肩。

"抱歉，昨日让你太辛苦了。"他把她的脑袋摁在他的肩膀上，"休息一会儿吧。"

她看了看两旁连成一片的拍照光脑："……可以吗？"

"没事。"他微笑着，黑眸里盛满耀眼的星星。

她的心脏里涌起了暖暖的情绪，她安安心心地倚着他的肩，双手牵住他放在膝盖上的另一只手，闭上了眼睛。

云悠悠觉得自己不可能睡着，但她却在路途中看见了一个又一个故人。

爸爸、妈妈、哥哥、老加尔……他们站在人群里非常显眼，因为手中没有拿着光脑。他们都笑得非常灿烂，和周围的银光融成一片。他们挥着手，送给她满满的祝福。

我会幸福的，我一定会幸福的！

我和殿下一定会幸福的！

云悠悠短暂的幸福只持续到迎亲队伍抵达紫莺宫。

第一次和皇太子结婚的她根本没有想到结婚竟然可以这么累。穿着华服，戴着冠冕，走过长得似乎没有尽头的红毯，参与一项又一项必需仪式。到了后面，她觉得自己就像一根半飘的木头——脸笑木了，脚走木了，身体绷木了。

周围乐鼓震天，她感觉每一步都踩在了声浪上，它们随时准备把她掀翻。

闻泽不动声色地用手臂支撑着她。

"抱歉，第一次结婚，经验不足。"向左右挥手示意的时候，他抓住空当低低在她耳畔说道。

她像个牵线木偶一样跟着他左右挥手。

"所以您还想有下次？"她保持着微笑，牙缝里飘出阴森森的声音。

闻泽优雅地带着她转身，顺着白玉台阶离开帝国建国纪念碑，背对着镜头，他一根一根扣紧她的手指："如果你想，我可以修改一下仪式流程，再来一次简单的。"

云悠悠："不，我一点儿都不想！"

她偷偷瞄他，只见他的黑眸中浮起狡黠的笑，这样笑着的闻泽，比天空中的恒星还要更加璀璨耀眼。

她不禁弯起了眼睛，变成一个会笑的木头人。

撒伦十七世携玛琳皇后在前方等待，这对帝国最尊贵的夫妻身边，站着皇子公主们以及帝国重臣。

闻泽上前与皇帝拥抱，玛琳皇后与云悠悠行了贴面礼。

无数镜头在身旁闪烁，准备将这亲切会面的一幕全方位立体展示给深蓝帝国的国民。

"该宣布星网恢复的消息了吧。"与高大挺拔的儿子错身拥抱时,撒伦十七世咬牙切齿地低声说,"你不是想要普天同庆吗?"

"呵。"闻泽温和地淡笑,"消息该由父皇来宣布才是。毕竟,您是礼仪的象征。"太子手握实权,皇帝退居二线做礼仪。

云悠悠清晰地听到撒伦十七世把指骨捏出"咔"一声脆响,而拥着她的玛琳皇后也把牙齿咬出了"咯"一声。

下一秒,这三位影帝影后换上无比热情亲切的笑容,一起转身面对镜头愉快地挥手。

云悠悠心想,算了,还是继续做一个木头人吧。

✦❖ 04 ❖✦

撒伦十七世宣布星网恢复通畅的那一瞬间,云悠悠忽然意识到一个很严重的问题。趁着所有视线聚焦在皇帝身上,她悄悄用指尖拽了下闻泽的衣袖。

"殿下,您怎么也不提醒我星网要恢复了?"她用蚊子般的音量向他抱怨,"我都没做表情管理,一定被拍到很多丑照上传星网!"

闻泽失笑:"没网你就无所谓了?"

"嗯!"她答得理直气壮,"没网只是被人笑一笑,有网就会变成表情包。"

闻泽侧眸看她,见她小小的身体和脸蛋包裹在庄严的华服中,看起来就像个误入凡尘的小仙女。这么一个小仙女一本正经地为表情包忧虑的样子,实在是过分可爱。

他轻轻一咳:"安心,孟兰洲会看着。"

云悠悠倒是觉得那个姓孟兰的秃子很可能会十分期待自己的表情包,她忧郁而忐忑,但是无计可施。

撒伦十七世发言结束,镜头离开他,转向新婚夫妇以及一干重臣。云悠悠赶紧露出了木头般的标准微笑,学着闻泽抬起双手,优雅矜持地开始缓缓鼓掌。她就是一只牵线木偶，闻泽动一下，她就跟着动一下。

终于，烦琐冗长的前置仪式部分结束了，接下来就是正常的婚礼流程。

皇太子夫妇顺着镶满金丝的红紫地毯，走进神圣大教堂。

主持宣誓仪式的是一位面相非常和蔼的白胡子老爷爷，他看起来就像宗教图册里给世人传播福音的贤者，眼睛里面盛满了智慧和宽容。

云悠悠忍不住弯起眼睛冲他笑，她的笑容过于友好，白胡子老爷爷也不好意思无视她，于是也弯起眼睛对她笑。

看到老爷爷笑，云悠悠立刻露出更加灿烂的笑。

对方只好再冲她笑。

一老一少站在神台前，拉锯一样笑了十几秒。

周围的气氛变得十分诡异，一众王公贵族或站或坐，个个面色呆滞。

终于，新郎打破了沉寂，清润沉缓的男声带着笑意响起："教皇与太子妃很是投缘。"

云悠悠惊奇地看着面前这位慈祥的老爷爷。

虽然教会在深蓝帝国的地位比较一般，还需要依靠周末免费餐来吸纳教众，但教会高层也是一股不小的势力，教皇作为宗教领袖，在帝国首脑会议上也有不小的发言权。

"两位殿下实乃天作之合，日后必有大造化。"教皇颔首，收起笑容，开始一本正经地主持仪式。

不敢出错的云悠悠再一次变成了牵线木偶，老老实实地跟在闻泽身边。

他执起她的手，给她戴上婚戒。她呆呆地看着这枚美丽的小戒指，看得失了神，完全没注意到闻泽把什么东西塞进了她的手心。

所有人都看着她。

"咳咳。"和蔼的教皇轻轻咳嗽示意。

云悠悠回神，眨了眨眼睛，迷茫地看向闻泽。只见这个男人神情温柔，幻彩琉璃落地大拱窗透进来的光芒洒在他的背后，为他镶上了钻石般的光晕，美好得一点也不真实。她用刚才看戒指的眼神看着他。

"戒指。"闻泽嘴唇不动,低低用气音说。

云悠悠笑开:"嗯嗯,我很喜欢!"

在公共场合向来喜怒不形于色的太子殿下忍不住勾起唇角。

"该你为我戴戒指了,太子妃。"他温存地提醒。

云悠悠这才反应过来,刚才闻泽往她手心里塞了一枚大戒指。她的脸颊飞起红晕,牵起他的手,一点一点把那枚同款的大戒指套进他的无名指。他的指甲很漂亮,方形,冷冷硬硬像白玉,手指修长笔直,指节分明,捏上去触感坚硬。

戴好戒指,他顺势扣住她的手指,牵着她走到充当神父的教皇面前。

婚礼誓词很拗口。

庄严的乐声中,云悠悠郑重地念完最后一句:"……直到生命的尽头。"

闻泽低沉动人的嗓音也刚刚落定:"……直到生命的尽头。"

她望向他,在他的眼睛里找到了最璀璨的星。

帝国皇太子与太子妃大婚,晚宴自然是国宴规格。

王公贵族一一落座,高矮胖瘦完全一致的男女侍者伴着乐声送上菜品。只见那黑金檀木正中放置着白玉景观,环着景观,一道道精致无双的菜品被悄无声息地呈上。

新婚夫妇站得高,一切细节尽收眼底。

云悠悠第一次痛恨自己优秀的视力,穿着沉重的礼服奔波了一整天,她都饿得前胸贴后背了,此刻,还要站在这里看着别人吃奶油龙虾、清蒸大蟹、佛跳墙、龙凤双雕扇贝、燕窝炖鸽蛋……

闻泽抬手,轻轻把一丝垂落到她脸颊旁边的头发拨到耳后,收手的时候,指尖拂过她的唇,把一枚方方正正的东西塞进她的嘴里。

是巧克力!甜丝丝的味道在口腔中化开,云悠悠幸福得眯起眼睛。

"给你备了粥,再坚持一下。"闻泽低低地笑道。

"嗯嗯!"

他让她挽住他的胳膊，带她款款走过宴厅正中望不到尽头的通道，接受左右两旁臣属们的祝福。

走完一趟，云悠悠连眼珠都木了。闻泽用胳膊环住她，让她把重量全部放到他的身上，带着她迎上镜头，露出幸福甜蜜的笑。

挨到拍摄结束，她把半边身体藏到他高大挺拔的身躯后面，叹了老长老长一口气："殿下，帝国的结婚仪式实在是非常科学——我相信经历过这一天之后，只要还能凑合过下去的夫妻，一定不会选择离异再婚的。"

喝过粥之后，疲惫的云悠悠继续保持着木偶人的笑容，跟随殿下步入紫莺宫，接受两位长辈的谆谆教导和亲切祝福。

云悠悠就盼着皇帝陛下像上次那样拂袖而去，这样就可以快一点解散。遗憾的是希望落空，陛下端正落座主位，摆出一副准备促膝长谈的样子。

玛琳皇后皮笑肉不笑地坐在皇帝身边，双臂环抱在身前，一开口就是讥讽的腔调："维恩，我早说过你该退休了，看看吧，连向来不站队的教会都已投入太子麾下，将来太子不做千古一帝，可真是对不起今日这势头。"

"母后说笑了。"闻泽淡笑，"教皇只是与我妻子投缘。"

"嗯嗯！"云悠悠认真点头。这是殿下第一次称呼她"妻子"，她感到心脏热热的，很激动，忍不住飞快地回应他。不知道为什么，她总会害怕错过他的每一丝爱意，也害怕他不明白她的心意。

直觉告诉她，殿下也是这样，所以他们总是特别腻歪。

这副眉来眼去的小模样让玛琳皇后非常不爽，她还想出言相讥，却被皇帝阻止。

"太子和太子妃很辛苦，谈完正事，就赶快回去休息吧。"撒伦十七世沉稳地说。

云悠悠望向他，皇帝长得和闻泽有几分相似，年轻的时候应该是位美男子，当然，现在也是帅大叔。只不过想到他对殿下做的事情，云悠悠心中就只余戒备和反感。

"闻泽，你有没有想过找不到替代能源的后果？"撒伦十七世脸上有厚重的皱纹，它们带给他年轻人没有的沉淀感和经验感，让他的话听起来很有分量，"有些事情，不是空有热血就能办成。你要知道，我所做的一切皆是为了帝国，我太了解你，知道你会走上错误的道路，将帝国带到危险境地。闻泽，你有什么资格替帝国做这样的决定？你有什么资格放弃帝国千百年基业，只为了一些虚无缥缈的理由？"

闻泽笑了笑："在我十七岁那年，父皇曾对我说过一句话——权力就是资格。儿子铭记在心。"

玛琳皇后发出一声尖锐的冷笑。

"你要知道，"皇帝的语速放得更慢，"现在各个家族只是暂时妥协，一旦能源问题危及帝国，我们这几个人，随时准备着下地狱。"

林德家当初发现了这个秘密——星球有灵，生物在死去之后个体磁场会回归到星球磁场中，那里是最终的伊甸园。

明知那是"天堂"却仍然执意毁灭的人，自身磁场会发生变化，明显与地磁相悖，不为大磁场所容。

帝国如今的发展过于依赖星源矿，金字塔顶端的几位选择共同瞒下了这个秘密，由他们来背负他日同入地狱的罪孽，以换取帝国继续高速发展。

"父皇。"闻泽温和地淡笑，"关于这个问题，我认为太子妃最有发言权。"

私底下，云悠悠和闻泽早已谈过这个"秘密"。

云悠悠清了清自己的小嗓门，很认真地告诉撒伦十七世："既然您谈到了玄学，那我就要说一说自己的观点了——不懂得尊重自然的人，永远不会受到自然的眷顾。"

她的心脏跳得有点快，悄悄吸了口气，坚定地睁大了眼睛："殿下拥有最伟大的理想和抱负，他的目光从不囿于脚下，所以他能够看清远方光明的道路！我相信，殿下的理想必定实现，殿下的丰功伟绩必将震烁千古！"

撒伦十七世、玛琳皇后：……

当事人闻泽纵然已经修炼了一张战舰般的脸皮，此刻双耳也不禁隐隐有些发热，神色略微有一点不自在。

这一顿鸡血打得帝后双双无语至极。

"好吧，好吧。"撒伦十七世抬了抬双手表示投降，"所以我这个父皇什么时候给千古一帝腾位置？"

"不着急。"闻泽牵起云悠悠的手，"太子妃今日需要休息了。"

撒伦十七世心梗了一瞬，所以如果他媳妇不累的话，今天这小崽子还准备续上一个登基封后大典吗？

✦ 05 ✦

回到星河花园，云悠悠在磁悬浮浴缸里面泡了个澡，然后躺到了大床上。

趁着闻泽去沐浴时，她紧张忐忑地打开了星网，想看看网友们如何评价今天的大婚——颤抖的手指就像在拆成绩单。

高性能光脑瞬间刷出了坚固的光屏。云悠悠用双手蒙着眼睛，透过指缝，望向星网首页："但愿没有太丑的表情包……"

"唔……唔？"她小心翼翼地把指缝张大了一些，移动着脑袋看清了飘浮在最顶层的两个标题。

 # 虫族亲王：许多年后，它们仍记得被那个恐怖女人所支配的噩梦 #

 # 单兵之神：点击就看超 3S 逆天炫技 #

欸？貌似不用挡着眼睛了。

云悠悠的心脏怦怦直跳，她红着脸点进去，看到了很多她在战场上杀虫的画面，有照片，也有短视频。

从旁观者的角度去看，她操纵的机甲可真是酷毙了！无论是"星星"，还是她临时征用的普通作战机甲，都呈现出一种呆萌而凶残的气质，就像是……站在食物链顶端的霸王龙幼崽。她杀虫族的动作也很有节奏感，杀完一只，傲慢地留下自己的标记，然后火速掠向下一处继续享受杀戮盛宴。

云悠悠不解，她不就是忙着打卡赚钱吗？

她跳过首页沸议，望向次一级热议的话题。

 # 史上最华丽人偶 #

嗯？怎么回事？今天这样的日子，竟然有卖人偶的商家花星币买热搜吗？这得是什么天文数字？

好奇心驱使云悠悠点进了词条，然而她发现最高赞的评论是这样的——

"太子妃看起来就像最精致最漂亮的手办，感觉很容易被玩坏耶！"

云悠悠震惊地翻动着配图，目光渐渐呆滞。厚重华贵且庄严的婚服穿在她的身上，把她衬得又小又白，脸蛋只有巴掌大，她跟在闻泽身边，像极了人偶师身边的牵线木偶——最最好看的那一种。

没有拍到丑照，因为这个木偶的每一个角度都是完美的，完美得像个假人。

再往下翻，评论画风是这样的——

"感觉她的胳膊一碰就要掉，噢，难怪太子殿下这么温柔！"

"咳咳，易坏的人偶小姐遇到太子殿下这种禁欲男人，岂不正是天作之合？"

再往下，评论已经快进到殿下夫妇需要在民间收养继承人。

云悠悠：……

这一届网友的脑回路，她是真的不懂。

"叮。"两枚戒指轻轻相触。

闻泽环住她。

"在看什么？"清润的嗓音带着慵懒笑意，闲闲落到她的耳畔。

云悠悠吓了好大一跳，赶紧抬手想要关闭页面，却误触了朗诵条。声情并茂的合成音用抑扬顿挫的语气开始朗读——

"殿下到底行不行。殿下到底，行不行。殿下到底！行不行！"

闻泽：……

云悠悠连续狂戳光屏，终于，世界安静了，她垂着脑袋，拼命装死。

黑色的丝质大睡袍拂过她的身侧，两根修长的手指挑起了她的下巴，闻泽垂头睨着她，幽黑长眸似笑非笑。

"太子妃很有求知欲，这是好事。"他慢条斯理地笑开，"这就为你答疑解惑。"

大婚夜，新娘再没能说出半句囫囵话。

【全书完】

闻泽大帝登基已满十三年，这一位的手段极其强势，短短几年之内彻底废除了君主世家共治制度，将权力收归中央。自此，贵族不再拥有私军，阶级壁垒不再固若金汤，公民福利进一步提升，涌现大批人才。

没人愿意称呼这一位为"撒伦十八世"，他拥有自己的尊名，每一位帝国公民都由衷地称他为闻泽大帝。

最近，强如闻泽大帝这样的男人也遇到了头疼的问题。新能源始终无法取代星源矿，能源短缺成为制约帝国更进一步发展的最大短板。与此同时，宫里面那对老头老太又开始吵闹得厉害，就连他们最宠爱的宝贝儿媳妇也快要镇压不住老两口了。云悠悠忧郁地坐在闻泽腿上，一下一下揪他的衣领。

"爸爸又在念叨，说他早就知道撒伦家族千古帝业要毁在殿下的手上，所以当年才会对你动手，为的就是死后有脸面对列祖列宗。"她望天叹气，"一提这个妈妈就来气，又一次抓花了爸爸的脸，还把我刚买回来的仿真古董花瓶全摔碎了。"

闻泽也没想到把这个妻子娶进门之后，原本冻若坚冰的家庭关系很快就破冰了，变成了另一种热闹景象。不过不管怎么说，大家都把心里话说出来，终究是要胜于以往。

"辛苦你了。"他语重心长，"回头记得购置新赝品。"

云悠悠："……嗯嗯！"

能源问题终究要面对。宫里的老两口吵吵闹闹，也释放出了信号——旧贵族们必定会抓住这次机会反对闻泽大帝的独裁统治。基础科研需要时间积累，也需要灵光乍现，没有进展，急也无从下手。

云悠悠有时不禁会想，如果专注科研的林德家族还在，在大帝的全力支持下，说不定已经开发出新型能源了。

"哥哥……好想你啊。"

第二天，云悠悠收到了几份奇怪的投诉，投诉者来自各个阶层，有贵族，也有平民，个个都是妙龄女孩。被投诉的对象是宗室贵族，一个名叫银·撒伦的人。

看看这个名字，再看看女孩们控诉的"感情骗子"，云悠悠不禁感到一阵头疼，又一次觉得皇后难当。她草草翻了一下投诉材料，女孩们都很气愤，指责银·撒伦不该在星网上欺骗她们的感情，但是谁也不愿意说出具体情况。

"反正……反正他就是骗子！他，他只有……"报告显示，一名女孩说到这里就捂着脸跑了。

云悠悠突然来了兴趣！闻泽正好处理完一批公文，她拉上他，帝后一齐造访这位宗室贵族的府邸，打算和花丛浪蝶银·撒伦好好谈心。

"十三叔家。"闻泽露出淡淡的感慨之色，"娶的是林德旁支的小姐。"

云悠悠默默点头。撒伦家的男人，娶了林德家的小姐，和殿下的父母一样。可惜这两位生的孩子完全没有殿下半分风骨。

七台尖端机甲护送着闻泽专用的星空车抵达目的地。

帝后突然到访把老撒伦吓得不轻，听完来意之后，老撒伦和夫人面面相觑，半天说不出话来。

"怎么回事？"云悠悠努力板起严肃的小脸，"难道已是惯犯了吗？"

老撒伦眼角微抽，赶紧摆手解释："不是惯犯，这件事肯定是误会啊，银他刚接触光脑不到两个月，之前我们不让他碰电子产品的。现在，我和他母亲也在严格控制他的上网时间，更不会让他接触不良内容，他只是喜欢用光脑玩一些拼盘游戏而已……是吧夫人，银平时都在玩符号游戏的。"

云悠悠越听越不对劲，这都什么跟什么啊？

闻泽轻咳一声，淡定开口："令郎几岁？"

"就快满五岁了。"老撒伦赔着笑。

云悠悠恍然，被五岁小孩欺骗了感情？难怪少女们难以启齿。

这事……叫她怎么处理。

满头黑线的云悠悠跟着闻泽来到银·撒伦的房间，只见一个小小的身影坐在一张大藤椅里面，单手飞速敲击着虚拟键盘，另一只手撑在扶手上，抵着额头，一副沧桑的技术型程序员形象。

老撒伦想说话，被闻泽抬手制止，他牵着云悠悠，踏过厚厚的绒地毯，走向光脑面前的小朋友。只见他时不时甩一甩满头银发，落指如飞，一行行整齐漂亮的代码组成了金灿灿的放射形状。敲了一会儿，他扔开键盘，得意地抱起一对圆滚滚的小胳膊："科学的尽头是美学，啊，看看这光合能，看看这是多么美妙的杰作！肤浅的人永远看不懂科学之美，永远跟不上我的脚步！这个世界就没一个女孩配得上我了吗？！"

云悠悠瞳仁震颤，心脏几乎停跳，一个名字呼之欲出，她的身体颤抖不已，几乎站立不稳。

"老朋友。"闻泽把云悠悠拢进怀里，安抚地捏着她的肩，声线淡淡，"好久不见。"

藤椅里的小身板猛然僵住，慢吞吞地回头，看清闻泽和云悠悠之后，他抬起胖手，啪叽一声捂住了脸："可不可以不要在五岁小孩的面前秀恩爱？"

云悠悠憋住呜咽，眼睛里溢出幸福的泪水。

"哥哥，好久不见！"

【番外完】

图书在版编目（CIP）数据

坠入星野. 完结篇 / 青花燃 著.
—武汉：长江出版社，2022.7
ISBN 978-7-5492-8361-3

Ⅰ. ①坠… Ⅱ. ①青… Ⅲ. ①幻想小说－中国－当代
Ⅳ. ①I247.5

中国版本图书馆CIP数据核字(2022)第091164号

坠入星野. 完结篇 / 青花燃 著

出　　版	长江出版社
	（武汉市解放大道1863号　邮政编码：430010）
选题策划	漫娱图书　马　飞
市场发行	长江出版社发行部
网　　址	http://www.cjpress.com.cn
责任编辑	李　恒
特约编辑	李子若

总策划	两脚猫工作室	开本	889mm×1230mm　1 /32
装帧设计	刘江南　李梦君	印张	9.25
印　　刷	武汉鸿印社科技有限公司	字数	280千
版　　次	2022年7月第1版	书号	ISBN 978-7-5492-8361-3
印　　次	2022年7月第1次印刷	定价	46.80元